KB235417

唐詩精解

唐詩精解

초판 1쇄 발행일 1999년 2월 28일
초판 6쇄 발행일 2017년 7월 25일

지은이   임창순
펴낸이   유재현
마케팅   유현조
인쇄·제본   영신사
종이   한서지업사

펴낸 곳   소나무
등록   1987년 12월 12일 제2013-000063호
주소   경기도 고양시 덕양구 대덕로 86번길 85
전화   02-375-5784
팩스   02-375-5789
전자집   blog.naver.com/sonamoopub1
전자우편   sonamoopub@empas.com

ISBN   89-7139-312-2 03820

唐詩 精解

任昌淳 著

소나무

■ 편집자 일러두기

1. 原詩(원시) 옆에 精解(정해)를 실어 대조하면서 읽기 편하게 편집하였습니다.
2. 字句(자구), 通釋(통석), 故事(고사), 鑑賞(감상), 解說(해설) 등을 실어 시의
   풍부한 이해에 도움이 되도록 하였습니다.
3. 原詩(원시)는 四庫全書(臺灣 商務印書館 發行 景印文淵閣 四庫全書)의 『全唐
   詩』, 『唐詩選』과 대조하여 同異(동이)가 있는 자구는 표시하였습니다.
4. 그림과 글씨는 『唐詩畫譜』(明 黃鳳池 輯)에서 골라 보충하였습니다.
5. 책 뒤에 〈作者小傳〉, 〈詩題로 찾기〉, 〈詩人 이름으로 찾기〉, 〈字句로 찾기〉
   를 실었습니다.
6. 번역시만 읽지 말고 원시와 임창순 선생님의 정해를 대조하여 읽으시길 권합
   니다.

『당시정해』 증보신판을 내면서

　『唐詩精解』를 처음으로 세상에 내놓은 지가 벌써 50년 가까이 되었다 (『唐詩精解』 초판은 단기 4289년 서울, 學友社에서 간행되었으나 얼마 안 가 절판되었다. ― 편집자 주). 당시 몇 친구의 권고에 의하여 서둘러 만 들었기 때문에 불만스러운 곳이 많아 항상 께름직했었는데 그 동안 소나 무출판사에서 이 책을 다시 내고 싶다는 제의를 해 와서, 그 원본에 부족 한 것을 보충하고 해석에 있어서 불만스러운 부분을 수정 보충하기로 약 속하고도 이럭저럭 10년이 지난 이제야 손질한 것을 넘겨주게 되었다.

　사실 당시는 우리 일반 지식인들의 생활과는 너무나 먼 거리에 있다는 것을 부정할 수가 없다. 첫째는 문자가 다르고 언어가 다르고 표현하는 방식이 같지 않은 데다 音韻(음운), 聲律(성률) 등 우리로서는 이해하기 어려운 형식상의 규제도 극복하기에 만만치 않은 장벽이다.

　그러나 한시는 결코 우리와 그렇게 생소한 관계가 아니다. 백년 전까지 만 해도 우리 선인들은 어릴 적부터 唐詩(당시)를 교과목으로 배위 왔다. 五言唐音(오언당음), 七言唐音(칠언당음)을 노래하듯 소리를 높여 읽고

암송했다. 그리고 우리의 정서를 나타내는 방법으로 다섯 자 한 구나, 일곱 자 한 구로 된 한시형의 시를 습작했다. 지금도 70세 이상의 노인이면 한시를 짓고 그것을 낙으로 삼는 사람이 적지 않다. 우리도 모르는 사이에 의사의 표현을 漢詩(한시) 식으로 말하는 것을 많이 볼 수 있다. 20세기에 들어서 민족 문학이 활발하게 전개되었지만 시는 물론 소설이나 산문에서도 그 표현하는 방법은 역시 한문식 테두리 안에서 배태된 것이 많음을 볼 수 있다. 특히 신체시가 생긴 이후 김소월, 김안서, 김동환 등의 작품을 보면 그 구상이나 표현의 원천이 한시에서 흘러온 것을 느낄 수 있다. 그 이후의 많은 시인들의 호흡 속에서도 끊임없이 연속되고 있다. 더구나 국문학사를 거슬러 올라가면 고려 가사, 조선 시대의 시조, 가사 등 시가류는 물론 춘향전, 심청전 등 소설에서도 한시를 빼고 제대로 이해할 수가 없다.

교양으로서도 한시의 이해는 필요하다. 한시 중에서 당시를 택한 것은 중국 문학사에서 시가 당대에 와서 최고의 발달을 이루었기 때문이다. 형식면에서도 律詩(율시), 絶句(절구)의 완전한 정형시를 완성시켜서 후대 詩作(시작)의 표준을 세웠다. 당대 이후의 작자들의 시에서 정형시가 그 주류를 이루고 있으며, 우리 나라에서도 시를 짓는다는 말은 거의가 율시와 절구를 짓는다는 뜻으로 볼 수 있게 되었다.

현존하는 당시가 약 오만 수, 시인이 이천여 명인데 그 중에 이백, 두보, 백거이 등 역사적으로 유명한 대가를 제외하고도 스스로 시인으로서의 독특한 풍격을 갖추어 문학사상에 일정한 지위를 차지한 사람만 해도 50~60명에서 100명 정도에 이른다. 지금까지 당시를 뽑아서 교본을 만든 책 가운데 유명한 것으로는 명대 李攀龍(이반룡)의 『唐詩選(당시선)』, 高棅(고병)의 『唐詩品彙(당시품휘)』, 청대 말기의 孫洙(손수)의 『唐詩三百首(당시삼백수)』 등이 있고 또 민국 시대 이후에 나온 새로운 책들도 많이 있다. 이 책에서는 그 중에서 인구에 많이 회자된 것을 뽑았고 번역만으

로는 뜻을 파악하기가 어려울 것을 생각하여 字句(자구), 故事(고사), 通
釋(통석), 鑑賞(감상) 등의 항목을 설정하여 독자들의 이해를 돕기 위하여
노력하였다. 그러나 내가 독자에게 권고하고 싶은 것은 해석을 읽어서 뜻
을 이해하려고만 애쓰지 말고, 마음으로 좋다고 생각되는 것을 따로 뽑아
서 입에 무르녹을 정도로 몇십 번 내지 백 번이라도 반복해서 읽어서 암
송할 정도에까지 이르면 그 시의 진미를 저절로 알 것이요, 해석에 나오
는 시에 대한 용어도 정확히 이해될 것이다. 그렇지 않고 해석에만 의존
하려 하면 당시의 참된 세계에 접근하기는 어려울 것이다.

　책을 내어 주신 소나무출판사와 옆에서 책이 나오도록 힘써준 河永輝
(하영휘) 학우에게 사의를 표한다.

1999년 2월 1일

임 창 순 씀

<h1 style="text-align:center">당시 해설</h1>

1. 당시의 발달

중국 시가 가요 차원에서 벗어나 지식인의 심정 고백의 문학 양식으로 완성된 것은 3세기 한말에서 위에 걸치는 시기였다. 이후 수세기에 걸치는 육조 시대에 시는 각 시대의 역사와 사회를 배경으로 풍부한 전통을 형성하며 다양하게 전개되었다. 시의 내용과 형식이 함께 성숙되어 그야말로 文質彬彬(문질빈빈)한 발달의 절정에 이른 것은 8세기 중반 盛唐(성당) 시기이며, 이 때를 중심으로 전후 3백 년간의 唐代(당대)는 바로 시의 황금 시대로 불린다.

불후의 시인 두보와 이백이 살았으며 절구와 율시라는 근체시가 확립 만개했던 이때는, 청 건륭제 때 편찬된『全唐詩』에 의하면 2천 2백여 작가가 4만 9천여 수의 시를 지어낸 때였다. 그래서 흔히 중국 문학사를 말할 때면 시대와 그 시대에 가장 발달했던 문학 장르를 결부시켜 "漢文, 唐詩, 宋詞, 元曲, 明淸小說"이라고 하는 것이다.

당대에 이렇게 시가 발달하게 된 것은『시경』,『초사』에서 시작된 시 자체의 발전 곡선이 최고도에 오른 것에서 기인한 것이기도 하지만, 무엇보다 과거 제도의 시행을 빼놓을 수 없다. 儒者(유자)로서 자기의 포부를 펴기 위해 통과해야 할 첫 관문이 바로 과거인데, 그 과거에서 가장 기본적으로 익혀야 하는 것 중의 하나가 이 시였던 것이다. 또 역대 제왕들이 문예를 숭상해, 군신이 함께 모여 연회를 베풀 때면 으레 시를 唱和(창화)하곤 했는데 이때가 또한 승진의 다시 없는 기회였던 것이다.

당시의 발달은 보통 명 나라 高棅(고병)의 분류에 따라 '初唐, 盛唐, 中唐, 晚唐'의 네 시기로 나눈다. 각 시기의 시대적 상황과 주요 시인, 시풍을 정리하면 다음과 같다.

1. 初唐(고조 원년[618년]에서 현종 開元[713년]까지의 약 백 년간) : 중간에 측천무후가 집권한 변칙적인 사건이 있긴 했지만, 전체적으로 신흥 국가로서의 활력이 왕성했던 시기로 국력도 날로 충실해 갔다. 이런 분위기 속에 문학은 세 경향이 공존했다.

첫째는 화려한 육조 말기의 齊梁體(제양체)를 계승하여 형식미의 완성을 추구한 심전기·송지문 등 궁정 시단의 시인들로, 궁정 연회에서 황제의 명령으로 지은 應制詩(응제시)가 많으며 종래 등한시되어 오던 칠언율시의 운율을 단기간에 완성했다.

둘째는 초당 4걸로 불리는 왕발·양형·노조린·낙빈왕의 시 세계로, 이들은 모두 궁정 시단과는 상관없는 이류 사족 출신으로 제양체라는 전대 문학을 계승하면서도 그들의 자유롭고 새로운 감정을 분출시켜 격앙된 운율과 참신한 용어로 새 영역을 열었으며 오언 율시를 완성시켰다.

셋째는 제양체의 시풍에 반기를 든 사람들로 은거하며 완적과 도연명을 흠모했던 왕적과, 漢魏(한위)의 질박하고 風骨(풍골) 있는 시로 돌아갈 것을 주장했던 진자앙, 이에 호응했던 장구령이 이에 속한다.

2. **盛唐**(현종 개원 원년[713]에서 두보가 죽은 770년까지의 약 오십 년간) : 초당의 상승세를 이어 국운이 최고조에 다달아 태평을 구가한 시기이다. 그러나 이 전성기 가운데 이미 현종이 양귀비에게 빠진 틈을 타 이임보·양국충·안녹산 세 파벌이 세력을 다투고 755년 드디어 안녹산 난이 일어나는 등 국운이 쇠퇴할 조짐이 나타나고 가속화되었다.

이 때를 맞아 왕유는 불교의 청정한 세계 속에서, 맹호연은 만고불변의 자연 속에서 산수 자연의 아름다움을 노래했으며, 왕창령은 득의의 칠언절구에서 농염한 閨怨詩(규원시 : 부인들의 사랑과 슬픔 원망 등을 노래한 시)의 세계를 들춰내었고, 멀리 안서·윤태·북변 등에 종군했던 잠삼과 고적은 변새의 황량한 이국적 풍물과 비분을 읊어 변새 시인으로 이름을 날렸다.

또한 시선으로 불리는 이백은 진자앙이 주장한 漢魏古詩(한위고시)로의 복귀에 찬동, <古風> 59수를 짓는 한편 장대한 환상을 문학에 실어 분방하고 활달한 시 세계를 이룩했다. 또한 시성 두보는 유가적 책임감과 성품인 정의감에서 우러나오는 사회 부조리에 대한 분노를 표출한 사회시와, 혼란에 싸인 국가와 미약한 자기와의 갈등에서 나오는 우수를 세심한 필치로 그린 많은 시들을 남겼다.

3. **中唐**(770년에서 835년까지의 약 65년간) : 안사의 난으로 크게 흔들린 당은 이 때에 들어 점점 평화를 되찾기 시작했으나, 영광으로 가득 찬 과거의 번영과 그것을 지탱한 활력은 상실되었다. 궁정 내부에는 환관들이 정치를 좌우하고 각지의 절도사들이 반란을 일으키며 신구 관료 사이에 파벌 다툼이 일어나 중흥의 노력에도 불구, 나라는 점점 어지러워갔다.

'大曆十才子'(전기, 경위, 사공서, 이단, 노륜, 한굉, 묘발, 최동, 하후심, 길중부)의 시에는 이 과도기의 다소 퇴폐적인 경향이 보인다. 한편 唐室

(당실) 중흥에 노력했던 덕종·헌종 때에 나온 시인들은 소재·정감·형식에 있어 새로운 스타일을 확립했다. 궁정과 후궁의 생활을 소재로 했던 왕건의 宮詞(궁사), 악공들에게 격찬을 받았던 이익의 樂府(악부), 맑고 소박한 정감이 탄생시킨 위응물의 자연시 등이 그것이다.

또 한유는 평범함을 기피, 굴절된 사고와 기이한 단어의 사용으로 독특한 스타일을 창조했는데, 맹교·가도·이하 등의 시인이 그를 따랐다. 그것과는 반대로 백거이를 중심으로 하는 원진·유우석 그룹은 표현의 평이화로 시골 아낙에까지 문학 저변을 확대, 문학과 정치·사회의 연결에 주력하며 新樂府(신악부) 운동을 전개했다.

4. 晚唐(836년에서 당 멸망〔906〕까지의 약 칠십 년간) : 환관의 전횡과 신구 관료 파벌의 다툼, 절도사 세력의 강대함이 계속되는 가운데 생활의 곤핍을 참지 못한 백성들이 들고 일어났으며(황소의 난), 난은 평정되었으나 당 왕조는 만회되지 못하고 난 토벌에 공이 있었던 주전충의 손에 멸망하였다.

이런 사회 상황을 반영, 문학은 세기말적 퇴폐 양상을 띠게 되었다. 우아하고 정치한 근체시 형식에 경도하는 가운데 섬세한 격조와 낭만적인 내용을 위주로 한 일종의 유미주의적 경향이 풍미하였다. 한편, 정쟁의 와중에서 번민하고 거취를 정하지 못해 고민하는 내용의 시들이 한 시인 안에 공존했다.

대표적 시인은 이상은과 온정균이며, 온정균의 艶體詩(염체시)를 더욱 관능적으로 발전시킨 한악, 애정시를 많이 썼던 시인으로 시에 소설적 정경의 유동성을 발휘한 두목, 격조있는 시를 많이 남긴 허혼, 中唐(중당) 신악부의 흐름을 계승한 피일휴 등이 있다.

2. 당시의 형식

한시는 크게 고체시(古詩)와 근체시의 둘로 나뉜다.

고체시는 당 이전에 성립된 형식의 시로서, 구수에 제한이 없고 일반적으로 짝수 구 끝자를 압운하는 경우가 많기는 하나 엄격한 것은 아니다. 시 한편에 한 운만을 쓰는 것(一韻到底格)과 중간에 다른 운들로 바꾸는 것(換韻格) 두 종류가 있다. 사언, 육언 등도 있지만 오언과 칠언(7자 이외의 자수가 들어 있어도 7자를 주조로 하고 있으면 모두 칠언 고시로 본다)으로 된 것이 대다수를 차지한다.

근체시는 당에 들어와 완성된 시형으로서, 구수에 있어서 絶句(절구)는 起承轉結(기승전결)의 4구, 律詩(율시)는 首頷頸尾(수함경미)의 8구, 排律(배율)은 10구 이상으로 각각 정해져 있다. 또 압운과 평측을 엄격하게 지켜야 하고, 율시와 배율의 경우 함연과 경연이 각각 대구를 이루어야 하는 규칙이 있다.

押韻(압운) : 한시를 지을 때 각 시구 끝에 같은 운을 밟는 것을 말한다. 오언에서는 절구는 승구와 결구, 율시는 함구와 미구에 운을 다는 것이 원칙이다. 칠언에서는 절구는 기구와 승구·결구, 율시는 수구와 함구·미구에 운을 다는 것이 원칙이다. 또 운은 평상거입 사성 중 어느 성에 속하는 것도 다 달 수 있으나 평성으로 압운하는 것이 보통이다.

平仄(평측) : 한자에는 글자마다 平上去入(평상거입)이라는 액센트가 있다. 고저가 없이 평탄한 평성에 비해 끝이 올라가는 상성, 끝이 내려오는 거성, 끝이 막히는 입성을 합해 '仄聲'(기우는 소리)이라 하는데, 근체시는 이 '平'과 '仄'에 속하는 글자를 교묘하게 배합해 가장 음악적으로 읽히는 한 형식을 정형으로 정해 놓고 있다. 1구의 제2자가 평성일 때는 '平起式', 측성일 때는 '仄起式'이라고 하는데, 칠언율시 측기식을 예로 들면 다음과 같다.

起句 ◑●◑○◑●●○
　　　◑○◑●●○○
承句 ◑●◑●○○●
　　　○●◑○●●○
轉句 ○●◑○○●●
　　　◑○◑●●○○
結句 ◑○◑●○○●
　　　○●◑○●●○

(○은 平, ●은 仄, ◑은 平仄 통용)

　對句(대구) : 글자수가 같은 두 구가 있을 때, 그 두 구의 같은 위치에 있는 각 글자(또는 단어)의 문법적 기능이 같고 의미에 공통점이 있으면 그 두 구는 대구가 된다. 예를 들면,

- 靑山　　　　· 天地無形外
- 白水　　　　· 風雲變態中

등이 그것인데, 율시에서는 함연과 경연이 반드시 대구를 이루어야 하는 것이다.

　그리고 '樂府'라는 형식이 있는데, 악부는 한대에 민간 가요의 수집을 위해 세웠던 기관의 이름으로 거기서 연주됐던 가곡도 의미한다. 이후 이 기관은 없어졌어도 악부는 詩體(시체)의 이름으로 오랫동안 존속됐다. 악부는 다음의 4종류로 분류된다.

1. 남북조 이전부터 내려오는 오래된 악부 : '古樂府'.

2. 고악부의 제목을 빌어 새로 지은 것(형식은 율시, 절구, 고시 등등).

3. 실제로 노래로 부르지는 않고 시로서의 형식만을 고악부에서 빌려, 백성의 소리를 궁중에 전하고자 했던 '唐代 新樂府'.

4. 서역 계통의 新曲歌詞(신곡가사)인 절구.

　이중 1은 당 이전의 것으로 당대에 불려졌던 것은 2·3·4인데, 4만이 실제로 음악에 맞춰 불려졌고 2·3은 낭송시에 지나지 않는다.

　끝으로 이 책이 저본으로 하고 있는 『唐詩選』에 대해 간략히 언급하겠다. 『당시선』은 명 나라 李攀龍(이반룡)이 편찬(신빙성이 없다는 견해도 있다)했다고 하는 당시 선본 중의 하나로, 우리 나라에서는 당시를 공부함에 『唐音』을 많이 쓴데 반해 일본에서 많이 읽힌 책이다. 그 특징은 盛唐詩(성당시)에 중점을 두어 그 시기 시인들의 시를 압도적으로 많이 뽑아 中唐(중당)의 한유, 백거이, 원진 등의 시가 거의 없으며, 詩體(시체) 중에는 칠언절구를 가장 많이 뽑고 있는 것이다. 따라서 이 책에서도 성당 시인의 시와 칠언절구가 절대 다수를 차지하고 있다.

차 례

<칠언절구>

<오언율시>

五言絶句

1. 원씨 별장에 써서 붙임
賀知章(하지장)

題袁氏別業

主人不相識　　주인과는 면식이 없는데,

偶坐爲林泉　　정원이 좋아 와서 마주 앉았다.

莫謾愁沽酒　　부질없이 술 살 걱정은 말라.

囊中自有錢　　돈이야 내 주머니에도 있으니.

【자구】

題(제) : 어떤 장소나 그림 등을 소재로 시를 써서, 벽이나 그림 등에 붙이는 것.　別業(별업) : 별장.　不相識(불상식) : 교제가 없음. 상대가 있는 행위에는 관용적으로 '相'자를 쓴다. 굳이 해석은 하지 않아도 좋다. 원씨는 당시의 부호였고 하지장은 천자에게 총애받던 고관이었으므로, 서로 이름은 알고 있었으나 교제가 없었던 것을 말한다.　偶坐(우좌) : 마주 앉음.　林泉(임천) : 숲과 물이 있는 정원.　謾(만) : 부질없이.　沽酒(고주) : 술을 사다.　囊(낭) : 주머니.

【고사】

진나라 王獻之(왕헌지)가 吳郡(오군)에 들렀을 때, 顧辟疆(고벽강)이란 사람에게 좋은 정원이 있다는 말을 듣고 고씨와는 모르는 사이인데도 덥석 찾아가 구경하였다. 마침 고씨는 손님들과 연회를 열고 있었는데 왕헌지는 정원을 돌아보며 자기 생각대로 정원에 대해 비평했다. 고씨는 화가 나서 왕헌지의 하인들을 쫓아냈으나 왕헌지는 계속 유유히 정원을 돌아보며 모르는 척하였다(『世說新語』「簡傲篇」).

【통석】
주인인 당신 원씨와는 아직 서로 모르는 사이인데
내가 이렇게 찾아와 당신과 마주 앉게 된 것은,
당신의 정원이 좋기 때문이다.
그러나 술 받아올 걱정은 하지 말라.
술 살 돈쯤이야 내게도 있다.

【감상】
작자 하지장은 두보의 <飮中八仙歌>에서 '知章騎馬似乘船 眼花落井水底面'(술취
한 하지장은 말탄 것이 배를 탄 듯, 눈이 어찔어찔해 우물에 빠져 물 속에 잔다)라
고 표현되었을 정도로 술 좋아하기로 유명하였다. 1·2구는 왕헌지의 고사를 빌
어 작자의 풍류스럽고 예법에 구애받지 않는 소탈한 모습을 표현하였다. 3·4구는
주인 원씨와 작자가 자연을 사랑하는 마음으로 상통하게 되었음을 약간 익살스럽
게 표현한 데서 시인인 작자의 멋이 나타나 있다.

2. 역수의 작별
駱賓王(낙빈왕)

易水送別

此地別燕丹	이곳에서 연 태자 단을 이별할 때,
壯士髮衝冠	장사의 머리털은 관을 찔렀다.
昔時人已沒	옛 사람은 이미 죽고 없는데,
今日水猶寒	오늘도 강물은 여전히 차다.

【자구】

易水(역수) : 하북성 역현에 있는 강. 燕丹(연단) : 전국 시대 연 나라의 태자 단.
⇒[고사] 髮衝冠(발충관) : 머리털이 다 꼿꼿이 서서 관을 찌를 듯함. 곧 매우
분노한 모양. 沒(몰) : 죽다. 猶(유) : 여전히, 아직도.

【고사】

연 나라 태자 단이 진 나라에 인질이 되어 많은 학대를 받다가 도망쳐 연 나
라로 돌아왔다. 그리고 진 나라에 원한을 갚기 위하여 마침내 荊軻(형가)라는
협객을 구하였다. 형가는 진왕을 죽일 사명을 띠고 떠나게 되었다. 태자와 막
료들이 형가를 역수에서 전송할 때, 형가는 비장한 태도로 "바람 쓸쓸하고 역
수는 차구나. 장사 한번 가면 다시 오지 못하리."(風蕭蕭兮易水寒 壯士一去兮
不復還)라고 노래 부르고서, 유유히 수레에 올라 뒤도 돌아보지 않고 떠나갔
다(『戰國策』「燕策三」 및 『史記』「刺客列傳」).

【통석】
옛날 형가가 이곳 역수에서 연 나라 태자 단과 이별할 때,
형가는 태자를 위한 비분에 못이겨 머리털이 곧추설 정도였다.
옛날 그 형가는 벌써 죽고 자취조차 없지만,
차디찬 강물만이 흐른다.

【감상】
이 시는 누구를 송별한 것인지 분명히 기록되어 있지 않다. 그러나 그 당시 작자는 제위를 찬탈한 측천무후에 반기를 들고 의병을 일으킨 徐敬業(서경업)의 막하에 있었기 때문에, 이 시도 서경업과 이별할 때 그 의분을 토로한 것으로 추측된다. 견디기 어려운 지기와의 이별, 그리고 형가가 최후의 길을 떠났던 이곳 역수에서 자기네 형편을 돌아볼 때의 애수와 비분. 이 모든 것이 '今日水猶寒'의 구에 잘 응축되어 있다.

3. 분수의 가을
蘇頲(소정)

汾上驚秋

北風吹白雲	북풍이 흰구름을 불어가는데
萬里渡河汾	만리 길에 분수를 건넌다.
心緒逢搖落	떨어지는 나뭇잎을 보는 심정,
秋聲不可聞	가을 소리를 차마 듣지 못하겠다.

【자구】

汾上(분상) : 분수 가. 분수는 황하의 두 번째로 큰 지류로 산서성에 있다. 옛날 한 무제가 樓船(누선)을 띄우고 ＜秋風辭(추풍사)＞를 지었던 곳이기도 하다.⇒[고사] 北風(북풍) : 동은 봄, 남은 여름, 서는 가을, 북은 겨울의 방위이므로 '서풍'으로 써야 한다. 가을 바람의 서늘함을 강조하기 위해 쓴 듯하다. 河汾(하분) : 원래는 '汾河'이나 운을 맞추기 위해 '河汾'으로 함. 心緒(심서) : 마음의 실마리, 정서, 기분. 搖落(요락) : 가을 바람에 마른 나뭇잎이 떨어지는 것. 또는 그러한 계절인 가을. 秋聲(추성) : 가을 바람에 나뭇잎이 흩날리는 소리를 말한다.

【고사】

한 무제 元鼎(원정) 4년에 분수 기슭에서 솥[鼎]이 출토되었다. 이것을 기념하여 연호도 소급해서 고치고, 무제가 직접 汾陰縣(분음현)에서 땅귀신 后土(후토)에게 제사도 지냈다. 이때 분수를 건너면서 지은 것이 ＜秋風詞＞이다.

秋風起兮白雲飛　　가을 바람 일며 흰구름 날고,
草木黃落兮雁南歸　초목은 시들어 떨어지는데 기러기 남으로 돌아간다.
蘭有秀兮菊有芳　　난초 빼어나고 국화는 아름다운데,
懷佳人兮不能忘　　가인이 그리워, 잊을 수가 없다.
泛樓船兮濟汾河　　누선 띄우고 분수를 건너니,
橫中流兮揚素波　　중류 가로질러 흰 물결이 인다.
簫鼓鳴兮發棹歌　　북과 피리 울리며 뱃노래 부르니,
歡樂極兮哀情多　　즐거움 극에 이르러 슬픈 감정 치민다.
少壯幾時兮奈老何　젊은 시절 얼마나 되는가, 늙는 것을 어이하리?

【통석】

차가운 바람 불고 하늘의 구름도 빨리 움직이는 가을날.

나는 만리길을 가는 나그네 신세로 분수를 건너게 되었다.

한 무제의 <추풍사>를 생각하고 또 가을 바람에 흔들려 떨어지는 나뭇잎을 보자니,

향수에 인생의 애수까지 겹쳐, 흔들리는 내 마음의 다단한 실마리는

차마 가을 소리를 들을 수 없구나.

【감상】

분수라고 하면 한무제의 고사를 연상하는 것은 당연하다. 작자는 그 고사를 가져다가 나그네인 자기의 심정을 표현하면서도 극히 자연스럽게 서술하였다. '秋聲不可聞' 다섯 자는 이 시의 眼目(안목)이다.

4. 촉도에서 예정보다 늦어
張說(장열)

蜀道後期

客心爭日月	나그네 마음 일월과 다투어서
來往豫期程	왔다 가는데 일정을 미리 정했다.
秋風不相待	가을 바람이 기다려 주지 않고,
先至洛陽城	먼저 낙양성에 이르렀다.

【자구】

蜀道(촉도) : 지금의 사천성인 촉 지방으로 가는 험준한 길. 後期(후기) : '期'에 '後'하였다. 예정한 일정보다 늦은 것. 爭日月(쟁일월) : 해와 달의 운행과 경쟁함. 곧 일초라도 빨리 가려는 나그네의 마음을 표현한 것. 來往(내왕) : 왕복함. 豫(예) : 미리. 期程(기정) : 일정을 정하다. 洛陽城(낙양성) : 하남성에 있는 땅. 작자의 집이 있는 곳.

【통석】

여행하는 사람의 마음은 시간을 다투어서
예정한 일정대로 돌아오려 했었는데
야속한 가을 바람이 내가 올 때까지 기다려 주지 아니하고
먼저 낙양성에 들어오다니.

【감상】

시인은 가을이 되기 전에 낙양에 돌아오려고 했는데, 예정된 날짜보다 늦어졌

다. 이것을 자기가 늦은 것이 아니라 가을 바람이 자기를 기다리지도 않고 먼저 와버렸기 때문이라고 원망한 것에서 작자의 재치와 애교를 느낄 수 있다. 이 시는 '다툰다' '기다린다' '먼저 왔다'는 세 말에 작자의 정신이 들어 있다. 작자의 여행에는 일정이 짜여 있었다. 그러나 언제나 일정은 시간이 모자라기 마련이다. 모자라지 않게 하기 위해서는 시간과 '경쟁적인 싸움'이 불가피하다. 그러므로 '爭日月' 곧 '시간과 다투다'라는 표현은 더없이 적절한 것으로 급히 돌아가고 싶은 심정을 잘 묘사한 말이다. 그러나 돌아온 것은 예정보다 늦었다. 작자는 늦어진 이유에 대하여 갑자기 '가을 바람'을 끌고 와서 자기가 늦은 것이 아니라 가을 바람이 자기를 기다리지 않고 '먼저' 낙양성에 찾아들었다고 표현하였다. 엉뚱하게 가을 바람을 원망하는 심정으로 자기 변명을 대신하는 한편 '세월이 빠르다'는 느낌을 갖게 하였다.

5. 거울에 비친 백발을 보고
張九齡(장구령)

照鏡見白髮

宿昔靑雲志	그 옛날 품었던 출세의 의욕
蹉跎白髮年	이제는 다 틀린 백발의 신세.
誰知明鏡裏	누가 알았으랴? 거울 속에서
形影自相憐	얼굴과 그림자가 스스로 딱하게 여길 줄을.

【자구】

宿昔(숙석) : 옛날. 靑雲志(청운지) : 푸른 하늘 높이 떠 있는 구름을 바라는 마음.
곧 높은 이상, 또는 고위 관직을 목표로 하는 큰 뜻. 蹉跎(차타) : 마음대로 되지
않는 것.

【통석】

나도 옛날 젊은 시절엔 입신 출세하는 큰 뜻을 품었는데,
지금은 늙고 기회도 다 놓친 백발 노인이 되어버렸다.
우연히 거울에 비친 내 모양을 보니, 정말 형편없이 딱한 꼴이 되었구나.
이러한 내 사정을 위로해 주는 사람이라곤 하나도 없이,
단지 내 모습과 거울 속의 그림자만이 서로 불쌍히 여기게 될 줄을
어찌 생각이라도 했겠는가.

【감상】

이 시는 젊은 나이에 관직에 올라 당 현종의 총애를 받던 작자가 권력을 농단

하던 이임보에게 야합하지 않아 파면된 후, 국사는 날로 어긋나가고 다시 등용될 길도 막연함을 개탄하며 지은 것이다. 1·2구에서 과거와 현재, 청춘과 노년, 큰 뜻과 좌절, 청과 백의 대비로 완벽한 대구를 이루고, 다시 그것을 3·4구에서 자기의 실제 모습과 거울 속의 모습을 대치시켜 귀결짓고 있다.

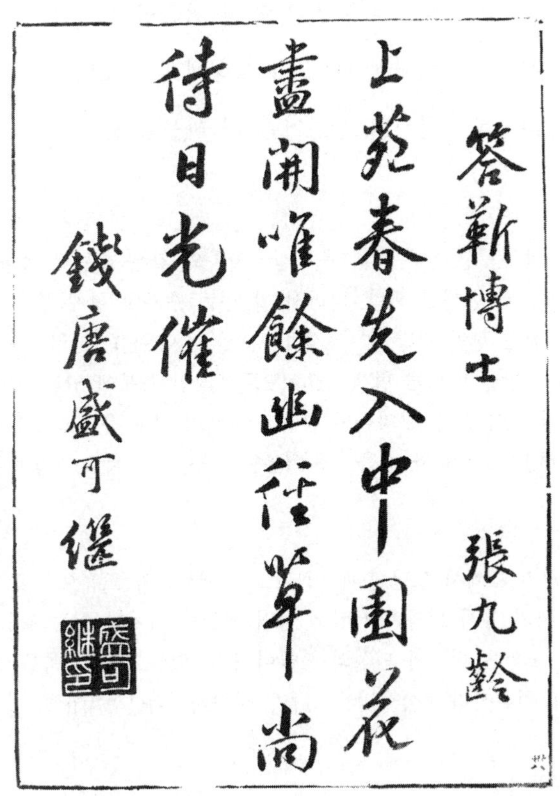

6. 주대가 진에 들어가는 것을 보냄

孟浩然(맹호연)

遊人五陵去	나그네 오릉으로 떠나니,
寶劍直千金	보배로운 칼은 값이 천금일세.
分手脫相贈	헤어질 때 끌러 그대에게 주노니,
平生一片心	평소의 정성어린 내 마음일세.

【자구】

朱大(주대) : '朱'는 성. '大'는 '排行'(배항 : 일족의 같은 항렬에 속한 사람들의 순서 매김)이 첫 번째인 사람. 따라서 '朱大'는 주가네 형제 중 맏이라는 뜻. **入秦(입진)** : 진은 장안 지방. 곧 상경하는 것. **遊人(유인)** : 여러 곳을 여행하는 사람. 특히 사방을 떠도는 협객. **五陵(오릉)** : 장안 북부에 있는 땅 이름. 한대 다섯 천자의 능이 있다. 부자들의 별장과 주택이 많고 유협들이 많이 모여 놀던 곳. **直(치)** : 값. '値'와 같음. **分手(분수)** : 헤어짐. **脫(탈)** : 끄르다. 풀다.

【고사】

옛날 오자서가 초에서 도망칠 때 어느 노인 뱃사공의 도움으로 강을 건널 수 있었다. 감사의 표시로 자기의 칼을 끌러 천금의 가치가 있는 칼인데 받아달라고 하자, 노인은 벼슬과 만석의 봉급이 달려 있는 자네의 목을 살려주었는데, 그까짓 천금짜리 칼을 받겠느냐며 사양하였다(『呂氏春秋』「孟冬紀 異寶」).

【통석】

그대가 지금 옛날부터 유협들이 모여 놀던 번화한 도시 오릉으로 가려 하니,
나는 값이 천금이나 나가는 내가 차던 보검을
이별에 즈음하여 그대에게 끌러 준다.
이것은 지금까지 의기상통하여 서로 친하게 지내온 그대에 대한
나의 정성어린 마음의 표시니,
부디 받아주고 항상 날 기억해 달라.

【감상】

칼이 아닌, 의기로 뭉친 동지를 전송하는 작자의 마음의 무게가 천근이나 되
는 듯한 시다. 또한 비장한 작자의 태도가 한 호흡으로 이어진 뒤 3구의 속도
감과 어울려 단아한 구성을 이루고 있다.

7. 봄날 새벽

孟浩然(맹호연)

春曉

春眠不覺曉	봄잠에 날 새는 것도 몰랐는데,
處處聞啼鳥	여기저기서 새 소리가 들린다.
夜來風雨聲	밤사이 비바람 소리 들리더니,
花落知多少	꽃이 얼마나 떨어졌는지?

【자구】

處處(처처) : 여기저기.　夜來(야래) : '래'는 조사. '어젯밤부터'라는 의미를 보태
주고 있다.　知多少(지다소) : 다소는 '幾何', 얼마와 같음.

【통석】

따뜻한 봄날, 포근히 든 잠을 깨지 못해 날 새는 줄도 모르고 있었는데,
어느덧 여기저기서 새 지저귀는 소리가 들려 늦잠을 깨고 말았다.
깨어서 생각해 보니 간밤에 비바람 소리가 들렸었는데,
한창 피었던 꽃이 얼마나 떨어졌는지 궁금하구나.

【감상】

한가롭게 은거하고 있는 이의 아침을 그린 이 시는 '言淺意濃'(언천의농 : 말
은 평범하면서도 뜻이 풍부함)이라는 평을 받아왔는데, 처음 읽을 때는 平淡
(평담)하여 아무 뛰어난 점이 없는 것 같지만 읽을수록 깊은 맛을 느끼게 된
다. 2·3구의 청각에 와닿는 '소리'로 바깥의 풍경을 형상화시킨 수법은, 마치

장님이 집안에 있으면서 집밖의 모든 변화를 알아채는 것과 같이 극히 동적
인 상황을 매우 정적인 분위기 속에서 표현해 내고 있다. 청각을 통하여 상상
하는 화창한 봄날의 아름다움을 독자에게 시각을 통하여 직접 즐기도록 인도
하는 구상이 들어있다.

8. 원습유를 찾아 낙양에 갔다가 만나지 못했다

孟浩然(맹호연)

洛陽訪袁拾遺不遇

洛陽訪才子　　낙양으로 재자를 찾아갔더니

江嶺作流人　　강령 땅에 귀양을 갔다고.

聞說梅花早　　들으니 매화가 일찍 핀다는데,

何如北地春　　북방의 봄과 비교하여 어떠한지?

【자구】

袁拾遺(원습유) : 원은 성, 습유는 벼슬 이름.　江嶺(강령) : 양자강과 오령(호남, 광동, 광서성 사이에 걸쳐 있는 5개의 산)을 병칭하는 것으로, 중국 남방 지역을 말함.　作流人(작유인) : '作'은 ～이 되다. '流人'은 유형을 받아 먼 벽지의 낮은 관직으로 귀양간 사람.　梅花早(매화조) : 오령 중에 대유령이란 곳이 있는데, 이곳은 매화가 많기로 유명하다.　北地(북지) : 낙양을 말함. '北'은 '此'로 된 곳도 있다.

【통석】

낙양에 사는 원습유를 찾아갔더니,

그는 뜻밖에도 양자강과 오령이 있는 남방 지역으로 귀양살이를 갔다고 한다.

그대가 귀양가 있는 그 지방은 기후가 온화해서 매화가 일찍 핀다고들 하니,

귀양지에서나마 하나의 위로거리가 될지 모르겠지만,

이곳 낙양의 봄 경치와 비교해 볼 때 그대의 마음이 어떻겠는가.

아름다운 꽃들 만발한 고향 낙양의 봄을 그대는 얼마나 그리워하는가?

【감상】

낙양과 강령, 재자와 유인의 두 대비를 통해서 원습유의 인격과 현재의 불행을 선명하게 제시하여, 작자의 비통해 하는 마음을 한층 분명하게 나타내고 있다. 또 3·4구에는 유명한 대유령 매화가 만발한 그 찬란한 광경 속에서, 우울하게 장안의 봄을 그리워할 원씨에 대한 작자의 간절한 위로와 동정이 넘친다.

9. 보이는 대로

王維(왕유)

書事

輕陰閣小雨	약간 흐리면서 가랑비가 멎었다.
深院畫慵開	깊숙한 별장에는 게을러서 낮에 문을 열었다.
坐看蒼苔色	앉아서 보니 푸른 이끼 빛이
欲上人衣來	사람의 옷으로 올라오는 듯하다.

【자구】

書事(서사) : '事'를 '書'하다. 곧 바로 거기 보이는 것을 그리다. **輕陰**(경음) : 음은 양의 반대. 양은 볕이요, 음은 그늘이니, 곧 날씨가 흐린 것. 경음은 가볍게 흐린 것, 곧 약간 흐렸다는 뜻. **閣**(각) : '擱'과 같음. 멎었다. 개었다. 짙은 구름에는 비가 오지만, 얇은 구름에는 비가 오지 않는다. **慵**(용) : 게으르다. **蒼苔**(창태) : 푸른 이끼.

【통석】

가랑비가 오다가 개이고 날씨는 가볍게 흐려 있다.
깊은 정원을 거니는 유유자적한 시인의 심정은
시간이 벌써 점심때가 되어서 비로소 문을 열었다.
그러나 무심코 앉아서 보니 비온 뒤에 푸른 이끼가 무성하게 자라서
그 푸른 빛이 곧 사람의 옷으로 기어오를 것만 같다.

정중동을 잘 나타낸 시다. 흐린 날씨, 깊숙한 정원, 한가로운 작자의 생활. 이 모든 고요함 속에 생동하는 생명이 있음을 시인은 발견한다. 그것은 곧 푸른 이끼의 빛깔이 유난히 돋보여 꿈틀거리며 사람의 옷으로 올라와서 물들게 할 듯한 충동을 느끼게 하는 싱그러움과 희열, 이것은 시인만이 감각할 수 있는 신비한 세계다. 자연 속에서 고요한 생활을 즐기는 모습이 눈에 선하다.

10. 녹채에서

王維(왕유)

鹿柴

空山不見人	빈 산에 사람은 보이지 않고
但聞人語響	말소리의 울림만 들린다.
返景入深林	저녁볕이 깊은 숲에 들었다가
復照靑苔上	다시 푸른 이끼 위로 비친다.

【자구】

鹿柴(녹채) : '녹채'는 왕유의 별장이 있던 輞川(망천)을 읊은 20수 가운데 제4
수다. 녹채는 땅이름. 망천은 지금 섬서성 남전현에 있는 곳으로 경치가 좋기
로 유명하다.　返景(반경) : '返照(반조)'와 같다. 해질 무렵에 서쪽에서 동쪽으
로 비치는 빛.

【통석】

외로운 산속, 사람은 보이지 않고
어디서인지 흘러나오는 소리만이 들린다.
해질 무렵 되자 저녁볕이 이 깊은 숲속을 비쳐오더니,
다시 푸른 이끼 위로 옮겨간다.

【감상】

처음에 사람이 보이지 않는다. 적어도 시각상으로는 보이는 움직임이 없고 고
요함이 있을 뿐이다. 그러나 청각상으로 사람의 소리가 들리는 것이 완전한

정적은 아니다. 그러나 석양이 되고 숲속으로 저녁 볕이 비친다. 정적 속에 자연의 광명이 찾아드는 빛의 세계를 발견할 수 있다. 그 빛은 다 푸른 이끼 위로 옮겨가서 색채의 조화를 이룬다. 정과 동, 암과 명, 청태와 일광의 대조와 시각·청각을 통하여 나타나는 빈 산의 고요하고 한적하면서도 생명력이 움직이는 현상을 시, 그림, 음악을 감상하는 필치로 표현하였다.

11. 죽리관에서

王維(왕유)

竹里館

獨坐幽篁裏	홀로 깊은 대숲 속에 앉아
彈琴復長嘯	거문고 타고 긴 휘파람을 분다.
深林人不知	깊은 숲을 사람들은 알지 못하는데,
明月來相照	밝은 달만이 와서 비친다.

【자구】

竹里館(죽리관) : 망천 별장 속에 있는 건물. 이곳 역시 20경 중의 하나이다.
幽篁(유황) : 그윽하고 깊은 대숲. 長嘯(장소) : 길게 휘파람을 붐. 시가를 읊는
다는 뜻으로 쓰일 때도 있다.

【통석】

나 혼자 이 깊숙한 대숲 속에 앉아서,
거문고도 타고 또 휘파람도 불며 고요히 즐기고 있다.
그런데 이곳은 깊은 숲속이어서 아무도 알고 찾아오는 사람이 없는데,
다만 하늘 위의 밝은 달만이 찾아와 혼자 있는 나를 비춰 준다.

【감상】

이것도 한 그림의 경지다. 깊은 대나무 숲속에서 유유자적하며 홀로 지내는
즐거움. 거기에 다정하면서도 외로운 달이 비춰오는 것은 완연히 한 폭의 그
림이며 선경이다. 송의 소식은 이러한 왕유의 시들에 대해 '詩中有畵 畵中有

詩'라는 유명한 평가를 내렸다. 정적만을 묘사하는 것은 생명이 없는 물체와 같다. '홀로 앉은 것'은 몹시 쓸쓸하나, 거문고 소리와 휘파람 소리는 고요함을 깨뜨리고 활기를 불어넣는다. 밝은 달은 감정이 없으나 작자가 친구와 같이 반기는 데서 이 시는 생명력을 가진다.

12. 그리움
王維(왕유)

相思

紅豆生南國	남쪽 나라에서 생산하는 홍두.
春來發幾枝	봄 이후에 가지가 몇 개나 뻗었는가?
勸君多採擷	바라건대 그대는 많이 채집해 두게.
此物最相思	이것이 가장 서로의 그리움을 상징하는 것이니.

【자구】

紅豆(홍두) : 중국 남방에서 생산되는 나무. 넝쿨이 뻗어나며 꽃이 피고 열매가 달리는데 크기는 완두콩만 하고 색깔은 진홍색이어서 남방 사람들은 패물에다 이 홍두를 끼워서 장식용으로 쓴다. 전설에 어떤 사람이 국경 지대에 갔다가 죽었는데, 그의 아내가 남편을 그리워하여 이 나무 밑에서 울다가 죽어서 홍두가 되었다 하여 이 나무를 '相思子(상사자)'라고 부르며 당시에는 '서로 그리워함'을 홍두로 표현한 것을 종종 볼 수 있다. 그러나 '그리워함'은 반드시 남녀에 국한하는 것이 아니요, 친구 사이에도 '상사'라는 말을 쓴다. 이 시는 당시의 歌人(가인) 李龜年(이귀년)을 위하여 지은 것으로 다른 책에는 제목이 <江上贈李龜年>으로 되어 있기도 하다. 南國(남국) : 중국의 양자강 남쪽 지역. 안녹산의 난이 일어난 뒤에 이귀년이 강남 지방에서 유랑 생활을 한 적이 있다. 春來發幾枝(춘래발기지) : '春'이 '秋'로 된 곳도 있다. 勸(권) : '願'으로 된 곳도 있다. 採擷(채힐) : 채취하는 것.

【통석】
남쪽 지방에 홍두가 산출되는데
아마도 봄이 되어 가지가 많이 뻗어났을 듯하다.
가을에 열매가 열거든 부디 많이 채취하시오.
이것은 서로 그리워함을 가장 잘 나타내는 물건입니다.

【감상】
작자가 이 시를 준 이귀년에 대한 우정을 극히 자연스럽게 서술한 명작이다.
홍두는 '상사'를 나타내는 것이며 남방은 친구가 있는 곳이다. 홍두와 남방.
두 말만으로도 작자의 그리워함이 충분히 표현되었다. 3구에서는 다시 상대
방에게 당신도 나를 그리워하는 심정으로 이것을 많이 채취하라는 말은 쌍방
의 지극한 우정을 유감없이 전달한 것이다.

13. 고요한 밤의 생각

李白(이백)

靜夜思

牀前明月光	침상 앞의 밝은 달빛,
疑是地上霜	땅 위에 내린 서리인가 여겼다.
擧頭望山月	머리 들어 산에 걸린 달을 바라보고는
低頭思故鄕	고개 숙여 고향을 생각한다.

【자구】

牀(상) : 중국식 침대. 明月光(명월광) : '看月光'으로 된 곳도 있다. 육조 시대의 민요인 <자야오가>(433쪽 참조)의 <秋歌>에 '仰頭看明月 寄情千里光'이라는 구가 있다.

【통석】

고요한 밤 침상에 누워 잠 못 들고 있다가
침상 앞에 쏟아져 내리는 훤한 달빛을 보고
이것은 서리가 서려서 비치는 것이거니 생각했다.
그러다 문득 이 훤한 빛이 무엇일까 궁금해 일어나 앉아 머리를 들어보니,
아! 산 위에 밝은 달이 뚜렷이 걸려 있는 게 아닌가.
이에 나는 나그네 시름이 더욱 사무쳐
머리를 떨구고 고향 생각에 잠긴다.

【감상】

이 시는 향수를 그리고 있다. 그러나 향수 그 자체에 대해서는 전혀 표현하지
않고, 작자의 동작을 그리는 것만으로 읽는 이로 하여금 작자가 얼마나 향수
때문에 괴로워하는가를 느낄 수 있게 한다.

14. 추포의 노래

李白(이백)

秋浦歌

白髮三千丈	백발이 삼천 발
緣愁似箇長	근심 때문에 이렇게 길었다.
不知明鏡裏	모르겠다, 거울 속에
何處得秋霜	어디서 가을 서리를 맞았는지?

【자구】

秋浦(추포) : 지금의 안휘성 귀지현에 있는 포구. 만년의 이백이 좋아한 곳으로 여기서 17수의 <추포가>를 지었다. 이 시는 그 중 15번째 것. 三千丈(삼천 장) : 1장은 10척. 백발의 길이에 대한 과장된 표현이지만, 그렇게 길게 된 까닭인 근심의 무게이면서 또한 작자의 놀라움의 표현이기도 한 것이다. 似箇 (사개) : 이렇게. '如此(여차)'와 같음.

【통석】

거울을 놓고 내 얼굴을 비춰보니, 흰머리가 길어서 삼천 장이나 되어 보인다.
아, 이게 어떻게 된 일인가? 이것은 내가 너무나 근심에 시달렸기 때문이다.
그런데 밝은 거울 속의 내 모습은
가을 서리 같은 이 백발을 대체 어디서 맞은 것일까.
이것이 내 모습이란 것을 나 자신도 못 알아볼 만큼 되고 말았구나!

【감상】

이 시는 '백발'과 '근심'이 전체의 내용을 대표한다. 사람은 누구나 근심이 있고 근심 때문에 늙는다. 이 말을 백발 삼천 장으로 표현하였다. 보통 중국 사람의 과장벽이 아주 심한 것을 말하는 예로 이 삼천 장을 인용하기를 좋아하나 이는 시를, 또는 시인의 심정을 모르는 말이다. 1장은 10척이니 숫자로 계산한다면 삼천 장은 삼만 척이다. 삼 척도 될 수 없는 백발을 삼만 척이라 한 것은 물론 과장이다. 그러나 이것은 자기도 모르고 있다가 거울에 비치는 백발에 놀라는 그의 심경을 표현한 것이다. '허옇다'는 말을 아무리 써봐야 자기가 깜짝 놀란 그 순간의 심정을 표현할 수가 없다. 여기서 삼천 장이란 말을 쓴 것이요, 그것은 결코 과장이 아니다. 그러나 작자는 백발 자체에 놀란 것이 아니다. 수심 때문에 이렇게 '자기도 모르게' 늙은 것을 슬퍼하는 것이니, 큰 뜻을 가지고도 세상에서 뜻을 얻지 못함을 한탄한 것이다.

15. 홀로 경정산을 보면서
李白(이백)

獨坐敬亭山

衆鳥高飛盡	뭇새도 다 날아가고
孤雲獨去閑	외로운 구름은 홀로 한가롭게 가버렸다.
相看兩不厭	서로 보아도 둘이 모두 싫지 않은 것은
只有敬亭山	다만 경정산이 있을 뿐이다.

【자구】

敬亭山(경정산) : 안휘성 선주에 있다. 이곳은 옛날 선성군이요, 육조 이래 사령운·사조 같은 대시인이 모두 이곳의 태수로 있었다. 이백은 일생 동안 일곱 번이나 이곳을 다녀갔는데 모두 그가 불우한 때였다.

【통석】

새들이 와서 지저귀어 고적함을 위로하는 듯 하더니 어느새 다
날아가 버리고,
외로운 구름도 무심코 떠 있었으나 한가롭게 사라져 버렸다.
언제나 변함 없이 앉아서 바라볼 수 있는 것은 눈앞에 보이는 경정산.
서로 보아도 언제나 싫증을 느끼지 않는다.

【감상】

유랑 생활 중에 느끼는 고독감. 일시적으로 그의 귀와 눈에 와닿은 새소리, 구름 그림자도 어느새 다 없어져 버렸다. 이것은 일변 차디찬 인정 세태를 반영

하는 의미로도 볼 수 있다. 세상의 모든 사람이 가버리고 멀리하는 가운데 그
에게 위안을 주는 것은 홀로 앉아서 언제나 바라볼 수 있는 경정산이다. '서로
본다'는 데에 뜻이 있다. 산은 감정이 없지만, 작자가 볼 때는 자기를 알아주
는 지기와 같다. 그런 산을 두고 인격 높은 친구로 생각한 표현이다.

16. 연 캐는 아가씨

崔國輔(최국보)

采蓮曲

玉漵花爭發	밝은 물가에는 꽃이 요란하게 피었고
金塘水亂流	맑은 연못에는 물이 세차게 흐른다.
相逢畏相失	서로 만나면 서로 떨어질까 염려하여
幷着木蘭舟	배를 나란히 붙여서 다닌다.

【자구】

采蓮曲(채련곡) : 옛날부터 내려오는 악부의 명칭이다. '연을 채취하는 노래'라는 뜻이다. 중국 남방의 여자들은 연을 채취하는 일에 종사하는 사람이 많다. 우리 나라에서도 뽕따는 일은 누에를 치기 위한 노동이지만, 남녀간의 정을 통하는 가사가 많은 것과 같이 중국에서 채련곡은 또한 남녀의 애정시로 통용된다. 玉漵(옥서) : '서'는 연못의 가장자리. 金塘(금당) : '당'은 연못. 여기에 '옥'과 '금'은 수식어로 쓴 것이다. 번역에서 옥을 밝은 것, 금을 맑은 것으로 시도해 보았는데, 작자의 의도와 크게 어긋나지 않을 듯하다. 水亂流(수난류) : 난류는 물이 물결을 치면서 흐르는 것인데, 본시 연못의 물은 고여 있는 것이요 흐르지 않는다. 그러나 중국 남방에는 연못 물이 강과 통하기 때문에 한쪽으로 쏠려서 흐르며 물결이 인다. 木蘭舟(목란주) : 목란은 나무 이름. 질이 단단한 교목이므로 건축용으로 쓰며 배도 만든다.

【통석】

옥처럼 깨끗한 물가에 각색 꽃들이 경쟁이나 할듯이 요란하게 피어 있고,

연못 물은 파도를 치며 흘러 나간다.
여기에 즐거운 마음으로 연을 채취하는 처녀.
우연히 사랑하는 사람을 만나 애정을 속삭이는데
파도에 배가 휩쓸려서 서로 떨어지면 어쩌나 하며,
배와 배를 한데 붙이고 나란히 다닌다.

【감상】
1·2구는 자연 환경이 아름답고 활기가 넘치는 분위기로 시작하여 독자로 하여금 달려가 보고 싶은 충동을 갖게 한다. 3구에서 비로소 사랑의 상봉을 제시하여 연못에서 일어난 남녀의 자유로운 애정을 서술하면서 다시 이 인연을 놓쳐서는 안되겠다는 마음의 다짐을 '幷着(병착)' 두 자로 결속하였다.

17. 맹성요에서
裴迪(배적)

孟城坳

結廬古城下	집을 옛 성밑에 짓고서
時登古城上	때로 옛 성에 오른다.
古城非疇昔	고성은 옛날 것이 아닌데
今人自來往	지금 사람은 자연스레 오간다.

【자구】

孟城坳(맹성요) : 오언 절구 42-45쪽의 왕유 시와 함께, 작자가 망천 별업 20경을 읊은 시 20수 가운데 하나. '요'는 웅덩이처럼 움푹 패인 곳. 맹성이라는 옛 성의 유적에 있는 움푹 패인 곳이 맹성요이다. 結廬(결려) : 띠풀로 조그마한 집을 짓는 것. 도연명의 시 <飮酒>에 '結廬在人境(결려재인경)'이란 구가 있다. 古城(고성) : 맹성을 말함. 疇昔(주석) : 옛날. 自(자) : '지금 사람은 지금 사람으로, 옛날과 관계없이 자연스레'의 뜻.

【통석】

집을 옛 성 밑에다 지었다.
그래서 때때로 성 위에 올라 바람도 쐬고 멀리도 바라보곤 한다.
그런데 이제 그 성 위에 올라보니,
옛 성은 이미 황폐해 옛날의 모습이 아닌데,
지금 사람은 그 성 위를 경치나 감상하며 자연스레 오간다.

이 시는 양 나라의 하손, 범운, 유효작이 함께 지은 <擬古三首聯句>를 본따 지은 것이라 한다. 짧은 시구 안에 '古城'을 세 번이나 반복했는데도 지루한 맛이 느껴지기보다는 오히려 현재와의 대비 속에 착잡한 회고의 감정이 전해 진다.

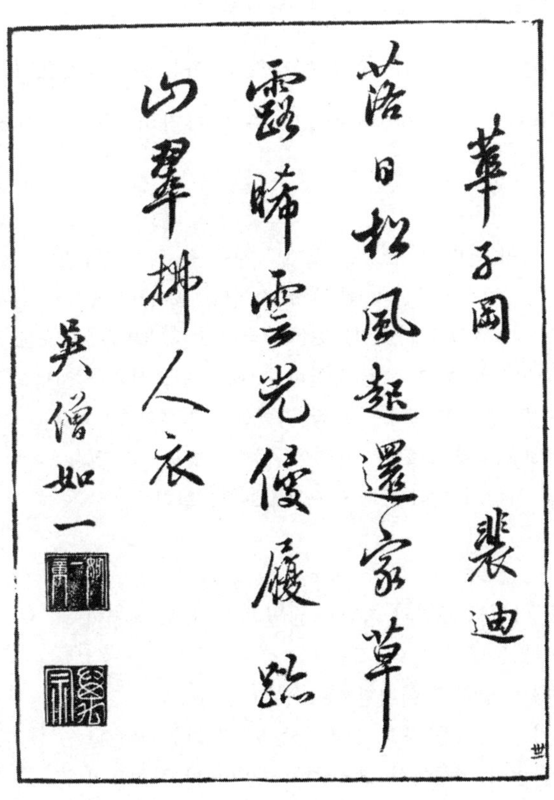

18. 다시 근심함
杜甫(두보)

復愁

萬國尙戎馬	온 나라는 아직 전쟁 중인데
故國今若何	고향은 지금 어떠한지?
昔歸相識少	옛날 돌아갔을 때도 아는 이 적었으니,
早已戰場多	벌써 전장에서 죽은 사람이 많기 때문이다.

【자구】

復愁(부수) : 이미 한번 이 근심을 소재로 시를 쓴 적이 있는데, 다시 한 번 더 쓴다는 뜻. 연작 12수 가운데 세 번째 것이다. **尙(상)** : 여전히, 아직도. **戎馬**(융마) : 군마, 곧 전쟁을 가리킴. **古國(고국)** : 고향. '國'은 '園'으로 된 곳도 있다. **昔歸(석귀)** : 약 십년 전을 말한다. 그때는 안녹산과 사사명의 난이 가장 치열하던 때였고, 낙양 일대는 가장 격렬한 전장이었다. **相識(상식)** : 아는 사람, 낯익은 얼굴. **早已(조이)** : 일찍이, 이미. **戰場多(전장다)** : 여기서는 '전장에서 희생된 사람이 많다'라는 뜻으로 보아야 한다.

【통석】

온 나라에는 아직도 토번의 침입과 군벌의 반란 등 전쟁이
그치지 않고 있는데,
지금 내 고향의 상황은 어떠할까?
10년 전 내가 돌아갔을 때도 이미 아는 사람들이 적었으니.
그것은 여러 번의 전쟁에서 희생당한 사람이 많기 때문이다.

【감상】

전쟁에 휩싸여 있는 나라와 고향을 걱정하는 시이다. 1·2구에서는 현재를 이야기하고 3·4구에서는 과거를 이야기하여, 더욱 비참하고 황폐해 있을 고향의 현재를 미루어 느낄 수 있게 하였다. 충군·애국의 시인으로 불리는 작자의 본령이 짧은 4구 속에 유감없이 발휘되어 있다.

19. 절구
杜甫(두보)

絕句

江碧鳥逾白	강이 푸르러 새는 더욱 희고
山靑花欲然	산이 푸르니 꽃이 타는 듯하다.
今春看又過	이 봄도 바라보는 가운데 또 지나가니,
何日是歸年	어느 날이 돌아갈 해일까?

【자구】

絕句(절구) : 특별히 제목을 정하지 않고 시형의 명칭을 그대로 시 제목으로
삼은 것. 두보의 시에는 이렇게 <절구> 라는 제목을 붙인 시가 많다. 연작 2
수 중 첫번째 것.　逾(유) : 더욱.　山靑花欲然(산청화욕연) : 육조 시대 시인인
포조와 유신의 시에 '山櫻紅欲燃' '山花焰欲燃' 등의 구가 있었다. '然'은 '燃'과
같다. 불이 붙는다는 뜻.

【통석】

파아란 강물에 그 위를 나는 물새의 빛깔이 더욱 희게 보이고,
푸른 산에는 활짝 핀 꽃들이 타는 듯 붉게 보인다.
이 아름다운 봄철도 바라보고 있는 가운데 벌써 다 지나가고 있으니,
고향 생각이 더욱 간절하구나.
아, 내 고향으로 돌아갈 날은 대관절 언제일까!

푸른 산에 어린 붉은 꽃, 남빛 강에 비친 하얀 새. 두보, 화가도 아닌데 어떻게 이렇게 색채를 그려냈을까. 아름다운 봄 풍경과 고향으로 돌아가지 못하고 있는 나그네의 마음이 애달프게 그려져 있다.

20. 국경의 달

儲光羲(저광희)

關山月

一雁過連營	기러기 연이은 군영 위를 지나가고
繁霜覆古城	된서리는 옛 성을 덮었다.
胡笳在何處	날라리 소리는 어디서 흘러나와,
半夜起邊聲	한밤중에 국경의 소리 일으키나?

【자구】

關山月(관산월) : 악부 제목. 수자리 서는 병사들의 이별의 정을 노래하는 내용.
一雁(일안) : 기러기는 보통 무리를 지어 나는데, 여기서는 적막함을 더해 주기
위해 이렇게 표현했다. 連營(연영) : 연이어 세운 군대 막사. 繁霜(번상) : 된서
리. 覆(부) : 덮다. 胡笳(호가) : 호인들이 부는 피리, 날라리. 夜半(야반) : 한밤
중. '半夜'로 된 곳도 있다.

【통석】

연이어 배치된 군대 막사 위로 한 떼의 기러기 처량하게 울며 지나가고,
된서리가 옛 성을 허옇게 덮은 가을 밤.
애처로운 날라리 소리 어디서 흘러나와
한밤중 변방에 울려 국경의 불안을 알리는 소리를 내는가?

【감상】

이 시의 작자에 대해서는 戴敍倫(대서륜)이라는 설도 있다. 기러기는 보통 소

식을 전해주는 것으로 여겨져 왔는데, 서두에서 이 기러기를 등장시켜 고향 그리는 마음을 암시하였고, 된서리와 호가 소리를 보태어 국경 주둔병의 수심을 더욱 심화시키고 있다. 감정을 드러내는 말은 하나도 사용되지 않았는데도 국경에 나가 있는 사람의 애수가 십분 드러나 있다.

21. 강남의 노래
儲光羲(저광희)

江南曲

日暮長江裏	해 저무는 강가에서
相邀歸渡頭	서로 만나 선창으로 돌아간다.
落花如有意	지는 꽃도 감정이 있는 듯,
來去逐輕舟	오며 가며 가벼운 배를 따라 흐른다.

【자구】

江南曲(강남곡) : 이것도 악부의 명칭. 작자가 이 악부의 曲譜(곡보)에 맞추어 시를 지은 4수 가운데 세 번째 것이다. 邀(요) : 맞이한다. 만난다는 뜻과 같음. 渡頭(도두) : 배를 대는 곳. 도선장. 선창. 輕舟(경주) : 짐을 많이 싣지 않은 배, 또는 몸체가 작은 배를 의미하나, 여기서는 하루의 일을 마치고 홀가분한 마음으로 돌아간다는 상징적인 뜻이 있다.

【해설】

이 시도 채련곡과 같이 남녀의 애정을 읊은 시다. 이는 악부가 가진 공통점이다. 해 저문 강가라는 1구는 벌써 하루 일을 끝내고 돌아가는 시간적 상황을 암시하고, 서로 만난다는 표현은 사랑하는 남녀의 상봉이 일을 마치고 돌아가는 시간에 이루어진 것임을 강조하였다. 3구에서 뜻밖의 소재를 가져와서 이 두 사람의 사랑을 미화시키기 위해 물에 뜬 낙화가 그들의 뱃전을 감돌면서 흐르는 것으로 끝을 맺는다.

【감상】
시간과 장소, 만남과 즐거움을 조화있게 다루면서 홀가분한 심정으로 배를 저
어가는 남녀의 사랑을 묘사한 시.

22. 군영에서 9월 9일에 고향 장안을 생각함
岑參(잠삼)

行軍九日思長安故園

强欲登高去	굳이 높은 곳에 올라보려 하지만,
無人送酒來	술을 보내주는 사람 없구나.
遙憐故園菊	멀리서 안타까워 하나니, 고향의 국화는
應傍戰場開	분명 싸움터 곁에 피었으리.

【자구】

行軍(행군) : 전쟁에 나가 있는 군대의 군영.　九日 : 9월 9일 중양절을 말함.
登高(등고) : 중양절에는 높은 곳에 오르는 관습이 있다. ⇒[고사1]　長安故園
(장안고원) : 고원은 고향을 말하는데, 꼭 태어난 곳이 아니더라도 오래 산 곳
이면 고향이라 할 수 있다. 작자의 원래 고향은 하남성 남양이지만, 20대 후반
부터는 장안에 살았던 때가 많았다.　强(강) : 무리하게, 굳이.　遙(요) : 멀리서.
憐(연) : 안타깝게 여김, 그리워함. 귀엽다, 예쁘다는 의미로 쓰일 때도 있다.
傍(방) : 동사로 보아야 한다. '戰場'에 '傍'하여. 곧 전장이었던 장소에.

【고사1】

후한 때 桓景(환경)이란 사람이 費長房(비장방)이란 도사에게 도술을 배우고
있었는데, 하루는 비장방이 "9월 9일에 너희 집에 재난이 닥칠 것이니, 가족
들을 데리고 높은 곳에 올라 茱萸(수유) 담은 비단 주머니를 어깨에 메고 국
화 술을 마셔라!"고 했다. 환경이 그대로 실행하고 저녁에 집으로 돌아왔더니,
가축들이 모두 죽어 있었다(『續齊諧記』).

【고사 2】

도연명이 9월 9일에 마실 술이 없어 집 주변의 국화 밭에 앉아 있었더니, 그 지방의 刺史(자사)인 王弘(왕홍)이 하인을 시켜 술을 보내왔다. 이에 도연명은 그것을 마시고 흥건히 취하여 집으로 돌아왔다(『宋書』「陶潛傳」).

【통석】

전쟁에 나와 있는 나는 9월 9일 명절을 만나 억지로라도 풍속에 맞춰
높은 곳에 올라가 보려고 하지만,
옛날 도연명에게 술을 보내준 왕홍 같은 사람이 없어 너무나 쓸쓸하다.
이때 또 연상되는 것은 아직 전쟁 중에 있는 내 고향 장안에
피어 있을 국화이다.
그 가련한 국화는 나라가 편안할 때라면 내 보살핌을 받고,
또 벌써 국화주로 담겨 이 가절에 내 흥을 돋구어 주고 있을텐데,
이 난리 소란 통에 마차 먼지를 뒤집어 쓴 채
전투가 벌어진 자리에 애처롭게 피었을 것이다.

【감상】

당 현종 천보 14년(755)에 안녹산이 반란을 일으켜 다음 해에 장안이 함락이 되었고, 지덕 2년(757) 2월에 甫宗(용종)이 동원에서 출발하여 봉상으로 토벌을 나갈 때 잠삼이 수행하였다. 이해 구월에 장안이 수복되었는데 이때 잠삼은 봉상에서 이 시를 지었다고 옛 주에 전한다.

이 시는 단지 고향을 그리워하는 것만이 아니라 전란에 휩싸여 있는 나라에 대한 작자의 염려도 가득 담겨 있다. 고사를 두 가지나 인용하면서도 '국화'라는 공통 분모로 아무 무리없이 꿰어낸 솜씨가 절묘하다. 또 전화에 싸여 있는 장안의 모습을 마차 먼지 속에 홀로 피어 있는 가녀린 국화로 이미지화하여 나라를 걱정하는 작자의 안타까운 심정을 절실하게 전해 주고 있다.

23. 위수를 보고 장안을 생각한다
岑參(잠삼)

見渭水思秦川

渭水東流去	위수 동쪽으로 흘러가
何時到雍州	언제나 옹주에 이를까?
憑添兩行淚	두 줄기 눈물을 흘려 보태노니
寄向故園流	물을 따라 고향으로 가리라.

【자구】

渭水(위수) : 감숙성에서 발원하여 장안 북쪽을 지나 황하로 들어가는 황하 최대의 지류. 秦川(진천) : 장안을 둘러싼 평야 지방을 범칭. 제목 위에 '西過渭州' 4자가 더 있는 곳도 있다. 雍州(옹주) : 장안을 둘러싸고 있는 행정 구역의 이름. 곧 장안. 憑(빙) : 의지하다. 부탁하다. 添(첨) : 보태다. 兩行淚(양항루) : 두 줄기 눈물. 寄(기) : 부치다.

【통석】

지금 내 눈앞에는 동쪽으로 흘러가는 위수 물결이 보인다.
이 물은 동쪽으로 흘러흘러 언젠가는 꼭 내 고향 장안에 도달할 것이다.
그런데 이 강물만도 못하게 타향의 나그네가 되어 떠도는 내 신세.
향수 때문에 우러나오는 두 줄기 눈물을 강물에 띄우며,
이 눈물이 고향으로 흘러갈 것을 그려본다.

【감상】

동쪽 고향으로 돌아 가고픈 간절한 희망을 안고 서쪽으로 향하고 있는 자신과 유유히 동쪽으로 흘러가고 있는 강물의 대비가 작자의 비애를 잘 표현해 주고 있다. 흐르는 강물에 눈물을 보탠다는 시상은 우리 나라 고려 때의 시인 정지상의 '대동강 물은 언제나 다 마를까, 이별의 눈물 해마다 푸른 파도에 보태지는데(大同江水何時盡, 別淚年年添綠波)'라는 구에서도 볼 수 있다.

24. 관작루에 올라
王之渙(왕지환)

登鸛鵲樓

白日依山盡	해는 산에 붙어서 넘어가고
黃河入海流	황하는 바다로 흘러 들어간다.
欲窮千里目	천리 먼 풍경을 끝까지 보고 싶어
更上一層樓	다시 누 한 층을 더 올라간다.

【자구】

鸛鵲樓(관작루) : 산서성 영제현에 있었던 3층 건물. '鸛雀樓'라고도 한다. 동남쪽으로는 중조산이 보이고 누 아래로는 남쪽으로 계속 물길을 잡아오다 이곳에 이르러 동쪽으로 꺾여 힘차게 흐르는 황하가 보인다. 관작은 황새과에 속하는 새.　**白日依山盡**(백일의산진) : 백일은 태양. 당대에는 이미 지는 해를 뜻하는 '落日(낙일)'과 태양을 뜻하는 '白日(백일)'이 구분되어 쓰였다. 동남쪽에 우뚝 솟아 있는 중조산에 가려 그 뒤편 풍경이 보이지 않는 것을 빼고는 태양이 비치는 곳 어디나 시야가 탁 트여 있는 것을 형용한 구.　**黃河入海流**(황하입해류) : 황하가 바다까지 닿으려면 이 관작루에서 무려 1,000㎞를 더 가야 하나, 황하가 여기서 동쪽으로 꺾인 기세 그대로 흘러가면 바다에 이르기 때문에 작자가 미리 상상해 본 것이다.　**窮千里目**(궁천리목) : 천리 사방, 볼 수 있는 곳까지 다 보는 것.

【통석】

관작루에 올라 사방을 둘러보니, 동남쪽에 있는 중조산에 가로막혀

태양 빛이 보이지 않는 것을 빼고는 태양이 비치는 어느 곳이나
드넓게 탁 트여 있고,
아래로는 이곳에서 방향을 바꾸어 곧장 바다로 흘러들어 갈 황하 강물이
바다와 만나 함께 흐르는 모습이 보이는 듯하다.
이 천지 사방에 가득 찬 장관을 남김없이 다 보고 싶어,
누대의 한층을 더 올라선다.

【감상】

태양은 멀리 보이는 산에 붙어서 넘어가고 황하가 바다로 들어가는 것이 보
이지는 않으나, 끝없이 넓은 들을 유유히 흘러 동쪽 바다로 들어가는 것이 보
이는 듯하다. 높은 이 건물에서 바라보는 중국의 넓은 산과 물. 그러나 더 높
은 데서 바라보면 더 먼 곳까지 보일 듯하여 다시 한 층을 더 올라간다. 넓은
중국의 평원을 읊은 시 가운데 대표작으로 평가받는다. 이 시는 절구이면서도
모두가 대구로 형성되었다. 그러나 독자로 하여금 그것이 대구라는 생각이 들
지 않도록 극히 자연스럽게 전개한 것이 이 시의 특징이다.

25. 종남산의 녹지 않은 눈
祖詠(조영)

終南望餘雪

終南陰嶺秀	종남산은 북쪽 봉우리가 높이 솟았고,
積雪浮雲端	쌓인 눈이 구름 위에 떠 있다.
林表明霽色	숲 밖에 개인 빛이 밝으니,
城中增暮寒	성안에선 저녁에 더욱 추위를 느낀다.

【자구】

終南(종남) : 수도 장안의 남쪽에 있는 산 이름. 陰嶺(음령) : 북쪽 봉우리. 산은
남쪽, 물은 북쪽이 양이다.

【통석】

종남산의 북쪽 봉우리는 높이 솟아 있어서,
그 위에 쌓인 눈이 구름 위에 떠 있다.
눈이 확 개인 해질 무렵, 지는 햇살이 북쪽 봉우리의 수풀 위에 비쳐
환하게 밝아 보이니,
눈 개인 뒤에 늘 그렇듯이, 오늘 저녁 장안 성안은 추위가 더할 것이다.

【감상】

이 시에 대해서는 다음과 같은 일화가 전한다. 작자가 위의 제목으로 과거 시
험을 보았는데, 원칙은 12구를 짓는 것이었지만 작자는 이 4구만을 써서 제출
하였다. 시험관이 이것을 꾸짖자 "할말을 다했을 뿐이다"라고 대답했다. 작자

는 파격적인 대우를 받아 합격했다. 참으로 '말은 간략하나 뜻은 다한(言簡而
意盡)'시라 하겠다.

26. 재상직에서 물러나서
李適之(이적지)

罷相

避賢初罷相	어진 이를 피해 막 재상을 그만두고
樂聖且銜杯	성인을 좋아하여 또한 술잔을 마신다.
爲問門前客	물어보자, 문 앞의 손님들
今朝幾箇來	오늘 아침엔 몇이나 왔는가?

【자구】

避賢(피현) : 현인을 피하다. 현인에게 양보하다.⇒[고사 1]　初(초) : 막 ~하다.
樂聖(낙성) : 성인, 곧 淸酒(청주)를 즐김.　銜杯(함배) : 술잔을 머금음, 술을 마
심.　今朝幾箇來(금조기개래) : 기개는 몇 개, 몇 명⇒[고사 2]

【고사 1】

위 나라 때 금주령이 내렸는데, 상서랑인 徐邈(서막)이라는 사람이 술에 취에
있는 것을 보고 어떤 사람이 힐책하자, 자기는 성인에 중독되어 있다고 하였
다. 태조가 이 말을 듣고 잔뜩 화가 나 있을 때, 鮮于輔(선우보)라는 사람이
요즘 술꾼들은 청주를 성인, 탁주를 현인이라 한다고 변호해 주었다(『三國志』
「魏志 徐邈傳」).

【고사 2】

翟公(적공)이 '廷尉'(정위 : 법무대신)가 되어 있을 때는 항상 손님들이 집안에
가득 찼었는데, 파직된 후에는 드나드는 사람이 없다가 복직되자 또다시 손님

들이 모여들기 시작했다. 적공은 대문에다 한 번 귀하고 한 번 천해 보니 인심을 알겠다고 써붙이고 그들을 거절하였다(『史記』「汲鄭列傳」).

【통석】

나와 같은 어리석은 사람이 어진 사람이 들어설 자리를 비켜
이제 막 재상의 지위에서 물러났으니,
다만 성인의 도, 곧 청주를 즐기며 또한 술잔을 들고 앞날을 보낼 것이다.
한편 냉담한 세상의 인심에 대해 나는 냉소를 금할 수 없으니,
내가 재상으로 있을 때 그렇게 매일처럼 찾아오던 사람들이
오늘 아침엔 몇 명이나 찾아올지 궁금하구나.

【감상】

이 시는 당대의 명재상이었던 작자가 이임보의 음모에 걸려 파문당한 후에 지은 것이다. ‘避賢’은 이임보가 권력을 잡은 것을 미워하고 분개하는 것의 역설적 표현이며, ‘樂聖銜杯’는 해학이 섞인 체념이다. ‘避賢’과 ‘樂聖’은 대구로 매우 자연스러우면서도 묘하게 작자의 불편한 심정을 짜넣었다.

27. 문하성의 배꽃
丘爲(구위)

左掖梨花

冷艷全欺雪	차가운 아름다움 완전히 눈인가 속게 하는데,
餘香乍入衣	남은 향기 설핏 옷 속에 든다.
春風且莫定	봄바람아! 자아, 그치지 말고
吹向玉階飛	이 향기를 불어다 임금 계신 곳으로 날려다오.

【자구】

左掖(좌액) : 문하성의 별명. 당대에 정무를 보는 대명궁 선정전의 왼쪽에는 문하성이, 오른쪽에는 중서성(右掖)이 있었다.　梨花(이화) : 배꽃. 이 시는 왕유, 황보염과 함께 문하성 뜰에 있는 배꽃을 노래한 것이다.　冷艷(냉염) : 차가운 아름다움. 배꽃의 새하얀 모습을 형용한 것.　全(전) : 완전히. 순전히.　欺雪(기설) : 실제 눈보다 더 눈 같아 눈으로 착각하게 함.　餘香(여향) : 매우 진한 향기가 남아 떠도는 것.　乍(사) : 언뜻, 선뜻.　定(정) : 멈춤. 그침.　玉階(옥계) : 궁궐의 계단에 대한 좋은 말.

【통석】

선정전 동쪽의 문하성 뜰에는 지금 배꽃이 한창 피어,
그 새하얀 고운 맵씨는 완전히 눈으로 착각하게 한다.
그러나 눈이 아닌 것은 그 남아도는 향기가 언뜻 옷 속에
스며들어 오는 것에서 알 수 있다.
봄바람이여!

그치지 말고 곧장 불어서
이 아름다운 향기를 천자가 계신 궁궐까지 날아가게 하라.

【감상】

자연의 아름다움을 보고, 그 순간을 연인과 함께 했으면 하고 바라는 것은 동서고금을 통해 일반적인 일이다. 다만 여기서는 유교 사회의 특수성으로 인해 그 대상이 임금이 된 것이다. 우리 나라 정철의 戀君(연군) 시조도 이와 함께 음미해 볼 만하다.

송림에 눈이 오니 가지마다 꽃이로다.
한가지 꺾어다가 님에게 드리고저.
님께서 보신 후에야 녹아진들 어떠리.

28. 눈을 만나 부용산 주인에게서 자다
劉長卿(유장경)

逢雪宿芙蓉山主人

日暮蒼山遠	해가 저물어 어둑어둑한 산은 멀리 보이고
天寒白屋貧	날씨가 추운데 초가집은 초라하다.
柴門聞犬吠	사립문에 개짖는 소리 들리니,
風雪夜歸人	바람 불고 눈내리는 밤에 늦게 돌아오는 사람이 있나 보다.

【자구】

芙蓉山(부용산) : 산 이름.　蒼山(창산) : '창'은 흐릿하게 보이는 빛이다. 곧 해가 저물었기 때문에 어둑어둑하게 보이는 것이다.　白屋(백옥) : 가난한 초가집.　柴門(시문) : 사립문　吠(폐) : 개가 짖다.

【통석】

길을 가다가 날이 저물었다. 지금 찾아가는 산은 어두움에 싸여
더욱 멀어 보인다. 그러나 저 산까지는 가야 한다.
날씨는 추운데 들어가 잘 집은 초라한 초가이다.
더욱 가난하고 서글퍼 보인다.
바람 불고 눈 내리는 추운 밤인데 사립문에 개 짖는 소리가 들린다.
나보다도 더 늦게 돌아오는 사람이 있나 보다.

【감상】

산중을 찾아가는 겨울 나그네의 행색과 심경을 화면을 통해 보는 것처럼 생생하게 그린 시다. 1구에서는 찾아가는 산이 멀리 보였고, 2구에서는 하룻밤을 자야할 초라한 집에 당도하였다. 3·4구는 집에 들어가서 자리잡은 이후의 상황이다. 고요한 산, 밤을 흔드는 개소리와 사람의 기척을 묘사하여 새로운 변화를 줌으로써 작품에 활기를 불어넣었다.

29. 협객을 만남
錢起(전기)

逢俠者

燕趙悲歌士	연조 지방의 비통한 노래하는 협사와
相逢劇孟家	극맹의 집에서 만났다.
寸心言不盡	마음에 있는 말 다하지도 못했는데,
前路日欲斜	앞길에는 해가 기울려 하는구나.

【자구】

俠者(협자) : 의협심을 가지고 약한 자를 도우고 악한 자를 징계하는 데 뜻을 두어, 관리나 법 등에 구애받지 않고 행동하는 사람. 俠客(협객) 또는 遊俠 (유협). 燕趙悲歌士(연조비가사) : 연・조는 전국 시대 나라 이름으로, 지금의 하북성 북부 및 산서성 서부 지방. 예로부터 불만을 품고 격노하여 비통한 노래를 부르는 의협한 사람들이 많기로 유명하다. 劇孟家(극맹가) : '극맹'은 한의 유명한 협객. '家'가 '嘉'로 된 곳도 있다. 寸心(촌심) : 마음. 심장이 사방 1촌이라 하여 촌심, 方寸(방촌) 등으로 부른다. 欲(욕) : '將'으로 된 곳도 있다.

【통석】

옛날 연・조 지방에서 비통한 노래 부르던 협사와 같은 사람을,
한 나라 극맹에 비길 만한 협객의 집에서 만나
서로 통쾌하게 마음을 털어놓게 되었다.
그러나 마음속에 있는 말을 미처 다 하기도 전에,
애석하게도 내가 갈 앞길엔 벌써 해가 지려 한다.

【감상】

유협은 한대에 많이 활약했고, 당대에도 그 전통이 남아 있어서 소설이나 시에 종종 등장했는데 인기가 좋았다. 이 시는 작자가 여행 도중에 협사와 만나 의기상통했던 것을 읊고 있다. 작자도 현실에 불만이 많았던 듯, 협자를 만난 기쁨과 헤어지는 애석함을 통해 그 불만을 간접적으로 나타냈다.

30. 가을밤에 구원외랑에게

韋應物(위응물)

秋夜寄丘二十二員外

懷君屬秋夜	그대를 그리워하는 때, 마침 가을 밤인데
散步詠凉天	여기저기 거닐며 서늘한 공기 속에 읊조린다.
山空松子落	산은 비었는데 솔방울 떨어질러니,
幽人應未眠	은거하는 이도 분명 잠 못 이루리라.

【자구】

丘二十二員外(구이십이원외) : '구'는 성. '이십이'는 排行(배항). '원외'는 상서성에 속하는 벼슬인 員外郞(원외랑). '丘爲'(76쪽 참조)의 아우인 '丘丹'이다. 屬(속) : 마침 ~이다.

【통석】

마침 쓸쓸한 가을밤을 만나 그대를 더욱 그리워하며,
홀로 선선한 밤 공기 속을 거닐며 읊조린다.
아무도 없는 산중에 솔방울 떨어지는 소리에
그대도 정녕 잠을 못 이루고 있으리라.

【감상】

이 시는 작자가 소주자사로 있을 때, 소주와 가까운 항주 임평산에 은거해 있던 구단에게 준 것이다. 두 사람은 작자가 소주에 있는 동안 매우 친하게 지냈는데, 작자가 구단에게 준 시는 이 시 외에 4수가 더 있다. 1·2구에서는 작자의 현상황을 시간과 동작으로 표현하면서 그리움을 간결하게 나타내었고, 3·4구에서는 곧장 상대방의 현상황에 대한 상상으로 이어지면서 이 그리움이 쌍방적인 것임을 강조하여, 그리움을 심화시키고 있다.

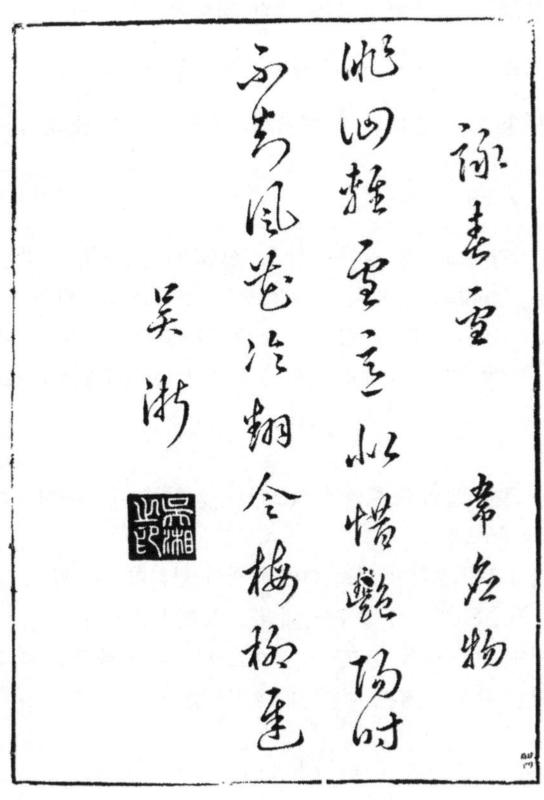

31. 기러기 소리 듣고서
韋應物(위응물)

聞雁

故園渺何處	고향은 아득하니 어디멘가
歸思方悠哉	돌아가고픈 생각 바야흐로 길구나.
淮南秋雨夜	회남 땅 가을비 오는 밤에
高齋聞雁來	높다란 서재에서 기러기 오는 소리 듣는다.

【자구】

故園(고원) : 작자의 고향인 장안을 말함.　悠哉(유재) : '悠'는 생각이 끝없이 이어지는 모양.　淮南(회남) : 안휘성과 강소성을 흐르는 회수의 남쪽 지방 일대. 구체적으로는 작자가 자사로 있었던 滁州(저주)를 말함.　高齋(고재) : '郡齋'와 같다. 높은 누각에 만든 서재로 군의 업무를 보는 집무실로도 쓰인다.

【통석】

고향 장안과 멀리 떨어져 회남에 있노라니, 고향이 너무나 아득하여
어디쯤인지도 모르겠다.
고향에 돌아가고픈 생각이 바로 이때를 맞아 한없이 이어진다.
이 회남 땅 저주는 가을비 우수수 내리는 쓸쓸한 밤인데
높다란 서재에 앉아 북쪽 장안에서 날아오는 기러기 울음소리를 들으니,
누군들 고향 생각에 잠기지 않을 수 있겠는가!

【감상】

작자는 젊었을 때 잠깐 낙양 부근에서 벼슬한 것과, 늙어서 다시 수도권으로 돌아온 것을 제외하고 거의 지방직으로 나돌았다. 저주와 강주 그리고 소주에서 각각 자사를 지냈는데, 이 시는 저주에 있을 때 지은 것이다. 1·2구에서 이미 고향 생각에 골몰해 있음을 보이고, 3구에서 회남땅·가을·비·밤이라는 요소들을 더 보탰다. 4구에서 다시 북쪽 장안에서 날아오는 기러기를 더하여, 간절한 고향 생각을 점층적으로 심화시키며 여운을 남기고 있다.

32. 죽림사에서
朱放(주방)

題竹林寺

歲月人間促	세월은 인간 세상에서 빨리 가는데,
煙霞此地多	이곳에는 안개가 자욱하다.
慇懃竹林寺	깊은 정 느끼게 하는 죽림사,
更得幾回過	다시 몇 번이나 찾아올 수 있을까?

【자구】

竹林寺(죽림사) : 죽림사라는 이름의 절은 여러 곳이 있는데, 작자와 관련 있는 곳은 둘이다. 하나는 강서성 여산에 있고 하나는 강소성 진강에 있는데, 이 시는 여산에서 지은 것이다.　人間(인간) : '世間', 속세.　促(촉) : 급박함, 빨리 지나감.　煙霞(연하) : 안개와 연기. 산수가 아름다운 것을 의미한다.　慇懃(은근) : 은은하고 깊은 정을 느끼게 하는 것.　幾回(기회) : 몇 번.　過(과) : 지나가다. 들르다.

【통석】

인간은 늘 분주하게 생활에 쫓기고 그래서 언제나 세월의 흐름에 몰려 살고 있다.

그런데 이곳은 그윽한 안개 속에 묻혀 세상과 동떨어져 있다.

은은한 깊은 정을 느끼게 하는 이 아늑한 죽림사에

속세에서 눈코 뜰새 없이 바쁘게 헤매는 나 같은 사람이 앞으로 몇 번이나 찾아올 수 있을까?

【감상】

바쁜 가운데 틈을 내, 속세의 먼지 얼룩진 곳을 벗어나 청정한 산사를 찾은 작자의 감회를 읊은 시다. 작자의 생애는 확실하게는 밝혀져 있지 않지만, 약간의 관리 생활을 제외하고는 거의 은거하였다. 이 시는 관리 생활을 할 때 지은 것인 듯, 속세를 떠난 청정하고 한적한 삶에 대한 작자의 갈구가 1·2구의 대비 속에 잘 나타나 있다.

33. 가을날
耿湋(경위)

秋日

反照入閭巷	저녁볕 동리에 드는데,
憂來誰共語	근심은 누구와 함께 이야기할까?
古道少人行	옛길에는 다니는 이 적은데,
秋風動禾黍	가을 바람이 벼와 수수를 흔든다.

【자구】

反照(반조) : 저녁 볕.　閭巷(여항) : 서민들이 사는 곳. 마을. **憂來誰共語(우래수
공어)** : '憂'는 '愁'로 된 곳도 있다. '誰共'은 '與誰'로 된 곳도 있다.　古道(고도)
: 오래된 옛길.　少人行(소인행) : '少'는 '無'로 된 곳도 있다.　**禾黍(화서)** : '禾'
는 벼, '黍'는 수수.

【통석】

뉘엿뉘엿 넘어가는 저녁 햇살이 쓸쓸한 동네를 비쳐온다.
더욱 슬픔을 돋워주는 계절인 가을, 그리고 이 황혼녘에 나는 솟아오르는
시름을 같이 얘기할 사람조차 없다.
밖을 쳐다보면 황폐한 오래된 옛길에는 다니는 사람이 드문데,
다만 소슬한 가을 바람만이 들판 가득 고개 숙이고 있는 벼와 수수밭을
흔들어 물결치게 하는 쓸쓸한 풍경만 보인다.

【감상】

가을 날 해질 무렵, 아는 사람 하나도 없는 쓸쓸한 마을에서 바람에 일렁이는
논밭을 바라보는 작자의 모습이 그린 듯이 눈앞에 나타난다. 특히 이 시에서
는 '古道' '禾黍' 등 회고시에 주로 쓰이는 단어들을 서정시에 깔아줌으로써,
시간의 경과에 대한 작자의 애상을 한층 선명하게 뒷받침해 주고 있다.

34. 장복야의 새하곡에 창화함

盧綸(노륜)

和張僕射塞下曲

月黑雁飛高	달이 없는 밤, 기러기 높이 날으는데,
單于遠遁逃	선우는 멀리 도망을 간다.
欲將輕騎逐	재빠른 기병 데리고 추격하려 하니,
大雪滿弓刀	펑펑 쏟아지는 눈이 활과 칼에 가득하다.

【자구】

和(화) : 다른 사람의 시에 화답하여 짓는 것. 張僕射(장복야) : 장은 성. 복야는 상서성의 차관. 塞下曲(새하곡) : 악부 제목. 변경에서 수비서는 것을 소재로 한 시. 이 시는 연작 6수 가운데 셋째 수이다. 月黑(월흑) : 그믐이 되어 달이 보이지 않아 깜깜한 것. 흉노족은 달이 차고 기우는 것에 따라 병사를 일으키는데, 달이 차면 쳐들어 왔다가 기울면 후퇴한다. '黑'은 '落'으로 된 곳도 있다. 單于(선우) : 흉노족의 추장. 遠遁逃(원둔도) : 둔도는 도망치는 것. '遠'은 '夜'로 된 곳도 있다. 將(장) : 데리고 가다. 거느리다. 輕騎(경기) : 재빠르게 움직일 수 있도록 가볍게 무장한 기병.

【통석】

달이 없어 칠흑 같은 그믐밤, 조용한 가운데 높이 날아가는 기러기 울음소리가 들린다.

이때 흉노족 추장은 싸움에 패한 무리들을 이끌고 어두운 밤을 틈타 멀리 도망치고 있다.

이 기회를 놓치지 않고 가볍게 무장한 재빠른 병사들을 데리고
추격하려 하니,
병영 밖에는 눈이 펑펑 쏟아져, 용감한 병사들의 활과 칼 위에 가득 쌓인다.

【감상】
추운 겨울, 수도에서 멀리 떨어진 국경 지방, 흉노와의 싸움 등은 당연히 비장
함을 느끼게 하는 소재들이다. 그러나 이 모든 것에 아랑곳하지 않고 오로지
전세가 아군에게 유리하게 전개된 것에 고무되어, 용감하게 추격에 나서는 병
사들의 모습은 盛唐(성당)의 기상을 보여준다.

35. 노진경과 이별하며
司空曙(사공서)

別盧秦卿

知有前期在	앞으로도 만날 기회 있음은 알지만,
難分此夜中	이 밤에 헤어지기는 참으로 안타깝다.
無將故人酒	내가 권하는 술의 힘이
不及石尤風	돌개바람만 못하게 하지 말라.

【자구】

別盧秦卿(별노진경) : 노진경은 작자의 친구. 생애는 미상. '別'은 '留'로 된 곳도 있다. **前期**(전기) : 앞으로 다시 만날 기회. **難分**(난분) : 헤어지기 어려움. '歡如'로 된 곳도 있다. **夜中**(야중) : 한밤중. **故人**(고인) : 옛부터 아는 친구. **石尤風**(석우풍) : 해상에 일어나는 역풍. 배가 출범하려다가도 이 바람을 만나면 다시 머무른다. ⇒[고사]

【고사】

옛날 석씨의 딸이 우씨의 신부가 되어 매우 사이좋게 지냈는데, 하루는 우씨가 멀리 장사길을 떠나려 했다. 극구 말리는 아내를 뿌리치고 떠난 남편은 오래도록 돌아오지 않았고, 이에 아내는 남편을 그리워하다 죽게 되었다. 그때 아내는 탄식하며, "내가 그이가 배타고 나가는 것을 말리지 못해 이 지경이 되었으니, 내가 죽어서는 천하의 부인네들을 위하여 앞으로 멀리 나가는 배가 있을 때마다 사나운 역풍이 불게 해서 떠나는 것을 막겠다"고 말했다(『江湖記聞』).

【통석】

그대와 오늘 비록 헤어지더라도 앞으로 만날 기회가 있음을 알고는 있지만,
그러나 그대와 나는 절친한 사이기에 이 한밤중에 그대를 보내려니 도저히
마음이 내키지 않는다.
그러니 저 석우풍이 불면 아무리 급한 여행객도 떠나지 못하고
머물게 되는 것처럼,
그대도 옛 친구인 내가 권하는 술을 석우풍과 같다고 여겨
잠시만 더 머물러주게.

【감상】

송별연이 끝나고 곧 떠나야 할 시간. 그러나 작자는 도저히 친구를 이대로 보
낼 수가 없다. 이 안타까운 순간, 그 마음을 석우풍의 고사를 빌어서 간결하고
도 간절하게 표현한 것에서 작자의 노련함을 볼 수 있다.

36. 가을 바람의 노래
劉禹錫(유우석)

秋風引

何處秋風至	어디서 가을 바람은 불어오는가?
蕭蕭送雁群	우수수 소리 속에 기러기 떼 날아온다.
朝來入庭樹	아침에는 어느덧 마당에 있는 나무에 불어오는데
孤客最先聞	외로운 나그네가 맨 먼저 들었다.

【자구】

引(인) : 일의 先後本末(선후본말)을 서술한다는 뜻으로, 문장에서는 서문과 같
은 의미로, 시에서는 처음에는 琴曲名(금곡명)으로 쓰였으나 뒤에는 단순히
'~노래'라는 의미로 쓰임.

【통석】

이 쓸쓸한 가을 바람은 도대체 어디에서 불어오는 것인가?
우수수 슬프게 들리는 바람 소리와 함께 고향 장안 쪽에서 기러기들을
보내오는구나.
오늘 아침, 쓸쓸한 뜰앞의 나뭇가지가 버스럭거리며 가을 바람이 온 것을
알렸을 때,
그 소리를 가장 먼저 들은 사람은 바로 이 외로운 나그네였다.

【감상】

작자는 23세 때 왕숙문의 일파로 지목되어 광동성 연주자사로 폄직된 후 오

랫동안 지방에서 생활했는데, 이 시도 이 지방 생활 중에 지어진 것이다. 1구
에는 벌써 가을이 된 것에 대한 놀라움과 한탄이 포함되어 있고, 2·3구에서
는 형체 없는 가을 바람을 소리와 기러기와 뜰의 나무를 통해 그려냈다. 3구
까지는 바람에 대한 것만 객관적으로 서술하다가, 4구에 와서 비로소 주인공
인 孤客(고객)을 내세워 이 시를 쓴 동기를 분명히 밝혔다.

<h1 style="text-align:center">37. 공현으로 가는 길에서</h1>

呂溫(여온)

鞏路感懷

馬嘶白日暮	말은 울고 해는 저무는데,
劍鳴秋氣來	칼이 우는 가을이 되었다.
我心渺無際	내 마음 아득하여 끝이 없는데,
河上空徘徊	황하 위에서 부질없이 서성거린다.

【자구】

鞏路(공로) : 하남성 공현으로 가는 길. 嘶(시) : 말이 우는 것. 白日(백일) : 태양을 가리키면서 동시에 오행의 색깔을 사계절에 배당시켜 태양을 표현한 것. 봄은 청, 여름은 적, 가을은 백, 겨울은 흑이다. 劍鳴秋氣來(검명추기래) : '秋氣來劍鳴'의 도치적 표현. 4계절의 물질적 속성을 오행에서 보면, 봄은 목, 여름은 화, 가을은 금, 겨울은 수이다. 가을엔 만물을 시들고 죽게 하는 肅殺(숙살)의 기운에 감응하여, 생물을 죽이는 도구인 칼이 운다는 뜻. 渺無際(묘무제) : 아득하여 끝이 없음. 생각이 끝없음을 말함. '渺'가 '浩'로 된 곳도 있다.

【통석】

뉘엇뉘엇 해가 넘어가는 저녁 무렵,
타고 가는 말도 지친 듯 지는 해를 향해 길게 소리쳐 우는데,
허리에 찬 칼은 만물을 시들게 하는 가을의 기운에 감응하여
찌릉찌릉 우는 듯하다.
나는 이 서늘한 가을 저물 녘, 지친 마음에 떠오르는 오만 가지 생각 때문에

갈 길을 가지 못하고 황하 강물 위에서 부질없이 배회하고 있다.

【감상】
이 시가 어떤 배경에서 지어졌는지는 분명하지 않다. 그러나 공현이 장안에서
조금 떨어진 곳이고, 시 전체에 실의에 빠진 사람의 막막함이 어려 있는 것으
로 봐서, 작자가 친했던 竇群(두군)의 탄핵에 연좌되어 호북성 均州(균주)로
폄직되어 갈 때 지은 것이 아닌가 한다. 1구에서는 실의에 빠진 사람의 모습
이, 2구에서는 정적들에 대한 분노가, 3·4구에서는 그 실의와 분노 사이에서
고민하는 모습이 드러나 있다.

38. 은자를 찾아갔다가 만나지 못하고
賈島(가도)

尋隱者不遇

松下問童子	소나무 밑에서 아이에게 물으니,
言師採藥去	"스승은 약을 캐러 갔다"고,
只在此山中	이 산 속에 있기는 한데,
雲深不知處	구름이 깊어서 있는 곳을 알 수가 없네.

【자구】

尋(심) : 찾다. 방문하다.　隱者(은자) : 세상에 나와 벼슬하지 않고 숨어 사는 사람. 이 시는 작자와 제목이 孫革(손혁), <訪羊尊師(방양존사)>로 된 곳도 있다.　童子(동자) : 은자의 심부름 등을 하는 어린 제자.

【통석】

나는 은자를 만나기 위해 산길을 따라 올라가다, 소나무 숲 밑에 있는 은자의 집을 찾았다. 그리고 동자에게 은자가 계신가 물었더니,
그 동자가 선생님께서는 지금 약초를 캐러 갔다고 한다.
이 산속에 있는 것은 분명하나
구름이 너무 짙게 깔려, 있는 곳을 모르겠다.

【감상】

이 짧막하고 재미있는 시는 작자 문제에서부터 해석에 이르기까지 이설이 분분하다. 4구 전체를 작자와 동자의 질문-대답으로 보는 견해도 있고, 1·2구

만 질문-대답, 3·4구는 이 산 안에 있기는 할텐데 구름이 깊어 볼수가 없다고 단념하는 작자의 독백이라고 보는 견해도 있다. 여기서는 후설에 따랐다. 하여튼 깊숙하고 한적한 은거 생활의 멋이 잘 묘사되어 있으며, 또 그 생활에 대한 작자의 부러움도 함께 나타나 있다.

39. 옛 이별의 노래
孟郊(맹교)

古別離

欲別牽郞衣	헤어질 때 당신의 옷에 매달렸는데,
郞今到何處	당신은 지금 어디에 있는가?
不恨歸來遲	늦게 온다고 탓하지 않을 터이니,
莫向臨邛去	임공 쪽으로는 가지 말아주오.

【자구】

古別離(고별리) : 악부 제목. 부부의 이별의 정을 노래한 시. **臨邛**(임공) : 사천성에 있는 현 이름. ⇒[고사]

【고사】

임공현에 살던 거부 卓王孫(탁왕손)에게 卓文君(탁문군)이라는 딸이 있었는데, 아름답고 음률에도 밝았으나 젊어서 과부가 되었다. 탁왕손이 재주 있는 문인 司馬相如(사마상여)를 잔치에 초대했을 때, 그는 거문고를 타며 그녀를 유혹했고 그녀도 거기에 응하여, 한밤중에 성도로 도망가서 살았다(『史記』 「司馬相如列傳」).

【통석】

당신과 헤어질 때에 당신의 옷자락에 매달려 말해도 보았소.
그런데 지금 당신은 어디에 가 있는가?
조금 늦게 돌아오는 것은 원망하지 않을테니,

부디 사마상여가 임공에 가서 탁문군을 사랑한 것처럼 다른 사람에게
정을 쏟지나 말아 주시오!

【감상】
소박하고 진지한 여자의 심정을 애절하게 묘사한 시다. 1구에서는 헤어지기
싫어하는 모습을, 2구는 어디에 있는지 몰라 애타는 심정을 그리고 있다. 3구
는 늦게 와도 좋다는 것이 아니라, 4구의 새 사랑을 맺는 것보다는 차라리 늦
게 오는 것이 낫다는 애절한 소원을 말하고 있다. 시 전체의 출발과 귀착이
무한한 정감을 담고 있다.

40. 고개 위에서 오래간만에 만난 사람을 다시 작별한다

權德輿(권덕여)

嶺上逢久別者又別

十年曾一別	십 년 전에 작별한 당신을
征路此相逢	나그네 길인 여기서 서로 만났다.
馬首向何處	말 머리는 어디로 향하여 가는가?
夕陽千萬峰	석양은 봉우리마다 비추고 있다.

【자구】

征路(정로) : '征'은 '行'과 같은 뜻. '정로'는 나그네 길.　馬首(마수) : 옛날은 교통 수단이 말이었으므로 말머리가 향하는 곳이 앞으로 가야 할 방향이 된다. 千萬峰(천만봉) : 많은 산봉우리. 곧 친구가 가는 방향에 있는 모든 산을 가리킨다.

【통석】

십 년 전에 헤어진 친구를
우연히 여행하는 길에서 오다가다 만났다.
길게 이야기 할 겨를도 없이 떠나는 그대,
이제 말머리를 향하는 곳이 어디인가?
다만 가는 길에 산봉우리마다 석양이 비추어 나의 마음을 끝없이 끌고 간다.

【감상】

극히 소박하면서도 진지한 인정이 보인다. 서술이 담담한 것으로 보아 두 사

람 사이는 극진한 친구라든가 동지적인 감정을 가진 사이가 아니고 다만 평
범하게 알고 지내는 사이임을 알 수 있다. 그러나 '夕陽千萬峰'의 구에서는 그
에게 무한한 정이 끌리는 것을 느끼게 한다.

41. 술을 권하며
于武陵(우무릉)

勸酒

勸君金屈巵	그대에게 황금 술잔을 권하니,
滿酌不須辭	가득한 술잔 부디 사양치 말게.
花發多風雨	꽃이 피면 비바람이 잦고,
人生足別離	인생에는 이별이 많나니.

【자구】

金屈巵(금굴치) : '巵'는 술잔. 구부러진 손잡이가 달린 금으로 만든 아름다운 술잔.　滿酌(만작) : 술이 가득한 술잔.　不須辭(불수사) : '不須'는 ～할 필요는 없다. 사양할 필요가 없다. 부디 사양하지 말라는 뜻.

【통석】

그대에게 황금으로 만든 좋은 술잔으로 권하니,
가득히 부은 이 잔을 그대는 부디 사양치 말게.
인생에 있어 즐거움이란 극히 짧은 것이니,
가령 봄에 꽃이 한창 피면 유난히 비바람이 잦은 것처럼.
우리 인생도 잠깐 모여 즐거움을 맛보는 시간보다 이별하고 그리워하는 때가 많지 않은가!
그러니 모처럼 모인 이 때, 한 번 실컷 마시고 취해 보자.

【감상】

1·2구는 술 권하는 행동을, 3·4구는 그 이유를 말하고 있다. 이백의 <將進酒>(470쪽 참조)와 같은 시상을 이 짤막한 4구에 표현하면서도, 무한한 함축을 갖고 있는 것이 이 시가 많은 사람들에게 명시로 사랑받은 이유일 것이다. 3·4구의 엄연하고도 애틋한 이 사실 앞에서 술잔을 뿌리칠 사람이 어디 있겠는가?

42. 자은사 탑에 써서 붙임

荆叔(형숙)

題慈恩塔

漢國山河在	한나라는 산하만이 남아 있고,
秦陵草木深	진시황 무덤엔 초목만 무성하다.
暮雲千里色	천리에 뻗친 저물녘 풍경,
無處不傷心	마음 아프게 하지 않는 곳 없네.

【자구】

慈恩塔(자은탑) : 장안 동남쪽에 있는 자은사 안에 있는 탑. 고종이 황태자로 있을 때 어머니인 문덕황후를 위해 지은 것인데, 大雁塔(대안탑)이라고도 불린다.   漢國(한국) : 장안에 도읍했던 전한(後漢은 낙양에 도읍), 또는 그 수도였던 장안을 가리키기도 한다.   秦陵(진릉) : 장안 동쪽의 驪山(여산)에 있는 진시황의 무덤.

【통석】

옛날 진과 전한이 융성했던 이 곳에 올라보니, 전한 시대의 모습은
모두 사라지고 단지 빈 산하만이 남아 있고,
진시황의 무덤도 황폐해진 채 초목만이 우거져 있다.
이러한 것들을 보고 있는 가운데 어느덧 저녁 구름이 멀리서부터 다가와
천리를 뒤덮으니,
내 마음엔 한층 시름이 더해져서, 눈 닿는 곳마다 마음을 아프게 한다.

【감상】

장안과 가까운 함양에 도읍했던 진, 바로 당과 수도를 같이했던 전한. 두 나라
가 모두 과거 역사 속에 묻혀버린 지금, 그 폐허 위에 다시 서서 문화를 발전
시켜오던 당도 이제 쇠퇴의 길을 걷고 있다. 古今(고금)을 돌아보며 시름에
잠겨 있는 작자의 모습이 눈에 보이는 듯하다.

43. 이주의 노래, 첫째 수
無名氏(무명씨)

伊州歌 其一

聞道黃花戌	들으니 황화수에서는
頻年不解兵	여러 해 동안 병사를 풀지 않는다고.
可憐閨裏月	애처로운 규방을 비추는 달아,
偏照漢家營	유난히 우리 병사 막사 위를 비춰다오.

【자구】

伊州歌(이주가) : 이주는 지금의 신강성 위구르 자치구에 있다. 이주가는 악부
제목으로 당나라 때 서량 절도사였던 개가운이 바친 서량의 노래. 이주에 파
견 주둔하고 있는 병사의 아내가 남편이 있는 이주를 생각하는 것을 내용으
로 하고 있다. 黃花戌(황화수) : 당대 이주에 설치되었던 병영의 이름. 頻年(빈
년) : 여러 해. 可憐(가련) : '애처로운'. '사랑스러운'의 뜻으로 쓰일 때도 있다.
閨裏月(규리월) : '閨'는 여자들이 있는 방. '규리월'은 빈 규방을 비추는 달. 偏
(편) : 정도가 극히 센 것을 강조하는 부사. '한결같이' '편벽되게'의 뜻. 漢家營
(한가영) : 당나라 군대의 병영. 당시에서는 당 나라의 일을 한 나라의 일인 것
처럼 표현하는 경우가 많다.

【통석】

우리 임은 머나먼 국경 황화수에 파견 주둔하고 있는데, 사람들의 말을
들으니 이 황화수에서는 해마다 전쟁이 그치지 않아 여러 해 동안
병사들을 돌려보내지 못하고 있다고 한다.

오늘 밤도 텅빈 방을 지키는 나를 비추는 애처로운 달아!
부디 우리 님 계신 당 나라의 병영에 유난히 비추어 이 외로운 나의
마음을 전해다오.

【감상】

남편이 싸움터에 나간 뒤 홀로 남아 빈 방을 지키는 아내의 심정을 표현한 시
이다. 그런데 이 시는 초당 시인인 심전기의 ＜雜詩＞ 앞 부분을 몇 자 바꾸어
놓은 것과 같다. 참고로 ＜잡시＞를 싣는다.

闻道黃花塞
頻年不解兵
可憐閨裏月
長在漢家營
少婦今春意
良人昨夜情
誰能將旗鼓
一爲取龍城

<h1 align="center">44. 이주의 노래, 둘째 수</h1>
無名氏(무명씨)

伊州歌 其二

打起黃鶯兒	꾀꼬리를 때려 쫓아서
莫教枝上啼	가지 위에서 울게 하지 말라.
啼時驚妾夢	울 때에 내 꿈이 깨면,
不得到遼西	요서에 이르지 못하게 되나니.

【자구】

伊州歌 其二 : 이 시는 金昌緒(김창서)라는 사람이 지은 <春怨>이라고 기록된 곳도 있다. 打起(타기) : '打'는 어조사. 날아오르게 하다. 내쫓다. 黃鶯兒(황앵아) : 꾀꼬리. '兒'는 어조사로서 귀엽고 깜찍한 느낌을 보태준다. 敎(교) : '使'와 같은 뜻으로, ~하게 하다. 啼(제) : 울다. 妾(첩) : 여성이 자기 자신을 가리킬 때 쓰는 일인칭 대명사. 遼西(요서) : 요하의 서쪽 지방. 곧 지금의 요녕성 서부 및 하북성 동부 지역. 남편이 수자리 서고 있는 곳을 말함.

【통석】

꾀꼬리는 늘 아침 일찍부터 뜰 앞 나무 위를 날아다니며 시끄럽게 지저귀어 내 단잠을 깨우곤 한다.
그러니 애야, 저 꾀꼬리를 내쫓아서
뜰 앞 나뭇가지 위에서 울지 못하게 하여라.
만약 그 꾀꼬리 우는 소리가 내 꿈을 깨버리면,
꿈길밖에 길이 없는 우리 임이 수자리 서시는 요하 서쪽에 이를 방법이 없지 않니.

【감상】

임을 만날 길이 아득하니 꿈에서라도 만나고 싶어 하는 부인의 소망. 그러나 방해가 많은 부부의 애정은 이 소박한 꿈마저도 꾀꼬리란 놈이 깨뜨려 놓을까봐 걱정한 것이다. 하인에게 명령하는 듯한 어조 속에 나른함과 애절함이 잘 조화되어 있다.

45. 사람에게 대답함
太上隱者(태상은자)

答人

偶來松樹下	우연히 소나무 아래에 와서
高枕石頭眠	편안히 돌베개를 베고 잔다.
山中無曆日	산중에 책력이 없어
寒盡不知年	추위가 다하도록 해가 간 줄을 모른다.

【자구】
高枕(고침) : 마음을 편안히 하고 자는 것. 石頭(석두) : 돌. '頭'는 접미사. 曆日
(역일) : 달력.

【통석】
산 속에서 자유롭게 사는 나는 그냥 우연히 소나무 아래를 지나다
또 잠이 오면 편안한 마음으로 돌을 베고 깊이 잠든다.
이런 생활에는 세월의 오감이 전혀 상관없어서, 책력 따위는 잊은 지
오래이니,
겨울 추위가 다 가도록 해가 바뀐 줄을 모른다.

【감상】
유유자적하는 山人(산인)의 世外(세외)의 그윽한 정취를 읊은 시이다. '偶來'
'高枕' '松樹' '石頭' '無曆日' '不知年' 어느 하나 산인의 자유로움과 한가로움
을 나타내 주지 않는 것이 없다.

七言絶句

1. 촉 땅에서 맞이하는 구일

王勃(왕발)

蜀中九日

九月九日望鄕臺	구월 구일 망향대에 오르니,
他席他鄕送客杯	타향 타석에선 나그네 보내는 술잔 기울인다.
人情已厭南中苦	내 마음은 이미 남중 괴로움이 싫어졌는데,
鴻雁那從北地來	기러기는 어찌하여 북지에서 오는지?

【자구】

蜀中九日(촉중구일) : 제목이 <蜀中九日登玄武山旅眺>로 된 곳도 있다. 9일은
9월 9일, 重陽節(66쪽 참조). 望鄕臺(망향대) : 玄武山(현무산)에 실제로 망향대
라는 이름의 누대가 있었는지, 단순히 고향을 바라보는 누대라는 뜻인지는 확
실치 않다. 他鄕他席(타향타석) : 타석에 대해서는 '작자와는 관계 없는 다른
자리에서 벌어진 송별연'이라고 보는 것과, '다른 사람이 주최한 송별연에 작
자가 초대된 것'으로 보는 두 견해가 있다. 여기서는 앞의 설을 택했다. 人情
(인정) : 사람의 감정, 곧 작자의 마음. 鴻雁(홍안) : 기러기. 那(나) : 어찌. 北
地(북지) : 여기서는 작자의 고향인 장안 부근을 말한다

【통석】

9월 9일 登高(등고)하는 풍습에 따라, 나도 오늘 고향을 바라보고자 누대에
올랐다.
다른 자리에서는 이 타향에서의 나그네 생활을 끝내고 고향으로 돌아가는
사람을 전송하는 술판이 벌어져, 간절하게 귀향을 바라고 있는 내 마음을

더욱 뒤흔든다.

이렇게 나는 남녘 땅 촉에서의 생활에 염증이 났는데,

기러기는 어찌하여 내 고향 있는 북쪽에서 도리어 이곳으로 날아오는지?

【감상】

원래 명절을 만나면 고향 떠난 사람은 새삼스럽게 고향과 가족이 그리워지는 법이다. 그런 작자의 눈앞에 고향으로 돌아가는 사람을 전송하는 다른 사람들의 술자리가 벌어지고, 하늘엔 오히려 고향 쪽에서 자유롭게 훨훨 날아오는 기러기 떼가 보인다. 22~23세의 나이로 멀리 촉 땅에서 유랑하고 있던 작자의 불편한 심기가 잘 나타나 있는 작품이다.

2. 상강을 건너며
杜審言(두심언)

渡湘江

遲日園林悲昔遊	긴긴 날 정원을 거닐며 옛적에 놀던 일이 생각나서 슬퍼한다.
今春花鳥作邊愁	올봄의 꽃과 새는 국경 지방을 가는 나그네의 근심의 대상일 뿐이다.
獨憐京國人南竄	가엾다, 서울 사람은 남쪽으로 귀양길을 가고 있으니
不似湘江水北流	북쪽으로 흐르는 상강수만 못하구나.

【자구】

渡(도) : 건너다. 湘江(상강) : 호남성 남부에 있는 강. 북쪽으로 흘러 동정호로 들어간다. 遲日(지일) : 긴 봄날.『詩經』「豳風」<七月>에 '春日遲遲'라는 구가 있다. 園林(원림) : 동산 속의 숲. 昔遊(석유) : 귀양오기 전 수도 장안에서 즐겁게 놀던 일. 이전에(54세 즈음) 吉州(길주)로 귀양 갔던 것을 가리킨다는 견해도 있다. 邊愁(변수) : 邊地(변지)에 있는 사람의 우수. 獨憐(독련) : '獨'은 '自'로 된 곳도 있다. 아무도 딱하게 여겨주는 사람 없이 혼자서 스스로를 딱하게 여김. 京國人(경국인) : 경국은 수도 장안. 작자는 장안 杜陵(두릉) 사람이다. 南竄(남찬) : 남쪽 지방으로 쫓겨남. 不似(불사) : 不如(불여). ~만 못하다.

【통석】
길고 긴 봄날 강가 숲에서, 이전에 장안에서 즐겁게 놀던 것을 생각하며
슬퍼하나니, 금년 봄의 꽃과 새는 국경 지방에 있는 나의 시름을 자아내는
자료가 될 뿐이다.
더욱 서러운 것은 장안 사람인 나는 남방으로 귀양을 가는데,
이 상강 물은 오히려 북쪽으로 흘러가는 것이니,
이 내 신세는 강물만 못하구나!

【감상】
이 시는 작자가 61세 즈음 '張易之' 형제가 실각한 것에 연유되어 峰州(봉주 :
지금의 베트남 서북 지역)로 유배되어 가던 도중, 상강을 건너며 지은 것이다.
앞 쪽의 王勃(왕발)의 시 <蜀中九日>과 함께 感物傷懷(감물상회)하는 정서가
간곡하게 나타나 있는데, 둘 다 '南'과 '北' 두 자에 착안하여 시상을 전개한
공통점이 있다.

3. 동작대에서
劉庭琦(유정기)

銅雀臺

銅臺宮觀委灰塵	동작대의 궁궐은 먼지와 재만 남아 있고,
魏主園陵漳水濱	위주의 무덤은 장수 가에 있다.
卽今西望猶堪思	지금 서쪽을 바라 보아도 오히려 감회에 젖는데
況復當時歌舞人	하물며 당시에 가무하던 사람들이야!

【자구】

銅雀臺(동작대) : 악부 제목. <銅雀妓>라고도 함. 동작대는 지금의 하북성 임장현 서남에 있는 곳. 조조가 쌓은 누대다. 청동으로 5m 높이의 새를 주조하여 앉혀서 동작대라 하였다. 조조는 자기가 죽은 뒤 매월 1일과 15일마다 생전에 총애하던 기녀들이 자기를 제사지내며, 이 동작대 위에서 伎樂(기악)을 연주할 것을 죽기에 앞서 명령했다. 委灰塵(위회진) : 재와 먼지 속에 버려짐. 황폐한 모양을 말함. 魏主(위주) : 위 나라 武帝(무제), 조조. 園陵(원릉) : 천자의 무덤. ‘園林’으로 된 곳도 있다. 漳水(장수) : 산서성에서 발원하여 魏(위)의 수도였던 鄴(업) 땅을 거쳐 산동성으로 흘러 들어가는 강. 卽今(즉금) : 지금, 현재. 況復(황복) : 하물며, 더구나

【통석】

위 조조가 권세를 자랑하며 쌓은 동작대는 그러나 지금은
戰禍(전화)의 재와 세월의 먼지 속에 황폐하게 버려져 있고,

그의 무덤은 장수 가에 쓸쓸히 남아 있다.
지금에 와서 이곳 동작대에서 서쪽으로 바라보며
위 무제 때의 일을 생각해도 오히려 감개무량한데,
하물며 그 당시에 이 능을 바라보며 가무하던 기녀들의 마음은
오죽했을까!

【감상】
일대 영웅이었던 조조가 죽음에 임해 남긴 유언의 어리석음과 덧없음. 인간의
끝없는 욕망과 쉬지 않고 흘러가는 시간, 그 사이에서 느끼게 되는 비애를 간
결하게 표현한 작품이다.

4. 북망산
沈佺期(심전기)

邙山

北邙山上列墳塋	북망산 위엔 무덤이 널려 있어
萬古千秋對洛城	만고천추토록 낙양성을 마주보고 있다.
城中日夕歌鐘起	성 중엔 밤낮으로 풍악 소리 들리는데
山上唯聞松柏聲	산 위엔 송백 소리만이 들린다.

【자구】

邙山(망산) : 북망산. 낙양성 북쪽에 있는 산으로, 후한 이후 王公貴族(왕공귀족)의 묘가 많은 곳. 우리나라 민요 <성주풀이> 중에 "낙양성 십리허에 높고 낮은 저 무덤은…"은 바로 이 북망산을 말하는 것이다. 列墳塋(열분영) : 열은 쭉 늘어섬. 분영은 무덤. 萬古千秋(만고천추) : 천년 만년, 오래도록. 洛城(낙성) : 낙양성. 歌鐘(가종) : 노래와 악기 소리. 松柏(송백) : 무덤 주위에 심는 나무.

【통석】

북망산 위엔 수천 수백의 무덤이 널려 있어
오래도록 산 아래에 있는 화려한 낙양성과 마주보고 있다.
성 안에서는 이 무덤의 주인공들이 살았을 때나 다름없이
밤낮으로 노래와 풍악 소리가 들리건만,
죽어 묻혀 있는 산 위의 무덤 주변에는, 다만 묘 앞에 심어 놓은 소나무,
잣나무가 바람에 흔들리며 내는 소리만이 들릴 뿐이다.

【감상】

북망산에 있는 무덤의 주인공들은 대개가 낙양성 안에서 부귀와 영화를 누리
던 왕공 귀족들이다. 그러나 일단 죽어 무덤 속에 묻히고 나면 쓸쓸한 송백
소리 외엔 아무 것도 없는 것이다. 인생의 명리영달이 얼마나 허무한 것인가
를 짧은 시구 속에 담아냈다.

5. 고향에 돌아와서
賀知章(하지장)

回鄕偶書

少小離鄕老大回	어려서 고향을 떠났다가 늙어서 돌아오니,
鄕音無改鬢毛衰	고향 사투리는 변하지 않았으나 귀밑머리가 볼품 없게 되었다.
兒童相見不相識	아이들은 서로 보면서 알아보지 못하고,
笑問客從何處來	웃으며 묻기를 "손님 어디서 왔으냐?" 하는구나!

【자구】

少小(소소), 老大(노대) : '少'와 '老'는 나이에 대한 것, '小'와 '大'는 체구에 대한 것. '少小'는 어려서 조그만할 때, '老大'는 늙어서 체구가 컸을 때. 鄕音(향음) : 자기의 고장에서 쓰던 말씨. 사투리. 鬢毛(빈모) : 빈은 귀밑 털. 귀밑머리. 衰(쇠) : 머리가 빠져서 모양이 볼품 없게 되었다는 뜻.

【통석】

어려서 조그마할 때 고향을 떠나서,
늙고 몸체만 커진 채 비로소 돌아왔다.
아이들은 자기를 알 까닭이 없다.
서로 보기만 하고 알아보지 못하고 웃으면서
"손님은 어디서 왔느냐?"고 묻는다.

【감상】

작자가 벼슬길에 올라 오랜 관료 생활로 장안에서 지내다가 그가 86세 되던 해에 사직하고 고향인 越州(월주) 永興縣(영흥현)으로 돌아 왔다. '兒童相見'에 대하여 혹은 '아동 때에 서로 보던 사람이 서로 알아보지 못한다'고 해석하기도 하나 문자의 조직으로 보아 무리일 듯하다. 작자는 감개무량한 그의 심정을 아이들의 묻는 말로 끝을 마쳤다. 거기서 깊은 여운을 남긴다.

6. 양지미를 보내며

張說(장열)

送梁六

巴陵一望洞庭秋	파릉에서 한눈에 들어오는 동정호의 가을,
日見孤峯水上浮	날마다 보이는 것은 봉우리가 물 위에
	떠 있는 모습.
聞道神仙不可接	들으니 신선은 만날 수 없다 하니,
心隨湖水共悠悠	내 마음 호수와 함께 아득하다.

【자구】

送梁六(송양육) : <送梁六自洞庭作>으로 된 곳도 있다. '梁'은 성, '六'은 排行(배항), 당시 潭州(담주, 지금의 호남성 장사) 刺史(자사)로 있다가 악주를 거쳐 장안으로 돌아 가려던 梁知微(양지미)를 가리킴. 巴陵(파릉) : 지금의 호남성 악양 서남쪽에 있으며 아래로 동정호와 닿아 있다. 一望(일망) : 한눈에 멀리까지 바라봄. 洞庭(동정) : 동정호. 호남성에 있는 중국에서 두 번째로 큰 호수. 호수 안에 看龜山(간구산), 督門山(독문산), 明山(명산), 君山(군산) 등이 있어 경치가 아름답기로 유명하다. 孤峰(고봉) : 동정호 중앙에 있는 동정산. 순 임금의 부인인 娥皇(아황), 女英(여영) 두 湘君(상군)의 사당이 있어 상산, 군산이라고도 불린다. 순 임금이 호남성 남부 蒼梧(창오) 들에서 죽자, 두 부인 아황과 여영도 상강 가에서 그 뒤를 좇아 죽어 상강의 여신이 되었다고 한다. 神仙(신선) : 군산에 있는 두 상군을 말하면서, 동시에 入朝(입조)하는 양지미를 비유한 것, 悠悠(유유) : 길고 먼 모양, 넓은 호수와 함께 아득하니 끝이 없음을 말함.

【통석】

여기는 동정호를 조망하기 좋은 곳인 파릉,

저 멀리까지 펼쳐진 동정호의 가을 풍경이 한눈에 들어온다.

호수 중앙의 군산 봉우리가 물 위에 떠 있는 것은 매일 보았지만,

오늘 따라 그 봉우리가 더욱 외롭게 보이는 것은

그대가 홀로 장안으로 돌아가기 때문이다.

군산에 있는 신선을 만나볼 수 없다고 하는 것처럼,

장안으로 돌아가는 그대는 내 부러움의 대상일 뿐,

내가 장안으로 돌아갈 길은 막막하니,

그대를 보내는 서운함과 부러움이 겹친 내 마음은

끝없이 흘러가는 호수 물결을 따라 흐른다.

【감상】

이 시는 작자가 악주 자사로 있던 50세 전후에 쓰여진 것이다. 악주에 좌천되어 있던 작자의 입장에서 보면 장안에서의 생활은 가히 '신선'이라 할 만하며, 군산에 있다고들 하나 만나볼 수 없는 두 상군 만큼이나 동경의 대상인 것이다. 장안으로 돌아가는 양지미를 보내는 작자의 선망과 절망을 동시에 나타낸 작품이다.

7. 양주의 노래

王翰(왕한)

凉州詞

葡萄美酒夜光杯	포도로 빚은 좋은 술 야광배에 부어,
欲飮琵琶馬上催	마시려니 비파 소리 말 위에서 자지러진다.
醉臥沙場君莫笑	취해서 모래밭에 누웠다고 그대는 웃지 말라.
古來征戰幾人回	예로부터 전쟁에서 돌아온 사람이
	몇이나 되는가?

【자구】

凉州詞(양주사) : 악부 제목. 양주에 출정해 있는 병사들의 마음을 노래하는 내용. 양주는 지금의 감숙성 무위현. 연작 2수 중 첫째수.　葡萄美酒(포도미주) : 서역산 포도로 담근 고급술.　夜光杯(야광배) : 야광은 玉(옥)의 이름. 야광배는 옥으로 만든 술잔.　琵琶(비파) : 원래 胡族(호족)의 악기. 말 위에서 탄다.　催(최) : 흥을 돋우어줌.　沙場(사장) : 중국인과 서역인들과의 전투장이었던 서역 사막 지역.　征戰(정전) : 전쟁.

【통석】

멀리 서역 지방에 전투하러 온 우리.
잔치가 벌어져, 좋은 술을 좋은 잔에 가득 부어 마시려 하니
흥 돋구는 비파 소리 말 위에서 자지러지게 들려온다.
이 분위기에 취해 실컷 마시고 사막 위에 드러눕더라도
그대들은 비웃지 말라.

옛날부터 전쟁에 나왔다가 무사히 고향으로 돌아간 사람이
도대체 몇 사람이나 있었는가?

【감상】

이 시는 서역 민족과의 접전 지역인 양주에서 불려진 권주가이다. 한때의 즐
거운 연회로 원정의 두려움을 잊어버리려는 것인데, 특히 전구와 결구에는 비
장함과 해학이 엇갈려 언외에 넘치고 있다. 한편 시 전체에는 호방함과 비장
함이 넘쳐 있다.

8. 규방의 설움
王昌齡(왕창령)

閨怨

閨中少婦不曾愁	안방의 새악시 근심이란 것을 몰랐다.
春日凝妝上翠樓	봄날에 화장한 차림으로 단청한 이층 누에 올랐다.
忽見陌頭楊柳色	무심코 거리의 버들빛을 보고는,
悔敎夫婿覓封侯	남편에게 출세하라고 권했던 것을 후회한다.

【자구】

閨怨(규원) : 출정한 군인의 부인이 외롭게 지내는 설움을 의미함. 曾(증) : 과거를 나타내는 부사. '知'로 된 곳도 있다. 예, 不曾催=재촉한 적이 없었다. 未曾讀=아직 읽은 적이 없다. 凝妝(응장) : 화장한다. '妝'은 '粧'과 같음. 얼굴을 다듬어서 모양을 내는 것. 翠樓(취루) : 푸른 누. 곧 단청을 올린 이층 건물. 먼 곳을 바라볼 수 있는 곳. 陌頭(맥두) : 거리. '陌'은 '田間道路(전간 도로)'의 뜻으로도 쓰나, 여기에서 길거리로 보아야 한다. '頭'는 '陌'에 붙은 조사. 敎(교) : '使', '令'과 같이 동사 앞에서 '~하게 한다'는 뜻을 나타내는 조동사. 예, 敎讀書=글을 읽게 한다. 使勿仕=벼슬을 하지 않게 한다. 夫婿(부서) : 남편. 覓(멱) : 찾는다, 구한다. 封侯(봉후) : 군대로 나아가서 나라에 공을 세우고 제후에 봉해지는 것. 곧 출세하는 것.

【통석】
안방에 들어 앉아 지내던 나이 어린 새악시가
지금까지는 근심이라는 것을 모르고 살아 왔다.
마침 봄날이 되었으므로 다른 여자들과 같이 얼굴에 화장을 하고
봄 경치를 관상하기 위하여
높은 이층 옥상에 올라가서 거리를 바라보았다.
거리에 버들가지가 푸르게 늘어진 것을 보더니
별안간 자기 남편에게
"군대로 나아가 적을 토벌하고 공을 세워서
영예스런 제후에 봉함 받으라"고
권했던 것을 후회하였다.

【감상】
나이 어린 새악시였기에 남편 없이 지낸다는 것이 얼마나 괴로운 줄을 미처
몰랐다가 버들빛이 푸른 것을 보고는 비로소 자기의 외로움을 갑자기 느끼게
된 심리적 변화를 실감나게 그려낸 작품이다. 앞날의 출세보다는 당장의 신랑
이 더 중하다는 것을 생동감 있게 그려냈다.

9. 청평조 노래, 첫째 수

李白(이백)

清平調詞 3首 其一

雲想衣裳花想容	구름 보면 옷인 듯 꽃 보면 얼굴인 듯.
春風拂檻露華濃	봄바람 난간에 나부끼고 이슬발은 무르녹았다.
若非群玉山頭見	군옥산 산정에서 볼 수 있지 않다면,
會向瑤臺月下逢	반드시 요대 달빛 아래서 만나리라.

【자구】

淸平調詞(청평조사) : 청평조는 악부 제목. '詞'는 그 악곡의 가사. 이 노래는 당 현종이 沈香亭(침향정) 앞에 모란을 심고 그 꽃이 만개했을 때 양귀비와 함께 노닐며 잔치를 베풀어, 그 정경을 당시 翰林供奉(한림공봉)으로 있던 작자에게 읊게 했을 때 지은 것이다. 연작 3수. 拂檻(불함) : '檻'은 난간, 곧 양귀비가 기대어 모란을 보고 있는 난간. '拂'은 바람 등이 스치는 것. 露華濃(노화농) : '露華'는 이슬. '濃'은 짙음, 풍부함. 이것은 모란 위에 가득히 내린 고운 이슬을 가리키는 동시에, 양귀비에 대한 현종의 한량없는 총애를 뜻한다. 群玉山(군옥산) : 선녀 西王母(서왕모)가 살고 있다는 신화 속의 산. 會(회) : 반드시, 꼭. 向(향) : 당대의 구어로 '於'와 같다. 瑤臺(요대) : 옥으로 만든 아름다운 누대.『楚辭』「離騷」에 의하면 佚女(일녀)라는 선녀가 살고 있다고 한다.

【통석】

구름을 보고는 양귀비의 옷인가 여기고, 모란꽃을 보고는
그 용모의 어여쁨을 연상하리만큼 양귀비는 아름답다.

더구나 봄바람이 침향정 난간에 나부끼고,
흐드러지게 핀 모란꽃 위에 이슬이 가득 어렸을 때,
난간에 기대 서 있는 꽃에 비치는 귀비의 얼굴은 한층 아름답다.
저 군옥산 꼭대기에서나 만날 수 있는 서왕모,
또는 요대 달빛 아래서나 볼 수 있는 선녀에게나 비할 수 있을 만큼
인간의 미를 초월한 절대의 미인이다.

【감상】
양귀비의 아름다운 모습을 절찬하면서도 그 어조에 있어서 자연스러움과 호
방함을 얻은 것에서 대가의 수법을 볼 수 있다.

10. 청평조 노래, 둘째 수
李白(이백)

淸平調詞 其二

一枝紅艶露凝香	한 가지 무르녹게 고와 이슬엔 향기 어린 듯.
雲雨巫山枉斷腸	무산의 구름과 비에 부질없이 애를 끊었구나.
借問漢宮誰得似	물어보자, 한궁에선 누가 이와 비슷할까?
可憐飛燕倚新粧	어여쁜 조비연이 새로 단장한 모습이다.

【자구】

濃艶(농염) : 진하게 고운 것. '紅艶'으로 된 곳도 있다.　露凝香(노응향) : 꽃에 내린 이슬이 강한 향기를 머금은 듯함. 원래 모란에는 향기가 없음을 생각해 보면 재미있는 표현이다.　雲雨巫山(운우무산) : 무산의 구름과 비. ⇒[고사]　枉(왕) : 부질없이.　斷腸(단장) : 애를 끊다, 속을 썩이다.　借問(차문) : 물어보자, 묻노니.　可憐(가련) : 사랑스러운, 어여쁜.　飛燕(비연) : 한 나라 成帝(성제)의 후궁으로써 왕후가 된 미인. 몸이 가벼워 이런 이름을 얻었다.　倚新粧(의신장) : '倚'는 의지하는 것. 조비연의 아름다움으로도 새로 단장을 해야 양귀비의 꾸미지 않은 때의 아름다움과 견줄 수 있다는 뜻.

【고사】

楚(초) 頃襄王(경양왕)이 巫山(무산)에 놀러갔을 때, 무산을 돌고 있는 구름을 보고 송옥에게 물었다. 송옥이 답했다. "그것은 소위 무산의 아침 구름입니다. 선왕이신 懷王(회왕)의 꿈에 한 여인이 찾아와 함께 밤을 지내고 돌아가며

'저는 무산의 신녀인데 아침에는 구름이 되고 밤에는 비가 됩니다'라고 말했습니다. 선왕께서 아침에 무산을 바라보니 과연 구름이 있었습니다."

【통석】
모란 가운데 한 가지가 유난히 고와 이슬에까지 향기가 어릴 듯,
이렇게 양귀비의 어여쁜 자태가 빛난다.
옛날 초 경양왕은 꿈에 무산 신녀를 만나고자,
아침의 구름 저녁의 비를 보며 헛되이 애를 끊었지만,
지금 당 현종은 절대가인이 옆에서 모시고 있으니
얼마나 행복하실 것인가!
나는 잠깐 물어보고 싶다. 이 정도의 미인이 전에도 있었는가?
구태여 찾는다면 한 성제 때의 미인 조비연이
새로 화장한 모습과 비길 수 있을 것이다.

【감상】
한 가지 빼어난 모란으로 양귀비의 아름다움을 찬양하고, 초 경양왕의 雲雨巫山(운우무산)의 고사를 빌어 현종의 행복을 높이 칭송한 고금의 절조이다.

11. 청평조 노래, 셋째 수
李白(이백)

淸平調詞 其三

名花傾國兩相歡　　아름다운 꽃과 절세미인 둘이 서로

　　　　　　　　　즐거워하니

常得君王帶笑看　　항상 웃음을 머금은 임금의 사랑을 받는다.

解釋春風無限恨　　봄바람의 무한한 한 풀어버리고서,

沈香亭北倚欄干　　침향정 북쪽 난간에 기대어 있다.

【자구】

名花(명화) : 가장 아름다운 꽃. 흔히 모란을 '꽃의 왕', '名花'라 한다.　傾國(경국) : 매우 아름다운 미인. 한 무제 때에 李延年(이연년)이 자기 누이동생을 무제에게 추천하려고 부른 노래에, "북쪽 땅에 아름다운 미인이 있으니 몇 세기에 하나 날까 말까. 한 번 뒤돌아 보면 성을 기울이게 하고 두 번 뒤돌아 보면 나라를 기울이게 하네.(北方有佳人 絶世而獨立 一顧傾人城 再顧傾人國—)"라는 구절이 있다.　解釋春風無限恨(해석춘풍무한한) : '해석'은 풀다. '춘풍무한한'은 봄날에 느끼게 되는 무한한 우수⇒[감상] 참조.　沈香亭(침향정) : 장안의 興慶宮(흥경궁) 동쪽에 있는 건물. 침향목으로 지은 데서 붙은 이름.

【통석】

가장 아름다운 꽃 모란을 더할 나위 없이 아름다운 경국지색

양귀비가 바라보며 즐거워하고 있는 자태.

이 황홀한 자태를 바라보는 당 현종의 얼굴에는 또한 늘 기쁨이 넘쳐 있다.

현종은 이 양귀비의 어여쁜 자태에 끌려,
봄바람을 따라 일어나기 쉬운 모든 불평을 다 잊고서,
양귀비와 함께 침향정 북쪽 난간에 기대어 모란을 감상하며,
이루 말로 다할 수 없는 행복에 젖어 있다.

【감상】

이 노래는 청평조사의 마지막 장으로 당 현종의 환락의 극치를 노래하였다. 아름다운 모란을 사랑스럽게 바라보는 양귀비, 그 위에 그 꽃과 양귀비를 다 사로운 눈길로 바라보는 현종. 모란, 양귀비, 현종이 삼위일체가 되어 한폭의 그림을 보는 듯하다. 3·4구의 해석은 그 주체를 둘다 양귀비로 보거나, 양귀비—양귀비와 현종으로 보는 것도 가능한데, 여기서는 현종—양귀비와 현종으로 보았다.

12. 나그네 길의 노래
李白(이백)

客中行

蘭陵美酒鬱金香	난릉의 좋은 술에 울금향 타서
玉椀盛來琥珀光	옥 술잔에 담아오니 호박 빛깔.
但使主人能醉客	단지 주인이 나그네 취하게만 해준다면,
不知何處是他鄕	어디가 타향인지 알지 못하리.

【자구】

客中行(객중행) : '行'은 악곡체 중의 하나이지만, 시제로 쓰일 때는 '歌'와 같이 '노래'라는 의미로 쓰인다. '行'은 '作'으로 된 곳도 있다. 蘭陵(난릉) : 지금의 산동성 蒼山縣(창산현) 서남쪽 부근, 술의 산지로 유명하다. 鬱金香(울금향) : 울금은 향초. 이 향초를 삶아 술에 타면 향기로운 술이 됨. 玉椀(옥완) : 옥으로 만든, 또는 옥같은 술잔. '玉碗'으로 된 곳도 있다. 琥珀(호박) : 송진 같은 종류가 땅 속에 들어가서 오랫 동안 응고되어 고체가 된 것. 투명하고 붉거나 누런 색이 나며 장식물로 많이 쓴다.

【통석】

난릉에서 생산되는 좋은 술에 귀한 울금향을 타서,
옥으로 만든 술잔에 내어 오니 호박 빛깔처럼 고와 보인다.
이와 같이 주인에게서 후한 대접을 받은 나는 흠뻑 취하여,
타향에서의 외로움 같은 것을 전혀 잊어버렸으니,
여기가 타향인지 고향인지조차 상관할 바가 아닌 심정이 되어

주인에게 감사드린다.

【감상】

주인의 호의에 감사한 시인데, 한편 타향인 것조차 잊어버렸다는 말 속에는
고향을 그리워하는 작자의 심정이 깔려 있다.

13. 아미산 달노래
李白(이백)

峨眉山月歌

峨眉山月半輪秋	아미산에 걸친 반 조각 가을달
影入平羌江水流	그림자는 평강강 강물에 비쳐 흐른다.
夜發淸溪向三峽	밤에 청계를 떠나 삼협으로 향하며,
思君不見下渝州	그대를 생각하면서도 보지 못한 채 유주를 내려간다.

【자구】

峨眉山(아미산) : 사천성 아미현에 있는 산. 두 봉우리가 우뚝 솟아 있는 모양이 나비 촉수같은 데서 붙은 이름. 半輪(반륜) : 반달. 影(영) : 달빛, 달그림자. 平羌江(평강강) : 岷江(민강)의 지류로 아미산 북방을 흐르는 강. 淸溪(청계) : 역 이름으로 평강강과 민강의 합류지로부터 40㎞ 하류에 있는 민강 어구의 마을. 촉 지방을 떠나 호북성 쪽으로 갈 때에 본격적인 출발점이 된다. 三峽 (삼협) : 양자강이 산악 지대인 촉 땅에서 평야 지역인 호북성으로 나오면서 통과하게 되는 큰 협곡. 많은 협곡들로 이루어진 명승지인데, 그중 瞿塘峽(구 당협)·巫峽(무협)·西陵峽(서릉협)을 보통 삼협이라 한다. 君(군) : 촉 지방에 두고 떠나는 옛 친구. 渝州(유주) : 지금의 사천성 중경시. 청계에서 삼협으로 가는 도중에 있는 가장 큰 도시.

【통석】

아미산 위에 반달이 뚜렷이 걸려 있는 가을밤. 촉 땅을 떠나기 위해

평강강에 배를 띄우니,
고향 아미산의 달그림자가 내가 탄 배를 따라 강물과 함께 흐른다.
밤에 민강 하류인 청계에서 본격적으로 촉 지방을 떠나 삼협 쪽으로
배를 타고 가노라니, 아미산에서부터 쭉 따라오던 달빛이 산들에 가려
보이지 않는 가운데, 배는 흥겨운 나를 싣고 어느덧 유주를 거쳐
내려간다.

【감상】

이 시는 이백의 나이 26세 경 처음으로 고향인 촉 지방을 떠나며 지은 것이
다. 4구에는 계속 따라오던 달이 숨어 보이지 않는 것과, 그와 동시에 옛 친구
들의 모습을 더 이상 볼 수 없는 것에 대한 아쉬움이 언뜻 보인다. 하지만 전
체적으로는 그 아쉬움 위로 솟아오르는 대하 양자강을 내려가는 앞으로의 여
정에 대한 기대와 설레임이 유창한 어조 속에 드러나 있다. 또 짧은 시구 안
에 '아미산'을 비롯한 5개의 고유 명사가 들어 있는데도 조금도 어색함 없이
자연스럽게 이루어진 것에서 대가의 면모를 엿볼 수 있다.

14. 왕륜에게
李白(이백)

贈汪倫

李白乘舟將欲行	이백이 배에 올라 떠나려 하는데,
忽聞江上踏歌聲	별안간 강 위에서 노래 소리 들린다.
桃花潭水深千尺	도화담 못물이 깊이가 천 척인들
不及汪倫送我情	왕륜이 나를 전송하는 인정에야 미칠소냐?

【자구】

汪倫(왕륜) : 천보 14년(755)에 이백이 추포(지금의 안휘성 귀지)에서 경현으로
가서 그곳에 있는 명소인 도화담에서 놀았는데 그곳 부호인 왕륜이 늘 좋은
술을 빚어서 이백을 접대하고 떠날 때에 또 일부러 전송하러 나왔을 뿐 아니
라 가무하는 사람들을 시켜 춤추며 노래하여 환송의 뜻을 표하므로 이백은
이 시를 지어 왕륜에게 주었다 한다.　踏歌(답가) : 발을 구르며 노래하는 것.
桃花潭(도화담) : 경현에 있는 못 이름.

【통석】

나 이백이 배를 타고 떠나려 하는데
별안간 멀리서 발을 구르며 노래부르는 소리가 들린다.
이는 왕륜이 가는 나를 즐겁게 하기 위하여 마련한 것이다.
이제야 알겠노라, 왕륜이 나를 위하여 갖은 정성을 다 쏟는 것을.
도화담의 깊이가 천 척이 되기로서니,
나를 전송하는 왕륜의 깊이를 잴 수 없는 정에야 비교할 수 있으랴?

1·2구는 떠날 때에 일어나는 정경을 그린 듯이 서술하였다. 3구에서는 난데없는 '桃花潭水深千尺'이 나왔으니 이는 시법에 '轉'이라는 법이며, 4구는 이 시의 주제로 끝을 맺었다. 왕륜의 정은 천척의 깊은 물과 같다는 것으로는 부족하므로 '不及' 두 자를 써서 감사의 뜻을 표한 것이다.

15. 왕창령이 용표위로
좌천되었다는 말을 듣고 멀리서 부침
李白(이백)

聞王昌齡左遷龍標尉遙有此寄

楊花落盡子規啼	버들개지 다 지고 두견새 우는데,
聞道龍標過五溪	들으니 용표위가 오계를 지난다고.
我寄愁心與明月	내 근심어린 마음 밝은 달에 부치노니,
隨風直到夜郎西	바람 따라 곧장 야랑 서쪽에 도달할 것이다.

【자구】

王昌齡(왕창령) : 이백의 친구인 시인(작자 소전 참조).　左遷(좌천) : 현재의 직위보다 낮은 것으로 관직이 바뀌는 것.　龍標尉(용표위) : 용표의 현위. 용표는 지금의 호남성 완주부 검양현.　楊花(양화) : 버들개지.　子規(자규) : 불여귀, 귀촉도, 두견새 등의 별명을 가진 새. 늦봄에서 초여름에 걸쳐 밤에 주로 운다. 龍標(용표) : 용표위로 좌천된 왕창령을 가리킴.　五溪(오계) : 무릉 오계라고도 하는데, 호남성 서부에서 귀주성 동부에 걸쳐 있는 다섯 시내. 곧 雄溪(웅계), 樠溪(만계), 西溪(서계), 無溪(무계), 辰溪(진계). 이곳은 용표로 가는 통로이다.　直到(직도) : 곧바로 이르다.　夜郎西(야랑서) : 야랑은 전국 시대 이래 있었던 귀주성 주변의 옛 지명, 옛 부족명으로 당대에는 현명, 군명으로 쓰였는데, 여기서는 용표 일대를 가리키고 있다.

【통석】

버들개지 바람에 흩날려 다 떨어지고 두견새 우는 늦봄에,

그대가 용표위로 좌천되어 그 멀고 험한 오계 지역을
지난다는 소식을 들었다.
현재 불우한 처지에 있는 내가 그대의 이 소식을 들으니,
더욱 근심어린 마음 금할 길 없다.
직접 전하지는 못하니 저 밝은 달에게 부탁해,
바람 편에 띄워 그대가 향하고 있는 야랑 서쪽 용표에 보낸다.

【감상】

1구는 때를 나타내는 경치의 묘사이면서, 또한 '바람에 흩날리는 버들개지'와
'고향으로 돌아감만 못하다(不如歸)며 우는 두견새'의 이미지를 빌어, 나그네
의 슬픔과 이별의 한을 내포시키고 있다. 불우한 처지의 작자가 품고 있던 慷
慨(강개)한 마음을 동일한 입장에 처하게 된 친구에게 부치는 간절함이 잘 나
타나 있다.

16. 황학루에서 광릉으로 가는 맹호연을 보내며

李白(이백)

黃鶴樓送孟浩然之廣陵

故人西辭黃鶴樓	오랜 친구 서쪽으로 황학루를 하직하고
烟花三月下揚州	안개 속 꽃핀 삼월에 양주로 내려간다.
孤帆遠影碧空盡	외로운 돛대 먼 그림자 푸른 하늘에 사라지고,
惟見長江天際流	오직 양자강이 하늘 끝에 흐르는 것이 보인다.

【자구】

黃鶴樓(황학루) : 지금의 호북성 무한시에 있었던 누각. 아래로 양자강이 굽어 보인다.　孟浩然(맹호연) : 이백과 친했던 시인(작자 소전 참조).　之(지) : 가다. 廣陵(광릉) : 揚州(양주)의 옛 이름. 지금의 강소성 강도현. 당시 중국의 동남부에서 가장 번화했던 도시.　故人(고인) : 오랜 친구.　烟花三月(연화삼월) : 봄 안개 속에 꽃이 피는 삼월.　遠影碧空(원영벽공) : '遠映碧山'으로 된 곳도 있다. 長江(장강) : 양자강.　天際(천제) : 하늘가, 하늘 끝.

【통석】

나의 사랑하는 친구 맹호연이 양주의 서쪽에 있는 이곳 황학루를 떠나, 봄안개 속 아름다운 꽃들이 만발한 이 삼월에 번화한 도시 양주로 떠나간다. 홀로 떠나는 그대를 보내기 애석하여 차마 바로 돌아오지 못하고,

강 언덕에서 그대가 타고 떠난 배의 먼 그림자가
푸른 하늘 끝에 아물아물하다가 드디어 사라지고,
다만 양자강 강물이 하늘가에 흐르는 것만 보일 때까지
서성이며 바라보고 있다.

【감상】

이 시는 작자가 촉 지방에서 나온 지 얼마 되지 않았을 때, 작자보다 10년 위
인 친구 맹호연과 이별하며 지은 것이다. 맹호연은 당시 이미 천하에 그 시명
을 날리고 있었는데, 이제 또 번화한 도시인 양주로 떠난다 하니 작자의 부러
움과 서운함은 말로 다하기 어렵다. 이 시에는 이러한 동경과 석별의 연연한
정이 애틋하게 그려져 있다.

17. 산중에서 주고받은 이야기
李白(이백)

山中問答

問余何意棲碧山	나에게 묻기를 "무슨 뜻으로 푸른 산에 사는가?"
笑而不答心自閑	웃으며 대답하지 아니 하니 마음이 스스로 한가롭다.
桃花流水渺然去	복사꽃이 물에 흘러 멀리 내려가니
別有天地非人間	별다른 천지요 인간이 아니다.

【자구】

問余(문여) : 이 시는 문답의 형식을 빌어서 구성한 것이다. 문여는 '나에게 묻기를'로 해석해야 한다. 곧 客(객)이 있어 나에게 묻는 것이요, 자기가 자기에게 물은 것이 아니다.　何意(하의) : '何事'로 된 곳도 있으나 의미가 가벼워서 '何意'만 못하다.　笑而不答(소이부답) : 객의 물음에 대하여 웃는 것으로 때우고 대답하지 않은 것이다.　渺然(묘연) : 멀리. '杳然'으로 된 곳도 있다.　非人間(비인간) : 여기서 '人間'이라 함은 곧 속세라는 의미이다.

【감상】

작자가 세상에서 뜻을 얻지 못하고 산중에서 지낼 때에 지은 것이다.
제목도 <山中問答>이라 하여 문답하는 형식을 택하였으나 사실은 有問無答(유문무답)으로 대답한 말은 없다. 그러나 3·4구는 이것이 바로 정답이다. 3

구는 정중동이다. 산중은 정적한 곳이나 복사꽃이 물에 떠내려가는 자연의 활동이 전개되는 것을 볼 수 있는 곳이요, 인위적이며 속세의 움직임과는 다른 세계의 한아함을 즐길 수 있는 곳이니 이것이 곧 '別有天地非人間'이며, '푸른 산에 사는' 뜻이다.

18. 족숙인 형부시랑 이엽과
중서사인 가지를 모시고 동정호에서 놀며

李白(이백)

陪族叔刑部侍郎曄及中書舍人賈至遊洞庭

洞庭西望楚江分	동정호에서 서쪽을 보니 초강이 나뉘어 흐르고,
水盡南天不見雲	수평선 닿도록 남쪽 하늘엔 구름 하나 보이지 않네.
日落長沙秋色遠	해지는 장사엔 가을빛이 아득한데,
不知何處弔湘君	어디서 상군의 넋을 위로해야 할지 모르겠다.

【자구】

陪(배) : 모시다. 族叔(족숙) : 숙부 뻘되는 일가. 刑部侍郎(형부시랑) : 벼슬 이름. 오늘날의 법무부 차관에 해당. 曄(엽) : 이백 족숙의 이름. 당시 이엽은 형부시랑에서 파면되어 嶺南縣尉(영남현위)로 유배가는 중이었으나 옛 관직을 그대로 썼다. 中書舍人(중서사인) : 중서성의 次官(차관) 밑에 있는 관직. 비서실 서기관에 해당. 賈至(가지) : 시인(작자 소전 참조). 당시 가지도 좌천되어 岳州司馬(악주사마)로 있었다. 洞庭(동정) : 동정호. 124쪽 참조. 이 시는 연작 5수 중 첫째수이다. 楚江分(초강분) : '초강'은 양자강을 말함. '분'은 양자강이 동정호로 흘러들어오는 곳을 보면 호수와 강물이 나뉘어져 구별되어 보이는 것을 말함. 長沙(장사) : 동정호 동남쪽 3백 리에 있는 군. 한 나라의 賈誼(가의)가 좌천되어 있던 곳이기도 하다. 弔湘君(조상군) : '조'는 위문하다, 조문하다. 상군은 124쪽 참조.

【통석】

동정호에 배를 띄우고 멀리 바라보니,
서쪽으로는 양자강 물이 호수와 나뉘어 흐르는 곳이 보이고
족숙이 가실 남쪽 하늘엔 수평선이 끝나는 데까지 구름 하나 보이지 않는다.
옛날 가의가 좌천되었고 지금 賈至(가지)가 좌천되어 있는 이곳 장사엔,
어느덧 해가 저물어 멀리까지 가을빛이 아득한데,
어디 가서 상군의 원혼을 위로해야 할지 알 수 없다.

【감상】

이 시를 지을 때에 작자는 야랑으로 유배가는 중이었다. 족숙 李曄(이엽)도 '嶺南'(광동, 광서성 일대)으로 좌천되어 가는 중이었으며, 친구 가지도 岳州司馬(악주사마)로 좌천되어 있었다. 같은 불우한 처지에 있는 두 사람에 대한 작자의 위로와 동정이 2・3구에 넘쳐 있는데, 특히 3구는 가지와 가의의 성이 같은 것과 악주와 장사가 가까운 것에 착안한 재치있는 표현이다. 또 4구는 애수의 시인 屈原(굴원)의 『楚辭』「九歌」 중 <湘君篇>에 의거, 다 함께 謫客(적객)이 된 심정을 自弔(자조)한 것이다.

<h1 style="text-align:center">19. 여산 폭포를 바라보며</h1>

李白(이백)

望廬山瀑布

日照香爐生紫烟	향로봉에 해가 비쳐 붉은 안개 이는데
遙看瀑布掛前川	멀리 폭포를 바라보니 앞에 냇물이 걸려 있는 듯하다.
飛流直下三千尺	날아 흘러서 곧장 삼천 척을 내려오니
疑是銀河落九天	은하수가 구만 리 하늘에서 떨어진 듯하다.

【자구】

廬山(여산) : 강서성 성자현 서북에 있는 산. 남방의 명산이며 최고봉인 五老峯 (오로봉)은 경치가 절승하며, 깊은 역사를 간직한 곳이다. 香爐(향로) : 여산 서북에 있는 봉우리 이름. 그 꼭대기는 뾰족하고 둥글게 생겼고 언제나 구름 과 안개 속에 싸여 있어서 博山爐(박산로)와 비슷하다 하여 이름을 향로봉이 라 한다. 紫烟(자연) : 아침 햇빛이 비추어 붉은 빛깔이 나타나는 것. 三千尺 (삼천척) : 정확한 길이의 계산이 아니요 기다랗다는 표현으로 보아야 한다. 九天(구천) : '九萬里長天'의 준말.

【통석】

아침 해가 향로봉에 비치니 향로봉을 둘러싸고 있던 안개는 붉은 빛을 토하는데 멀리 바라보니 폭포는 눈앞에 큰 냇물이 걸려 있는 듯하다.
날아 흐르는 냇물이 곧장 삼천 척이나 됨직한 높이에서 떨어지니
아마도 은하수가 구만 리 장천에서 쏟아지는가 의심스럽다.

【감상】
장엄한 폭포를 내세우기에 앞서 먼저 향로봉의 채색 안개를 들고나오는 것은
먼저 그 배경부터 아름답게 하는 것이며 前川(전천)과 은하로 비유를 들고,
쏟아지는 현상을 '비류'와 '직하'로 표현하여 독자로 하여금 잠시도 쉴 틈을
주지 않고 일사천리로 서술한 데서 작자의 기량을 볼 수 있다.

20. 천문산을 바라보며
李白(이백)

望天門山

天門中斷楚江開	천문산의 허리가 잘리고, 양자강이 흘러가는데,
碧水東流至此廻	푸른 물은 동으로 흐르다 여기에서 구비친다.
兩岸靑山相對出	양쪽 언덕 푸른 산이 마주보며 솟았는데
孤帆一片日邊來	한 조각 외로운 돛대는 하늘가에서 나온다.

【자구】

天門山(천문산) : 양자강이 안휘성에서 강소성으로 흘러들어가기 바로 전, 當塗縣(당도현)에 있는 산. 동쪽의 博望山(박망산)과 서쪽의 梁山(양산)이 강물을 끼고 마주보아 문처럼 생긴데서 붙은 이름.　中斷(중단) : 박망산과 양산이 양자강에 의해 잘린 것을 말함.　楚江(초강) : 양자강.　至此廻(지차회) : ‘차’는 천문산을 가리킴. ‘至此’가 ‘至北’으로 또는 ‘直此(직차)’로 된 곳도 있다.　日邊(일변) : ‘天邊(천변)’과 같다. 하늘가.⇒[고사]

【고사】

진 명제가 8살 때 장안에서 사자가 왔다. 아버지 元帝(원제)가 장안과 태양 중 어느 것이 더 가깝냐고 묻자, 사람이 장안에서 오는 것은 봤으나 태양에서 오는 것은 못봤으니 장안이 가깝다고 하였다. 다음날 군신(群臣)들과의 연회에서 다시 물으니 고개를 들면 태양이 보이지만 장안은 보이지 않으니 태양이 가깝다고 대답하였다(『世說新語』「夙慧篇」).

【통석】
천문산 허리가 뚝 잘라진 것 같은 사이를 양자강이 도도히 흐르는데,
바로 그 잘라진 지점에 이르면 동쪽으로 흐르던 푸른 양자강 강물이
산세에 따라 구부러져 돌며 흐른다.
그 구비를 돌자마자 문득 눈앞을 막아서는 것은
양가에 마주보고 우뚝 솟은 푸른 산,
그 사이를 작은 돛배를 타고 내려오노라니,
마치 저 하늘가에서 떨어져 나오는 듯한 느낌이 든다.

【감상】
이 시는 작자가 직접 배를 타고 천문산을 돌아 나오는 광경을 그린 것이다.
천문산을 멀리서 바라보면 양자강이 그 사이를 뚫고 나오는 모습이 보인다.
그러다가 양산에 가까이 다가섰을 때는 물살이 휘돌아치고 그 물굽이를 어느
정도 돌 때까지는 박망산이 양산에 겹쳐져 보이지 않다가, 구비를 다 돌고 나
면 박망산이 갑자기 그 모습을 드러낸다고 한다. 3·4구에는 바로 이 순간의
작자의 놀라움과 환호가 나타나 있다.

21. 아침 일찍 백제성을 나서서
李白(이백)

早發白帝城

朝辭白帝彩雲間	아침에 백제성을 노을 사이로 하직하고,
千里江陵一日還	천리길 강릉을 하루에 내려오다.
兩岸猿聲啼不住	양쪽 언덕 원숭이 우는 소리 그치지 않는데,
輕舟已過萬重山	가벼운 배는 어느덧 만겹 산을 지나왔다.

【자구】

早發白帝城(조발백제성) : '白帝下江陵'으로 된 곳도 있다. 백제성은 사천성 奉節縣(봉절현)에 있는데, 삼협 중의 하나인 瞿塘峽(구당협)과 접해 있다. 전한 말에 公孫述(공손술)이 이곳에서 '白帝'라 자칭한 데서 유래. 朝辭(조사) : '早辭'로 된 곳도 있다. 彩雲(채운) : 아침 태양 빛에 물든 구름. 아침 노을. 千里江陵(천리강릉) : 백제성에서 삼협을 지나 강릉에 이르기까지의 천리 길. 강릉은 호북성에 있는 도시. 啼不住(제불주) : '啼不盡'으로 된 곳도 있다. 배가 흘러가는 사이로 수백 마리 원숭이의 우는 소리가 끊이지 않고 계속 이어져 들리는 것. 차 타고 지나갈 때 차창밖의 나무들이 휙휙 내달으며 하나로 연결돼 보이는 것과 같은 현상. 輕舟已過萬重山(경주이과만중산) : '須臾過却萬重山'으로 된 곳도 있다.

【통석】

이른 아침 채색 노을이 엉킨 백제성을 떠나,
천리나 되는 강릉을 하루에 내려 왔다.

귓전에 스치는 양쪽 강 언덕의 원숭이 소리를 듣는 동안에 경쾌하게
내닫는 배는 어느덧 만첩 청산을 다 지나왔다.

【감상】

이 시는 숙종 건원 2년(759), 작자가 야랑으로 유배되어 가던 도중, 사면되었
다는 전갈을 받고 강릉으로 돌아가며 지은 것이다. 강릉으로 가기 위해 지나
야 하는 삼협은 길이가 7백 리나 되고 물살은 매우 급하며 구슬픈 원숭이 울
음소리로 유명한 곳인데, 이 시에는 이 험난한 삼협조차도 작자의 기쁜 마음
과 어우러져 어려운 줄 모르고 단숨에 내닫는 모습이 잘 나타나 있다.

22. 가을에 형문산을 내려오며
- 李白(이백)

秋下荊門

霜落荊門江樹空	서리 내린 형문산에 강가의 나무 앙상한데,
布帆無恙掛秋風	돛은 탈 없이 가을 바람에 걸려 있다.
此行不爲鱸魚鱠	이번 길은 농어회 때문이 아니라
自愛名山入剡中	스스로 명산을 좋아하여 섬중으로 들어가는 것이다.

【자구】

荊門(형문) : 호북성 의도현 서북쪽에 있는 산 이름. 양자강의 남쪽 기슭에 있는 형문산과 북쪽 기슭에 있는 虎牙山(호아산)이 마주보고 있는 그 사이를 급류가 흘러, 마치 荊(형 : 초 나라 땅)으로 들어가는 문 같다 하여 붙여진 이름. 제목이 <初下荊門>으로 된 곳도 있다. 布帆無恙(포범무양) : '포범'은 천으로 만든 돛. '무양'은 별일 없이 무사함.⇒[고사 1] 掛(괘) : 걸리다. 鱸魚鱠(노어회) : 농어회.⇒[고사 2] 剡中(섬중) : 절강성에 있는 옛날 오 나라 땅으로, 풍광이 아름답기로 유명한데, 흔히 '剡溪(섬계)'라 부른다.

【고사 1】

顧愷之(고개지)가 휴가를 얻어 집으로 돌아올 때, 상관인 殷仲堪(은중감)에게서 천으로 만든 돛을 어렵게 빌렸는데, 도중에 '破冢(파총)'이라는 곳에서 강풍을 만나 배가 거의 다 부서졌다. 이 때 고개지는 은중감에게 편지를 보내어, "진짜로 무덤을 뚫고 나왔습니다마는(破冢 : 강풍에 죽을 뻔 했다는 말) 나그네는 무사하고 천으로 만든 돛도 무사합니다"고 하였다(『晉書』「顧愷之傳」).

【고사 2】
張翰(장한)이 낙양에서 벼슬하고 있을 때, 가을 바람이 일어나는 것을 보고는
고향 오 지방의 순채국과 농어회가 생각나서, "인생이란 자기 뜻에 따라 사는
것일 뿐인데 무엇 때문에 수천 리 떨어진 곳에서 벼슬살이하며 명성과 작록
을 얻으려 하는가?"하고는 고향으로 돌아갔다(『晉書』「張翰傳」).

【통석】
형문산에 서리가 내리니 강가에 있는 나무들은 잎새가 다 떨어져 앙상해
보인다. 이때에 나의 배는 아무 이상 없이 돛대에 순풍을 안고 가을 바람에
밀려 오 땅으로 들어간다. 이 얼마나 유쾌하고 멋드러진 일인가!
그런데 지금 나의 이번 길은, 옛날 장한이 고향의 순채국과 농어회가 생각나
벼슬도 버리고 돌아가버린 일과 같은 것이 아니니,
섬계 지방의 아름다운 산수를 좋아하여 찾아가는 것이다.

【감상】
가을에 명승 절경을 찾아가는 유쾌한 흥취를 자연스럽게 표현한 시이다. 그런
데 이 유람길은 단순한 관광이나 은거 같은 것이 아니다. 작자는 24~5세 때
처음으로 촉을 떠나 遠遊(원유)를 시작하면서, 이 원유를 통해 명승을 유람하
고 명사들과 사귀면서 시명 날리기를 기대했기 때문이다. 이 시에는 이러한
작자의 젊고 적극적이며 낭만적인 열정이 넘치고 있다.

23. 봄날 밤 낙양성에서 듣는 피리소리

李白(이백)

春夜洛城聞笛

誰家玉笛暗飛聲	뉘 집의 옥적이 은은히 소리를 보내오는가?
散入春風滿洛城	봄바람에 흩어져 낙양성에 가득히 퍼졌다.
此夜曲中聞折柳	이 밤 곡조 중에 절양류곡 들리니,
何人不起故園情	누군들 고향 생각나지 않을까!

【자구】

洛城(낙성) : 낙양성.　玉笛(옥적) : 옥으로 만든 저.　暗(암) : 은은히.　折柳(절류) : 이별의 정을 노래하는 내용의 악부인 <折楊柳曲>. 그 당시에는 멀리 떠나는 사람과 이별할 때, 還(환 : 돌아오다)과 같은 음인, 버들가지를 꺾어 둥글게 묶은 環(환 : 가락지)을 선사하는 풍습이 있었다.　故園情(고원정) : 고향을 그리는 마음.

【통석】

고요한 봄밤.

누구 집에선가 저 소리가 은은히 바람결에 날아와

봄바람을 타고 흩어져 낙양성 안에 가득하게 퍼진다.

오늘밤에 부는 저의 곡 중에

이별할 때 부르는 <절양류곡>이 있으니,

이 소리를 듣고서 누군들 고향 생각에 잠기지 않겠는가!

【감상】

봄밤, 봄바람을 타고 살며시 전해져, 온 낙양성을 뒤덮는 <절양류곡>의 저 소리. 이 소리를 듣는 나그네, 누군들 향수에 잠기지 않겠는가? 1구의 처음 '誰家' 두 자로부터 바로 작자의 감정을 드러내기 시작하여, 용솟음치는 작자의 향수를 민요조의 가락에 실어 노래하고 있다.

24. 변방의 노래
王昌齡(왕창령)

出塞行

白草原頭望京師	마른풀 벌판 가에서 장안을 바라보니,
黃河水流無盡時	황하 물은 흘러흘러 다할 때가 없구나.
秋天廣野行人絶	가을날 드넓은 벌판엔 다니는 이 없는데,
馬首東來知是誰	동쪽을 향하고 오는 말, 그는 과연
	누구인가?

【자구】

出塞行(출새행) : 악부 제목. 국경 지대로 전쟁하러 간 병사들의 노래. 이 시의 제목은 <白花原> <旅望>으로 된 곳이 있고, 작자도 李頎(이기)로 된 곳이 있다. 白草原頭(백초원두) : '草'는 '花'로 된 곳도 있다. 백초는 국경의 허옇게 바랜 마른풀. '원'은 벌판. 京師(경사) : 서울, 곧 장안. 秋天(추천) : '窮秋' 또는 '晩秋'로 된 곳도 있다. 馬首東來(마수동래) : 말머리를 동쪽, 곧 장안 쪽으로 하고 오다. 知是誰(지시수) : 의문사 앞의 '知'는 보통 '不知'의 뜻이 된다. 누군지 모르겠다.

【통석】

간절한 고향 생각을 떨치지 못해,
풀조차 허옇게 말라버린 언덕에 올라 장안쪽을 바라보니,
장안은 보이지 않고 황하 물만 끝없이 끝없이 흘러가는 게 보인다.
가을날 텅빈 광야에는 사람 그림자 하나 보이지 않는데,

문득 말머리를 동쪽으로 하고 오는 사람이 보이니,
저 사람은 누굴까, 혹 장안으로 돌아가는 사람은 아닐까?

【감상】

1구에 이미 나가 있는 사람의 마음이 잘 나타나 있으며, 2구의 끝없이 흘러가
는 황하는 바로 작자가 꿈꾸는 고향으로 가는 길이다. 인적 하나 없는 광막한
사막에 나타난 한 사람의 나그네, 그 사람에 대한 반가움과 또 그 사람이 향
하는 곳이 장안이기에 작자가 상대적으로 느끼게 되는 비애가 간결한 표현
속에 얽혀 있다.

25. 전쟁 나가 부르는 노래, 첫째 수
王昌齡(왕창령)

從軍行 其一

靑海長雲暗雪山	청해의 긴 구름 설산을 어둡게 하는데,
孤城遙望玉門關	외로운 성에서 멀리 옥문관을 바라본다.
黃沙百戰穿金甲	사막에서 백번 싸워 갑옷이 뚫어졌지만,
不破樓蘭終不還	누란을 쳐부수지 않고는 끝내 돌아가지 않으리.

【자구】

從軍行(종군행) : 악부 제목. <出塞行>과 마찬가지로 전쟁터에 나간 병사들의 고난을 노래한 7수 중 넷째 수이나, 이 책에서는 2수 중 첫 번째이다. 靑海(청해) : 호수 이름. 지금의 청해성 동북쪽에 있다. 당대에는 이 곳에 토번의 세력이 강성했다. 雪山(설산) : 天山, 白山이라고도 불리는 祁連(기련) 산맥에 딸린 산. 일년 내내 눈에 덮여 있어 붙은 이름. 玉門關(옥문관) : 감숙성 돈황현 서쪽 150리쯤에 있는 관문. 서역산 옥이 이곳을 통해 들어오는 데서 붙은 이름. 당대에 이 옥문관의 서쪽에 돌궐족이 활약하고 있었다. 黃沙(황사) : 사막. 穿金甲(천금갑) : '금갑'은 철갑. 철로 만든 갑옷이 다 뚫어지도록 싸움. 樓蘭(누란) : 한대에 옥문관 서쪽에 있었던 이민족이 세운 나라. 여기서는 돌궐족을 가리킨다. 終(종) : 끝내, 죽을 때까지.

【통석】

외로운 성 위에 올라가 동남쪽을 바라보면, 토번 세력이 자리잡고 있는

청해호에서 밀려온 자욱한 구름으로 설산이 잔뜩 흐려 있는데,
서북쪽 멀리 돌궐족이 우리 군사와 대치하고 있는 옥문관 쪽을 바라본다.
이 누런 모래가 막막하게 펼쳐진 사막에서,
그러나 갑옷이 뚫어질 때까지 죽음을 무릅쓰고 싸워서,
우리 변방을 어지럽히는 이민족을 쳐부수기 전에는
결코 돌아가지 않을 것이다.

【감상】

청해에서 옥문관까지의 거리는 무려 수천 리로써, 그 사이 어느 지점의 '孤城'
에서 옥문관을 바라볼 수 있는 것은 아니다. 단지 그 당시 변경을 어지럽히던
대표적 세력인 토번과 돌궐이 있는 곳을 상상 속의 공간으로 설정한 것이다.
1·2구에 나타난 변경 지방의 광활함과 암울함, 비장함과는 대비적으로, 3·4
구에는 그 악조건에도 불구하고 용기를 잃지 않는 씩씩하고 웅장한 병사들의
기개가 나타나 있어, 盛唐(성당) 변새시의 한 전형적인 모습을 보여준다.

26. 전쟁 나가 부르는 노래, 둘째 수
王昌齡(왕창령)

從軍行 其二

秦時明月漢時關	진과 한 때의 밝은 달과 관문
萬里長征人未還	만리 멀리 원정 나와 돌아가지 못한다.
但使龍城飛將在	단지 용성의 날랜 장수만 있다면,
不敎胡馬度陰山	오랑캐 말 음산을 넘지 못할 것을.

【자구】

從軍行 其二 : 이 시는 『唐詩選』에는 <從軍行>의 셋째 수로 되어 있으나, 『全唐詩』에는 <從軍行 7수> 중에 들어 있지 않고 <出塞二首> 중의 한 수로 되어 있으며, 다른 책들에는 <塞上曲> <塞上行> 등으로 되어 있다. **秦時明月漢時關**(진시명월한시관) : 互文(호문)으로 진과 한의 명월과 관문이란 의미. 변새 악부시의 대표적인 노래 <關山月>이 달과 관문을 소재로 하고 있듯이, 달과 관문은 변새시의 대표적인 소재이다. **長征人未還**(장정인미환) : '征夫尙未還'으로 된 곳도 있다. **但使**(단사) : 단지 ~하기만 한다면. **龍城飛將**(용성비장) : 李廣(이광)을 가리킴. ⇒[고사]. 용성은 지금의 하북성 喜峰口(희봉구) 부근으로, 한대에는 우북평군으로 되어 있었다. **敎**(교) : '使(사)'와 같다. ~하게 하다. **陰山**(음산) : 지금의 내몽고 자치구에 있는 음산 산맥.

【고사】

전한 孝景帝(효경제) 때 이광을 우북평 태수로 삼았다. 이 때에 흉노는 이광을 두려워하여 '한의 飛將軍(비장군)'이라 하며 도망가서, 몇 년 동안 감히 우북평군 근처를 침입하지 못했다(『史記』「李將軍列傳」).

【통석】
진 때도, 한 때도 있었던 관문.
그리고 진 때도, 한 때도 그 관문 위를 외롭게 비추어 주던 달.
그 때 만 리 먼 곳에 나와 이 관문에서 이 달을 보던 병사들은
끝내 집으로 돌아가지 못했으며,
지금 우리 또한 그러하다.
한 나라의 용감했던 이광 같은 장군이 있어 국경을 잘 방비하기만 한다면,
오랑캐의 말이 감히 음산을 넘어 중국을 침범하지 못할텐데,
이제는 더 이상 그런 良將(양장)이 없구나!

【감상】
'秦時明月漢時關'은 '秦時關門漢時月'이나 마찬가지의 표현이다. 진 때나 한 때의 국경에는 전쟁이 끊이지 않았고 국경에서 주둔하는 군대에게 깊은 인상을 남기는 것은 관문과 달이다. 1구의 일곱 자는 진대와 한대 이래 무수히 흉노의 침략을 받은 것을 나타냄과 동시에, 비장함, 적막함 등 변새시가 내포할 수 있는 모든 감정의 가능성들을 담고 있는 명구이다. 2구에는 원정을 나와 돌아가지 못했고, 또 못하는 병사들의 애환이, 3·4구에는 그 이름만으로도 적들을 두렵게 만들 수 있는 명장의 출현에 대한 병사들의 소망이 표현되어 있다.

27. 부용루에서 신점을 보내며
王昌齡(왕창령)

芙蓉樓送辛漸

寒雨連江夜入吳	차가운 비 강에 이어 밤에 오로 드는데
平明送客楚山孤	날샐 무렵 나그네 보내니 초산이 외로우리.
洛陽親友如相問	낙양 사는 친구들 내 소식 묻거든,
一片氷心在玉壺	한 조각 얼음 같은 마음이 옥병 속에 있다 하게.

【자구】

芙蓉樓(부용루) : 지금의 강소성 진강시의 서북에 있던 건물 이름. 이곳은 당시 潤州(윤주)였다. 이때 작자는 江寧(강령 : 지금의 남경) 丞(승)으로 좌천되어 있을 때며, 신점은 윤주에서 강을 건너 낙양으로 들어가는 길이었다. 작자는 강녕에서 신점을 전송하기 위해 윤주까지 와서 이 시를 지은 것으로 생각된다.　吳(오) : 춘추 시대에 오 나라가 있던 곳인데 주로 지금의 강소성 지역을 지칭한다.　楚山(초산) : 초도 오와 마찬가지로 춘추 시대에 초 나라가 있던 곳인데 지금의 호북, 호남성 지역을 지칭하여 쓴다. 초산은 이 지역의 산.　氷心(빙심) : 얼음과 같이 때묻지 않은 결백한 마음.　玉壺(옥호) : 옥으로 만든 작은 병. 역시 맑고 깨끗하다는 뜻으로 사용되어 왔다. 남조 송의 시인 鮑照(포조)의 '淸如白玉壺'라는 句(구)가 있고, 당의 대신인 姚崇(요숭)은 <氷壺誡(빙호계)>를 지어 관료들이 청렴한 志節(지절)을 가질 것을 강조하였다. 작자는 지금 좌천되어 낙양에서 멀리 떨어진 곳에 와 있으나 자기의 정신은 맑고 깨끗하다는 것을 친구들에 알리기 위해 '빙심'과 '옥호'를 쓴 것이다.

【통석】
어둡고 스산한 속에 강에 비가 그치지 않고 내려
오 땅 전지역이 빗속에 잠겼다.
이는 자연의 기후뿐이 아니고 보내는 사람이나
떠나는 사람의 침울한 심정과도 상통한다.
강에서 함께 밤을 새고 새벽이 되어 서로 헤어지려 하니
작자 혼자서 남아 있는 이곳 초산은 외롭기만 하다.
그대 낙양에 돌아가면 낙양의 나의 친구들이 나에 대하여 물을 터이니
나의 마음은 얼음과 옥처럼 맑고 깨끗하다고 전하여 달라.

【감상】
1·2구에서는 친구와 헤어지는 밤, 스산한 날씨와 침울한 심회를 寒雨(한우)
를 소재로 표현하였다. 3·4구에서는 침울했던 것과는 달리, 작자가 불우한
가운데서도 변하지 않는 깨끗한 정신을 지니고 있음을 밝힘으로써 독자에게
신선한 감회를 다시 갖게 한다.

28. 노계에서 친구를 보내며
王昌齡(왕창령)

盧溪別人

武陵溪口駐扁舟	무릉 계곡 입구에서 작은 배를 대었다.
溪水隨君向北流	냇물은 그대를 따라 북쪽으로 흐른다.
行到荊門上三峽	가다 형문에 이르러 삼협을 오를 때
莫將孤月對猿愁	외로운 달밤에 원숭이 소리 들리더라도
	시름을 자아내지 말라.

【자구】

盧溪(노계) : 원래는 냇물 이름인데, 당대에는 현의 이름이 되었다. 지금의 호남성 노계현. 소위 무릉 오계 중의 하나로 작자가 좌천되어 있던 용표 하류에 있다.　武陵溪口(무릉계구) : 노계가 있는 부근의 총칭. 구체적으로는 노계와 浣水(완수)가 교류되는 곳을 가리키는데, 도연명의 『桃花源記』로 유명.　駐(주) : 배를 대다.　荊門(형문) : 호북성에 있는 산 이름(156쪽 참조).　三峽(삼협) : 양자강이 사천성에서 호북성으로 나오면서 거치게 되는 협곡들(138쪽 참조). 將(장) : '以(이)'와 같다. ～로써.　猿愁(원수) : 원숭이 소리가 시름 있는 듯 들리는 것. 또는 애끊는 원숭이 소리에 촉발되어 시름에 젖는 것. 삼협, 그중에서도 巫峽(무협)은 애끊는 원숭이 울음소리로 유명하다.

【통석】

그대를 전송하러 무릉 계곡 입구까지 와서 작은 배를 멈추니,
이 물도 그대가 떠나가는 북쪽으로 흘러간다.

이제 이 길을 쭉 따라가다 형문에 이르고 또 삼협을 지나노라면,
그 유명한 무협의 애끊는 원숭이 울음소리가 그대 마음을 뒤흔들 것이다.
그러나 그 외로운 밝은 달빛 아래서 원숭이 울음소리 때문에
너무 客愁(객수)에 젖지는 말라.

【감상】

이별을 아쉬워하는 보내는 이의 마음과 가는 마음이 잔잔한 필치 속에 나타
나 있는데, 앞길의 객수를 미리 위로해 주는 데서 작자의 친구에 대한 돈독한
우정을 엿볼 수 있다.

29. 이사하면서 호상정과 작별한다

戎昱(융욱)

移家別湖上亭

好是春風湖上亭	좋구나, 여기 봄바람 불어오는 호상정.
柳條藤蔓繫離情	버드나무 가지와 등넝쿨이 떠나려는 나의 정을 잡아맨다.
黃鸎久住渾相識	꾀꼬리도 오래 살아 서로 알고 지냈기 때문에
欲別頻啼四五聲	헤어지려 하는데 자주 너댓 번이나 울어댄다.

【자구】

湖上亭(호상정) : 정자 이름. 작자가 살던 집 부근에 있는 정자.　柳條藤蔓(유조등만) : 버드나무 가지와 등넝쿨. 버드나무 가지와 등넝쿨은 가늘고 길어서 다른 물건을 잡아맬 수 있다. 이것은 다음에 나오는 繫(계 : 얽매다)와 관련지어서 쓴 말이다.　黃鸎(황앵) : 꾀꼬리.　渾(혼) : 부사. 완전히, 틀림없이.

【통석】

내가 좋아하던 봄바람 부는 호상정.
늘어진 버들가지와 엉킨 등넝쿨이 내가 떠나려 하는 마음을
붙잡아 매려는 듯한데 더구나 오래 사는 동안 서로 얼굴이 익은 꾀꼬리도
가는 나를 안타까워하며 몇 번이고 소리를 내어 울어댄다.

식물은 물론 동물도 헤어지는 슬픔을 알 까닭이 없다. 작자는 거꾸로 자기가 떠나기 싫다는 감정을 버드나무 가지와 등넝쿨, 꾀꼬리에게로 옮겨서 그들을 의인화하여 동화에서나 읽을 수 있는 특수한 표현법을 사용하여 그의 애틋한 심정을 토로하였다.

30. 이르게 핀 매화
張謂(장위)

早梅

一樹寒梅白玉條	한 그루 매화나무 백옥 같은 가지,
迥臨村路傍溪橋	마을길에서 멀리 떨어진 시내 다리 옆에 서 있다.
不知近水花先發	물이 가까워서 꽃이 먼저 핀 줄은 모르고,
疑是經冬雪未消	개울 눈이 아직 녹지 않은 것인 양 의심한다.

【자구】

白玉條(백옥조) : 흰 꽃이 만발하여 백옥으로 만든 가지처럼 보이는 것.　迥(형)
: 부사. 멀리.　傍溪橋(방계교) : '방'은 동사. 계교에 가까이 있다.

【통석】

쓸쓸하여 차갑게 보이는 한 그루의 매화.
가지마다 꽃이 만발하여 백옥처럼 보인다.
사람들이 많이 오가는 마을 앞 길에서 멀리 떨어진 곳.
시내에 걸쳐 놓은 다리 옆에 서 있다. 사실 물과 가까이 있어서
수분을 먼저 흡수하였기 때문에 다른 매화보다 꽃이 먼저 핀 것인데,
그런 줄도 모르고 사람들은 아직까지
겨울에 온 눈이 녹지 않은 것이 아닌가 의심한다.

【감상】

早梅(조매), 곧 철보다 이르게 꽃이 핀 매화를 읊은 것이다. 다른 것보다 일찍 성숙한 것은 그만치 귀한 것이지만 또한 그럴 만한 이유가 있기 때문이다. 여기에서는 '傍溪橋'와 '近水'가 바로 그 이유임을 알 수 있다. 그러나 일찍 피었기 때문에 의혹도 있을 수 있다. 王安石(왕안석)의 <梅花詩>에 '遙知不是雪, 爲有暗香來'에서도 매화와 눈을 혼동할 수 있음을 알 수 있다. 다만 매화는 향기가 있기 때문에 바로 알 수 있다는 것이다. 이 시는 일종의 해학과 풍자가 있음을 느끼게 된다.

31. 소년의 노래

王維(왕유)

少年行

出身仕漢羽林郎	관직에 나가 漢朝(한조)에서 우림랑 되어
初隨驃騎戰漁陽	처음엔 표기장군 따라 어양에서 싸웠다.
孰知不向邊庭苦	누가 알겠는가, 국경 지대에 있는 것
	고생되지 않는 줄을.
縱死猶聞俠骨香	비록 죽더라도 오히려 협사라는 향기로운
	이름 들으리.

【자구】

少年行(소년행) : 악부 제목. 기개를 중시하는 젊은이들이 목숨을 가벼이 여겨 의를 위해서 죽는 것이나, 유협이 되어 호탕하게 노는 것을 주제로 한다. 연작 4수 중 둘째 수. 出身(출신) : 사회에 진출하는 것. 구체적으로는 벼슬에 나가는 것을 말함. 任漢(임한) : 한 나라에서 벼슬살이하다. 실제는 당 나라이지만, 당시에서는 상투적으로 한을 쓴다. 羽林郎(우림랑) : 한대의 관직. 황제 근위병의 장교. 驃騎(표기) : 한의 명장 표기 장군 霍去病(곽거병)을 말한다. 전후 여섯 차례나 서역 지방에 정벌 나가 큰 공을 세웠다. '驃'는 흰말. 漁陽(어양) : 지금의 북경시 密雲縣(밀운현)의 서남쪽. 당대에는 변새에 속했다. 向(향) : 당대의 구어로 '於'와 같다. 縱(종) : 비록. 俠骨香(협골향) : 의협심 강한 소년의 죽음에는 뼈에서 아름다운 향기가 남, 곧 芳名(방명)을 남김.

【통석】
장안 소년의 성격은 매우 호방하고 용감하다. 그들은 처음 벼슬에
나가서는 황제 근위병이 되었고, 표기 장군 같은 명장을 따라
어양 지방에 가서 싸우기도 했다.
먼 변새 지방에 출정해 있으면서도 전쟁의 괴로움을 모르는 것을
사람들은 이상스럽게 생각하겠지만, 비록 죽더라도 나라 위해
몸바쳐 죽은 협사라는 방명을 떨치는 것이 바로 그들의 본마음인 것이다.

【감상】
장안 소년의 호협한 기상과 협기 왕성함을 웅건하고 굳센 필치로 그려낸 작
품이다.

32. 저주의 서간

韋應物(위응물)

滁州西澗

獨憐幽草澗邊生	어여쁘다, 조그만 풀이 물가에 자라고
上有黃鸝深樹鳴	위에 깊은 나무에도 꾀꼬리 운다.
春潮帶雨晚來急	봄날의 밀물과 함께 늦으막에 비가 쏟아지는데,
野渡無人舟自橫	들판 나루터에는 사람이 없이 배만 걸쳐 있구나.

【자구】

滁州西澗(저주서간) : '저주'는 지금 안휘성 지방. '서간'은 저주 서쪽 교외에 있는 물. 작자가 당 덕종 건중 2년(781)에 저주 자사로 있을 때에 지은 것. **幽草**(유초) : 물가에 자생하는 이름 없는 작은 풀. **黃鸝**(황려) : 꾀꼬리. '黃鶯'과 같음. **野渡**(야도) : '渡'는 나루터.

【통석】

물가에는 별로 이름도 없는 작은 풀들이 저절로 나서 자라는 것이
귀엽고 애처롭게 보인다.
또 언덕 위의 높은 나무에는 꾀꼬리가 사람의 눈에 띄지 않게
무성한 잎 속에서 아름다운 소리로 운다.
놀고 있는 동안 서간에는 봄철 밀물이 몰아닥치고

또 비까지 쏟아져서 길 가는 사람들은 빨리 물을 건너야 할 터인데
사람이 많이 다니지 않는 들판 나루터에는 뱃사공도 보이지 않고
빈 배만이 나루에 걸쳐 있다.

【감상】

이 시는 산수의 정취를 있는 그대로 서술한 것으로 무척 한가로운 풍경이다.
그러나 보는 사람에 따라서는 자연의 경물을 소개한 것 이상의 의미를 붙여
서 해석할 수도 있다. 곧 작은 풀은 자연 속에서 출세를 바라지 않고 초야에
사는 사람이요, 꾀꼬리는 사람들의 눈에 뜨이지 않으나 궁중에서 임금에게 아
첨을 부리며 세력을 누리는 소인배들을 가리킨 것이다. 배가 사람이 많이 다
니는 큰 길목에 있다면 쉴 사이 없이 많은 사람을 건너주어야 마땅할 것이다.
그러나 들판 나루터에 있기 때문에 밀물에 비가 쏟아지는 다급한 상황인데도
한가롭게 걸쳐 있다. 이것은 큰 인재가 한산한 관직에 있기 때문에 능력을 발
휘하지 못하는 세태를 풍유한 것이라고 볼 수 있다.

33. 가을 생각
張籍(장적)

秋思

洛陽城裏見秋風	낙양성에서 가을 바람을 보고
欲作家書意萬重	집으로 보낼 편지를 쓰려 하니 생각이 첩첩하다.
復恐匆匆說不盡	그런데도 총총히 쓰느라, 할말을 못다한 듯하여,
行人臨發又開封	가는 사람이 떠나려 하는데 다시 뜯어본다.

【자구】

洛陽城(낙양성) : 장적의 고향은 吳郡(오군)인데, 낙양은 벼슬하기 위하여 와 있던 곳. 家書(가서) : 본가에 부칠 편지. 意萬重(의만중) : 만중은 만 겹. 생각이 매우 복잡한 것. 匆匆(총총) : 급한 모양. 行人(행인) : 지방에 나온 중앙의 관리. 開封(개봉) : 편지의 봉투를 뜯는 것.

【해설·통석】

晋(진)의 張翰(장한)이 낙양에서 벼슬하다가 가을 바람이 부는 것을 보고, 그의 고향인 오중의 순채와 농어를 먹고 싶은 생각이 나서 "사람은 자기가 하고 싶은 대로 사는 것이 중요한데 무엇 때문에 벼슬에 얽매어 수천 리 밖에서 출세를 바라고 있어야 한단 말이냐?" 하고 그날로 고향으로 돌아갔다는 고사가 있다. 작자도 고향이 오군인데 낙양성에서 가을 바람을 만난 것을 옛 장한의 고사와 연관지어서 쓴 것이다.
불현듯 집 생각이 나서 붓을 잡고 편지를 썼다.
그러나 착잡한 생각을 차근차근 정리해서 쓴다는 것이 쉽지 않으므로
다 써서 봉투에 넣어서 봉해 놓고서도 미진한 것이 있는 듯하여
행인이 떠나려 하는데
다시 봉투를 뜯어서 살펴본다.

【감상】

가을과 고향, 이 둘은 많은 시인들의 시제로 다룬 것이다. 이 시에서는 특별히
가서를 쓰는 사람의 심리 상태를 그린 것이다. 송의 왕안석은 장적의 시를 평
하여, "평범한 듯이 보이면서도 가장 기발하고, 쉽게 지은 것 같으면서도 매
우 고심하였다(看似尋常最奇崛, 成如容易却艱辛)"라고 한 것과 같이, 평범한
소재를 가지고 섬세 미묘한 감정을 묘사한 데 작자의 특색이 있다.

34. 죽지사

劉禹錫(유우석)

竹枝詞 九首中 其七

瞿塘嘈嘈十二灘	구당 물 출렁출렁 열두 여울에
人言道路古來難	사람들은 예로부터 가기 어려운 길이라 하였다.
長恨人心不如水	깊이 한탄스러운 것은 사람의 마음은 물만도 못하여
等閑平地起波瀾	아무렇지도 않은 평지에서 풍파를 일으킨다.

【자구】

竹枝詞(죽지사) : 악부 이름. 지방의 민속. 전설 등을 노래로 엮은 것. 瞿塘(구당) : 양자강 삼협 중의 하나. 礁石(초석)과 급한 여울이 많아서 옛날부터 뱃길은 제일 통과하기 어려운 곳으로 이름있는 곳. 嘈嘈(조조) : 물 흐르는 소리. 十二灘(십이탄) : 여러 번 거쳐야 하는 여울목. 십이는 많다는 뜻이요, 구체적인 숫자는 아님. 長恨(장한) : 한스럽다는 뜻에 '長'의 부사를 붙인 것은 매우 심각한 의미를 지닌다. 일시적인 것이 아니요, 영구적인 것이며, 예사로운 것이 아니요 심각함을 나타낸 것이다. 等閑(등한) : 특별한 것과 반대되는 것. 예사롭다. 아무렇지도 않다는 뜻. 平地波瀾(평지파란) : 파도는 물이 평지를 흘러갈 때 일어나는 것이 아니요, 어떤 물체와 부딪혔을 때에 이는 것이다. 물리적인 자연 현상이 아니라 인위적으로 문제를 일으키는 것을 의미함.

【통석】
구당협 열두 여울 물소리 출렁출렁,
옛날부터 이곳은 통과하기 어려운 길목이라고 말해 온다.
그러나 언제나 한스러운 것은
이 구당협보다도 더 험난한 것이 사람이니
물은 潮汐(조석)이 있고 여울이 있어서 험하더라도
조심하면 잘 통과할 수 있으나
사람은 아무렇지도 않은 평지에서
남을 모함하고 모략하여 문제를 일으켜서
세상에 서지 못하게 만들고 있으니
사람이야말로 가장 무섭고 위험한 존재다.

【감상】
작자는 여러 번 소인들의 중상을 받고 세력을 잡은 자들의 노여움을 당하여
23년 동안이나 귀양살이를 해야 했다. 여기에서 세상일의 험난함과 인심의 사
악함을 오랫동안 체험하였으므로 이것을 구당협에 비유하여 풀어낸 것이다.

35. 정란사의 밤손님
李涉(이섭)

井欄砂宿遇夜客

暮雨瀟瀟江上村　　부슬부슬 밤비 내리는 강 마을에

綠林豪客夜知聞　　밤 길 걷는 영웅들이 밤에 듣고 아는구나.

他時不用逃名姓　　다른 날 내 이름 숨길 필요없다.

世上如今半是君　　오늘날 세상에 절반은 모두 그대들의

　　　　　　　　　친구다.

【자구】

井欄砂(정란사) :『唐詩紀事』에 "李涉(이섭)이 구강을 지나가다가 晥口(환구, 지금 안경시에 있음)에 이르러서 강도를 만났다. 강도는 네가 누구냐고 물으니 이섭의 수행원이 '이박사다'라고 대답하였다. 두목은 '그러면 시인 이섭이 아니냐? 그렇다면 약탈은 하지 말고 시 한 편 지어 얻으면 충분하다'하여 작자가 이 시를 지었다"고 했다. 그런즉 정란사는 곧 환구에 있는 지명일 것이다.　**夜客**(야객) : 도둑. 밤 손님.　**瀟瀟**(소소) : 부슬부슬.　**綠林豪客**(녹림호객) : 숨어 다니는 힘센 사람이라는 뜻으로 이렇게 표현하였음. 뒤에는 도둑의 별칭으로 쓰임.　**逃名姓**(도명성) : 성명을 숨김. 모른 척하는 것.

【통석】

저문 날 비는 부슬부슬 내리고
스산한 주위에 강 마을에는 사람도 없는데

무시무시하게 밤길 걷는 손님을 만났으나
그들이 나의 이름을 들어 알고 있는 것이 반갑다.
앞으로 서로 만날 때가 있더라도
서로 성명을 숨기고 모른 척 할 필요가 없다.
오늘날 세상에는 당신과 같은 사람들이 절반이 넘는데
무엇 때문에 숨기려 하나?!

【감상】

1구는 무시무시한 골목길에 들어서는 듯한 느낌이다. 날은 저물고 비가 내리는 강가, 사람을 해치고도 강으로 달아나면 잡히지 않을 환경이다. 이런 데서 강도를 만난다는 것은 있음직한 일이다. 2구에서는 다시 명랑한 기분이 든다. 강도를 추켜 올려서 '녹림호객'이라는 칭호를 붙인 것부터가 그다지 나쁜 인상이 아니며 '夜知聞'에는 도둑이 시인의 이름을 듣고 알아보자 반가와하는 느낌도 들어 있다. 3·4구에서 오히려 반대로 이 세상이 도둑 아닌 도둑들로 가득한 것을 개탄하였다. 작자로 하여금 평소에 하고 싶었던 말을 토로하게 한 것이다.

36. 국화

元稹(원진)

菊花

秋叢遶舍似陶家　　집 언저리에 국화로 둘러싸여

　　　　　　　　　도연명의 집인듯.

遍遶籬邊日漸斜　　울타리 가를 죄다 돌아다니다 보니

　　　　　　　　　해가 차츰 기운다.

不是花中偏愛菊　　꽃 중에서 특별히 국화만을 좋아하는 것이

　　　　　　　　　아니라,

此花開盡更無花　　이 꽃이 피고 나면 다시 필 꽃이 없다.

【자구】

秋叢(추총) : 국화를 秋花(추화)라고도 하므로 추총은 국화 떨기. 국화를 모아서 심은 것.　遶(요) : 에워싸다. '繞'로 된 곳도 있다.　陶家(도가) : 도연명의 집. 국화를 가장 좋아한 사람은 도연명이었으므로 국화가 많이 있는 집을 보고 도연명의 집인 듯하다는 뜻.　籬(이) : 울타리.　偏愛(편애) : 특별히 좋아하는 것.

【통석】

집 둘레를 돌아가며 모두 국화를 심어 도연명의 집인가 의심할 정도였다.

국화를 관상하기 위하여 울타리를 한 바퀴 돌아보고 나니

벌써 해가 기울어졌다.

"좋은 꽃이 다른 것도 얼마든지 있는데

하필이면 국화만을 이렇게 좋아하느냐”고 할 사람이 있겠지만
“일 년 중에서 이 꽃이 지고 나면 다시는 꽃을 볼 수 없지 않은가?!”

【감상】

“마지막 핀 꽃이므로 특별히 좋아한다.” 이것은 시인의 평계다. 국화는 봄과
여름에 피는 다른 꽃들과는 달리 서리가 내리는 속에서도 청초하게 빛을 발
하고 고상한 향기를 내뿜어 옛날부터 高士(고사), 隱逸(은일)의 절조에 비유
해 온 것이다. 그러나 누구나 알고 있는 그런 말로 愛菊(애국)의 변을 늘어놓
는 것은 오히려 속된 것이므로 작자는 다른 사람이 아직까지 지적하지 않았
던 말로 종구를 맺었다.

37. 항사에게
楊敬之(양경지)

贈項斯

幾度見詩詩總好	여러 차례 시를 보았는데 시가 모두 좋았고,
及觀標格過于詩	인품을 대하고 보니 시보다 더 훌륭하였다.
平生不解藏人善	평생에 남의 좋은 점을 숨길 줄 몰라,
到處逢人說項斯	가는 곳마다 사람을 만나면
	항사를 말하리라.

【자구】

項斯(항사) : 字(자)는 子遷(자천), 처음에 알아주는 사람이 없었는데 楊敬之(양경지)를 찾아가 그의 작품을 보였다. 경지는 항사의 재주와 인품이 높음을 알아보았다. 이것이 계기가 되어 장안에서 이름이 알려지고 마침내 과거에 올라 출세하였다. 『全唐詩』에는 항사의 시 1권이 있다.　標格(표격) : 외모와 인품을 아울러 말한 것.　不解(불해) : '不知'와 같다.

【통석】

당신의 시를 여러 번 읽어 보았는데 볼 적마다 시가 좋다고 느꼈다.
그런데 이제 당신을 대하고 보니 외모나 인품이
시를 보고 상상할 때보다 더 훌륭함을 느꼈다.
나는 평소부터 남의 좋은 점을 보고서는 숨겨두지 못하는 성격이므로
이제부터는 사람을 만날 적마다 항사의 얘기를 하겠다.

【감상】

시란 다소 상징적이며 추상적인 표현이 있는 것이 보통이나 이 시는 그런 것이 전혀 없고 대화로 엮어나가듯 소박함 그대로다. 이 시는 선배로서 후배를 칭찬하며 남에게 재추천하는 내용이므로 그럴수록 소박하고 진실한 것이 더욱 설득력이 있다.

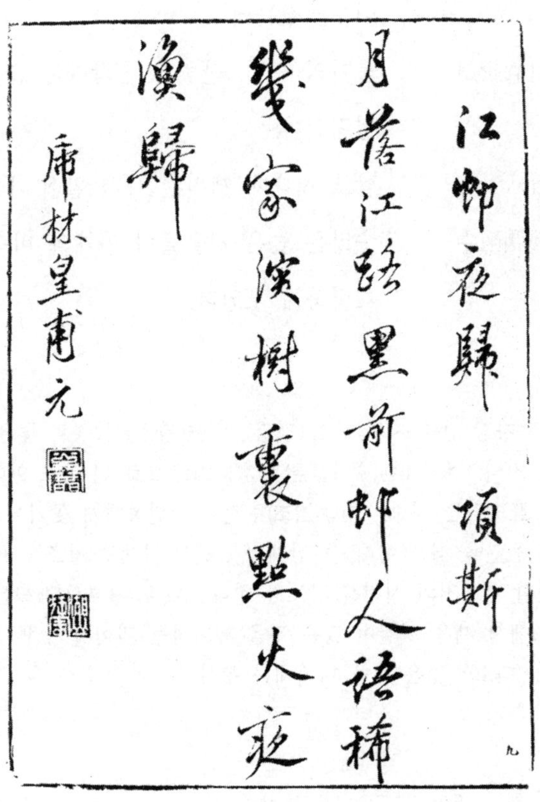

38. 강남의 봄

杜牧(두목)

江南春

千里鶯啼綠映紅	천리 길에 꾀꼬리 울고 푸르고 붉은 색이 어우러졌는데
水郭山村酒旗風	물가의 도시, 산중의 촌락마다 술집 깃발이 펄럭인다.
南朝四百八十寺	남조 시대에 세워진 사백 팔십 개의 사찰은
多少樓臺烟雨中	수많은 높은 건물들이 안개와 비속으로 흐릿하게 보인다.

【자구】

江南(강남) : 양자강 남쪽 지역. 浙江(절강), 江蘇(강소)의 경치 좋은 곳. 千里(천리) : 넓은 지역. 水郭山村(수곽산촌) : '水村山郭'으로 된 곳도 있다. 酒旗(주기) : 술집을 표방하는 깃발. 南朝(남조) : 진이 이민족에게 쫓기어 양자강 남쪽으로 가서 동진을 세운 이래 송, 남제, 양, 진이 차례로 왕조를 세워서 수가 중국을 통일할 때까지의 시기를 남조라 한다. 四百八十寺(사백팔십사) : '四百八十'은 남조에서 세운 사찰이 많은 것을 의미하는 것이지 구체적인 숫자는 아니다. 多少(다소) : 많은 것을 나타내는 부사.

【통석】

천리가 되는 넓은 강남 지역.

꾀꼬리 울고 녹음과 붉은 꽃들이 어우러져
강남의 봄을 실감케 하고
물을 낀 도시와 산을 의지한 촌락에는
어디서나 술집을 나타내는 깃발이 펄럭여
여전히 강남은 환락의 지역임을 말해 준다.
그러나 한편으로 회고적인 안목에 남조 시대에 세웠던
많은 건물들은 모두가 안개와 빗속에 흐릿하게 비쳐
현실을 즐기게 하는 술집의 풍경과는 다른 감정을 갖게 한다.

【감상】

강남의 春景(춘경)을 읊은 많은 시 가운데 이 시는 가장 명작으로 알려진 걸작이다. 첫째 이 시는 '綠映紅' 세 자를 빼놓으면, 되새기는 어구가 없이 수식어와 명사만으로 一氣呵成(일기가성)된 것을 볼 수 있다. 읽는 사람에게 그대로 받아들이게 하는 힘이 있다. '紅綠'에서는 자연의 아름다움을, '酒氣風'에서는 남방 인사들이 봄 광경을 마음껏 즐기고 있음을 읽을 수 있다. 그러나 역사의 유물인 많은 사찰 건물들은 '烟雨中'에 싸여 회고의 감정 속으로 사람을 끌고 들어가는 듯하다.

39. 오강정에서
杜牧(두목)

題烏江亭

勝敗兵家事不期	전쟁에서 지고 이기는 것은 예측할 수 없는 것,
包羞忍恥是男兒	수치스러운 것을 참고 견디는 것이 남자다.
江東子弟多豪傑	강동 지방의 젊은이는 호걸이 많으니,
捲土重來未可知	총력을 기울여 다시 나섰다면 어땠을지 모를 일이다.

【자구】

烏江亭(오강정) : 안휘성 동북쪽에 있다. 항우가 유방과의 마지막 전투에서 병졸을 모두 잃고 그의 고향인 강동으로 돌아갈 생각으로 강을 건너기 위해 오강정에 당도하였다. 이 때 오강정의 우두머리는 항우에게 아직도 강동에 돌아가면 젊은 사람이 있을 터이니 빨리 건너가서 재기를 도모하라고 권하였다. 이 때에 항우는 "많은 젊은이들을 데리고 나와서 다 죽게 한 내가 무슨 면목으로 다시 고향엘 가겠느냐?" 하고 그 자리에서 자살했다는 유적지. 兵家(병가) : 전쟁하는 사람. 不期(불기) : 기약할 수 없다. 예측할 수 없다. 包羞忍恥(포수인치) : 남에게 수치를 당하더라도 그것을 참고 견디는 것. 豪傑(호걸) : 才俊(재준)으로 된 곳도 있다. 捲土重來(권토중래) : '捲'은 자리를 말아 거둔다는 뜻으로 있는 것을 다한다는 뜻이요, '土'는 지방을 의미하는 것이니, '捲土'는 강동 지방에 있는 인력과 물자를 총동원하는 것.

【통석】
싸움에 있어서 이기고 지는 것을 미리 점칠 수는 없다.
그러므로 한 번 실패했다 해서 그것을 수치로 생각하고
주저앉아서는 안 된다.
수모를 당하더라도 그것을 참고 견디며 재기를 도모하는 것이
백절불굴의 남아다.
항우의 고향인 강동의 젊은 사람들 중에는 호걸들이 많았을 것이니
돌아가서 힘을 다시 길러서 총력을 기울여 대결해 보았더라면
역사가 어떻게 바뀌었을지 모를 일이다.

【감상】
이런 주제의 시를 咏史詩(영사시)라 한다. 작자는 많은 영사시를 썼는데, 그의
관점은 사실 그대로를 평하는 것이 아니요, 역사가 다른 방향으로 나갈 수도
있었음을 가상하고 쓴 것이 많다. 추리에 속한다. 그러나 여기에는 독자로 하
여금 실패에 좌절하지 말고 끝까지 용기를 가지라는 교훈도 있다.

40. 농서의 노래
陳陶(진도)

隴西行

誓掃匈奴不顧身	흉노를 소탕하겠노라 자신을 돌보지 않더니,
五千貂錦喪胡塵	무장한 오천 군대가 오랑캐 땅에서 죽어갔다.
可憐無定河邊骨	가엾다. 무정하 강변에 널린 백골들은
猶是春閨夢裏人	봄철 안방에서 꿈에 그리던 사람이었다.

【자구】

匈奴(흉노) : 중국 북방에 살던 민족.　隴西行(농서행) : 악부 이름. 농서는 감숙성 寧夏(영하)와 隴山(농산) 서쪽 지방.　貂錦(초금) : 貂裘(초구)와 錦衣(금의)의 약자. 담비 가죽으로 만든 갖옷과 비단 옷은 군대에서도 선택된 정예 부대의 복장이니, 초금은 곧 용맹한 군대라는 뜻.　胡塵(호진) : 오랑캐 땅에서의 전투.　無定河(무정하) : 황하의 중간 지류의 명칭. 지금의 섬서성 북부에 있음. 春閨(춘규) : '규'는 안방.

【통석】

흉노족을 소탕하여 국가의 걱정을 제거하겠다고 맹세하고,
자신이 죽고 사는 것은 문제 삼지 않던 5천 명의 정예 부대가
오랑캐 땅에서 죽어갔다.

무정하 가에 죽어서 널려 있는 백골들 모두가
그의 젊은 아내가 남편이 죽은 줄도 모르고
봄철 안방 잠자리에서 꿈마다 만나던 그 사람들이었으니
가엾은 일이다.

【감상】

1구는 중국 군대의 용맹한 기개를 나타낸 구다. 이 시의 배경은 한대이나, 사실은 당대를 읊으면서도 한대로 빗대는 수법은 당시에서 많이 볼 수 있다. 1구와는 달리 2구 이하는 반전 사상을 강조한 것이다. 군인들 백골이 되어 무정하 변에 널려 있는데, 집에서는 빈방을 혼자 지키는 젊은 아낙네가 아직도 임이 살았거니 하며 꿈속에서도 그리는 정경. 이 얼마나 비극적인 현상인가? 작자는 색다른 표현으로 이를 실감 있게 서술하였다.

41. 과거에 떨어지고 나서 영숭 고시랑에 올림

高蟾(고섬)

下第後上永崇高侍郎

天上碧桃和露種	하늘 위의 벽도화는 이슬을 맞고 살고,
日邊紅杏倚雲栽	태양 옆의 살구꽃은 구름에 붙어 자라건만,
芙蓉生在秋江上	부용은 가을 강에 생겨나서
不向東風怨未開	봄바람에도 꽃이 피지 않는 것을
	원망하지 않는다.

【자구】

下第(하제) : 과거 시험에서 떨어진 것. 永崇(영숭) : 당대 장안의 행정 구역 명칭. 高侍郎(고시랑) : 시랑은 벼슬 이름. 이름이 누구인지 알 수 없음. 碧桃(벽도) : 신선이 먹고 산다는 하늘에 있는 복숭아. 芙蓉(부용) : 아욱과의 낙엽 관목. 가을에 꽃이 핀다.

【통석】

하늘에 있는 벽도화는 하늘의 이슬을 맞도록 심는 것이요,
태양 옆에 있는 붉은 살구꽃은 태양을 감도는 구름에 싸여 재배된다.
그러나 가을 강가에 있는 부용은 이슬이나 구름의 힘이 없어
꽃을 피우지 못한다.
다만 부용은 본시 호화스런 꽃이 아니므로
봄바람이 불어도 꽃이 피지 못하지만
그렇다 해서 봄바람을 원망하지 않는다.

【감상】

'天上'과 '日邊'은 황제 또는 고관을 의미한 것이요, '碧桃・紅杏'은 특별한 은총으로 과거에 급제한 사람을 비유한 것이다. 그리고 부용은 곧 자기 자신을 지적한 것이다. 당대에도 고시 제도가 부패하여 세력층의 추천이 없이 과거에 합격한다는 것은 매우 어려운 일이었다. 아무도 추천해 줄 사람이 없던 작자는 이에 대한 불평을 토로하기 위해 이 시를 지은 것이다. 이 시는 이러한 유형의 시를 대표하는 명작이다.

42. 회수에서 친구와 작별하며
鄭谷(정곡)

淮水與友人別

揚子江頭楊柳春	양자강 언덕 버드나무의 봄
楊花愁殺渡江人	버들개지는 강을 건너는 사람을 슬프게 한다.
數聲風笛離亭晚	바람결에 피리 소리 들려오는 해저무는 이정에서
君向瀟湘我向秦	그대는 소상으로, 나는 진으로 떠나야 한다.

【자구】

淮水(회수) : 양자강.　愁殺(수살) : '殺'은 동사 다음에 오는 조사. 의미는 없음.
離亭(이정) : 나루터에 있는 건물. 작별하는 곳.　瀟湘(소상) : 瀟水(소수)와 湘水
(상수) 지역. 지금 호남성 일대.　秦(진) : 장안을 가리킴.

【통석】

양자강 가에 버드나무가 늘어진 봄날.
버들개지 바람에 날려 강을 건너 서로 헤어지는 사람의
수심을 자아내게 한다.
바람결에 피리 소리는 <折楊柳曲>이 흐르고
전송하러 나온 이정의 해도 저물어가는데
그대는 소상으로, 나는 장안으로 떠나야 한다.

【감상】

1·2구는 한 폭의 그림이다. 양자강은 바다처럼 넓은데 강 언덕에는 버들이 푸르고 버들개지가 어지럽게 날리는 가운데, 서로 반대쪽으로 떠날 두 사람이 헤어지기를 서러워하는 장면이 잘 묘사되었다. 특히 이 시에서 강조한 것은 '양자강' '양류' '양화'의 '양'이란 음을 중복해서 읽는 음운적 효과를 잘 살린 것이다. 그러므로 뜻을 새기기 이전에 읽을 때에 벌써 어깨춤이 절로 나오는 흥겨움이 있으며 '數聲笛' 가운데에도 '折楊柳'라는 것을 내포하고 있어 더욱 정감을 표현하였다.

43. 강 위의 생활

杜荀鶴(두순학)

溪興

山雨溪風捲釣絲	비오고 바람불어 낚싯줄 걷고,
瓦甌篷底獨斟時	배 안에서 사발 술을 혼자서 따른다.
醉來睡着無人喚	취하여 잠이 들어 부르는 이 없으면,
流下前灘也不知	앞 여울로 흘러가는 것도 모르고 있다.

【자구】

瓦甌(와구) : 질그릇 사발. ‘甌’의 본음은 ‘우’인데 우리나라에서 관습상 ‘구’로 읽는다. 篷底(봉저) : ‘篷’은 배 위를 덮는 시설인데 가는 대를 엮어서 얹고 밑은 선실을 꾸민다. 그러므로 봉저는 곧 선실이다. 斟(침) : 술을 따르는 것. 睡着(수착) : ‘着’은 조사. 잠든다. 前灘(전탄) : ‘前溪’ 혹은 ‘灘前’으로 된 곳도 있다.

【통석】

산에서 비가 몰려오고 강에서 바람이 일어,
물결이 거칠면 고기가 물리지 않으므로
늘어뜨렸던 낚싯줄을 걷어서 배 안에 챙기고
이제는 할 일이 없으므로 배 안에 들어앉아
혼자서 질그릇으로 만든 술 사발을 기울인다.
몇 잔 마시다 보면 취하여 잠이 든다.
잠이 든 뒤에는 아무도 자기를 불러낼 사람도 없이 아침까지 이른다.

그 동안 배가 제멋대로 앞 여울까지 흘러간 것도 모를 것은 물론이다.

【감상】

漁翁(어옹)의 유유자적한 생활을 묘사한 시다. '流下前灘也不知'는 司空曙(사
공서)의 <江村卽事>에서 '只在蘆花淺水邊'과 비슷한 착상이다. 배를 매어 두
지 않는 것은 정신의 소탈함이라고 볼 수 있으나 또한 자기 자신이 세상 아무
데에도 얽매이지 않는다는 것을 암시하는 의미도 있다.

44. 9월 9일에 산동에 있는 형제를 생각함

王維(왕유)

九月九日憶山東兄弟

獨在異鄕爲異客	홀로 타향에서 나그네 되어
每逢佳節倍思親	명절을 맞을 적마다 친족 생각이 너무 간절하다.
遙知兄弟登高處	멀리서 생각하니 형제들이 산에 올라가
遍揷茱萸少一人	모두들 머리에 산수유를 꽂을 때에 한 사람이 모자람을 알게 되겠지?

【자구】

九月九日 : 重陽節(66쪽 참조).　　山東(산동) : 섬서성에 있는 華山(화산) 동쪽, 곧 작자의 고향인 蒲州(포주)를 가리킨다. '山中'으로 된 곳도 있다.　異鄕(이향) : 타향.　異客(이객) : 타향에 있는 나그네.　遍(편) : 두루, 모두. '徧' 또는 '偏'으로 된 곳도 있다.　茱萸(수유) : 초봄에 노란 꽃이 피고 가을에 빨간 열매를 맺는 나무. 惡氣(악기)를 쫓는다 하여 중양절에 머리에 꽂고 산에 올라가는 풍습이 있다.

【통석】

내가 홀로 타향의 나그네가 된 뒤로 언제고 고향과 가족 생각을 하지 않는 때가 없었지만,
특히 구월 구일같은 명절을 만나면 곱절이나 가족 생각이 난다.

멀리 타향에서 홀로 쓸쓸하게 중양절 보내며 생각해 보니,
오늘 형제들은 풍습대로 높은 산에 올랐을텐데,
모두 수유를 꺾어 머리에 꽂고 국화주를 마시면서,
형제 중의 한사람인 내가 빠진 것을 섭섭하게 여기고 있을 것이다.

【감상】

이 시는 작자가 17세에 지은 것이다. 타향에 있는 나그네가 특히 명절을 맞이하면, 고향 그리는 정이 곱이 되는 것은 너무나 당연한 일이다. 평이한 표현 속에 고향 그리는 마음을 잘 그려놓았다. 특히 3·4구에서는 작자가 아니라 거꾸로 형제들이 자기가 빠진 것을 섭섭해할 것이라 하여 작자의 향수를 더욱 간절하게 나타냈다.

45. 원외랑 노상과 함께 처사 최흥종의 정자에서

王維(왕유)

與盧員外象過崔處士興宗林亭

綠樹重陰蓋四隣	푸른 나무 짙은 그늘 사방을 덮었는데,
靑苔日厚自無塵	파란 이끼 날마다 두텁게 자라,
	저절로 먼지가 없다.
科頭箕踞長松下	맨머리로 큰 소나무 밑에서 다리를 뻗고
	앉아서
白眼看他世上人	저 세상 사람들을 오만한 눈으로 바라본다.

【자구】

盧員外象(노원외상) : 盧象(노상)은 작자의 친구로, 재주를 믿고 오만을 부린다
하여 한때 지방의 사마로 좌천되기도 했던 인물. '員外'는 '員外郎'의 약칭. 崔
處士興宗(최처사흥종) : 최흥종은 작자와 외종 형제로 일찍부터 종남산에 은거
했던 인물. 처사는 벼슬하지 않는 선비. 林亭(임정) : 숲 사이에 있는 정자. 重
陰(중음) : 짙은 나무 그늘. '重'은 '垂'로 되어 있는 곳도 있다. 四隣(사린) : 사
방 인접 지역. 科頭(과두) : 머리에 아무 것도 쓰지 않은 맨머리. 은자가 예법
에 구애 받지 않는 모습을 형용한 것. 箕踞(기거) : 箕(키) 모양으로 두 다리를
쭉 뻗고 앉는 것. 白眼(백안) : 눈을 흘기는 것. ⇒[고사]

【고사】

院籍(완적)은 예법 같은 것에 얽매이지 않는 사람이었다. 세상의 예의와 俗態

(속태)에 물든 범속한 사람이 찾아오면 白眼(흘긴 눈)으로 대하다가, 嵇康(혜
강)과 같은 마음에 맞는 사람이 오면 靑眼(고운 눈)으로 보았다(『晉書』「院籍
傳」).

【통석】
처사 최흥종의 정자는 푸른 나무가 우거져 짙은 그늘이 사방을 덮었는데,
이곳을 찾아오는 사람이 매우 드물어,
문 앞엔 푸른 이끼가 날로 두터워져 속세의 먼지가 없다.
이 집 주인은 소탈하면서도 오만한 성격이어서,
머리에 관도 쓰지 않고 두 다리를 쭉 뻗은 채 소나무 아래 앉아 있는데,
형식을 초월하여 저 세상의 속된 사람들을 백안으로 흘겨 보는
그 고일한 풍류를 나는 사모하여 마지 않는다.

【감상】
盛夏(성하)의 우거진 녹음에서 이미 속세를 떠난 은자의 멋을 느낄 수 있는
데, 그 위에 그려진 '科頭箕踞'하는 모습은 세상을 떠나 얼마나 자유롭게 노니
는 모습인가! 시를 읽노라면 한 폭의 그림을 보는 듯 실경이 느껴진다.

46. 강남으로 가는 심자복을 보내며

王維(왕유)

送沈子福之江南

楊柳渡頭行客稀	수양버들 나루터에 다니는 이 드문데,
罟師盪槳向臨圻	사공은 노를 저어 건너편 기슭으로 간다.
惟有相思似春色	오직 봄빛 같은 그리는 마음 있어서,
江南江北送君歸	강남 강북 어디서든 돌아가는 그대 보내리.

【자구】

沈子福(심자복) : 생애 미상. 江南(강남) : 양자강 남쪽 지방. '江東'으로 된 곳도 있다. 楊柳(양류) : 버드나무. 渡頭(도두) : 나루터, 선착장. 稀(희) : 드물다. 罟師(고사) : 뱃사공. 盪槳(탕장) : 노를 젓다. 臨圻(임기) : '圻'는 굴곡이 있는 바다나 강기슭. '臨'은 기와 접해 있는 곳. 곧 건너편 강기슭을 말함. 送君歸(송군귀) : '君'은 '春'으로 된 곳도 있다(이 경우에는 "자네는 강남에서 나는 강북에서 이 봄이 돌아가는 것을 보내겠지"의 뜻이 된다).

【통석】

수양버들 휘늘어진 나루터에는 다니는 사람도 별로 없이 쓸쓸한데,
뱃사공은 무심히 그대를 싣고 건너편 강기슭을 향해 노를 저어간다.
그대와 이별하는 이 순간의 섭섭함이란 이루 말로 다 할 수 없는 것이지만,
그대를 그리워하는 내 마음은 지금 사방에 넘치고 있는 이 봄빛 같아서,
그대와 이별하는 이곳 강북에서나 그대가 떠나가는 강남, 어디에서든
그대 곁을 따를 것이다.

【감상】

친구와 이별하면서, '상대를 그리워하는 마음이 넘쳐 흐르는 봄빛과 같아서
어디로 가든 이 마음은 멀어지지 않으리라'고 한 표현은, 애틋한 이별의 정을
매우 잘 詩化(시화)한 것이다.

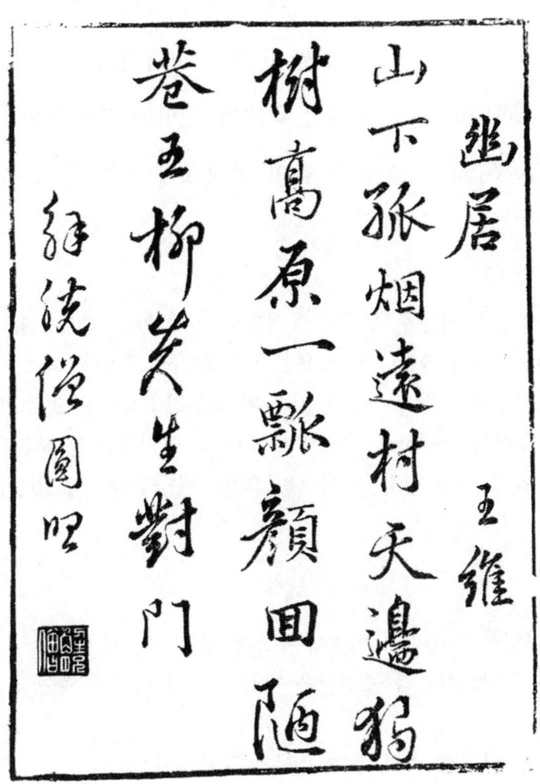

47. 서정에서 봄경치를 바라봄
賈至(가지)

西亭春望

日長風暖柳靑靑	해 길고 바람 따뜻하며 버들은 푸르른데,
北雁歸飛入窅冥	북쪽 기러기 날아 돌아가며,
	먼 하늘 속으로 사라진다.
岳陽城上聞吹笛	악양성 위에서 들리는 피리부는 소리,
能使春心滿洞庭	봄 시름이 동정호에 가득 차게 한다.

【자구】

西亭(서정) : 호남성 악양루 부근의 동정호에 임해 있는 정자.　春望(춘망) : 봄
경치를 바라봄.　北雁(북안) : 기러기는 원래 북방의 새이다. 여기서는 그 기러
기와는 대비적으로 남방에 있는 작자의 처지를 강조하는 뜻으로 쓰이고 있다.
窅冥(요명) : 멀어서 그윽하고 어둡게 보이는 것. 여기서는 먼 하늘을 말함.　春
心(춘심) : 봄에 느끼는 생각. 여기서는 春愁(춘수)의 뜻.　洞庭(동정) : 동정호
(124쪽 참조)

【통석】

날은 길고 바람은 따뜻하며 버들이 푸르게 물들은 봄날,
기러기가 내 고향 있는 북쪽 장안을 향하여 멀리 아득한 하늘 끝으로
날아간다.
때마침 악양성 위에서 피리 부는 소리가 들려와서,

그렇지 않아도 솟아오르는 내 봄 시름을 더욱 자아내어
가득한 동정호 물과 함께 한없이 퍼져가게 한다.

【감상】

1·2구는 생기발랄하고 다사로운 봄날의 모습이다. 그러나 작자는 악주사마
로 좌천되어 있는 몸이기 때문에, 이 봄 풍경은 오히려 봄 시름을 자아낸다.
특히 북쪽 장안으로 날아가는 기러기는 더욱 고향 생각이 나게 한다. 그때 드
넓은 동정호 위에서 느릿느릿 흘러가는 동정호의 물을 바라보며 가냘픈 피리
소리를 듣는다면, 누군들 끝없는 향수에 잠기지 않을 수 있겠는가?

48. 처음 파릉에 와 이백과 함께 동정호에서
賈至(가지)

初至巴陵與李十二白同泛洞庭湖

楓岸紛紛落葉多	단풍이 물든 언덕에 우수수 낙엽이 지고,
洞庭秋水晩來波	동정호 가을 물엔 저녁 물결이 인다.
乘興輕舟無近遠	흥겨운 작은 배는 어디로든 가는데,
白雲明月弔湘娥	흰 구름 밝은 달에 상군의 넋을 위로한다.

【자구】

巴陵(파릉) : 악주, 지금의 호남성 악양시.　李十二白(이십이백) : 이백. 십이는 배항.　泛(범) : 배를 띄우고 놀다. 이 시는 연작 3수 중 둘째 수.　楓岸(풍안) : 동정호를 비롯한 남방인 양자강의 강기슭엔 단풍 나무가 많다.　紛紛(분분) : 어지러이 많은 것을 형용.　晩來(만래) : '來'는 시간의 경과를 나타내는 어조사. 어두워지자.　乘興(승흥) : 흥을 타다. 흥에 이끌리다.　無近遠(무근원) : 거리가 멀고 가까워짐을 문제삼지 않고 배가 물결에 실려 가는대로 내버려둠.　湘娥 (상아) : '아'는 어여쁜 여자. 상군을 말함(124쪽 참조).

【통석】

남방의 특색있는 풍물인 단풍나무가 심어진 강 기슭에는,
가을이 깊어 어지러이 낙엽이 떨어지는데,
가을 동정호의 싸늘한 물에는 해저물 무렵부터 물결이 일어나
쓸쓸함을 더해준다.
그러나 나는 지금 벗과 함께 가벼운 배를 타고 흥에 겨워

배는 물결이 가는 대로 맡겨두고
방향과 원근을 잊고 앉아서,
다만 교교한 달빛과 담담한 백운 속에서
상군의 옛 넋을 조상할까 한다.

【감상】
이 시는 148쪽의 이백의 시와 함께 지어진 것이다. 이백의 '不知何處弔湘君'이
라는 구에 대해서 '白雲明月弔湘娥'라 응수했는데, 이 '白雲'과 '明月'은 단지
實景(실경)일 뿐만 아니라, 같이 놀고 있는 사람들 모두 지방에 좌천되어 있
는 처지이기 하지만, 그럼에도 불구하고 두 상군의 충절처럼 세 사람의 마음
속에 간직되어 있는 맑고 깨끗한 정신을 상징한 것이다.

49. 봄 시름

賈至(가지)

春思

草色靑靑柳色黃	풀빛은 파릇파릇, 버들빛은 노란데,
桃花歷亂李花香	복사꽃 흐드러지게 피고 오얏꽃 향기롭다.
東風不爲吹愁去	봄바람은 나를 위하여 수심을 불어서
	없애주지 않고,
春日偏能惹恨長	봄날은 얄궂게도 원한만 길게 한다.

【자구】

春思(춘사) : 악부 제목, 봄을 맞은 감개를 서술하는 노래. 연작 2수 중 첫째수.
柳色黃(유색황) : 초봄 버들이 막 물오르기 시작할 때 연한 노란색으로 보이는
것. 歷亂(역란) : 꽃이 어지러이 핀 모양. 東風(동풍) : 봄바람. 偏(편) : 치우치
게, 특별히. 惹(야) : 끌어당기다. 야기시키다.

【통석】

풀빛은 파릇파릇하고 버드나무에는 노랗게 물이 오르며,
복숭아꽃, 오얏꽃도 만발해 향기가 풍기는 무르익은 봄이다.
이 봄바람은 나의 마음 속에 있는 모든 시름을
다 불어서 없애버리지 못하고,
긴긴 봄날은 나의 불만을 더욱 길게 만들기만 한다.

【감상】

1·2구에서는 화창하고 풍성한 봄풍경을 간결한 필치로 묘사하였고, 3·4구에서는 이 봄풍경이 아름다우면 아름다울수록 더욱 깊어지는 작자의 근심을 표현하였다. 악주에 좌천되어 있던 작자의 逐客(축객)으로서의 근심과 한이 민요풍의 노래 속에 잘 나타나 있다.

귀양살이 와 있는 '자기의 수심을 봄 바람이 제거해 주지 못하고 자기의 불만과 불평은 긴 봄날과 함께 길어지기만 한다'는 역설적인 표현으로 나타냈다. 이 시는 206쪽의 <西亭春望>과 그 취지와 표현이 같다.

50. 이시랑이 상주에 가는 것을 보내며
賈至(가지)

送李侍郎赴常州

雪晴雲散北風寒	눈 개이고 구름 흩어지니
	겨울바람 더욱 찬데,
楚水吳山道路難	초와 오의 산과 물, 갈길이 험하다.
今日送君須盡醉	오늘 그대 보내나니 모름지기 한껏 취하라.
明朝相憶路漫漫	내일 아침이면 그리워해도
	길만 아득하리니.

【자구】

李侍郎(이시랑) : 생애 미상. 시랑은 6부의 상서 밑에 있는 관직. '侍御(시어)'로
된 곳도 있다. 常州(상주) : 지금의 강소성 상주시. 晴(청) : 눈, 비가 개다. 楚
水吳山(초수오산) : 초와 오 지방의 산과 물. 곧 자연환경. 이시랑이 지나갈 길
을 말한다. 須(수) : 명령형의 부사. ~하라. 漫漫(만만) : 끝없이 긴 모양.

【통석】

눈 온 뒤엔 추위가 더해지는 법. 눈이 개이고 구름도 걷히자
겨울 바람은 더 매섭게 느껴진다.
이런 날씨에, 산수도 험난한 초·오 지방으로 그대를 보내려니
내 마음은 무척 안타깝다.
오늘 그대를 전송하기 위해 베푼 이 자리에서 부디 맘껏 취하라!

내일 아침만 되면 오늘 저녁을 생각하거나 서로 만나보고자 해도
길만 멀고 아득할 뿐 서로 만날 기약이 없으리니.

【감상】
처음부터 끝까지 사뭇 정이 듬뿍 배어 있는 시다. 찬바람 속에 험난한 길을 보내
는 정, 한바탕 술자리에서 '盡醉(진취)'를 권하는 정, 멀고 먼 두 사람 사이의 거리
에 추억이라도 남겨두고자 하는 정. 이 모두가 문자 밖에 넘치고 있는 시이다.

51. 악양루에서 장사에 좌천되어가는 왕원외와
두 번째 연회를 벌여 작별함

賈조(가지)

岳陽樓重宴別王八員外貶長沙

江路東連千里潮	뱃길은 동으로 천리 물결과 이었는데,
靑雲北望紫微遙	푸른 하늘 북으로 보니 자미궁이 멀구나.
莫道巴陵湖水闊	파릉의 호수가 넓다고 말하지 말라.
長沙南畔更蕭條	남쪽의 장사는 더욱 쓸쓸하리라.

【자구】

岳陽樓(악양루) : 호남성 악양현 악양성의 서쪽에 있는 누대. 동정호 가에 있다.
重(중) : 거듭, 두 번. **宴別**(연별) : 송별 잔치를 여는 것. **王八員外**(왕팔원외) :
'왕'은 성, '팔'은 배항, '원외'는 관직명인 원외랑의 약칭. **貶**(폄) : 벼슬이 깎여
지방관으로 나가는 것. **長沙**(장사) : 동정호 남쪽으로 삼백 리 떨어진 지역.
江路(강로) : 양자강 뱃길. **靑雲**(청운) : 직접적으로는 당시의 구름 낀 푸른 하
늘을 가리키나, '입신출세하려는 큰 뜻'이란 상징적 의미도 있다. **紫微**(자미) :
天帝(천제)의 별자리인 자미성에서 유래하여, 천자가 있는 궁전 또는 장안을
말한다. **巴陵湖水**(파릉호수) : 동정호를 말함. **南畔**(남반) : 남쪽 언덕. **蕭條**(소
조) : 쓸쓸하다.

【통석】
동쪽으로 바라보니 동정호에서 흘러내린 양자강 물이 천리를 흘러

바다로 가는 물결과 이어지고,
구름 낀 푸른 하늘을 북쪽으로 바라보니, 황제의 궁전은 아득하여
마치 벼슬살이에서 落拓(낙탁)한 우리 신세를 나타내는 듯하다.
그런데 내가 있는 동정호 주변도 광활하여 도시의 번화함에 비하면
쓸쓸한 편이지만
그대가 가는 동정호 남쪽 장사에 가면 더욱
쓸쓸하고 적막할 것이다.

【감상】

동쪽의 바다와 북쪽의 장안, 그리고 멀리 떨어진 외진 곳 악양. 이 외진 곳에서 더 외진 곳으로 좌천되어 가는 친구. 이 친구를 보내는 작자의 무한한 회포와 위로가 잘 나타나 있는 작품이다. 2구에서는 두 사람 다 임금에게 사랑을 잃고 좌천된 처지임을 한탄하면서도, 오히려 연군·우국의 정을 더하고 있다.

52. 옥문관에서 장안의 이주부에게

岑參(잠삼)

玉關寄長安李主簿

東去長安萬里餘	동으로 장안과의 거리는 만 리가 넘는데
故人那惜一行書	친구는 어찌하여 편지 한 장 보내기를 아끼는가.
玉關西望腸堪斷	옥문관에서 서쪽을 보면 창자가 끊어질 듯한데,
況復明朝是歲除	더구나 내일이 섣달 그믐날이다.

【자구】

玉關(옥관) : 옥문관. 감숙성 돈황의 서쪽에 있는 관문으로 이 관문을 나서면 서역으로 나가게 된다.　李主簿(이주부) : '이'는 성, '주부'는 현의 문서나 장부 등을 담당하는 관리. 구체적으로 누구인지는 미상.　故人(고인) : 옛 친구. 이주부를 말함.　那(나) : 어찌.　惜(석) : 아끼다. 인색하게 굴다.　一行書(일항서) : 한 줄의 편지. 짧은 편지.　玉關西望(옥관서망) : 옥문관 서쪽은 작자가 앞으로 출정할 곳이다.　腸堪斷(장감단) : 창자가 끊어질 듯함. 곧 슬픔이 지극한 것을 말함. '堪腸斷'으로 된 곳도 있다.　歲除(세제) : 한 해의 마지막 날. 섣달 그믐.

【통석】

내가 있는 이곳 옥문관은 동쪽에 있는 장안과 만 리가 넘는 거리에 있다. 이렇게 먼 변경 지방에 있는 사람에게는 무엇보다 친구의 편지가

큰 즐거움인데,
그대는 어찌하여 한 줄의 편지 부쳐주기를 아까와하는가?
고향으로 돌아가기는커녕,
나는 오히려 이곳 옥문관에서 다시 서쪽으로 나아가야 하니,
그것을 생각하면 창자가 끊어질 것처럼 마음이 아프다.
더구나 내일은 올해의 마지막 날,
외롭게 먼 국경 지대에서 이 날을 맞는 나의 이 슬픔과 시름을
어떻게 다 말하겠는가!

【감상】
작자가 서역으로 출정하기 위해 옥문관에 머물러 있을 때, 마침 섣달 그믐을
만나 옛날 친구에게 띄운 시이다. 고독하게 한 해의 마지막 날을 맞는 작자의
애끊는 듯한 애수가 '那惜一行書'라는 농담 섞인 원망 속에 잘 표현되어 있다.

53. 장안으로 돌아가는 임금의 특사를 만나
岑參(잠삼)

逢入京使

故園東望路漫漫	동쪽으로 고향을 바라보니 길이 멀고 멀어,
雙袖龍鍾淚不乾	양 소매의 눈물자욱 마르지 않는다.
馬上相逢無紙筆	말 위에서 만나 종이와 붓 없으니,
憑君傳語報平安	그대 편에 말 전하네, 편안하다 알려주게.

【자구】

入京使(입경사) : 수도 장안으로 들어가는 임금의 특사.　故園(고원) : 고향, 잠삼
의 원래 고향은 하남성 남양이나, 여기서는 가족들이 있는 장안을 가리킴.　漫
漫(만만) : 끝없이 먼 모양.　雙袖(쌍수) : 양쪽 소매.　龍鍾(용종) : 눈물이 떨어지
는 모양. 또는 소매가 눈물에 젖어 축 늘어진 모양.　平安(평안) : 무사함.

【통석】

동쪽으로 고향이 있는 장안을 바라보니 길이 아득하게 멀다.
이 먼 고향 생각에 내 양쪽 소매는 늘 눈물에 젖어 축 늘어져
마를 날이 없다.
이때 마침 그대를 길에서 만나 반갑기도 그지없고
또 집에다 소식도 전하고 싶은데,
말 위에서 서로 바쁘게 만나서 종이와 붓을 갖춰 편지를 쓰지 못하니,
그대 부디 입으로라도 나의 무사함을 가족들에게 전해주게.

【감상】

이 시도 역시 작자가 서역으로 향하던 중에 지은 것인데, 가족을 생각하는 작
자의 심정이 절실하게 표현되어 있다. 시구의 **雕琢**(조탁)에는 전혀 신경 쓰지
않고 가슴속의 말을 바로 입으로 나타낸 것 같은 진솔함, 평이한 듯한 시구
속에서 물씬 풍겨나오는 보편적인 인간의 감정. 바로 이런 점들이 이 시 안에
어떤 **奇趣**(기취)가 있는 것이 아닌데도 인구에 널리 회자되고 있는 이유일 것
이다.

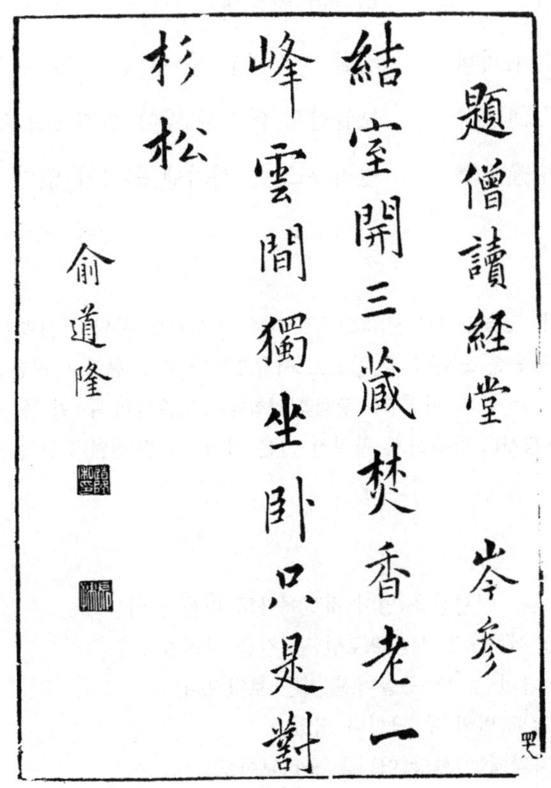

54. 사막에서 지음
岑參(잠삼)

磧中作

走馬西來欲到天	서쪽으로 말을 달려 하늘 끝까지 이르려 하는데,
辭家見月兩回圓	집을 하직하고 두 번 둥근 달 보았다.
今夜不知何處宿	오늘밤도 어디서 자야 할지 모르겠는데,
平沙萬里絶人煙	만리 드넓은 사막엔 인가가 없다.

【자구】

磧(적) : 사막.　欲到天(욕도천) : 그대로 계속 가다보면 사막의 지평선에 이르러 하늘에 오를 듯한 느낌이 들 정도로 서쪽으로만 오랫 동안 달려온 것을 형용. 辭家(사가) : 가족들과 이별함.　兩回圓(양회원) : 보름달이 두 번 뜸. 곧 두 달이 지남.　平沙(평사) : 평평하게 펼쳐진 넓은 사막.　人煙(인연) : 인가에서 피어오르는 연기.

【통석】

저 멀리 보이는 지평선을 넘어 하늘에라도 이를 듯이,
그렇게 곧장 서쪽으로 서쪽으로만 먼 길을 달려왔다.
생각해보니 달이 두 번 둥글어진 것을 보았으니,
집을 떠난 지도 벌써 두 달이나 되었다.
이 광막한 사막에는 사방 어디를 둘러보아도

인가 하나 보이지 않는데,
오늘밤은 또 어디서 자야 할까,
만 리 드넓은 사막에는 사람이 사는 집이 없다.

【감상】
1구에서는 사막의 넓음과 긴 여정을 동시에 묘사하고 있는데, '欲到天'이라는
표현은 매우 기발하고도 적절한 것이라 하겠다. 2구에서는 보통 때라면 날로
계산하는 날짜를 달로 계산하고 있는 현재 상황을 묘사함으로써, 서역에서의
비일상적인 분위기를 보여주고 있다. 웅장한 어조 속에 사막의 자연과 나그네
의 쓸쓸한 심정을 잘 연결해 놓은 작품이다.

55. 장안으로 돌아가는 사람을 전송하며
岑參(잠삼)

送人還京

匹馬西從天外歸	말은 서쪽 하늘 끝에서 돌아오는데,
揚鞭只共鳥爭飛	채찍을 휘둘러 나는 새와 경쟁이라도 하는 듯 하다.
送君九月交河北	그대를 전송하는 교하 북쪽의 구월,
雪裏題詩淚滿衣	눈 속에서 시를 쓰니 눈물이 옷을 적신다.

【자구】

送人還京(송인환경) : ‘送崔子還京’으로 된 곳도 있다. 匹馬(필마) : 말 한 마리. 말을 타고 혼자 다니는 것. 天外(천외) : 하늘 끝. 아득한 먼 곳. 揚鞭(양편) : 채찍을 휘날리다. 只共鳥爭飛(지공조쟁비) : 마치 새와 날기를 다투는 듯이 빨리 달리는 것을 형용. ‘只’는 어조사. 交河(교하) : 지금의 신강성 吐魯番縣(토로번현) 서쪽에 있는 강 이름. 장안에서 8천 리나 떨어진 곳으로 추운 지방이다.

【통석】

말을 타고 홀홀 단신으로 저 서쪽 끝에서 달려오면서,
그대는 장안 고향으로 돌아가는 기쁜 마음에,
나는 새와 빠르기를 다툴 듯이 달리는 말에 채찍을 가한다.
교하에서 그대를 보내는 나는

언제나 그대처럼 고향에 돌아갈지 기약조차 없어,
9월이건만 벌써 눈이 쌓여 있는 이 추운 국경에서
그대를 보내는 시를 쓰려니
온갖 감정이 뒤얽혀 눈물을 금할 길 없다.

【감상】

고향에서 멀리 원정 나와 있는 병사가 고향으로 돌아가는 사람을 만난 때의
애절한 심정이 역력히 나타나 있다. 고향으로 돌아가는 사람은 기쁨에 넘쳐
휘두르는 채찍이 씩씩한데, 그러면 그럴수록 그 뒤에 남아 있는 작자의 서글
픔은 더욱 가중되는 것이다. 게다가 9월인데도 벌써 휘날리고 있는 눈발은 국
경에 나와 있다는 실감을 한층 더 느끼게 하는 풍경이다.

56. 북정으로 가다 농산을 넘으며 집을 생각하고
岑參(잠삼)

赴北庭度隴思家

西向輪臺萬里餘	서쪽 윤대까지는 만리가 넘는다.
也知鄉信日應疏	또한 고향소식 날로 드물어질 것을 알겠다.
隴山鸚鵡能言語	농산의 앵무새야, 말을 할 수 있으니
爲報家人數寄書	나를 위하여 가족들에게 자주 편지하라고 전해다오.

【자구】

赴北庭(부북정) : '부'는 어디로 향하여 감. '북정'은 당시 북정도호부가 설치되어 있던 곳으로서 隴右道(농우도)에 속했다. 지금의 신강성 迪化(적화). 度隴(도농) : 隴山(농산)을 지나다. 농산은 섬서성 농현에서 감숙성 청수현에 걸쳐 있는 험한 산. 이곳을 넘으면 국경으로 들어간다. 이 시는 『全唐詩』에는 작자 미상의 <簇拍陸州(족박육주)>라는 제목으로 실려 있다. 輪臺(윤대) : 북정도호부에 속해 있던 현 이름. 也知(야지) : 알겠다, 알겠네의 의미. '야'는 시에 많이 쓰이는 발어사로서 '又' '亦'보다 가벼운 의미로 쓰인다. 鄉信(향신) : 고향 소식. 鸚鵡(앵무) : 앵무새, 사람의 말을 잘 따라 함. 농산 근처에 많다고 한다. 數(삭) : 자주.

【통석】

나는 지금 서쪽에 있는 윤대로 가고 있는데,
내 고향에서 그곳까지는 장장 만 여리나 되는 먼 길이다.

그런데 지금 이 험하기로 이름난 농산을 넘자니,
길이 더 멀어질 뿐만 아니라 험해지기까지 해서
고향에서 오는 편지는 분명 더 드물어질 것이다.
마침 이 농산에 많이 사는 앵무새가 말을 잘 한다고 하니,
앵무새야 부탁한다, 아무쪼록 우리 가족들에게
편지라도 자주 좀 보내달라고 전해다오.

【감상】

이 시는 작자의 두 번째 서역행, 곧 北庭都護伊西節度使(북정도호이서절도사)
封常淸(봉상청)의 절도판관으로 북정으로 가던 도중에 지은 것이다. 이전까지
편지를 전해주는 매개물로서는 주로 기러기(雁)와 잉어(鯉)가 쓰였는데, 이
시에서는 농산 지방의 특산인 앵무새를 빌어 향수를 달래고 있어 평범한 시
상 중에 참신한 맛이 있다.

57. 적서에 가는 유판관을 보내며

岑參(잠삼)

送劉判官赴磧西

火山五月行人少	화산의 오월엔 다니는 이 적은데,
看君馬去疾如鳥	보니 그대의 말은 새처럼 빨리 달려간다.
都使行營太白西	절도사의 진영은 샛별보다 서쪽인데,
角聲一動胡天曉	호각 소리 한 번 울리면
	호 땅의 새벽 밝으리.

【자구】

劉判官(유판관) : '劉'는 성. <武威送劉單判官赴安西行營便呈高開府>라는 시가 있는 것으로 봐서 劉單(유단)일 것이다. 판관은 절도사의 屬官(속관). 『全唐詩』에는 제목이 <武威送劉判官赴磧西行軍>으로 되어 있다.　磧西(적서) : '적'은 사막. 안서도호부를 가리킨다.　火山(화산) : 신강성 토번현, 곧 안서도호부의 동쪽에 있는 산. 불꽃 같은 붉은 색을 띠고 있어 火焰山(화염산), 赤石山(적석산) 등으로 불린다.　都使(도사) : 도호부 절도사. '都護(도호)'로 된 곳도 있다.　行營(행영) : 행군중인 군대가 머무르고 있는 진영.　太白(태백) : 태백성, 금성. 서방을 담당하는 별로 인식되었다.　角聲(각성) : '각'은 호각. 군대에서 아침 저녁을 알리는 데 쓰는 악기.

【통석】

그대가 가려는 화산 부근은, 오월만 되어도 불볕 같은 더위에
다니는 사람이 거의 없는 고생스러운 곳,

그런데 지금 그대는 나는 듯이 말을 달려 그곳으로 간다.
안서도호부의 진영은 서쪽을 비추는 태백성보다 더 먼 저 서쪽 끝에 있는데,
새벽에 호각 소리가 울리면 오랑캐 땅 하늘이 밝아오듯이,
오랑캐를 평정했다는 좋은 소식이 들려오길 바란다.

【감상】

이 시는 작자가 안서절도사 高仙芝(고선지)를 따라 안서도호부에 출정했다가,
고선지가 하서절도사에 임명됨에 따라 그와 함께 武威(무위)에 와서 머무르
고 있을 때 지은 것이다. 1·2구에서는 사막 전장에서의 고생을 조금도 두려
워하지 않고 용기 있게 나아가는 유단의 기개를 묘사하였고, 3·4구에는 멀리
떨어져 있는 안서도호부와 그 새벽 풍경을 묘사한 속에 승전 소식을 기대하
는 작자의 격려와 축원이 담겨 있다. 금성은 서쪽을 비치는 별이나 여기서는
승리를 상징하는 의미로 쓴 것이며, 角聲(각성)은 새벽의 動軍(동군) 나팔 소
리이고 胡天(호천)에 새벽이 온다 함은 또한 무공을 알리는 광명의 뜻으로 써
서 국위선양과 함께 가는 사람의 사기를 고무하였다.

58. 산방에서 봄에
岑參(잠삼)

山房春事

梁園日暮亂飛鴉	양원에 해 저물자 까마귀 어지럽게 나는데,
極目蕭條三兩家	끝까지 바라봐도 적막하니 두서너 집 뿐이네.
庭樹不知人去盡	뜰 앞 나무는 사람들 모두 가버린 줄 모르고
春來還發舊時花	봄 되자 오히려 옛날 꽃을 피운다.

【자구】

山房(산방) : 산 속의 집. 보통 선방, 승방의 의미로 많이 쓰이나, 여기서는 양원 옛터를 말한다. 春事(춘사) : '春興'과 같다. 봄에 느껴지는 감정 등을 노래하는 것. 연작 2수 중 둘째 수. 梁園(양원) : 한 문제의 아들인 양 나라 효왕이 만든 정원. 竹園(죽원), 兎園(토원) 등으로도 불리며, 지금의 하남성 상구현 동쪽에 있다. 주위가 3백 여리. 원에는 百靈山(백령산), 落猿岩(낙원암), 栖龍當(서룡당), 雁池(안지), 鶴洲(학주), 鳧渚(부고)가 있고 많은 궁궐이 있었다. 양효왕이 여기서 연회를 베풀면 일대의 재사인 校秉(교병), 사마상여 등이 나와서 성황을 이루던 곳이다. 極目(극목) : 눈이 닿는 데까지 멀리 바라봄. 蕭條(소조) : 쓸쓸하고 적막함. 人去盡(인거진) : '去'는 '死'로 된 곳도 있다. 春來(춘래) : 봄이 오니, '래'는 어조사.

【통석】

양 효왕이 지은 화려했던 양원에,

지금은 해질 무렵이 되자 까마귀만 어지럽게 날아다니고,

그 아름답던 정원이 자취를 감춘 넓은 터에는 아무리 둘러보아도

쓸쓸히 초라한 집 두서너 채가 보일 뿐이다.

오직 무심한 정원의 나무들만이 인간 세상의 영고부침에 아랑곳없이,

봄이 되자 다시 옛날 피우던 꽃을 그대로 피우고 있다.

【감상】

이 시는 양 효왕의 유적에서 읊은 회고시다. 전반에서는 화려했던 옛 모습을
하나도 찾을 수 없는 양원에서의 덧없음을, 후반에서는 오히려 옛 그대로의
화려함을 지닌 나무와 꽃들 때문에 느끼게 되는 비감을 읊고 있다.

59. 한식

孟雲卿(맹운경)

寒食

二月江南花滿枝	이월 강남에 꽃이 활짝 피었건만,
他鄕寒食遠堪悲	타향에서 한식을 맞이하는 마음 멀리서 슬픔을 느낀다.
貧居往往無烟火	가난한 생활에는 불을 때지 못할 적이 종종 있으니,
不獨明朝爲子推	꼭 내일 아침에 개자추를 기념하기 위해서만이 아니다.

【자구】

寒食(한식) : 동지 지난 뒤 105일째 되는 날. 이때면 바람이 심하게 불어서 화재의 위험성이 크므로 불을 예방하는 의미에서 이날은 불을 때지 않고 찬밥을 먹게 한 데서 유래한 것이다. **無烟火**(무연화) : 불을 때지 못하여 굴뚝에서 연기가 나지 않는 것. 곧 가난한 집에는 식량과 땔 나무가 없기 때문에 평시에도 불을 때지 못하는 것. **子推**(자추) : 춘추 시대 진 나라의 대부 '介子推'가 불에 타서 죽었다. 한식은 개자추를 애도하는 뜻으로 불을 때지 않는다는 전설이 있으므로 여기서는 그 설을 응용한 것.

【통석】

강남 지방 이월은 가지마다 꽃이 활짝 피는 좋은 철인데

타향에 있는 나로서는 명절을 당할 적마다
멀리서 고향의 친척들을 생각하며 슬픔을 금할 수 없다.
따라서 생각되는 것은 오늘이 명절이라서 불을 때지 않는다 하지마는
사실 가난한 집에서 평일에도 종종 불을 때지 못하는 실정이니
꼭 내일 아침이 개자추가 죽은 것을
기념하는 것만은 아닐 것이다.

【감상】

명절. 남방은 봄이 일러 2월에도 꽃이 만발하는 좋은 철이나 작자가 느끼는
타향의 설움은 이런 때일수록 더욱 간절하다. 생활이 넉넉하여 찬 음식을 먹
으면서 즐기는 사람이 있는 반면에, 가난하여 끼니를 제대로 잇지 못하는 사
람들에게는 불 못 때는 날이 허다하다. 때문에 한식을 기념한다는 것이 도리
어 무의미하다는 것을 지적하여 불평등한 세상을 풍자한 것이다.

60. 손산인에게
儲光羲(저광희)

寄孫山人

新林二月孤舟還	이월 신림포에 외로운 배 돌아오니
水滿淸江花滿山	강에는 물이 가득하고,
	산에는 꽃이 만발하였다.
借問故園隱君子	묻노라 시골에 숨어사는 고상한 군자여!
時時來往住人間	때로는 속세에도 오가며 지내 보게나.

【자구】

山人(산인) : 산 속에 은거해 사는 사람. 손산인의 생애는 미상. 新林(신림) : 신림포. 남경 부근을 흐르는 양자강에 있는 나루터. 水滿淸江(수만청강) : 도연명의 시에 '春水滿四澤'이라는 구가 있다. 봄이 되면 얼음이 녹아 강물이 불게 된다. 借問(차문) : 물어보자, 묻노니. 故園(고원) : 보통 고향의 뜻으로 쓰이나, 여기서는 '오랫 동안 살아온 정원'이란 뜻으로 손산인의 은거지를 가리킨다. 時時來往住人間(시시래왕주인간) : '住'는 '在' '向'으로 된 곳도 있다.⇒[고사]

【고사】

'손등'은 소문산에 은거해 있던 고결한 은자였다. 때때로 인간 세상에 내려와 노닐곤 했는데, 손등이 자나갈 때 어떤 사람이 옷이나 먹을 것을 마련해 주는 경우도 있었으나 손등은 하나도 받지 않았다(『晉書』「孫登傳」).

【통석】
신림포에 봄이 찾아와 따뜻한 이월, 그대 실은 외로운 배가 돌아왔는데,
이곳은 초봄을 맞이하여 맑은 강엔 물이 가득 넘쳐 흐르고
온 산엔 꽃들이 만발해 있으니,
글쎄, 그대도 이 아름다운 풍경에 이끌려 나온 것인가?
그렇다면 한 번 묻고 싶다. 깊은 산속에 은거해 있는 당신 같은 사람도
이런 극히 아름다운 인간 세계의 풍경에 이끌려
때때로 인간 세상에 내려오기도 하고 머무르기도 하는 것인지.

【감상】
아마 작자와 손산인은 서로 격의가 없는 꽤 친한 사이였는데, 오랫동안 손산
인이 세상과 왕래를 끊었다가 오랜만에 세상에 내려왔던 듯하다. 이에 작자는
신림포의 아름다운 봄 풍경에 매혹되어 내려왔느냐고 농담을 섞어 물어본 것
이다. 간결한 필치 속에 신림포의 봄 풍경과 손산인에 대한 작자의 우정어린
마음이 재미있게 나타나 있다.

61. 강 마을 생활
司空曙(사공서)

江村卽事

罷釣歸來不繫船	낚시질 끝내고 돌아와서 배를 매어놓지 않았다.
江村月落正堪眠	달이 진 강 마을에는 바로 잠들기에 바쁘다.
縱然一夜風吹去	하룻밤 사이에 바람에 불려간다 한들,
只在蘆花淺水邊	기껏해야 갈대꽃 피어 있는 얕은 물가에 있을 것을.

【자구】

江村卽事(강촌즉사) : '즉사'는 사실 그대로를 서술하는 것. 시의 제목으로 많이
씀. 繫(계) : 붙잡아매다. 正堪眠(정감면) : '正'은 부사. 바로. 곧. '堪'은 조동사.
여기서는 잠자기에 알맞다. 縱然(종연) : '縱'은 '雖(수)'와 같은 뜻으로 쓴다.
～할지라도.

【통석】

낚시하러 나갔다가 일을 끝내고 돌아와서는
배를 움직이지 않게 매어두는 것이 정상이나
귀찮고 게을러서 매지 않고 내버려 둔다.
강 마을에는 달이 져서 어두워지니 도무지 할 일이 없고
어서 잠자는 일밖에 없다.

배에 대해서는 걱정할 것 없다.

설령 하룻밤 사이에 바람이 많이 불어서 밀려간다 한들

갈대꽃 숲 속 얕은 물가에서 더 이상은 떠내려가지 않을 것이다.

【감상】

이 시의 핵심은 '不繫船' 세 자에 있다. 강 마을 생활에 익숙하여 배를 매어두
지 않아도 안심이다. '縱然'은 가정이요, '只在'는 단정이다. 그러나 외로운 漁
翁(어옹)의 생활. 자연 속에서 사는 낙이 있기보다는 쓸쓸하고 처량한 감마저
들게 하는 작품이다.

62. 화경에게 보냄

杜甫(두보)

贈花卿

錦城絲管日紛紛	금성의 풍류 소리 날마다 요란하여
半入江風半入雲	반은 강 바람에 섞이고 반은 구름 속에 들어간다.
此曲祇應天上有	이 곡조는 오직 하늘에서나 들을 수 있는 것인데,
人間能得幾回聞	인간에서야 몇 번이나 들을 수 있으리.

【자구】

花卿(화경) : 花敬定(화경정). 상원 2년, 재주 자사 段子璋(단자장)이 반란을 일으켰을 때, 成都尹(성도윤)인 崔光遠(최광원)의 부장으로 반란군을 평정하여 전공을 세웠다. '卿'은 존칭⇒[감상] 참조. 錦城(금성) : '錦官城'의 약칭으로 사천성 성도의 별칭. 絲管(사관) : 絲竹(사죽)과 같다. '絲'는 현악기, '管'은 관악기. 紛紛(분분) : 복잡하게 많은 모양. 祇(지) : 다만. '只'와 같음.

【통석】

금관성에는 매일같이 풍류 소리가 요란하게 울려퍼져,
그 아름다운 음악 소리의 반은 바람을 타고 강으로 흘러 들어가고
반은 구름 속으로 들어간다.
이 음악 소리는 하늘 나라에서나 들어볼 수 있는 것인데,

인간에서야 몇 번이나 이런 곡조를 다시 들어볼 수 있겠는가?

【감상】

이 시는 작자의 의도와 관련해 종래부터 서로 다른 해석이 있었다. 하나는 별다른 뜻이 없이 다만 화려한 음악의 현란함을 서술한 것이라 하였고, 송대의 楊愼(양신)은 『升庵詩話』에서 "화경이 촉에서 천자가 전용하는 음악을 사용하는 것을 비아냥거려 지은 것"이라 하였다. 또 명의 沈德潛(심덕잠)의 『評語眸語』에서도 양씨의 설과 같은 뜻을 말하였다. 이렇게 볼 때 이 시는 단순히 찬미한 것 이외에 풍자적인 비평이 들어 있는 것으로 보는 것이 옳을 듯하다.

63. 엄대부의 시 <주둔지의 이른 가을>에 화답함
杜甫(두보)

奉和嚴大夫軍城早秋

秋風嫋嫋動高旌	가을 바람 살랑살랑 높다랗게 걸린 깃발 흔드는데,
玉帳分弓射虜營	장군 막사에서 활을 나누어 주어 오랑캐 진영을 쏘게 한다.
已收滴博雲間戍	일단 구름에 싸인 적박의 진지를 탈환하고,
欲奪蓬婆雪外城	설산 밖의 봉파성도 뺏고자 한다.

【자구】

奉和(봉화) : '화'는 상대방의 시에 대하여 다시 시를 지어서 답하는 것. '봉화'
는 답하여 올린다는 뜻.　嚴大夫(엄대부) : 嚴武(엄무), 검남 절도사로서 두보가
성도에 있을 때 생활상의 많은 원조를 주었던 인물. 당시 두보는 그의 막하에
있었다.　軍城早秋(군성조추) : 엄무가 지은 시의 제목. 군성은 군대 주둔지.　嫋
嫋(요뇨) : 바람이 산들산들 부는 모양. '裊裊'로 된 곳도 있다. 高旌(고정) : 높다
랗게 달린 대장의 깃발.　玉帳(옥장) : 장군이 있는 군대 막사.『抱朴子』「外篇」
에 "군대가 太乙(태을) 옥장 안에 있으면 공격당하지 않는다"는 구절이 있다.
태을과 옥장은 둘다 별 이름으로 병사들은 이 별을 보고 승리를 점친다고 한
다.　分弓(분궁) : 병사들에게 활을 나누어줌.　滴博(적박) : 사천성 이번현의 동
남쪽에 있는 산.　雲間(운간) : 높이 있어서 공격하기 어려움을 표현한 것.　欲
奪(욕탈) : '欲'은 '更'으로 된 곳도 있다.　蓬婆(봉파) : 산 이름.　雪外(설외) : 설

산 밖, 설산은 지금의 사천성 송반현에 있다.

【통석】
가을 바람이 높이 걸려 있는 깃발을 살랑살랑 흔드는 이때,
막사 안에선 오랑캐와 싸우기 위해 활을 나누며 출정 준비를 하고 있다.
이제 용감하게 나아가 저 높이 구름 사이에 있는
적박의 진지를 수복하고,
곧이어 설산 밖 봉파령에 있는 성을 빼앗아
토번을 깨끗이 몰아내고자 한다.

【감상】
『新唐書』「吐蕃傳」에 의하면, 개원 26년(738년)에 검남 절도사 王昱(왕욱)이
봉파령 근처에서 安戎城(안융성) 토번에게 패한 뒤로 이 지역은 계속 토번의
점령지가 되었다. 그러다가 광덕 2년(764년)에 엄무가 토번을 크게 물리쳤는
데, 이 시는 바로 이 싸움에 나가기 위해 출정 준비를 하고 있을 때 쓴 것이
다. 장군과 병사, 그리고 승리를 기원하는 작자의 당당한 의기가 시 안에 넘쳐
흐른다.

64. 번민을 풀다
杜甫(두보)

解悶

一辭故國十經秋	한 번 고향 하직하고 열 번째의 가을을 보내니
每見秋瓜憶故丘	가을 참외를 볼 적마다 고향을 생각한다.
今日南湖采薇蕨	오늘 남호에서 고사리를 캐는데,
何人爲覓鄭瓜州	누가 나를 위하여 정과주를 찾아줄까?

【자구】

解悶(해민) : '悶'은 번민. '해민'은 시름 깊은 마음을 시로 푼다는 뜻. 연작 12수 중 셋째 수.　故國(고국) : 고향. 여기서는 장안을 가리킨다.　秋瓜(추과) : 가을에 나는 참외.　故丘(고구) : 고향의 언덕, 곧 두릉을 말함. 진 나라의 東陵侯 邵平(동릉후 소평)이 장안의 청문 밖에 참외를 심었는데, 특히 맛이 있어서 '東陵瓜'로 소문이 났었다. 이곳이 두릉과 가깝기 때문에 작자가 연상한 것이다. 南湖(남호) : 남호라는 이름을 가진 호수는 많은데, 여기서는 夔州(기주)에 있는 것인 듯하다. 이 남호 옆에는 귀양가기 전 鄭審(정심)이 살던 집이 있었다. ⇒[감상] 참조.　采薇蕨(채미궐) : 고사리를 캠. 백이・숙제의 고사에 근거를 둔 것으로, 세상을 떠나 隱逸(은일)한 삶을 사는 작자의 모습을 나타냄.　覓(멱) : 찾다.　鄭瓜州(정과주) : 정심을 가리킴. 그 당시 정심은 강릉에 귀양가 있었다. 정심을 정과주라고 부른 이유는 분명치 않으나, 정심의 숙부인 鄭虔(정건)의 별장이 장안의 瓜洲村(과주촌) 부근에 있었기 때문인 듯하다.

【통석】

고향을 떠나서 벌써 십 년의 가을을 하릴없이 타향에서 보냈다.

언제나 고향을 그리워했지만,

특히 가을 참외가 익을 무렵이면

동릉과로 유명한 청문 근처의 고향 두릉이 더욱 간절하게 그리워진다.

오늘 이 남호에서 고사리를 캐다가 참외와 더불어 함께 생각나는 것은,

이 남호 근처에 살다가 강릉으로 귀양 간 정과주이다.

누가 나를 위하여 정과주를 찾아가서

내 旅愁(여수)와 위로를 전해 줄까?

【감상】

작자의 향수와 思友(사우)의 감정을 간절하게 나타낸 시이다. 추과 중에서 동릉과로 유명한 청문 근처 고향 두릉으로, 다시 남호에서 남호에 살았던 號(호)가 '瓜州'인 정심에게로 옮아가며 시상이 전개되고 있다. '秋' '故' '瓜' 3자를 각각 두 번씩 중첩하면서도 교묘하게 연관을 맺게 하여 묘미를 얻은 것에서 대가의 솜씨를 볼 수 있다. 한편 '남호'라는 곳이 정심이 귀양간 강릉에 있다고 보아, '채미궐'의 주체를 정심으로 보는 견해도 있다.

65. 서당에서 술을 마시고, 밤에 다시 이상서를 맞아 말에서 내리게 하여 달밤에 시를 짓는다

杜甫(두보)

書堂飮旣,夜復邀李尙書下馬,月下賦

湖月林風相與淸	호수의 달, 숲의 바람 서로 어울려서 맑은데,
殘尊下馬復同傾	말에서 내려 남은 술을 다시 함께 기울인다.
久抃野鶴如雙鬢	머리털이 학처럼 된 것도 버려둔 지 오래인데
遮莫隣鷄下五更	이웃 닭이 새벽을 알리는 것을 아랑곳할 게 있으랴?

【자구】

書堂(서당) : 서재. 작자가 李之芳(이지방), 정심과 함께 모여 놀았던 胡侍御(호시어)의 서재를 가리킴.　**飮旣**(음기) : '旣'는 동사. '음기'는 마시기를 끝냈다. 마시고 나서.　**李尙書**(이상서) : 이지방을 말함. 상서는 상서성에 속해 있는 6부 장관. 이지방은 당시 禮部(예부)의 상서였다.　**湖月**(호월) : 호수에 비친 달. '湖上'으로 된 곳도 있다.　**殘尊**(잔준) : '尊'은 樽과 통용된다. 술통. 잔준은 먹다 남은 술.　**久抃**(구반) : '抃'은 버려두다. '久'는 '已'로 된 곳도 있다.　**雙鬢**(쌍빈) : '鬢'은 귀밑 머리. 곧 양쪽 귀밑 머리. '野鶴如雙鬢'은 '雙鬢如野鶴'을 거꾸로 쓴 것. 양쪽 귀밑 머리가 학처럼 하얗게 백발이 된 것.　**遮莫**(차막) : 당시의 속

어적 표현으로서, '그렇다면 그런대로 할 수 없다' '상관없다'의 의미. **下五更**
(하오경) : '五更'은 새벽 4시. '下'는 닭이 시간을 알리는 것.

【통석】
호수 위에 뜬 달과 숲에 이는 바람이 함께 맑아서
야경이 극히 아름다운데,
마시던 술통을 안고 이상서를 말에서 내리게 하여
남은 술을 다시 기울인다.
귀밑머리가 학처럼 세었어도 버려둔 지 오래인데,
오늘밤 이렇게 좋은 경치와 좋은 친구들을 만났으니,
이웃집 닭이 새벽을 알리든 말든
시간 가는 것 따위가 무슨 상관이랴, 실컷 마시자!

【감상】
좋은 친구들과 좋은 밤에 맘껏 마셔보자는 시이다. 그러나 한편으로는 장안을
떠나 오랫동안 유랑하고 있는 작자의 복잡한 심정이, 술을 빙자해 과장되게
허허 웃고 있는 행동 속에 아련하게 드러나 있다.

66. 삼짇날 이구의 별장을 찾아서
常建(상건)

三日尋李九莊

雨歇楊林東渡頭	비 개인 양림의 동쪽 나루 건너서
永和三日盪輕舟	영화 때처럼 삼짇날에 작은 배를 젓는다.
故人家在桃花岸	복사꽃 핀 언덕에 옛 친구 집이 있으니,
直到門前溪水流	바로 문 앞에 이르도록 시냇물이 흐른다.

【자구】

三日(삼일) : 3월 3일. 삼짇날. 上巳日(상사일). 이날은 물가에서 불길한 것을 씻어내기 위해 목욕하고, 曲水流觴(곡수류상) 등의 놀이를 하는 풍습이 있다. 李九(이구) : '이'는 성, '구'는 배항. 생애는 미상. 雨歇(우헐) : 비가 개이다. 楊林(양림) : 안휘성 화현 동쪽에 있는 나루터. 永和三日(영화삼일) : '영화'는 동진의 穆帝(목제) 연호. ⇒ [고사 1] 盪(탕) : 배를 띄움. 桃花岸(도화안) : 복사꽃 핀 언덕. ⇒[고사 2]

【고사 1】

영화 9년 3월 3일에 王羲之(왕희지)가 會稽(회계)의 蘭亭(난정)에서 친구 42인과 함께 상사일의 풍습에 따라 몸을 씻어내는 행사를 하고 곡수류상 놀이를 하며 놀았다. 그때 나온 시들을 묶어 『蘭亭集』을 만들고 왕희지가 거기에 '序'를 썼다(『晉書』 「王羲之傳」).

【고사 2】

진 太元(태원) 때 무릉의 한 어부가 물을 따라 올라가다 길을 잃고 헤매다 복숭아 숲을 만났다. 이상하게 여겨 더 가보니 산이 있고, 거기에 구멍이 하나 있었다. 그 안으로 들어갔더니 또 다른 세계가 열렸다. 거기 있는 사람들은 진 시황의 폭정을 피해 들어온 사람들이라고 했다. 어부가 세상에 돌아와 태수에게 말해 다시 찾아보았으나 더 이상 찾을 수 없었다(陶淵明「桃花源記」).

【통석】

비 개인 봄날, 양림 동쪽 나루터에서
작은 배를 저어 그대를 찾아가니,
때는 바로 저 옛날 영화 연간에
왕희지가 난정에서 修禊(수계)하던 삼짇날이다.
그대의 별장은 복사꽃 핀 언덕 위에 있으며 그 문 바로 앞까지
시냇물이 흘러, 그대를 만나러 가는 나는
마치 무릉도원을 찾아가는 듯한 흥취에 젖어든다.

【감상】

현재의 시간인 삼짇날과 왕희지의 난정에서의 수계, 복사꽃 핀 언덕에 있는 이구의 별장과 도연명의 도화원기, 이 두 고사를 교묘하게 연결시켜 작자의 흥취를 한껏 드러냈다. 천의무봉한 표현의 묘미를 얻고 있는 시이다.

67. 구곡의 노래
高適(고적)

九曲詞

鐵馬橫行鐵嶺頭	철갑 두른 군마 철령 꼭대기를 횡행하며
西看邏沙取封侯	서쪽으로 라사를 보고 이를 공격하여
	전공을 세워 나라에서 봉후를 받았다.
靑海只今將飮馬	청해에서 이제 전마에 물을 마시게 하여
	휴식할 터이니
黃河不用更防秋	황하에도 다시는 이민족의 침입을 방어하는
	경계가 필요 없게 되었다.

【자구】

九曲詞(구곡사) : '구곡'은 황하의 상류, 청해성 동부에 있는 지형이 매우 구부러진 곳. 이 시는 천보 13년 哥舒翰(가서한)이 토번을 무찌르고 구곡 지방을 탈환했을 때, 가서한의 서기관으로 있던 작자가 그것을 축하하며 지은 것이라 한다. 연작 3수 가운데 셋째 수이다.　鐵馬(철마) : 철갑으로 무장한 말. '鐵騎'로 된 곳도 있다.　橫行(횡행) : 거리낌없이 마음대로 다님.　鐵嶺(철령) : 감숙성에 있는 철문협. 철문협에는 관소가 있으며 라사성과 가깝다.　邏沙(라사) : 지금의 티벳 수도.　取封侯(취봉후) : 군공으로 제후에 봉해지다.　靑海(청해) : 청해성에 있는 큰 호수.　防秋(방추) : 국경 밖의 이민족들은 언제나 천고마비의 계절인 가을에 중국에 침입하므로, 가을에는 특히 그들에 대한 방비를 철저하게 해야 한다. 그래서 '防胡'를 '防秋'라고도 한다.

【통석】
가서한이 인솔했던 철마를 탄 날랜 병사들은,
철령 근처를 거침없이 달려 그 기세가 하늘을 찌를 듯했으며,
서쪽 라사를 바라보면서
꼭 큰 공을 세워 제후의 봉작을 받으리라고 별렀었다.
이제 구곡 지방 가까운 청해호에서 전쟁에 지친 말에게
물을 먹이며 쉬게 하리니, 앞으로 더 이상은
황하 근처에서 오랑캐의 침입에 대비해 방어하느라
애쓰는 일은 없을 것이다.

【감상】
구곡 지방은 개원 연간(713—741)에 토번에게 할양되었다가 천보 13년(754)에
가서야 가서한에 의해 탈환되었다. 이 감격스러운 탈환을 축하하며 지은 것인
만큼, 시 전체에 작자의 흥분이 배어 있다. 1·2구에서는 전쟁에 나가기 전의
늠름하고 웅장했던 병사들의 기개를 표현했고, 3·4구에서는 다시 찾게 된 황
하 유역의 평화에 대해 노래했다.

68. 변새에서 피리 부는 소리를 듣고
高適(고적)

塞上聞吹笛

雪淨胡天牧馬還	눈 개인 호지의 하늘에서 말을 먹이고 돌아오니
月明羌笛戌樓間	달 밝은데 호적 소리 망루 사이에서 울린다.
借問梅花何處落	묻노라, 매화꽃이 어디에 떨어졌기에,
風吹一夜滿關山	하룻밤 사이에 바람에 불려 관산에 가득히 퍼졌단 말인가?

【자구】

塞上聞吹笛(새상문취적) : 『全唐詩』에는 제목이 <和王七玉門關聽吹笛>으로 되어 있고 시구에도 異同(이동)이 많다. ⇒[감상] 참조. 胡天(호천) : ‘胡地’와 같다. 羌笛(강적) : 날라리. 戌樓(수루) : 국경 경비를 위해 세워 놓은 망루. 梅花何處落(매화하처락) : 날라리의 곡중에 <梅花落>이라는 곡이 있어, 작자가 “매화도 안 피는 이 변새에 어디에 매화가 떨어졌단 말이냐”고 되물은 것. 一夜(일야) : 밤새도록, 한밤 내내. 關山(관산) : ‘關’이 있는 산, 또는 ‘關門’이 있는 산.

【통석】

눈이 깨끗이 개인 胡地(호지)에서 말을 먹이고 돌아오니,
어느덧 달은 휘영청 밝은데 수자리 서는 망루 근처에서

날라리 소리가 들려온다.

그 날라리 소리 가운데 들려오는 <매화락> 곡조.

그래, 우리들 고향에는 지금쯤 매화 흩날리겠지.

그러나 도대체 이 눈 뒤덮인 춥고 삭막한 변새 지방 어디에

매화가 떨어진다는 말인가?

바람에 날려 매화 아닌 <매화락> 곡만이 관산에 울려퍼져도

그것을 듣는 병사들의 마음 마음에 매화 떨어져,

밤새도록 고향 생각에 잠 못 이루게 할 것이다.

【감상】

한겨울의 강추위가 한풀 꺾일 즈음 봄의 傳信(전신) 매화는 피기 시작하고, 매화가 흩날릴 때면 봄이 이미 가깝다는 뜻이다. 그러나 눈으로 뒤덮인 겨울의 입김이 역력한 변새에서 매화 같은 것은 까맣게 잊고 있는 병사들. 그러다 누군가 향수를 달래고자 부는 날라리 소리에 병사들은 문득 고향 생각에 빠져든다. 3·4구의 반전과 내면화가 놀라운데, 그만큼 이 시는 인구에 널리 회자되었고 판본에 따라 시구의 異同(이동)이 심하다. 참고로 『全唐詩』에 실린 것을 싣는다.

和王七玉門關聽吹笛

胡人吹笛戌樓間

樓上蕭條海月閒

借問落梅凡幾曲

從風一夜滿關山

69. 제야에 지음

高適(고적)

除夜作

旅館寒燈獨不眠	여관 싸늘한 등불 아래 홀로 잠 못 이루고
客心何事轉凄然	나그네 마음 무슨 일로 점점 서글퍼지나?
故鄉今夜思千里	오늘밤에 고향을 생각하니 천리길인데,
霜鬢明朝又一年	서리 같은 귀밑머리 내일 아침이면
	또 한 살 느는구나.

【자구】

除夜(제야) : 섣달 그믐밤. 寒燈(한등) : '등'은 등불. 이것은 여관의 쓸쓸한 분위기와 작자의 착잡한 심정이 투영된 표현이다. 何事(하사) : 무슨 일로, 무엇 때문에. 轉凄然(전처연) : 점점 더 쓸쓸하고 처량해짐. 霜鬢(상빈) : 서리처럼 하얗게 센 귀밑머리.

【통석】

여관의 싸늘하게 보이는 밝은 등불 아래 홀로 앉아 잠을 이루지 못하며,
나그네의 마음은 어찌하여 점점 더 구슬퍼지는가?
오늘은 섣달 그믐날, 고향을 생각하니 길이 천 리나 되는데
오랫동안 타향에 있으면서 아무런 얻은 것 없이,
귀밑머리만 서릿발처럼 하얗게 센 채
내일 아침이면 또 한 살의 나이를 더한다.

나그네 신세로 한 해를 보내며 여관의 차가운 등불 아래 잠을 못 이루는 작자
의 착잡한 심정이 잘 나타난 작품이다. 1구의 '旅' '寒' '獨' 세 자는 서로 상응
하여 나그네의 쓸쓸하고 적막한 상황을 묘사해주고 있고, 2구에서는 '何事'라
는 의미심장한 의문사를 사용하여 3·4구의 대답을 끌어내고 있는데, 그 간결
한 수법이 돋보인다.

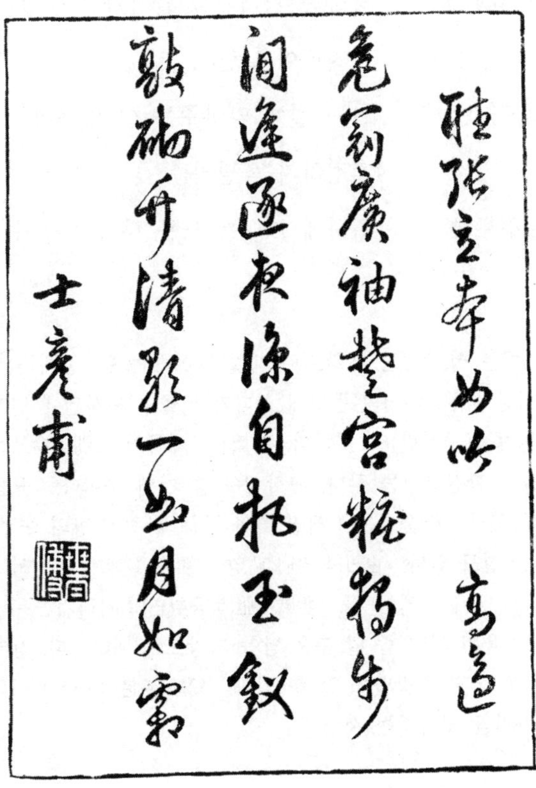

70. 동대와 이별하며
高適(고적)

別董大

十里黃雲白日曛	십리엔 해질녘 구름, 태양도 빛을 잃었는데,
北風吹雁雪紛紛	북풍은 기러기를 몰아가고 눈발이 어지러이 날린다.
莫愁前路無知己	가는 길에 알아주는 이 없을까 걱정하지는 말라!
天下誰人不識君	천하에 그대를 모를 사람이 누가 있겠는가?

【자구】

董大(동대) : '董'은 성, '大'는 배항으로 제일 맏이라는 뜻. 동대는 당시 琴(금)의 명수로, 재상 房琯(방관)의 문하에 있다가 뇌물수수 사건에 연좌되어 방랑하고 있던 董庭蘭(동정란)인 듯하다. 그러나, 제목이 <別董令望>으로 되어 있는 곳도 있어 확실하지는 않다. 연작 2수 중 첫째 수이다. 十里(십리) : '千里'로 된 곳도 있다. 黃雲(황운) : 해질 녘의 구름. 국경 지방의 누런 빛이 감도는 구름이라는 설도 있다. 白日(백일) : 태양. 曛(훈) : 해가 지면서 으스름하게 어두어지는 빛. 땅거미 지는 것. 北風吹雁(북풍취안) : 기러기는 추운 북쪽 지방에 있다가 겨울이 되면 좀 덜 추운 남쪽 지방으로 내려온다. 작자와 동대가 만난 곳이 추운 국경 지방임을 알 수 있다. 紛紛(분분) : 어지럽게 많은 모양. 知己(지기) : 자기를 알아주는 사람.

십 리엔 가득히 해 저물녘의 누런 구름이 덮이고, 태양도 서산으로 지고
어스름한 황혼이 스며드는데.
매서운 겨울 바람에 쫓겨 기러기도 따뜻한 곳을 찾아 날아가는 이곳에는
눈마저 펄펄 날린다.
그러나 그대가 가는 앞길에 지기의 벗이 없을까 걱정하지는 말라.
지금 비록 그대가 불우한 생활을 하나, 이름은 이미 세상에 알려져 있으니,
가는 곳마다 모두 그대를 환영해 줄 것이다.

【감상】

1·2구는 쓸쓸한 경치를 통해 석별의 정을 표현한 것이고, 3·4구는 상대방의
재능을 칭찬하는 한편, 그의 적막한 여정을 위로하여 준 것이다. 다른 한 수를
참조해 보면, 이때 작자도 뜻을 얻지 못하고 유랑하고 있었는데, 이 시에서는
이런 악조건 속에서도 희망과 용기를 잃지 않고 있는 꿋꿋한 작자의 기골을
함께 느낄 수 있다.

71. 두황이 강남에 가는 것을 보내며

孟浩然(맹호연)

送杜十四之江南

荊吳相接水爲鄕	형과 오는 한데 닿아 있는 물로 된 지역이다.
君去春江正淼茫	그대가 떠나는 봄날의 강이 아득해 보인다.
日暮孤舟何處泊	날이 저물면 외로운 배 어디에 대일는지.
天涯一望斷人腸	하늘 끝 한 번 바라보니 사람의 간장 끊어진다.

【자구】

杜十四(두십사) : '두'는 성, 십사는 배항. 杜晃(두황)을 말함. 江南(강남) : 양자 강의 남방인 강소성, 안휘성, 강서성을 가리킴. 옛날 오 지방에 해당. 제목이 <送杜晃進士之東吳>로 된 곳도 있다. 여기서 '東吳'는 강소성 소주를 말한다. 荊(형) : 전국 시대 초 지방. 호남성과 호북성 부근. 여기서는 작자가 있는 곳을 말함. 吳(오) : 전국 시대 오 지방. 곧 두황이 가는 강남을 말함. 水爲鄕(수위향) : 물로 둘러싸인 지역. 春江(춘강) : 봄이 되어 물이 불어 있는 양자강. '江村'으로 된 곳도 있다. 淼茫(묘망) : 물이 아득히 넓은 모양. 孤舟(고주) : '孤帆' '征帆'으로 된 곳도 있다. 泊(박) : 배를 대다. 정박시키다. 天涯(천애) : 아득한 하늘의 끝. 斷人腸(단인장) : 슬픔이 아주 지나친 것을 말함.

【통석】

내가 있는 이곳 형 지방과 그대가 가려는 오 지방, 그 사이가 뭐 그리 먼가,

둘 다 양자강 가에 있는 곳인데.

그러나 그대가 떠나려는 지금 이 강물을 바라보니,

어찌 이리 넓고 아득한지.

이 넓은 강물 위에 외로이 떠서 가다가,

해 저물면 그대는 또 어디서 배를 대고 쉴 것인가?

아득한 수평선을 바라보고 있노라니

서글픈 마음에 내 간장이 끊어질 듯하다.

【감상】

1구에서 애써 두 사람 사이에 가로놓인 거리가 얼마 되지 않는다고 위로해 보지만, 그러나 물이 불어난 봄의 양자강은, 그 위에 이별의 아쉬움까지 더해 한없이 아득하게 느껴진다. 무한히 넓은 강물 위에 가랑잎 마냥 떠서 흘러갈 친구를 보내는 작자의 안타까운 마음이 애절하게 표현되어 있다. 이백의 맹호연을 보내는 시(144쪽 참조)와 함께 친구와의 이별을 노래한 명작이다.

72. 한붕에게
李頎(이기)

寄韓鵬

爲政心閑物自閑	정치함에 마음 한가로우면 일들도 저절로 한가로워,
朝看飛鳥暮飛還	아침에 새가 날고 저녁에 돌아옴을 보리라.
寄書河上神明宰	황하가 명석한 관리에게 편지 부치노니,
羨爾城頭姑射山	부럽네, 성 근처의 고야산이.

【자구】
韓鵬(한붕) : 인명, 생애는 미상, 시의 내용으로 보면, 지금의 산서성 임분현의 현령이었던 듯하다.　爲政(위정) : 정무를 담당함.　心閑(심한) : 마음을 고요하게 가져 어수선한 俗事(속사)에 영향을 받지 않는 閑靜(한정)한 상태를 말함. 物自閑(물자한) : '物'은 '事'와 같은 뜻. 행정 사무가 저절로 한가롭게 됨.　河上(하상) : 황하 가. 한붕이 현령으로 있는 곳을 말함.⇒[고사 1]　神明宰(신명재) : 신처럼 밝은 마음을 가진 명석한 현령. 여기서의 '宰'는 지방 장관, 현령을 일컬음.　羨爾(선이) : 부럽다. '이'는 조사.　城頭(성두) : 마을 부근.　姑射山(고야산) : 지금의 산서성 臨汾(임분), 汾城(분성), 襄陵(양릉) 세 현의 경계에 있는 산.⇒[고사 2]

【고사 1】
한 문제 때 河上公(하상공)이라는 사람이 황하 가에 띠집을 엮고 살고 있었다. 문제가 『老子』를 읽다가 모르는 곳이 있어 사자를 보내 물었더니 대답해

주지 않았다. 다시 왕이 직접 行幸(행행)하여 신하로서 왕의 물음에 대답하지 않은 것을 꾸짖자, 공중에 떠서 말하기를 "나는 하늘에도, 인간에도, 땅에도 닿지 않았다. 무슨 臣民(신민) 관계 따위를 내게 말하는가?" 하였다. 이에 문제가 마차에서 내려 머리를 조아리며 절했다(『列仙傳』).

【고사 2】
藐姑射山(막고야산)에는 神人(신인)이 있는데, 피부는 눈과 같고 정숙하기는 처녀와 같다(『莊子』「逍遙遊」).

【통석】
정치하는 사람의 마음이 편안하고 담담하면, 모든 외부의 사물 또한
번거로운 일이 없어 무위의 정치를 할 수 있다.
그래서 관청에는 복잡한 일이 없이,
다만 아침에는 새가 밖으로 날아가는 것을 보고,
저녁이 되면 나갔던 새가 돌아오는 것을 보게 된다.
이 얼마나 한가로운 상태인가?
황하 근처의 현령으로서, 신처럼 명석한 관리라는 칭호를 받고 있는 그대.
내가 더욱 부러워하는 것은,
바로 그대 마을 근처에 있는 신선이 산다는 막고야산이다.
그대는 항상 이 막고야산을 대하면서 신선의 마음과
무위 정치의 요체를 얻을 수 있을 것이다.

【감상】
이 시의 1·2구는 작자 자신의 생활을 말한 것인가, 한붕의 생활을 말한 것인가에 대해 이설이 많은데, 여기서는 무위 정치라는 관리의 이상향을 표현한 것으로 보았다. 한편 이 2구는 도연명의 시 <飮酒>에서 '心遠地自偏' '飛鳥相與還' 구와 상통된다. 3·4구에서는 그 지방에 전하는 전설상의 인물을 들어 상대의 인품을 칭찬하는 세련됨을 보여준다.

73. 장안에서 머물렀던 집 벽에 씀

張謂(장위)

題長安主人壁

世人結交須黃金	세상 사람들은 친구를 사귀는 데 돈을 필요로 하여,
黃金不多交不深	돈이 많지 않으면 사귐이 깊지 못하다.
縱令然諾暫相許	잠시는 서로 좋아하고 마음을 허락하여도
終是悠悠行路心	마침내는 냉담하게 길가는 사람 보듯 한다.

【자구】

題長安主人壁(제장안주인벽) : '題~壁'은 벽에 시를 써서 붙임. '長安主人'은 작자가 장안에 식객으로 있는 동안 주인으로 삼았던 사람.　結交(결교) : 교제를 맺음.　須(수) : 필요로 한다.　黃金(황금) : 돈.　縱令(종령) : 비록 ~라 하더라도. 然諾(연낙) : 좋다고 승낙함.　暫相許(잠상허) : 잠깐 동안 마음을 터놓고 서로 친하게 지냄.　悠悠(유유) : 아득하니 먼 모양. 여기서는 소원하여 무관심한 태도를 말함.　行路心(행로심) : 길가는 사람을 보듯 하는 박정한 마음.

【통석】

요즘 세상 사람들은 사람과 사귐에 있어서 오직 돈을 제일 조건으로 한다.
그러므로 돈이 많지 않으면 교제도 깊지 않게 된다.
처음에는 비록 인정하며 서로 마음을 허락하는 체 하지만,
돈이 떨어지고 나면 언제 봤던 사람인가 하는 태도로 냉담하게,
평생 처음 보는 길가는 사람 대하듯이 행동한다.

【감상】

경박한 인정과 세태를 갈파한 명작이다. 고적의 시 <邯鄲少年行>(478쪽 참
조)의 '君不見今日交態薄 黃金用盡還疎索' 구와도 상통한다. 한편 이 시가 주
인집 벽에 붙인 시인 만큼 그 주인에 대하여 쓴 것이라는 설도 있으나 확실하지
않다.

74. 주둔지의 이른 가을

嚴武(엄무)

軍城早秋

昨夜秋風入漢關	지난밤 가을 바람이 한관에 들어오고
朔雲邊月滿西山	북방 구름과 국경의 달빛이 서산에 가득하다.
更催飛將追驕虜	다시 날랜 장수를 재촉하여 오만한 오랑캐를 추격케 하노니,
莫遣沙場匹馬還	사막에서 말 한 마리도 돌려보내지 말라.

【자구】

軍城(군성) : 군대 주둔지.　早秋(조추) : '初秋', 곧 음력 7월.　秋風入漢關(추풍입한관) : '한관'은 국경에 설치한 중국 측의 관문. '唐'이라 써야 할 것을 관습적으로 '漢'으로 쓴다. 2구와 함께 국경 지방에 이민족이 쳐들어오는 긴장의 계절 가을이 온 것을 의미한다.　朔雲(삭운) : 북쪽 변경 지방의 구름.　邊月(변월) : 국경 지방의 달. '邊雪'로 된 곳도 있다.　西山(서산) : 지금의 사천성 서부에 있는 大雪山(대설산). 당시 국경 근처에 있었다.　飛將(비장) : '한의 비장군' 李廣(이광)을 말함(164쪽 참조).　驕虜(교로) : 오만한 오랑캐. 토번을 가리킴.　莫遣(막견) : 보내지 말라. '遣'은 '放'으로 된 곳도 있다.　沙場(사장) : 사막 전쟁터.　匹馬(필마) : 말 한 마리.

【통석】
어젯밤에는 어느덧 선선한 가을 바람이 우리가 주둔해 있는 관소에 들어왔다.
저 앞에 보이는 국경 근처의 서산에도
한기가 느껴지는 북방의 구름과 국경의 달이 가득히 떠 있어,
이제 곧 토번의 침입이 있을 것을 암시하고 있다.
이때를 놓치지 않고 나는 한의 비장군 이광과 같은
용감한 장수를 재빨리 파견해
가을을 맞아 침입을 꾀하고 있는 오만한 오랑캐를 추격코자 하니,
패해 도망치는 오랑캐, 한 놈도 놓치지 말고
모조리 다 잡아 오라.

【감상】
이 시는 당시 검남 절도사였던 작자가 토번을 크게 무찌를 것을 기대, 맹세하며 지은 것이다(238쪽의 두보 시 참조). 변방에서 싸움을 앞두고 적의 동태를 살피고 있는 용의주도한 장군의 태도와 웅장하고 당당한 의기가 잘 나타나 있다. 한편 4구는 마치 부하에게 명령하는 듯한 어투이지만 실제로는 자기의 결심을 말하고 있는 것이다.

75. 양주의 노래

王之渙(왕지환)

凉州詞

黃河遠上白雲間	황하는 멀리 구름 사이로 올라가고
一片孤城萬仞山	만 길이나 되는 높은 산에 한 조각 성은 외롭다.
羌笛何須怨楊柳	호적 소리 들려오는데 버들가지에 대한 원망은 필요 없다.
春光不度玉門關	옥문관에는 본시 봄빛이 이르지 않는다.

【자구】

凉州詞(양주사) : 악부 제목. 국경에 나와 있는 병사의 심정을 노래하는 내용 (126쪽 참조). 黃河遠上白雲間(황하원상백운간) : 황하는 청해성에서 발원하여 감숙·섬서·산서성을 지나 하남 산동성을 거쳐 발해로 흘러들어 가는데, 감숙성에 있는 양주는 이 황하 줄기에서 서쪽으로 천여 리나 떨어져 있다. ⇒[감상] 참조. 萬仞山(만인산) : '仞'은 높이와 길이를 측정하는 단위. 1인은 8척. 산이 매우 높음을 말한다. 羌笛(강적) : 胡笛(호적). 怨楊柳(원양류) : '折楊柳' 를 원망한다는 뜻. 중국 사람들은 서로 작별할 때에 버드나무 가지를 꺾어서 주는 관습이 있다. 따라서 '절양류'는 우리 나라의 <이별곡> <배따라기>와 같은 곡조다. 이백의 시에서 '此夜曲中聞折柳, 何人不起故園情'의 구에서도 볼 수 있다. 여기에서 이 고사를 역으로 써서 "봄이 없는 곳에 절양류가 무슨 필요가 있느냐?"고 한 것은 더욱 애절함을 나타낸 표현이다. 春光(춘광) : '春

風’으로 된 곳도 있다. 玉門關(옥문관) : 감숙성 돈황의 서쪽에 있는 관문.

【통석】
이곳 양주에서 서쪽으로 황하를 바라보면,
마치 멀리 구름 사이로 올라가는 듯이 보이고,
우리가 주둔한 이곳 성은 만 길이나 되는 높은 산 위에 외롭게 서 있다.
호적을 부는 사람아,
여기서는 굳이 그 애절한 곡조의 <절양류> 곡을 불지 말라!
옥문관보다 더 떨어진 이곳에는 봄빛이 비치지 않아
봄볕 속에 자라는 버드나무는 싹조차 트지 않으니,
이 황량한 곳에서 그 애절한 <절양류> 곡은 차마 듣지 못하겠다.

【감상】
위에서 흘러내리는 황하 강물을 거꾸로 하늘로 올라간다고 한 ‘黃河遠上白雲
間’의 구는 絶世獨步(절세독보)의 명구로 찬탄을 받아 왔다. 그러나 논리적으
로 볼 때 앞뒤가 맞지 않으며, 또 비교적 이른 판본에는 모두 ‘黃沙直上’으로
되어 있어, 요즘은 ‘黃河遠上’을 와전된 것으로 보는 설이 많다. 또 4구에서도
실제로는 옥문관이 양주보다 천 여리나 더 서쪽에 있어 지리적으로 맞지 않
는데, 이것은 단지 변새에서의 괴로움을 더 실감나게 표현하기 위한 수법으로
이해해야 할 것이다.
薛用弱(설용약)의 『集異記(집이기)』에는 다음과 같은 일화가 있다. 개원 연간
에 이 시의 작자는 詩友(시우) 왕창령, 고적과 함께 어떤 술집에서 술을 마셨
다. 마침 옆방에서 기생들이 詩唱(시창)을 시작했는데, 세 사람은 그 기생들이
부르는 노래의 多少(다소)에 따라 시명의 고하를 가리기로 하고 귀를 기울였
다. 기생들은 처음에는 왕창령의 시를, 다음에는 고적의 시를, 그리고 그 다음
에는 또 왕창령의 시를 불렀다. 이때 작자가 “이제 제일 아름다운 기생이 부
를 차례가 되었는데, 저 사람이 내 시를 부르지 않는다면 나는 다시는 그대들
과 시명을 다투지 않겠다”고 말하고 기다렸더니, 과연 그 美妓(미기)가 작자

의 <黃河遠上白雲間>을 소리 높여 불렀다. 이에 세 사람은 매우 기뻐하며 痛飮(통음)하였다 한다. 이 얘기가 반드시 실화라고는 할 수 없으나 이들이 지은 시가 당시에 널리 불려지고 있었음을 알 수 있다.

沖霄

76. 중양절에 떠나가는 이를 보냄
王之渙(왕지환)

九日送別

薊庭蕭瑟故人稀	계주 땅은 쓸쓸하여 친구가 적다.
何處登高且送歸	어디서 산에 오르며 또 가는 친구를 전송하랴?
今日暫同芳菊酒	오늘은 우선 국화주를 함께 따르자.
明朝應作斷蓬飛	내일 아침이면 부러진 쑥대처럼 날아가리니.

【자구】

九日 : 9월 9일 중양절(66쪽 참조).　薊庭(계정) : '계'는 지금의 하북성 계현. '정'은 변경 지방을 의미.　蕭瑟(소슬) : 쓸쓸한 모양.　登高(등고) : 중양절에 높은 곳에 올라 국화술을 마시고 茱萸(수유)를 머리에 꽂아 액을 막는 풍습.　芳菊酒(방국주) : 향기로운 국화술.　斷蓬(단봉) : 가을이 되면 쑥이 말라서 바람에 꺾여 이리저리 불려다니는 것. 정처없는 나그네의 신세를 비유함.

【통석】

국경인 계주 근처에는 쓸쓸히 친구도 드물다.
오늘은 중양절, 풍습에 따라 높은 산에 올라야 할 터이니
어느 산엘 올라야 할지 또는 어디서 그대를 전송해야 할지,
알 수가 없다.

오늘은 이렇게 향기로운 국화술이라도 같이 마시자.
내일 아침만 되면 바람에 날리는 쑥대처럼 그대는 정처없이 떠날 것이니,
나는 참으로 섭섭한 마음을 금할 수 없다.

【감상】

큰 명절인 중양절. 고향에선 온 가족과 친지들이 모여 즐겁게 지낼 이때에, 작자는 그렇지 않아도 드문 친구와 이별하려 하고 있다. 2구의 '何處'는 이러한 복잡한 작자의 마음을 단적으로 나타낸 것이며, 3·4구에는 떠나는 이에 대한 안타까움이 잘 나타나 있다.

77. 소년의 노래
吳象之(오상지)

少年行

承恩借獵小平津	황제의 은혜로 소평진에서 사냥을 하며
使氣常遊中貴人	호기를 부리고 궁중의 높은 내시와 사귀어 논다.
一擲千金渾是膽	한꺼번에 천금을 써버리면서 배짱만 남아,
家無四壁不知貧	집에는 아무 것도 없으면서 가난을 모르고 산다.

【자구】

少年行(소년행) : 악부 제목. 소년의 호협함을 노래한 것(174쪽 참조). 承恩(승은) : 천자의 은혜를 입음. 借獵(차렵) : 사냥터를 빌려 씀. 小平津(소평진) : 하남성 鞏縣(공현) 서북쪽에 있는 나루터. 이 근처에 천자의 사냥터가 있었던 듯하다. 使氣(사기) : 의기를 부리며 협기 있는 행동을 하는 것. 遊(유) : 교제함. 中貴人(중귀인) : 궁중에서 천자를 가까이 모시는 신분이 높은 내시. 一擲千金(일척천금) : 막대한 돈을 물 쓰듯이 쓰는 것. 渾是膽(혼시담) : '渾'은 온통, 완전히. '膽'은 사나이다운 담력. 완전히 담력으로 하는 일이란 뜻. 家無四壁(가무사벽) : 집에 네 벽이 다 헐어 없어졌을 정도로 극도로 가난한 것을 형용.

【통석】

장안의 소년들은 천자의 은총을 입어 특별히 천자의 사냥터인

소평진에서 사냥을 하기도 하고,
호기를 부리며 항상 궁중의 높은 내시들과 교유하면서 날을 보낸다.
한번에 천금을 쓰는 것쯤은 아무 것도 아니라는 듯 담 큰 짓을 하며,
그것을 일종의 남아의 자랑거리로 생각하지만,
실제로 자기 집에는 네 벽이 다 허물어져 아무 것도 없는데도,
살림살이의 가난쯤은 걱정할 줄을 모른다.

【감상】
당대 장안 소년들의 호방하고 활달한 생활 모습을 있는 그대로 시로 나타냈
다.

<h1 style="text-align:center">78. 강남의 노래</h1>

張潮(장조)

江南行

茨菰葉爛別西灣	자고 잎 마를 적에 서쪽 강굽이에서 이별한 임.
蓮子花開猶未還	연꽃은 피었건만 아직 돌아오지 아니한다.
妾夢不離江上水	내 꿈은 강물을 떠나지 아니하는데,
人傳郞在鳳凰山	어떤 사람은 임이 봉황산에 있더라고 전해온다.

【자구】

江南行(강남행) : 악부 제목. 양자강 이남 강남 지방의 나이 어린 여성의 연정을 노래한 내용이 많다. 茨菰(자고) : '慈姑'라고도 한다. 물풀 이름. 쇠귀나물. 爛(난) : 가을이 되어 잎이 말라 문드러지는 것. 灣(만) : 물이 육지에 굽어 들어온 곳. 蓮子花(연자화) : '자'는 助字(조자). 연꽃. 猶未(유미) : '不見'으로 된 곳도 있다. 郞(낭) : 여성이 사랑하는 남자에 대해서 쓰는 호칭임. 鳳凰山(봉황산) : 이 이름을 가진 산은 많으나, 어디에 있는 것인가에 구애될 필요는 없다. 봉황은 남녀에 비유하기도 하나, 봉황산을 꼭 그런 의미로 해석하려는 것은 자연스럽지 못하다.

【통석】

자고 이파리가 말라 시커멓게 된 지난 가을에 서쪽 물굽이에서

임과 이별했는데,
연꽃이 피는 첫여름이 되어도 임은 돌아오지 아니하네.
나는 임과 헤어진 이후, 늘 그 서쪽 강물 위로
임이 배타고 돌아오실 날만 꿈꾸고 있는데,
어떤 사람은 당신이 봉황산에 있더라고 전하기도 한다.
믿을 수 없는 소문일 것이다.

【감상】

민간 가요풍의 평이한 어구와 내용을 가진 간결한 시다. 가을에 말라 비틀어진 자고는 작자의 이별할 때의 슬픔을 동시에 나타내주는 것이고, 여름이 되어 아름답게 피어나는 연꽃의 화사함은 작자의 고적함을 대비적으로 보여주는 것이다. 또 3·4구에서는 '남이 그렇게들 말한다'고 표현하여, 차마 믿고 싶지 않아 하는 여성의 심리를 잘 표현하였다.

79. 거듭 배낭중이 길주로 좌천되어 가는 것을 보내며
劉長卿(유장경)

重送裴郎中貶吉州

猿啼客散暮江頭　　원숭이 울고 손들도 헤어지는
　　　　　　　　　날 저문 강가에서

人自傷心水自流　　사람은 사람대로 슬퍼하는데
　　　　　　　　　물은 물대로 흘러만 간다.

同作逐臣君更遠　　다같이 버림받은 신하인데 그대는 또
　　　　　　　　　더 멀리가니

靑山萬里一孤舟　　푸른 산을 낀 만리 물 길에 외로운 배
　　　　　　　　　한 채가 저어가는구나.

【자구】

重送(중송) : 이미 전송한 사람을 다시 한 번 더 전송함.　裴郎中(배낭중) : '배'는
성, '낭중'은 상서성의 각 부처에 속해 있는 관명.　貶(폄) : 지방관으로 벼슬이
강등되는 것.　吉州(길주) : 지금의 강서성 길안.　客散(객산) : 이별연에 참석했
던 다른 사람들이 모두 흩어짐.　人(인) : 떠나는 사람과 보내는 사람 둘 다를
말함.　逐臣(축신) : 중앙에 있지 못하고 지방으로 쫓겨난 관료.

【통석】

원숭이 소리 구슬퍼 들리고 전송 나온 사람들도 모두 흩어진,

해 저물녘의 강어귀는 쓸쓸하기 짝이 없다.
떠나는 그대도, 보내는 나도 아픈 마음에 어쩔 줄 모르겠는데,
무심한 강물은 아랑곳없이 저대로 흘러간다.
그대와 내가 똑같이 지방관으로 폄직된 불우한 상황에 있으면서도
그대는 더 먼 곳으로 가게 되니,
그 멀고 먼 만리 길을 외롭게 한 조각배를 타고 떠나는
그대의 심정은 어떻겠는가?
그것을 바라보는 내 마음도 너무나 아프다.

【감상】

1구에서는 일곱 글자 속에 소리와 상황과 시간과 공간을 모두 담아내었고, 2구의 두 '自'는 무정한 강물과의 대비로 두 사람의 참담한 심정을 잘 표현해주고 있다. 3·4구에서는 오직 홀로 만리 청산을 벗삼아 떠나는 배낭중의 여로의 고적함을 간결하게 그림처럼 나타냈는데, 그 진솔한 감정이 읽는 이에게 감동을 준다.

80. 봄에 거닐며 감흥을 읊음
李華(이화)

春行寄興

宜陽城下草萋萋　　　의양성 밖엔 풀이 무성한데,

澗水東流復向西　　　계곡물은 동으로 흐르다 다시 서로 흐른다.

芳樹無人花自落　　　아름다운 나무는 봐주는 이 없이

　　　　　　　　　　꽃이 저절로 지는데,

春山一路鳥空啼　　　봄 산 한 가닥 길엔 새만 부질없이 울어댄다.

【자구】

寄興(기흥) : 마음에 느껴지는 감흥을 시에 의탁하여 읊음.　宜陽(의양) : 하남성
의양현. 낙양의 서남쪽에 있으며 당대 최대 行宮(행궁)의 하나인 連昌宮(연창
궁)이 있었던 곳.　城下(성하) : 성벽 밖.　萋萋(처처) : 풀이 무성한 모양.　澗水
(간수) : 냇물.

【통석】

큰 행궁으로 왕실과 귀족·墨客(묵객)·遊人(유인)들의 유락지였던
이곳 의양성은, 안녹산의 난을 거친 후 풀만이 무성하게 우거져
황폐하기 그지없다.
저기 흘러가는 냇물도 전혀 사람의 손길이 닿지 않은 채,
동으로 서로 아무렇게나 길을 트며 흘러가고 있다.
사람들의 欣賞(흔상)을 받던 아름다운 꽃나무들은,

이제 아무도 봐주는 사람 없는 가운데 스스로 폈다가 지고,
봄기운 가득한 산길에는 새 우는 소리만이 들린다.

【감상】

작자는 안녹산 난 중, 안녹산 부대에 잡혀서 鳳凰舍人(봉황사인)이라는 벼슬
을 받았는데, 난이 진정된 후에는 그것을 수치스럽게 여겨 관직에 나가지 않
고 강소성 淮安縣(회안현) 山陽(산양)에 은거하였다. 이 시는 산양에 은거하
기 전 장안 근처의 행궁에서 쓴 것으로, 안녹산의 난으로 황폐해진 도성 주변
의 모습과 작자의 착잡한 심경이 풍경 묘사 속에 나타나 있다.

81. 돌아오는 기러기
錢起(전기)

歸雁

瀟湘何事等閑回	소상강에서 어찌하여 싱겁게 돌아오는가,
水碧沙明兩岸苔	물 푸르고 모래 맑으며 양 언덕엔
	이끼도 많은데?
二十五絃彈夜月	달밤에 타는 이십오현 거문고 소리에
不勝淸怨却飛來	애절한 슬픔을 듣다 못하여 다시 돌아온다.

【자구】

歸雁(귀안) : 봄이 되어 북으로 돌아오는 기러기.　瀟湘(소상) : 소강과 상강 유역. 예로부터 '소상팔경'의 명승지로 병칭되어 왔다. 소강과 상강은 호남성 남부에서 만나 한참을 흘러 동정호로 들어온다.　何事(하사) : 무슨 일로, 왜.　等閑(등한) : 대수롭지 않게 여김. 등한히 여김.　回(회) : 소상강 근처에 있는 衡山(형산)에는 '회안봉'이란 봉우리가 있는데, 북에서 날아오던 기러기가 여기에 이르러 돌아 날아간다고 한다.　二十五絃(이십오현) : 25줄의 瑟(슬 : 거문고와 비슷한 악기), 상강에 투신해 죽은 두 여신(곧 아황과 여영, 124쪽 참조)이 슬을 연주한다는 전설이 있다.　淸怨(청원) : '瑟'의 소리가 맑고 애원조를 띤 것. 却(각) : 반대로. 거꾸로.

【통석】

"기러기야, 너희들은 무엇 때문에 소강·상강 유역의 그 좋은 경치를

대수롭지 않게 여기고 한사코 회안봉에 이르러서는 돌아오곤 하느냐,
그곳은 강물도 푸르고 모래는 눈같이 희며 양쪽 언덕에 낀 이끼도
무척이나 아름다운데?"
"그곳에는 두 상군이 이십오현 슬을 달밤에 켜서,
그 근심에 찬 맑은 소리를 차마 듣지 못하여, 다시 날아서 돌아온다."

【감상】
봄에 북쪽으로 날아오는 기러기를 소재로 하고, 형산에 '회안봉'이 있는 것과
슬 곡조 중에 <歸雁操>가 있다는 데 착안해서 지은 시이다. 1·2구는 작자가
기러기에게 묻는 말이요, 3·4구는 기러기가 대답하는 말로 보아야 한다.

82. 누에 올라 왕경에게
韋應物(위응물)

登樓寄王卿

踏閣攀林恨不同	계단을 밟고, 숲을 헤치고 가는 것을 함께 하지 못함이 한스럽다.
楚雲滄海思無窮	초 땅의 구름과 푸른 바다 사이에 나의 생각이 끝이 없다.
數家砧杵秋山下	몇집에서 들려오는 다듬이 소리, 산중의 가을은 쓸쓸하고,
一郡荊榛寒雨中	잡목이 우거지고 찬비 내리는 지방의 풍경은 스산하다.

【자구】

王卿(왕경) : '王'은 성. '卿'은 존칭. 생애는 미상.　踏閣(답각) : '답'은 밟는다. '閣'은 閣道(각도 : 나무로 된 계단 길). 답각은 다층 건물의 계단을 오르는 것. 攀林(반림) : '攀'은 붙잡는다. 숲을 붙잡고 산길을 가는 것.　楚雲滄海(초운창해) : 왕경이 있는 초 지방의 구름과 푸른 바다.　砧杵(침저) : 다듬이 방망이. 곧 겨울옷을 준비하는 다듬이 소리.　荊榛(형진) : 가시나무와 개암나무, 곧 잡초와 잡목이 무성한 것.

【통석】
계단을 밟고 누에 오르며, 나무를 붙잡고 산에 오르는 일을
이제는 그대와 함께 하지 못함이 한스럽다.
그대가 있는 초 땅의 구름과 푸른 바다 쪽을 아득히 바라보며
한없는 그리움에 젖는다.
이곳 산아래 쓸쓸한 몇몇 집에서 들려오는 다듬이 소리와
마을의 무성한 잡목들 사이로 찬비 내리는 적막한 풍경을 바라보자니,
내 마음은 걷잡을 수 없이 쓸쓸해진다.

【감상】
자주 같이 오르곤 하던 산을 홀로 오르자니 더욱 헤어져 있는 것이 실감난다.
거기에 들려오는 가을 다듬이 소리와 찬비 속에 서 있는 나무. 친구가 떠난
후의 황량하고 적막한 마음을 풍경 묘사 속에 잘 그려낸 시이다. 구를 구성하
는 음절이 1·2구는 2·2·3의 세 가닥으로 되었고, 3·4구는 4·3조로 되어
음운상의 변화에 특징을 보인다.

83. 유낭중의 시
<봄날 양주로 가며 성곽 남쪽에서 이별함>에 답함
韋應物(위응물)

酬柳郞中春日歸揚州南郭見別之作

廣陵三月花正開　　광릉의 삼월은 꽃이 만개했으리니

花裏逢君醉一廻　　꽃 속에서 그대 만나 한 번 취해보리라!

南北相過殊不遠　　남북으로 서로 다니기가 그다지

　　　　　　　　　멀지 않으니,

暮潮歸去早潮來　　저녁 조수에 갔다가 아침에 돌아올 수 있다.

【자구】

酬(수) : 시로 받고 시로 답하는 것, '和'와 같다.　柳郞中(유낭중) : '柳'는 성, '郞中'은 상서성에 속하는 관직.　揚州(양주) : 지금의 강소성 양주시. 당대에는 양주, 한대에는 광릉으로 불렀다.　南郭(남곽) : 마을을 둘러싼 성곽의 남쪽 벽. 여기서는 작자와 유낭중이 이별하는 곳인 蘇州(소주)의 남곽을 말한다. '南國'으로 된 곳도 있다.　廣陵(광릉) : 양주의 한대 명칭.　一廻(일회) : 한번, '一回'와 같다.　南北(남북) : 양자강을 사이에 두고 소주는 남쪽, 양주는 북쪽에 해당한다.　暮潮歸去早潮來(모조귀거조조래) : 아침 썰물 때 가면 저녁 밀물 때 돌아올 수 있다. 곧 하루 만에 왕복할 수 있음의 도치적 표현. '歸去'는 '從來'로 된 곳도 있다.

【통석】

지금 그대와 헤어지기는 무척 섭섭하다. 그러나 그대가 가는 광릉은
봄이 한창이어서 꽃이 만발하여 있을 것이니,
조만간에 그 꽃 속에서 다시 만나 한 번 실컷 마시고 취해보자!
내가 있는 양자강 남쪽인 이곳 소주와
그대가 가는 양자강 북쪽 양주의 거리가 까짓 것 얼마나 되는가?
아침 썰물 때 배타고 나가면 저녁 밀물 땐 돌아올 수 있는 거리인 걸.
자, 그러니 우리 너무 서운해 말고 헤어지자.

【감상】

친한 친구와 이별하는 서운함, 외로움을 곧 다시 만나자는 약속에 묻고서, 시
종 서로를 위로하고 있는 시이다. 특히 그 당시 사람들에게 결코 수월한 거리
가 아닌 180㎞에 이르는 소주와 양주 사이의 거리를 대수롭잖게 표현한 호방
한 시상에서 이별을 애석해하는 작자의 마음을 더 잘 읽을 수 있다.

84. 소주로 돌아가는 위형을 보내며
皇甫冉(황보염)

送魏十六還蘇州

秋夜沈沈此送君	가을밤 깊어가는데 여기서 그대 보내려니,
陰蟲切切不堪聞	풀벌레 소리 애절하여 차마 들을 수 없네.
歸舟明日毘陵道	돌아가는 배 내일 비릉을 지나며
廻首姑蘇是白雲	고소산으로 고개 돌리면 흰구름 덮였으리.

【자구】

魏十六(위십육) : '위'는 성, '십육'은 배항.　沈沈(침침) : 밤이 깊어가는 모양. '深深'으로 된 곳도 있다.　此(차) : 장소를 표시하는 말. 작자의 고향 윤주 단양(지금의 강소성 진강시)을 가리킴.　陰蟲(음충) : 가을에 우는 벌레. 가을이 음의 계절이기 때문에 이렇게 부른다.　切切(절절) : 가늘고 애절한 벌레소리의 형용.　毘陵(비릉) : 당대에 단양과 소주 사이를 잇는 南運河(남운하)가 있었는데, 비릉은 그 중간쯤에 있는 곳. 지금의 강소성 상주시.　姑蘇(고소) : 소주에 있는 산 이름. 보통 소주의 대명사로도 쓰인다.　白雲(백운) : 보통 은거, 자유의 이미지와 연상되어 쓰인다.

【통석】

가을밤 점점 깊어 가는 이곳 단양에서
고향으로 돌아가는 그대를 보내려니, 내 마음은 무척 서운한데,
구슬픈 가을벌레 소리까지 애절하게 들려와
더욱 이별의 정을 견딜 수 없게 한다.

그대가 이제 배를 타고 떠나면,
내일은 이곳 단양과 고향 소주의 중간 지점인 비릉에 이르게 될 터인데,
그곳에서 고개 돌려 소주 쪽으로 바라보면,
얽매인 관리 생활에서 풀려난 그대처럼 자유로운 흰 구름이 보이리라.

【감상】

1·2구에서는 송별하는 곳의 상황을 묘사하고 있는데, '沈沈'과 '切切'이란 두 첩자의 사용으로 애절한 이미지의 전달과 함께 운율의 조화도 얻고 있다. 한편 3·4구에 대해서는 소주로 가는 위씨가 고개를 돌려 소주를 바라보는 것이 논리에 맞지 않다고 해서, 작자가 비릉까지 배웅했다가 돌아오며 보는 것이라 해석하는 설도 있다. 또 3구의 주체는 위씨, 4구의 주체는 작자로 보는 설도 있다. 그러나 여기서는 위씨가 떠날 때는 작자를 보고 있었으므로, 작자의 머리에 남아 있는 위씨의 방향에서 표현한 것으로 보았다.

85. 한식

韓翃(한굉)

寒食

春城無處不飛花	봄이 온 장안성엔 온데 꽃잎 날리는데,
寒食東風御柳斜	한식날 봄바람에 궁전 버들 나부낀다.
日暮漢宮傳蠟燭	날 저물어 궁전에서 촛불 전하는데
靑烟散入五侯家	푸른 연기 흩어져 오후 집에 들어가네.

【자구】

寒食(한식) : 동지에서 105일 지난 사흘간. 이때는 미리 해놓은 찬밥을 먹으며 화기를 피하다가, 淸明節(청명절)에 궁중에서 백관들에게 불을 나누어주는 것을 시작으로 불을 때기 시작한다. 그 이유는 이때에 유난히 바람이 센 기후조건 때문일 것이나, 불에 타 죽은 介子推(개자추 : 춘추 시대 사람)를 기념해서 그렇게 한다는 俗信(속신)이 있다. 春城(춘성) : 봄의 장안성. '春風何處不開花'로 된 곳도 있다. 御柳(어류) : 궁중의 버드나무. 日暮(일모) : '一夜'로 된 곳도 있다. 漢宮(한궁) : 당 나라 궁실. 당시에서는 관습적으로 당과 관련된 일을 한의 일로 比擬(비의)해 쓴다. 傳蠟燭(전랍촉) : 한식이 끝나 신하들에게 새 불을 나누어 주는 것. 靑烟(청연) : 촛불에서 나오는 푸른 연기. 五侯(오후) : 전한 성제 때 외삼촌 다섯을 같은 날에 제후로 봉하자 사람들이 그들을 오후로 부른 것에 근거, 여기서는 당의 公卿(공경)들을 말함. 한편 후한 환제 때 환관 5명이 후에 봉해져 그 기세가 충천했는데, 이들을 오후라 부른 것으로 보아 당시 권력을 잡고 있던 환관들을 풍자한 것으로 해석하는 견해도 있다.

【통석】
봄도 이미 반쯤 지나 장안성엔 어디랄 것 없이 꽃잎이 날리고 있는데,
한식날의 따뜻하고 살랑거리는 봄바람에
궁전의 버드나무는 옆으로 쏠려 나부끼고 있다.
한식 기간이 끝나 궁중에서부터 백관들에게 촛불을 나누어주는데,
그 촛불은 푸른 연기를 끌면서 한 나라 오후에 비견될 만한
높은 공경들의 집에 먼저 흩어져 들어간다.

【감상】
이 시에는 德宗(덕종)이 작자를 知制誥(지제고)로 임명하면서 "春城無處不飛
花의 한굉이냐"고 물을 정도로 작자 생전에 널리 알려졌다는 기록이 있다. 이
런 점을 고려하여 여기서는 이 시를 당시 권력을 잡고 있던 환관들을 풍자한
것이 아니라, 한식날의 아름다운 장안 풍경을 읊은 것으로 보았다. 흩날리는
꽃잎과 나부끼는 버드나무, 저물녘의 어둠과 촛불에서 나는 푸른 연기의 색채
대조가 한 폭의 그림인 듯한 시이다.

86. 풍교에 밤에 배를 대고
張繼(장계)

楓橋夜泊

月落烏啼霜滿天	달 지고 까마귀 울며 서리는 하늘에 가득한데,
江楓漁火對愁眠	강가 단풍나무와 고기잡이 불이 근심 어린 잠을 대하였다.
姑蘇城外寒山寺	고소성 밖 한산사의
夜半鍾聲到客船	한밤중 종소리가 나그네 배에 이른다.

【자구】

楓橋夜泊(풍교야박) : '풍교'는 강소성 소주의 서쪽 교외에 있는 楓江(풍강)의 다리. '야박'은 밤에 배를 대는 것. '夜泊楓江' '夜泊松江'으로 된 곳도 있다. 月落(월락) : 달이 지는 것.⇒[감상] 참조. 霜滿天(상만천) : 서리가 땅에 가득 차서 하늘에까지 이른 듯이 보이는 것. 江楓(강풍) : 강가의 단풍나무. '江村'으로 된 곳도 있다. 漁火(어화) : 고기잡이 배에 켜 있는 불. 愁眠(수면) : 근심 때문에 깊은 잠을 이루지 못하고 자는 둥 마는 둥 하는 것. 姑蘇城(고소성) : 소주를 가리킴. 寒山寺(한산사) : 풍교 근처에 있는 절. 당대 초기의 詩僧(시승)인 한산자가 이 절에 있었다 하여, 한산사라 하였음. 夜半(야반) : 한밤중.

【통석】

가을밤 외로운 나그네 몸으로 풍교 근처에 배를 대고 주변 경치를 바라보니,

달은 벌써 넘어가고 까마귀는 까악 깍 음산스럽게 울어대며,
서리는 하늘까지 가득 차 찬 기운이 엄습하는데,
강가 단풍나무 사이에서 깜박깜박하는 고기잡이 배의 불이
수심으로 잠 못 이루는 내 외로운 마음에 비쳐온다.
이때 불현듯 고소성 밖의 한산사에서 한밤중에 바람을 타고 들려오는 종소리,
잠 못 들어 하는 나그네 마음을 더욱 울려준다.

【감상】

한산사는 지금도 소주성 밖에 있는데, 그렇게 굉장한 건물이 아닐 뿐만 아니라 풍경도 다른 곳에 비해 절승한 곳이 아니다. 이곳이 그렇게 유명하게 된 것은 오직 張繼(장계)의 이 시 덕분이다. 그런데 이 시에 대해서는 송의 歐陽修(구양수)가 『六一詩話』에서 삼경인 한밤중에 절에서 종을 칠 리가 없다고 작품의 불통일성을 지적한 이래, 한밤중에 우는 까마귀도 있느냐, 달이 새벽에 지지 한밤중에 지는 달도 있느냐는 등의 반론이 나와, 이 시의 풍경이 한밤중의 것이냐, 새벽의 것이냐 하는 것이 뭇 문인들의 논란거리가 되어 왔다. 그런데 보통 달은 새벽에 지지만 음력 7일 경의 달은 한밤중에 지며, 당대에는 한밤중에 절에서 종을 쳤고, 까마귀가 보통은 날 밝을 때 울지만 달이 져서 갑자기 어두워지면 까마귀가 자다가도 놀라서 우는 것이다. 그러므로 이 시를 밤중의 상황으로 해석하는 데에 문제될 것이 없다.

【참고】

한산사에서는 오래 전부터 이 시를 석각해 두었는데, 지금은 宋刻(송각)은 없어지고 명대 文徵明(문징명)의 석각이 있긴 하나 글자를 알아볼 수 없을 정도로 泯滅(민멸)되었다. 지금까지 잘 보존되어 있는 것은 청대의 巨儒(거유) 兪樾(유월)의 필체로 석각한 것인데, 이곳을 여행하는 사람들은 이 탁본을 얻는 것을 큰 선물로 삼고 있다.

87. 양시어에게 부침

包何(포하)

寄楊侍御

一官何幸得同時	다행히 그대와 함께 벼슬에 올랐으나,
十載無媒獨見遺	십 년 동안 보아줄 사람 없어 홀로 버려져 있다.
今日莫論腰下組	오늘은 허리 아래 달린 인끈을 말하지 말고
請君看取鬢邊絲	그대여 내 귀밑의 흰머리를 봐주게.

【자구】

楊侍御(양시어) : '양'은 성. '시어'는 侍御使(시어사)의 약칭, 어사대의 속관으로 檢察(검찰)을 담당함. 이 시의 작자는 포하의 동생인 包佶(포길)로 되어 있는 곳도 있다.　一官(일관) : 하나의 관직, 여기서는 미미한 관직이란 의미.　得同時 (득동시) : 같은 해에 進士(진사)에 합격하는 것, 또는 같은 해에 관직에 취임 하는 것.　媒(매) : 원 뜻은 중개인. 여기서는 추천해 주는 상급 관료.　見遺(견 유) : 채용되지 못하고 버려짐. '見'은 '被'와 같은 피동형.　莫論(막론) : '不論'으 로 된 곳도 있다.　腰下組(요하조) : 허리에 두르는 도장의 끈. 金印紫綬(금인자 수), 銀印紫綬(은인자수), 銅印紫綬(동인자수)의 구별이 있어서, 이 끈의 색깔 로 관직의 고하를 구별한다.　看取(간취) : 보다. '취'는 어조사.　鬢邊絲(빈변사) : 흰 귀밑머리.

【통석】
참 무슨 행운으로 그대와 같은 때에 관리가 되어서
벼슬살이를 시작하긴 했지만,
십 년 동안 남들은 모두 승진하여 높은 관직에 있는데,
나만이 끌어주는 사람이 없어 혼자 미관말직을 벗어나지 못하고 있다.
지금도 허리에 인끈을 매고 있기는 하지만,
그대여 이따위 보잘것없는 것에 대해서는 말하지 말고,
다만 공명도 이루지 못한 채 말직에 있으면서
양쪽 귀밑머리만 하얗게 된 모습을 보아달라.

【감상】
이 시는 십 년 동안 미관말직에서 벗어나지 못하고 있는 작자의 답답한 마음
을 표현한 것이긴 하나, 양시어가 구체적으로 누구인지, 또 3·4구의 의미가
양시어에게 한 자리 추천해 줄 것을 부탁하는 것인지, 아니면 말직만 전전하
다 벌써 머리가 세어버린 자신에 대한 자조를 표현한 것인지가 모호하다. 그
런 중에도 4구의 '絲'는 흰 머리털을 가리키는 동시에 3구의 '組'(실 묶음)와
댓구를 이루어, 造語(조어)의 묘를 나타냈다.

88. 변하의 노래

李益(이익)

汴河曲

汴水東流無限春	변수 동으로 흐르고 봄 풍경은 끝이 없는데,
隋家宮闕已成塵	수대의 궁궐은 벌써 행적도 없다.
行人莫上長堤望	나그네여! 긴 둑에 올라 바라보지 말라!
風起楊花愁殺人	바람 일어 버들개지 날리면 사람의 근심을 자아낸다.

【자구】

汴河曲(변하곡) : 변하는 하남성 開封(개봉) 부근을 흐르는 황하의 지류. 수 양제가 이 변하와 淮水(회수)를 잇는 운하를 만들어, 그 둑을 따라 쭉 버들을 심고 40여 개의 이궁을 만들어 호화로운 배를 타고 유람하며 즐겼는데, 이 운하를 변하 또는 '汴渠(변거)'라고 한다. 제목은 <上隋堤>로 된 곳도 있다. 汴水(변수) : '碧水(벽수)'로 된 곳도 있다. 隋家宮闕(수가궁궐) : 운하의 둑 위에 지어졌던 이궁들을 말함. 已(이) : '盡'으로 된 곳도 있다. 長堤(장제) : 긴 둑. '隋堤'로 된 곳도 있다. 風起楊花(풍기양화) : '起'는 '吹'로 된 곳도 있다. 양화는 버들개지. 愁殺(수살) : '殺'은 조사. 근심하게 한다.

【통석】

변수는 수 때나 마찬가지로 동으로 흘러가고,
강가에는 아름다운 풀들이 어우러진 봄 풍경이 끝없이 펼쳐져 있다.
그러나 이 변수에 운하를 건설하고 많은 이궁들을 세워, 배를 띄우며

호화롭게 노닐던 자취들은 이제 찾을 길 없고,
오직 그때 심은 버드나무가 그 당시의 영화로움을 알려주듯
강둑을 따라 빽빽히 서 있을 뿐이다.
이 근처를 지나는 나그네들아!
봄 경치를 감상하겠다고 그 강둑 위에 올라가지는 말아라.
그 무수한 버드나무에서 바람에 날려 눈처럼 흩어지는 버들개지를 보면
자기도 모르게 근심에 빠지게 될 테니.

【감상】

이 시는 수의 멸망을 슬퍼하는 회고시인데, 296쪽의 劉禹錫(유우석)의 시에서
도 보이듯이 수의 멸망과 버들을 연관시키는 것은 당시에서 매우 흔하게 볼
수 있는 시상이다. 1구의 '無限春'은 봄빛이 무한함이면서 동시에 그것을 보는
작자의 감정의 무한함이기도 하며, 3·4구는 문득 독자를 버들개지 휘날리는
변수의 강둑 위로 안내하는 듯하다.

89. 밤에 수항성에 올라 피리 소리를 듣고
李益(이익)

夜上受降城聞笛

回樂峯前沙似雪	회락봉 앞에는 모래가 눈처럼 희고,
受降城外月如霜	수항성 밖에는 달빛이 서릿발처럼 차갑다.
不知何處吹蘆管	어디선가 갈대피리 소리 들려오는데,
一夜征人盡望鄉	출정 군인들은 모두가 밤새도록
	고향을 바라본다.

【자구】

受降城(수항성) : 한 무제 때 흉노의 항복을 받기 위해 변방에 세운 것이 있었고, 당대에 들어와서 또 동·중·서의 세 수항성을 세웠는데, 이 시의 배경은 감숙성에 있는 서 수항성인 듯하다. 回樂峯(회락봉) : 감숙성 靈武郡(영무군)에 있는 산. 서 수항성과 가까이 있다. 蘆管(노관) : 갈대잎을 말아서 만든 피리.

【통석】

깊은 밤, 회락봉 앞의 모래는 달빛을 받아 눈처럼 희게 빛나는데,
수항성 밖을 비추는 달빛은 서릿발처럼 밝고도 싸늘하다.
이렇게 천지에 맑은 처량함이 가득한 밤,
어디선지 모르게 갈대 피리 소리가 바람 편에 들려오니,
그 애조 띤 음색에 수천 명의 원정 나온 병사들은 모두,
어느덧 고개 들어 고향 쪽을 바라보며 수심에 잠긴다.

【감상】

이 시는 유려한 표현과 풍부한 정서를 갖춘 변새 시인 李益(이익)의 가장 우
수한 작품으로 평가되어 왔다. 1·2구는 변새 지역 사막의 밤 풍경을 '雪'과
'霜'의 두 흰색으로 표현해, 사막의 쓸쓸하고 싸늘함을 시각·촉각적으로 느
낄 수 있게 하였다. 3·4구에서는 3구의 갈대 피리 소리로 한층 고조시킨 비
애의 감정이 자연스럽게 4구의 '고향'과 이어지도록 구성하였다. 차분하게 가
라앉은 톤과 평범한 듯한 서술 속에 원정 나가 있는 병사들의 향수가 진하게
배어 있는 작품이다.

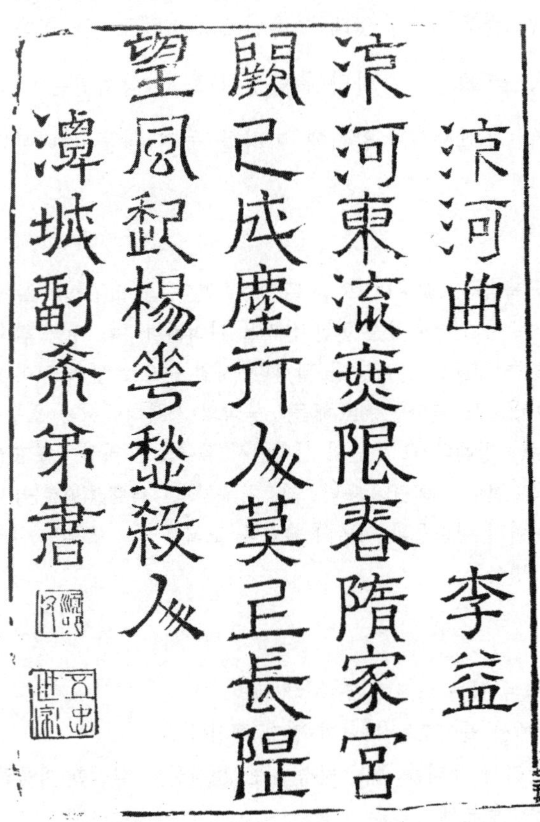

90. 원정군을 따라 북쪽에 가서

李益(이익)

從軍北征

天山雪後海風寒	천산에 눈 내린 뒤 호수 바람이 찬데,
橫笛偏吹行路難	젓대는 유난스레 <행로난> 곡을 분다.
磧裏征人三十萬	사막에 출정한 병사 삼십만은
一時回首月中看	일시에 머리를 돌려 달을 쳐다본다.

【자구】

從軍北征(종군북정) : <從軍行>으로 된 곳도 있다.　天山(천산) : 보통은 지금의 신강성 위구르 자치구에 있는 천산 산맥을 가리키나, 여기서는 감숙성과 청해성 사이에 있는 祁連山(기련산)을 말한다. 사철 눈으로 덮여 있어 雪山(설산), 白山(백산)이라고도 한다.　海風(해풍) : 중국의 서북방에서는 호수를 '海'라고 한다. 여기서는 청해와 그 주변의 사막에서 불어오는 바람.　橫笛(횡적) : 가로로 부는 피리. 젓대.　偏(편) : 유난스레, 치우치게.　行路難(행로난) : 옛 악부의 곡명. 세상살이의 어려움과 이별의 슬픔을 노래한 것.　磧(적) : 사막.　征人(정인) : 출정한 병사.

【통석】

항상 눈에 덮여 있는 천산에 또 눈이 내려,
청해와 사막에서 불어오는 바람이 한결 매섭다.
이때 또 누군가가 젓대를 불어 원정 나온 병사들의 심란한 마음을
더욱 뒤흔들어 놓는데,

그 곡은 하필이면 이별의 슬픔을 노래한 <行路難>이다.
그 곡을 들은 사막의 삼십 만 병사들은
일시에 넋을 잃고 달을 바라보며, 고향 생각에 빠져든다.

【감상】

앞 쪽의 시와 비슷한 발상의 시인데, 갈대 피리가 횡적으로 바뀌고 <행로난>
이라는 곡명이 노출되어 시 전체의 주제를 형성하고 있다. 4구는 앞의 시에서
의 '一夜征人盡望鄕'과 같이 고향을 그리워하는 심정을 묘사한 것이다. 당시
에는 이와 비슷한 것이 많았으나 이 시의 작자 이익의 묘사는 직접 국경에서
군대 생활을 체험한 속에서 우러나온 것이므로 실감을 더욱 절실히 느끼게
한다.

91. 버드나무 가지 노래
劉禹錫(유우석)

楊柳枝詞

煬帝行宮汴水濱	변수 가에 있는 양제의 행궁
數株楊柳不勝春	몇 그루 버드나무에 봄빛이 무르녹았다.
晚來風起花如雪	해질 무렵 바람 일고 꽃이 눈 같은데,
	버들개지 눈처럼 날리어
飛入宮牆不見人	궁전 안으로 들어가건만 사람은 보이지
	아니한다.

【자구】

楊柳枝詞(양류지사) : 수 양제가 고적을 방문하고 그 감회를 노래한 것(290쪽 참조). 연작 9수 가운데 여섯 번째 것. 行宮(행궁) : 천자가 行幸(행행)했을 때 머물러 있는 궁궐, '離宮'. 不勝春(불승춘) : '勝'은 이긴다는 뜻이 아니요, 견딘다는 뜻이다. '불승'은 감당하지 못한다. 배겨내지 못한다는 뜻이다. 봄 기운을 주체하지 못함. 봄 기운이 무르녹은 풍경 속에 버들이 휘휘 날리고 있는 모습을 형용한 것. 晚來(만래) : 저녁이 되어. '來'는 어조사. 宮牆(궁장) : 궁전의 담.

【통석】

변수의 양쪽 둑 위에는 수 양제가 즐기던 행궁이 남아 있는데,
그곳에는 당시에 둑을 따라 심었던 버드나무 중 몇 그루가 남아 있어

봄바람을 견디지 못하는 양 휘날리고 있다.
저물녘이 되어 바람이 불어오자, 이 버들개지들이 눈처럼 사방에 흩어져
궁전 담 안에까지 날아 들어가는 것은 옛날이나 다름없는데,
당시 궁전 안에서 즐기던 그 사람들은 보이지 않는다.

【감상】

그 당시 봄을 즐기던 사람은 다 죽고 없어도, 변수 물가의 행궁이 있던 자리
에는 봄이 되자 어김없이 버들은 물이 오르고 버들개지가 흩날린다. 아름다운
봄 풍경 속에 흥망성쇠의 무상함과 적막함을 조화시킨 민간 가요풍의 작품이
다.

92. 가수 하감에게 줌

劉禹錫(유우석)

與歌者何戡

二十餘年別帝京	이십여 년 동안 장안을 떠났다가
重聞天樂不勝情	다시 천락 들으니 감정을 억누를 수 없다.
舊人唯有何戡在	알던 사람으로는 오직 하감이 있어서
更與殷勤唱渭城	다시 날 위해 정성스레 <위성곡>을 부르네.

【자구】

歌者(가자) : 가수.　何戡(하감) : 궁중의 樂人(악인)이었던 듯하나 자세한 것은 알 수 없다.　二十餘年(이십여년) : 805년 작자가 낭주 사마로 좌천되었다가 828년 다시 주객낭중이 되어 장안으로 돌아오기까지의 23년간을 말함.　帝京 (제경) : 장안.　天樂(천악) : 천상의 음악, 곧 궁중의 음악.　不勝情(불승정) : 절실한 감정을 견디기 아주 어려움.　舊人(구인) : 옛날부터 잘 아는 사람. 옛 친구. 更(갱) : 궁중의 악곡을 노래한 뒤에 특별히 작자를 위해 한 곡 더 부르는 것. 與(여) : '爲(위하여)'와 같은 뜻으로 쓰임.　殷勤(은근) : 깊은 정을 느끼게 하는 것.　渭城(위성) : 왕유의 7언 절구 <送元二使安西>를 말한다.　이 시는 일명 <陽關曲>으로 당대 사람들에게 송별의 곡으로 널리 애창되었다. 위성은 장안의 서북쪽 교외, 위수 부근에 있다.⇒[감상] 참조.

【통석】

나는 이십 여년을 지방관으로 좌천되어 장안을 떠나 있었다.
그러나 이번에 다행히 放還(방환)되어 수도 장안으로 돌아와

다시 옛날에 듣던 궁중의 음악을 듣게 되니,
그야말로 감개무량하여 마음을 걷잡을 수 없다.
그런데 당시에 있던 악공들은 모두 없어지고,
오직 하감 한 사람만이 남아 있어,
특별히 나를 위하여 이십여 년 전 내가 장안을 떠날 때 불러주었던
<위성곡>을 정성스럽게 부른다.
나는 금석지감과 하감의 연연한 정성에 감동을 받아 가슴이 뭉클해 진다.

【감상】
불과 이십여 자의 시에서 오랜 좌천 생활의 고통, 귀환의 기쁨, 옛친구의 정
등을 나타냈는데, 4구의 <渭城曲>은 단지 노래 이름일 뿐만 아니라 시 전체
의 무게 중심으로 작용하고 있다. 참고로 왕유의 시를 싣는다.

送元二使安西	원이가 안서로 사신가는 것을 보내며
渭城朝雨浥輕塵	위성의 아침비 먼지를 잠재우는데,
客舍靑靑柳色新	여관에는 푸릇푸릇 버드나무 빛이 새롭구나.
勸君更盡一杯酒	그대에게 한잔 술 다 마실 것을 권하노니,
西出陽關無故人	서쪽으로 양관에 나서면 친구가 없으리라.

93. 낭주에서 수도에 도착해 꽃을 구경하는 여러 사람들에게 희롱하며 줌

劉禹錫(유우석)

自朗州至京戱贈看花諸君

紫陌紅塵拂面來	대도시의 복잡한 먼지 얼굴을 스치는데,
無人不道看花回	꽃구경을 했노라 자랑하지 않는 이 없다.
玄都觀裏桃千樹	현도관 안의 복숭아 천 그루는,
盡是劉郎去後栽	모두가 유랑이 떠난 뒤에 심은 것이다.

【자구】

朗州(낭주) : 지금의 호남성 상덕현. 작자가 사마로 좌천되어 10년 동안 있었던 곳. 戱贈(희증) : 희롱하여 시를 써서 줌. 紫陌(자맥) : 궁성으로 통하는 큰 도로, 곧 수도의 거리. 紅塵(홍진) : 번화한 곳에서 일어나는 먼지. 拂面來(불면래) : 얼굴을 스침. '來'는 어조사. 玄都觀(현도관) : '관'은 도교 사원. 현도관은 장안 崇業坊(숭업방)에 있었던 도교 사원. 劉郎(유랑) : 劉晨(유신)과 阮肇(완조)의 고사를 끌어쓰면서 작자 자신의 일을 비유한 것.⇒[고사]

【고사】

한 명제 때 유신과 완조 두 사람이 천태산에 약초를 캐러 갔다가 길을 잃고 식량도 떨어져 고생하다 우연히 복숭아를 발견해 그것을 따 먹고는 조금 후 선녀와 만나 부부 관계를 맺고 반 년 정도 머물러 살았다. 그러다 집 생각이 간절해 고향 마을로 내려와 보니, 마을은 완전히 바뀌고 그들의 7대손이 살고 있었다(『續齊諧記』).

【통석】
수도의 거리는 번화하고 복잡해 풀풀 일어나는 먼지가 얼굴을 스친다.
그 속을 많은 사람들이 분주히 다니는데, 한결같이 꽃구경을 하고
온다고들 한다.
현도관에 피어 있는 수천 그루의 복숭아 꽃은,
모두 내가 장안을 떠나 있는 동안 심어진 것들이다.
이 장안의 구경거리가 되어 있는 현도관 복숭아 꽃과 마찬가지로,
지금 조정에서 고관에 올라 있는 사람들도 모두
내가 없는 동안 권력자들에게 잘 보여 출세한 사람들이다.

【감상】
낭주에서 돌아온 작자는 이 시가 화근이 되어 또 다시 광동성 연주로 폄직되
어 가게 된다. 그로부터 13년간 여러 주의 자사로 전전하다가 장안으로 돌아
오게 되는데, 그때 지은 시가 바로 앞 쪽의 시이다. 유신의 고사가 복숭아와
관계가 있고 또 작자의 성과 같으며 둘다 오랫 동안 세상을(중앙을) 떠나 있
었던 것에 착안, 적절하게 고사를 이용하고 있는데, 권력 등에 쉽사리 굴하지
않는 작자의 만만찮은 패기를 볼 수 있는 작품이다.

94. 양주의 노래
張籍(장적)

凉州詞

鳳林關裏水東流	봉림관 안에 물은 동으로 흐르는데,
白草黄楡六十秋	흰 풀과 누런 느릅나무의 황무지가 된 지 육십 년이 되었다.
邊將皆承主恩澤	변방 장군들 모두는 천자의 은총을 받았는데도
無人解道取凉州	아무도 양주를 수복할 줄 몰랐다.

【자구】

凉州詞(양주사) : 악부 제목 (126쪽 참조). 연작 3수중 셋째 수. 鳳林關(봉림관) : 감숙성 임하현의 동북쪽, 황하 북안에 있는 관소. 白草黄楡(백초황유) : 변새의 가을 경치를 대표하는 초목. 특히 느릅나무는 진의 蒙恬(몽염)이 만리장성을 쌓으면서 호 땅과 통하지 못하게 하기 위해 심었다고 한다. 六十秋(육십추) : 토번에 함락된 채 60년이 지난 것을 말함. 당 현종이 양주를 개척한 때로부터 토번에 함락될 때까지의 60년을 말한다는 견해도 있다. 解道(해도) : 알다. '道'는 助字(조자).

【통석】

봉림관을 흐르는 황하의 강물은 예나 다름없이 동쪽으로 흘러
중국 땅으로 들어가는데,

그러나 가을이 되어 흰 풀과 누런 느릅나무로 덮인 이곳 양주는
토번 땅이 된 채 벌써 60년이란 긴 시간이 지났다.
변방을 수비하는 장군들은
모두 각별한 천자의 은총을 받고 있으면서도,
아무도 대안(對岸)에 있는 이 우리의 옛 땅인
양주를 회복할 줄을 모른다.

【감상】

물은 여전히 동으로 흐르는데 양주는 서쪽 토번의 세력 안에 있고, 邊將(변장)들은 천자의 은총을 입고 있지만 양주를 戰取(전취)하여 그 은혜에 보답할 생각을 않고 있다. 앞뒤에 각각 반대되는 상황을 배치, 대구를 이루도록 하여 이민족의 침입과 그것을 잘 방어하지 못하는 약해진 국력에 대한 작자의 안타까움을 표현한 작품이다.

95. 8월 보름날 달을 바라보며
王建(왕건)

十五夜望月

中庭地白樹棲鴉	마당에는 땅이 환하게 밝고 나무에는 까마귀 잠들었는데,
冷露無聲濕桂花	찬 이슬 소리 없이 계수나무 꽃을 적신다.
今夜月明人盡望	오늘밤 달이 밝아 사람들 모두 쳐다보는데,
不知秋思在誰家	누가 가을을 가장 슬퍼하는지 아는 이는 없을 것이다.

【자구】

十五夜(십오야) : 음력 8월 15일 밤. 제목 아래 '寄杜郎中'이란 4자가 더 있는 곳도 있다. 中庭(중정) : 안채와 바깥채의 사이에 있는 뜰. 棲(서) : 깃들다. 鴉(아) : 까마귀. 桂花(계화) : 달에 계수나무가 있다는 전설이 있기 때문에 달과 연관시켜 끌어온 것. 秋思(추사) : 가을에 드는 감상적인 생각. 誰家(수가) : 여기에서 '家'는 구체적인 '집'이 아니요, '誰'에 붙은 조사로 보아, '누구의 집'이 아니라 '누구'로 풀어야 한다.

【통석】

8월 15일 추석 밝은 달빛이 집 가운데 마당을 환하게 비춰, 땅은 대낮처럼 밝고 나무 위에 깃들어 있는 까마귀까지 보이는데, 찬 이슬은 알지 못하는 사이에 소리도 없이 내려서,

계수나무 꽃을 적시고 있다.
오늘밤, 이 유난히 밝은 달빛을 사람들은 다 쳐다보며
나름대로의 생각에 잠겨 있겠지만,
이 달을 보고 절실하게 근심에 빠질 사람은 누구일까?
아마 나처럼 이 가을밤의 시름을 심각하게
느끼고 있는 사람도 없을 것이다.

【감상】

1구에서는 밝은 달빛을 노래했는데, 달빛과 함께 땅의 '백'과 까마귀의 '흑'을
대비시켜 강한 시각적 효과를 던져주고 있고, 2구에서는 원래 소리 없이 내리
는 서리를 다시 '무성'으로 표현하여 밤의 적막함을 한결 더해주고 있다. 또 3
구에서 '人盡望'이라 하고서 다시 4구에서 '不知秋思在誰家'라 하여, 추석날의
밝은 달빛에 촉발된 자기의 깊은 시름을 의문문으로 처리, 여운을 남긴 것에
이 시의 묘미가 있다.

96. 한원에서
張仲素(장중소)

漢苑行

回雁高飛太液池	돌아가는 기러기 태액지에 높이 날고
新花低發上林枝	상림원에는 가지마다 새로운 꽃이 피어 늘어졌다.
年光到處皆堪賞	봄빛은 이르는 곳마다 다 구경함직 하건만,
春色人間總未知	봄경치를 사람들은 전혀 알지 못한다.

【자구】

漢苑行(한원행) : 악부 제목. 한원은 上林苑(상림원). 한 무제가 진 시황제의 舊苑(구원)을 확장하여 만든 것으로 사방 수백 리에 각종 香草(향초)와 수목, 진귀한 금수를 놓아 기르며 사냥을 즐겼던 곳. 연작 3수 중 첫째 수. 回雁(회안) : 봄이 되어 북쪽으로 돌아가는 기러기. 太液池(태액지) : 한대에 建章宮(건장궁) 북쪽에 있었던 연못. 연못 안에 '三神山'을 본따 산을 꾸몄으며 기러기와 오리가 가득하였다. 年光(연광) : 보통은 '光陰'(흐르는 세월)이란 의미로 쓰이나, 여기서는 '春光'(봄의 좋은 경치)의 의미로 쓰였다. 人間(인간) : 속세간. 未知(미지) : '不知'로 된 곳도 있다.

【통석】

한 무제가 만든 태액지 위에는 북쪽으로 돌아가는 기러기가 높이 날고, 상림원에 심어진 오래된 나무들에는, 축 늘어진 가지마다 나즈막하게 고운 꽃들이 새 봄을 맞아 피어 있다.

이 봄날의 아름다운 경치는 발닿는 곳마다 다 구경할 만한데,
다만 이곳은 사람들의 발자취가 잘 닿지 않는 궁중 안이어서,
사람들은 이곳에 이런 아름다운 풍경이 있다는 것을
전혀 알지 못한다.

【감상】
이 시는 '春色人間總未知'라는 4구 때문에, 일반 민중들은 근접도 할 수 없는
화려한 궁전을 짓고 살던 제왕들(한 무제에 비유하여 당대의 제왕들까지)에
대한 풍자의 뜻이 있는 것으로 이해되어 왔다. 그러나 연작 3수 중 다른 두
편의 시를 보면 모두 봄 경치의 아름다움을 노래한 것이어서, 결국 이 시는
제목에서 기대할 수 있는 회고의 감정을 노래한 것도 아니고, 기존의 견해인
풍자성과도 거리가 먼 작품임을 알 수 있다. 다만 한궁에 찾아온 봄의 아름다
운 경치를 노래한 것으로, 특히 4구는 인적이 드문 한원의 오롯한 아름다움을
표현한 것이다.

97. 유몽득과 다시 작별하면서

柳宗元(유종원)

重別夢得

二十年來萬事同	이십 년 동안 모든 행동을 같이 해왔는데,
今朝歧路忽西東	오늘 아침 갈림길에서 갑자기 동서로 갈려가는구나.
皇恩若許歸田去	만일 임금의 은혜를 입어 시골에 은퇴하게 된다면,
晚歲當爲隣舍翁	늙은 나이에는 이웃집 늙은이가 될 것이다.

【자구】

歧路(기로) : 갈림길.　皇恩(황은) : 임금의 은혜.　歸田(귀전) : 벼슬을 그만두고 농촌으로 은퇴하는 것.

【해설】

몽득은 劉禹錫(유우석)의 '字'. 원화 6년(811)에 유종원과 유우석은 동시에 그들이 좌천당한 곳인 영주와 낭주에서 장안으로 돌아왔고, 다음해 3월에 또 조정에서 멀어진 유주 자사와 연주 자사에 임명되어 동시에 임지로 출발하여 가다가 衡陽(형양)에서 갈라지게 되었다. 이 시는 두 번째로 '柳'가 '劉'에게 주는 것이므로 '重別'이라 하였다. 의역은 번역으로 다 통할 수 있기 때문에 따로 풀이하지 않는다.

【감상】

두 사람은 진사에 합격한 시기가 같았고 벼슬길에 오른 이후 지금까지 22년
동안 정국의 변화에 대한 의견을 같이 하였다. 따라서 화를 당하고 먼 지역으
로 좌천당하는 것까지 같은 길을 걸어왔다. 이제 좌천을 또 당하여 가다가 헤
어지는 마당에 깊은 우정과 불우한 신세에 대한 불평과 슬픔이 말할 수 없겠
으나, 작자는 그런 감회를 조금도 드러내지 않고 다만 노후를 약속하는 말로
끝을 마무리했다. 말로 표현하는 것 외에 더 깊은 뜻이 있다는 것을 짐작할
수 있다.

98. 연평의 검담에서

歐陽詹(구양섬)

題延平劍潭

想像精靈欲見難	신비한 정기를 상상하고 보려 하였으나 보기 어려웠다.
通津一去水漫漫	나루터에는 보검이 한 번 가고 나서 물만 흐르고 있다.
空餘千載凌霜色	천년이 넘었는데도 서릿발이 무색할 정도의 빛이 남아서
長與澄潭白日寒	오래도록 맑은 못과 함께 대낮에도 싸늘함이 감돈다.

【자구】

延平劍潭(연평검담) : 연평은 지금의 복건성 남평현. 검담은 연평 근처를 흐르는 민강 상류에 있던 나루터. 劍津(검진), 劍溪(검계)라고도 불린다. ⇒[고사]
精靈(정령) : '精氣'. 신비한 기운. 通津(통진) : 사방 팔방으로 통하는 나루터.
一去(일거) : 보검이 물에 빠져버린 것. 漫漫(만만) : 물이 넓게 퍼져 끝이 없는 모양. 空(공) : '사람의 허리에 차여져 칼로써 제대로 쓰이지 못하고' '아무 실효가 없이'라는 의미. 千載(천재) : 천 년. '昔日'로 된 곳도 있다. 凌霜色(능상색) : 차갑게 빛나는 보검의 칼날빛을 형용한 것. 澄潭(징담) : 푸르고 맑은 연못. 곧 검담. 白日(백일) : '生晝'로 된 곳도 있다.

【고사】

진 나라의 雷煥(뇌환)이 張華(장화)와 함께 豊城(풍성)이라는 곳에서 龍泉(용천)과 太阿(태아)라는 보검을 찾아 하나씩 가졌다. 장화가 가졌던 것은 장화가 죽은 후 그 소재를 알 수 없게 되었고, 뇌환의 것은 그의 아들인 雷華(뇌화)가 찼었는데, 어느 날 연평담을 지날 때, 칼이 저절로 끌러져 물 속에 빠져버렸다. 물 속을 자세히 들여다 보니 두 마리의 용이 헤엄치고 있었다(『晉書』「張華傳」).

【통석】

이곳은 옛날에 보검이 용으로 화했다는 전설이 있는 곳인데,
지금 그 칼의 신비스런 기운을 상상하고 보고자 하지만 보이지 않고,
사방이 훤히 트인 이 나루터에는 한 번 보검이 사라진 이후로
물만 아득하게 흐르고 있을 뿐이다.
사람의 허리에 차여서 그 영묘한 기능을 발휘하지 못하고,
부질없이 천 년이 지난 지금에 이르기까지 검담의 밑바닥에서
서리를 능가할 시퍼런 빛만을 남겨서,
오래도록 검담의 맑은 물과 함께 대낮에도 찬 기운이 감돌게 한다.

【감상】

보검의 정령을 보려고 했으나 보지 못하고 오히려 검담 푸른 물결에서 피어오르는 한기에서 그 모습을 본다는 역설적인 표현은, 읽는 이로 하여금 온몸이 굳어오는 싸늘함을 느끼게 한다. 한편 이 시에는 보검과 같은 예리한 재주를 지니고 있으면서도 세상에 쓰이지 못하고 있는 작자 자신의 불우함을 토로하는 뜻도 내포되어 있다.

99. 백낙천이 강주 사마로 좌천되었다는 것을 듣고
元稹(원진)

聞白樂天左降江州司馬

殘燈無焰影幢幢	꺼져가는 등불 불꽃도 없이 그림자 흔들리는데,
此夕聞君謫九江	이 저녁에 그대가 구강에 좌천된 것을 들었다.
垂死病中驚坐起	다 죽어 가는 병중에서 놀라 일어나 앉으니,
暗風吹雨入寒窓	어두운 바람이 비를 불어 싸늘한 창으로 들어온다.

【자구】

白樂天(백낙천) : 작자와 함께 신악부운동을 전개했고, <長恨歌>로 유명한 백거이의 호. 원화 10년에 재상 武元衡(무원형)이 암살된 사건이 있었는데, 당시 백거이는 左贊善大夫(좌찬선대부)로 있으면서 이 일을 빨리 조사해 범인을 잡으라고 상소를 올렸다. 이것이 빌미가 되어 강주사마로 좌천되었다. 左降(좌강) : 좌천과 같다. 낮은 직위로 강등되는 것. 江州(강주) : 지금의 강서성 구강현. 당대에는 潯陽(심양)이라고 불렸다. 殘燈(잔등) : 꺼져가는 등불. 幢幢(당당) : 불안정하게 흔들리는 모양. 謫(적) : 죄를 지어 좌천되는 것. 九江(구강) : 강주의 별명. 垂死(수사) : 거의 죽게 됨. 驚坐起(경좌기) : 누워 있다가 깜짝 놀라 상반신을 일으키는 것.

【통석】

꺼질듯한 등불은 불꽃도 없이 가물가물거리며 흔들리는데,
이런 쓸쓸한 밤에 그대가 구강으로 좌천되었다는 소식을 들었다.
이 의외의 소식을 들은 나는,
중병으로 곧 죽을 듯한 처지인데도
깜짝 놀라 일어나 앉아 가슴을 태운다.
때마침 바람이 컴컴한 한밤중에 비를 몰아와
나그네인 나의 창문으로 들어오니,
이때 나의 암담한 마음은 더욱 걷잡을 수 없다.

【감상】

이 시는 1·4구에서는 주위의 景物(경물)을 묘사하고 2·3구에서는 실제 상황을 서술하여, 시 표면에는 전혀 작자의 감정을 표현하지 않았다. 그러나 풍경 속에 감정이 담기고 행동 속에 말이 담겨, 백낙천에 대한 작자의 애끓는 듯한 비통함과 깊은 우정을 보여 주고 있다.

100. 호 땅 위주에서

張祜(장호)

胡渭州

亭亭孤月照行舟	휘영청 외로운 달 가는 배를 비추는데
寂寂長江萬里流	적막한 양자강은 만리에 흐른다.
鄕國不知何處是	고향은 그 어디멘가 알 길이 없고,
雲山漫漫使人愁	구름 덮인 산은 끝없이 이어져 나의 시름을 자아낸다.

【자구】

胡渭州(호위주) : 악부 제목. 위주는 지금의 감숙성 농서현. 당시에는 호족들이 점령하고 있었기 때문에 '胡渭州'로 불렸다. 원래는 변방에서 수자리 서는 병사의 감회를 노래하는 내용인데, 실제로는 그 곡조만을 따서 제목으로 붙인 것이 많다. 이 시도 후자에 속한다. **亭亭**(정정) : 높은 모양. **鄕國**(향국) : 고향. **雲山**(운산) : 구름에 덮인 산. **漫漫**(만만) : 끝없이 이어진 모양. '漠漠'으로 된 곳도 있다.

【통석】

높다랗게 공중에 걸려 있는 외로운 달은
내가 타고 가는 배 위를 비추는데,
고요한 밤, 소리 없는 쓸쓸한 양자강은 만리 먼 길을 흘러간다.
내 고향은 어디쯤인지 알지도 못하겠는데,

구름으로 가득 덮인 산이 또 끝없이 이어져,
한층 나그네의 시름을 더해 준다.

【감상】

이 시는 '胡渭州'라는 곡조에 맞추어 양자강을 여행하는 사람의 애수를 읊은
것이다. '孤月 長江 鄕國 雲山'의 네 기둥이 튼튼하게 4구를 구성하여 '旅愁'라
는 하나의 주제를 실어가고 있으며, '亭亭 寂寂 漫漫'이란 세 첩어의 사용은
단지 청각적인 울림의 효과뿐만 아니라 정경 묘사로서도 탁월한 효과를 거두
고 있다.

101. 상간하를 건너며

賈島(가도)

渡桑乾

客舍幷州已十霜	나그네로 병주에 산 지 이미 십 년.
歸心日夜憶咸陽	돌아가고픈 마음에 밤낮으로 함양을 생각했네.
無端更渡桑乾水	뜻밖에 다시 상간하를 건너며
却望幷州是故鄕	고개 돌려 병주를 보니 그곳이 바로 고향이네.

【자구】

桑乾(상간) : 상간하. 지금의 산서성 북부에서 하북성 북경을 지나 발해만으로 흘러들어 가는 강. '渡'는 건너다. 이 시는 『전당시』와 『御覽詩』(가도와 교제가 있었던 令狐楚가 편찬한 시집)에 劉皁(유조)라는 사람의 것으로, <旅次朔方>이라는 제목으로 실려 있는데 자구에는 약간의 異同(이동)이 있다. 客舍(객사) : 나그네로 생활함. '舍'는 '머물러 있다'라는 동사. 그냥 客舍(여관)의 뜻으로 볼 수도 있다. 幷州(병주) : 지금의 산서성 태원시. 十霜(십상) : 십 년. 咸陽(함양) : 지금의 섬서성 함양시. 진대의 수도로서 장안의 서쪽에 있는데, 장안의 의미로 자주 쓰인다. 無端(무단) : 생각지도 않게, 뜻하지도 않게, '이유도 없이'라는 뜻으로 쓰일 때도 있다. 却(각) : 거꾸로, 반대로.

【통석】

나는 십 년이라는 오랜 기간 동안 병주에서 객지 생활을 했는데,
그동안 밤낮 없이 늘 고향 함양을 생각하며 지냈다.
그런데 이번에 또다시 뜻밖에 병주보다 함양에서 더 떨어진
북쪽 지방으로 가게 되어 상간수를 건너며,
고개 돌려 십 년 동안 있었던 병주를 바라보니,
오히려 이곳 병주가 고향인 듯 느껴진다.

【감상】

별로 다듬거나 고심한 흔적이 없이, 극히 자연스럽게 흘러내려오는 가운데 인
정의 자연스러움이 무르녹게 표현되어 있다. "타향도 정이 들면, 정이 들면
고향이라고~" 하는 우리 나라 가요를 연상하게 되는 작품이다. 또 우리 나라
에서 원고향이 아닌 중간 고향을 '병주 고향'이라고 하는 것도 이 시에서 연유
하는 것이다.

102. 비오는 밤 북쪽에 부침

李商隱(이상은)

夜雨寄北

君問歸期未有期	그대는 돌아올 날 묻지만 기약이 없는데,
巴山夜雨漲秋池	파산에 내리는 밤비 가을 못 물을
	불게 하네.
何當共剪西窓燭	언제나 함께 서창에서 촛불 심지 깎으며
却話巴山夜雨時	다시 파산에 밤비 오던 때를
	얘기하게 될는지?

【자구】

寄北(기북) : 작자가 있던 촉에서 보면 북쪽에 해당하는 장안에 있는 아내에게 부친 시. 제목이 <夜雨寄內>로 된 곳도 있다.　君(군) : 아내를 가리킴.　未有期(미유기) : 아직 언제 돌아갈지 분명치가 않음.　巴山(파산) : 파촉 땅, 곧 사천성에 있는 산의 범칭.　漲(창) : 물이 불다.　何當(하당) : 언제나 ～할까?　剪燭(전촉) : 촛불의 심지를 자름. 한밤 내내 촛불을 돋우어 가며 오래도록 얘기 나누는 것을 말함.　却(각) : 반대로, 도리어.

【통석】

그대는 늘 편지를 보내 언제나 돌아올 건가 묻지만,
그 시기는 나로서도 알 수가 없는데,
지금 마침 이곳 파촉 지방에는 쓸쓸하게 가을 밤비가 내려

풀들 말라버린 연못물을 붉게 하고 있다.
돌아오기를 기다리는 사람은 당신뿐만 아니니,
나도 "하루 빨리 집으로 돌아가서 그대와 함께 서쪽으로 난 창문 아래에서
촛불 심지를 깎아가며 오랜 얘기 나누면서,
오늘밤 이 파산에 밤비 오는 때의 쓸쓸하던 심정을 얘기할 날이 언제일까?"
하고 고대하고 있다.

【감상】

멀리 떨어져 있는 아내에게 보내는 깊은 애정이 담겨 있는 시이다. 평이한 단
어와 구어체의 호흡 속에 '期'와 '巴山夜雨'를 두 번씩 중복하여, 다분히 시의
격식에 맞지 않는 듯하면서도 오히려 많은 시적 정감을 전해주는 효과를 거
두고 있다. 이 시의 제목에서 '寄北'은 '寄內' 곧 아내에게 보내는 것으로 보기
도 하며 또는 북쪽에 있는 친구에게 보내는 것으로 보는 두 가지 해석이 있
다. 시의 내용으로 보아 '아내'에게 보내는 것을 따르기로 한다.

103. 영호낭중에게

李商隱(이상은)

寄令狐郞中

嵩雲秦樹久離居	숭산 구름과 진 나무로 오래 떨어져 지내며,
雙鯉迢迢一紙書	한 쌍 잉어가 전해주는 편지 한 장도 드물었다.
休問梁園舊賓客	양원 옛 빈객에 대해서는 묻지 말라!
茂陵秋雨病相如	나는 가을비 내리는 무릉에서 병든 사마상여의 신세이다.

【자구】

令狐郞中(영호낭중) : '令狐'는 성, '郞中'은 관직 명. 영호낭중은 令狐綯(영호도)를 말한다(작자소전, [감상] 참조).　嵩雲(숭운) : 숭산의 구름. 숭산은 낙양과 가까운 하남성 등봉현에 있으며 오악 중의 하나. 여기서는 작자가 있는 낙양을 가리키는 것. '秦樹'의 '樹'와 대비시켜 떠도는 자기 처지를 비유한 것이다. 秦樹(진수) : 진은 장안을 가리킴. 여기서는 영호도가 있는 장안을 가리킨다. 雙鯉(쌍리) : 편지. 한대 악부인 <飮馬長城窟行>에 "손님이 멀리서 와서 나에게 두 마리 잉어를 주었다. 아이를 시켜 삶아보니 뱃속에 편지가 있었다.(客從遠方來 遺我雙鯉魚 呼童烹鯉魚 中有尺素書)"라는 구절에서 나온 말.　迢迢(초초) : 먼 모양. 여기서는 서로간에 연락이 없었던 것을 의미함.　休(휴) : ～하지 말라. '莫', '勿'과 같이 씀.　梁園舊賓客(양원구빈객) : 양원은 한 경제의 아우 양효왕이 만든 정원. 효왕은 이곳에 많은 문인과 빈객을 모아 잘 대우해 주었는데, 사마상여도 그 중의 한 사람이었다. 효왕이 죽은 후 사마상여는 고향에 돌아와 지내다가 다시 무제에게 나아가 벼슬을 했다. 여기서는 옛날 자신을 따뜻하게 맞아준 令狐楚(영호초)를, 사마상여를 예우해 주었던 양 효왕에 비유한 것.⇒[감상] 참조. 茂陵(무릉) : 한 무제의 능. 장안의 서북쪽에 있으며 만년에 사마상여가 병들어 은거했던 곳.

【통석】
나는 낙양에서, 당신은 장안에서, 오랫동안 떨어져 지내는데,
멀리서 보낸 편지 한 장을 받았다.
옛날 양원의 빈객으로 있으면서
양 효왕의 각별한 대우를 받았던 사마상여처럼,
당신 아버지 영호초에게서 많은 은혜를 입었던 내가
요즘 어떻게 지내는가는 묻지 말라.
지금 나는 쓸쓸한 무릉에서 병들어 은거하던 사마상여와 비슷하다.

【감상】
작자는 젊은 시절 영호도의 아버지 영호초에게서 신임을 받았는데, 영호초가 죽은 후 정치적으로 다른 파벌에 속하는 王茂元(왕무원)의 사위가 되었다. 그 후 왕무원이 죽고 작자도 곤경에 빠지게 되어 유랑 생활을 할 때, 뜻밖에 영호초로부터 연락을 받고 자신의 출세를 부탁하며 지은 것이 이 시이다. 과거의 잘못과 현재의 곤란한 상황을 남에게 얘기하는 것은 쉬운 일이 아닌데, 직접 만나 얘기하는 것보다는 편지로 하는 것이, 글로 쓰는 것보다는 시로 표현하는 것이 어색함이나 비굴함을 덜어줄 수 있다. 이 시는 이러한 시의 사교적인 기능을 십분 이용한 것이다.

104. 가을 생각

許渾(허혼)

秋思

琪樹西風枕簟秋	아름다운 나무엔 서풍이 불고 잠자리에는 가을이 찾아드는데,
楚雲湘水憶同遊	초 땅의 구름과 상강 물에서 함께 놀던 사람을 생각한다.
高歌一曲掩明鏡	큰 소리로 한 곡 노래하고 밝은 거울 가리나니,
昨日少年今白頭	어제는 소년이었는데, 오늘은 백발이다.

【자구】

秋思(추사) : '秋日'로 된 곳도 있다.　琪樹(기수) : '琪'는 玉(옥)의 일종. 아름다운 나무.　西風(서풍) : 가을 바람.　枕簟(침점) : '枕'은 베개. '簟'은 대로 엮은 자리. 침점은 잠자리.　楚雲湘水(초운상수) : 초는 지금의 호북성과 호남성 일대, 상수는 호남성에 있다.　憶同遊(억동유) : 함께 놀던 친구를 생각함.　高歌(고가) : 근심을 풀려고 큰 소리로 노래함.　掩(엄) : 가리다.

【통석】

가을 바람이 정원의 아름다운 나무에 불어와
베고 있는 여름 베개와 대자리에서 선선한 가을이 느껴진다.

나는 문득 옛날 동정호 주변의 흰구름과 상강 맑은 강물에서
함께 놀던 친구들을 생각한다.
그리고는 추억 때문에 일어난 근심을 풀어보려고 큰 소리로 한 곡 부르고,
밝은 거울을 보다 차마 내 모습을 바로 보지 못하고 얼른 거울을 가리니,
옛날엔 소년이던 얼굴이 어느덧 흰머리 노인이 된 것을 슬퍼해서이다.

【감상】

가을 바람이 부는 것을 보고, 추억에 잠겨 옛 친구를 그리워하는 동시에 자기
의 늙음을 한탄한 시이다. 젊었을 때의 일을 회상하다 문득 발견하게 된 어느
덧 늙어버린 자신의 모습. 그 충격적인 발견 앞에 거울을 가려버린 작자의 마
음이 오롯이 전달된다.

105. 장안성 동쪽 별장에서 잔치하며

崔敏童(최민동)

宴城東莊

一年始有一年春	한 해 가면 다시 한 해의 봄이 오는데,
百歲曾無百歲人	인생 백년이라지만 백년 산 사람은 별로 없었다.
能向花前幾回醉	꽃 앞에서 취할 수 있는 때가 얼마나 있겠는가?
十千沽酒莫辭貧	있는 대로 술을 사고 가난하다 핑계하지 말라.

【자구】

城東莊(성동장) : 장안성의 동쪽 근교에 있는 별장. 작자의 형인 崔惠童(최혜동)의 별장으로 보는 설도 있으나, 여기서는 작자와 형 최혜동이 초대되어 간 어느 고관의 별장으로 보았다(327쪽 [감상] 참조). 始有(시유) : '又過' '始過'로 된 곳도 있다. 百歲(백세) : '인생 백년'이라는 말처럼 백 살은 인간 수명의 한계로 생각되었다. 向(향) : 당대 구어로 '於'와 같다. 十千(십천) : 萬錢(만전). 일반적으로 좋은 술 한 말을 사는데 필요한 액수로 쓰인다. 여기서는 돈 있는 대로 사라는 뜻. 沽酒(고주) : 술을 사다. 莫辭貧(막사빈) : 가난을 핑계삼아 사양하지 말라. '貧'은 '頻'(빈번히 하다)으로 된 곳도 있다.

【통석】

한해가 지나고 보면 또 그 이듬해 봄이 돌아온다.
‘인생 백년’이라고들 하나 실제로 백 살까지 산 사람은 극히 드물다.
또 생각지도 못한 엉뚱한 일이 생겨 언제 죽을지도 모르니,
정말 마음놓고 꽃 앞에서 즐겁게 술 마실 수 있는 날들이
몇 번이나 되겠는가?
그러니 주인은 만전을 들여 좋은 술을 사서 즐겁게 마시고,
가난을 핑계하지 말라.

【감상】

“일생을 살아가는 동안 꽃을 보며 즐길 수 있는 기회가 몇 번이나 되는가? 그
러니 취할 수 있을 때 실컷 취해보자”라며, 주인에게 술을 내오도록 재촉하는
시. 간결하면서도 호방한 詩趣(시취)가 이백의 뒤를 이을 만하다고 하겠다. 일
년과 백세를 겹쳐서 사용하고 백, 천이라는 숫자와 연계시키는 어감의 묘를
살렸다.

106. 앞 시에 화답함

崔惠童(최혜동)

奉和同前

一月主人笑幾回	한달에 주인은 몇 번이나 웃는가?
相逢相値且銜杯	서로 만났으니 또 한 잔 하자.
眼看春色如流水	눈에 보이는 봄경치는 흐르는 물 같아,
今日殘花昨日開	오늘 시든 꽃은 어제 피었던 것이다.

【자구】

奉和(봉화) : 자기보다 신분이 높은 사람의 시에 창화하는 것.　同前(동전) : '앞의 시와 같은 제목으로'라는 뜻.⇒[감상] 참조.　主人(주인) : 성동장의 주인.
値(치) : 만나다. '識'으로 된 곳도 있다.　銜杯(함배) : 술잔을 머금음. 술을 마심.
殘花(잔화) : 시든 꽃.

【통석】

주인인 당신은 한 달에 몇 번이나 유쾌하게 웃으며 지내는가?
아마 극히 드물 것이다.
그러니 모처럼 친구들과 함께 모인 이 자리에서 맘껏 마시며 즐기자.
우리 눈앞에 전개되는 저 아름다운 봄 경치를 한 번 보라!
흐르는 물처럼 잠시도 그대로 머물러 있지 않고
시시각각으로 변화해 간다.
심지어 오늘 우리가 보고 있는 저 시든 꽃잎은,
어제 피어서 아름다움을 자랑하던 바로 그 꽃인 것이다.

우리 인생도 쉬 늙기는 이와 마찬가지이니,
모름지기 기회가 있을 때에 즐겁게 지내고
괜히 늙은 후에 후회하지는 말자.

【감상】

이 시와 앞 항의 시는 모두 인생의 짧고 덧없음을 한탄하며 기회가 닿았을 때
즐겁게 지내자는 권주시로, 그 내용에 있어서는 별 어려움이 없다. 단지 최혜
동과 최민동이 형제간이어서 <奉和同前>이라는 제목이 어울리지 않고, 최혜
동도 장안에 별장을 갖고 있었기 때문에 이 '성동장'이 누구의 것이냐에 대해
서는 異論(이론)이 있어 왔다. 그런데 『전당시』에는 두 시의 제목이 모두 <宴
城東莊>으로 되어 있고, 순서도 형인 최혜동의 것이 먼저로 되어 있으며, 내
용상 최혜동이 자기 자신을 '主人'이라고 일컬은 것이나 '奉和'라고 한 것이
어색하다는 점 등을 감안해, 여기서는 어느 고관의 별장에 형제가 함께 초대
되어 가서 지은 것으로 보았다.

107. 강변 누대에서 감회를 씀

趙嘏(조하)

江樓書感

獨上江樓思渺然	홀로 강루에 오르니 생각이 아득한데,
月光如水水連天	달빛은 물 같고 물은 하늘에 닿았다.
同來翫月人何處	함께 달을 즐기던 이 어디 갔는지?
風景依稀似去年	풍경은 완연하여, 지난해와 같은데.

【자구】

江樓(강루) : 강변에 세워진 누각.　書感(서감) : 감회를 씀.　渺然(묘연) : 생각이
끝없는 모양.　連天(연천) : '如天'으로 된 곳도 있다.　翫月(완월) : 달을 감상함.
依稀(의희) : '彷佛(방불)', '宛然(완연)'과 같다. 거의 똑같음.

【통석】

홀로 강변에 있는 누대에 올라보니, 온갖 추억들이 꼬리에 꼬리를 물고
이어지는데, 강변 주위는 달빛이 물빛처럼 맑고 차서, 강물이 멀리
하늘에까지 닿아 흐르고 있는 듯이 보인다.
이 아름다운 경치를 함께 구경하며 즐기던 그 사람은 지금 어디에 있는지?
이곳 풍경은 예나 지금이나 다름이 없는데,
나만 홀로 되어 이곳을 올라보니
참으로 비감하기 짝이 없구나!

이 시의 상세한 배경은 알 수 없다. '同來翫月人'이 작자의 애첩이라는 일화도 전해오지만, 굳이 애첩에 국한될 필요는 없겠다. 친구일 수도 있는 것이다. 평이한 어구 속에 읊어진 '獨上'과 '同來'의 대비를 통한 외로움의 부각이라든가, 2구의 누대에서 바라본 경치의 묘사 등이 극히 자연스럽게 독자에게 전달되는데, 한 편의 시 전체에 깔린 우수 어린 색채에서 晚唐詩(만당시)의 특징을 엿볼 수 있다.

108. 화청궁

崔魯(최로)

華淸宮

草遮回磴絶鳴鸞	풀은 구부러진 돌계단 덮고 난새방울 소리 끊겼으며,
雲樹深深碧殿寒	구름 걸린 나무들 무성한데 아름다운 궁전이 차구나.
明月自來還自去	밝은 달은 절로 왔다 또 절로 가는데,
更無人倚玉欄干	다시 아름다운 난간에 기대는 이 없구나.

【자구】

華淸宮(화청궁) : 섬서성 임동현 여산 위에 있는 궁전. 원래 이름은 溫泉宮(온천궁)이었는데, 당 현종 때 화청궁으로 고쳤다. 遮(차) : 막다. 가리다. 回磴(회등) : 산 위에 있는 화청궁으로 이어지는 구불구불한 돌계단. 鳴鸞(명란) : 말방울소리. 雲樹(운수) : 구름이 엉켜 있는 나무. 나무가 산 위에 높이 있는 것을 말함. 深深(심심) : 나무가 무성한 모양. 碧殿(벽전) : '碧玉(벽옥)'으로 지어 푸른 빛이 도는 아름다운 궁전. 更無人倚玉欄干(갱무인의옥난간) : 옥난간은 아름다운 난간. '人'은 현종과 양귀비를 가리킨다. 『明皇雜錄』에 "明皇(명황 : 현종)과 양귀비가 화청궁 난간에 기대어 세세토록 서로 부부가 되자고 맹세했다"는 기록이 있다.

【통석】
화청궁으로 오르는 돌계단엔 잡초가 무성하게 자라 길이 막혀 있고,
황제의 행차도 끊겨 행차 때 울리는 말방울 소리도 들리지 않는다.
구름 엉킨 숲 속에 있는 이 아름다운 궁전은 예전엔 현종의 피한지였으나,
지금은 오히려 쓸쓸하여 추운 듯이 느껴진다.
그 즐겁고 화려하던 이곳에, 지금은 무심한 밝은 달만
때가 되면 저절로 왔다 갔다 할 뿐,
저 달을 바라보며 옥난간에 기대어 즐겁게 속삭이던
현종과 양귀비의 모습은 다시 볼 수가 없다.

【감상】
화청궁은 매년 10월이 되면 현종과 양귀비가 함께 행차하여 겨울을 지내던
온천이 있는 궁전인데, 백거이의 <長恨歌>에 나오는 양귀비가 목욕하는 대
목의 배경이 된 곳이 바로 이곳이다. 그 화려하고 따뜻했던 궁전이 지금은 황
량하고 차디찬 폐허가 된 것을 바라보는 작자의 감개가 '今'과 '昔', '자연의 불
변'과 '인간사의 변화'와의 대비 속에 잘 나타나 있다.

109. 잡시

陳祐(진우)

雜詩

無定河邊暮笛聲	무정하 가에 저물녘 피리소리,
赫連臺畔旅人情	혁련대 곁에 선 나그네 마음.
函關歸路千餘里	함곡관으로 돌아갈 길은 천여 리인데,
一夕秋風白髮生	하루 저녁 가을 바람에 백발이 생긴다.

【자구】

雜詩(잡시) : 한·위 시대부터 있어온 시 제목. 특정한 제목을 정하지 않고 잡다한 일을 읊은 시. 이 시의 작자에 대해서는 무명씨로 된 곳도 있다. 無定河(무정하) : 지금의 내몽고 자치구에서 발원하여 섬서성 북부를 지나 발해만으로 흘러들어가는 황하의 지류. 暮笛聲(모적성) : '暮角聲(모각성)'으로 된 곳도 있다. 赫連臺(혁련대) : 동진 말년에 夏族人(하족인) 赫連勃勃(혁련발발)이 세웠다는 누대. 函關(함관) : 함곡관. 하남성 서북쪽에 있었던 유명한 관문. 여기서는 함곡관의 동쪽에 있는 작자의 고향을 의미한다.

【통석】

국경인 무정하의 해질 무렵, 어디선가 피리 소리가 들려와서,
혁련대 주변을 서성이던 나그네인 내 마음을 뒤흔들어 놓는다.
함곡관 동쪽에 있는 고향은 여기서 천여 리나 떨어진 먼 곳인데,
오늘밤 벌써 가을 바람이 불어오니,
나그네 마음은 점점 추워지는 이때에

먼길을 가야 하는 근심 때문에 남모르게 늙어,
흰머리가 저절로 생기는 듯하다.

【감상】

당대인들에게 변방으로 매우 잘 알려져 있던 '무정하'와 '혁련대'라는 지명으로 시작한 1·2구는 매우 이국적인 느낌을 주는 것인데, 거기에 국경시에 자주 등장하는 '피리 소리'를 곁들여 국경시로서의 분위기를 한껏 살렸다. 고향으로 돌아갈 길이 아직도 창창한데 계절은 벌써 가을로 접어든다. 이 때의 작자의 절박하고 처량한 감정이 '一夕秋風白髮生'이란 4구에 잘 표현되어 있다.

110. 이수재의 시 <변정사시원>에 창화함, 첫째 수

盧弼(노필)

和李秀才邊庭四時怨 其一

八月霜飛柳遍黃　　　팔월에 서리 내리고 버들은 모두 시들며,

蓬根吹斷雁南飛　　　쑥대 뿌리 바람에 끊어지고 기러기는

　　　　　　　　　　남으로 날아간다.

隴頭流水關山月　　　농산 근처를 흐르는 물과 관산을 비추는 달.

泣上龍堆望故鄉　　　울며 백룡퇴에 올라 고향을 바라본다.

【자구】

李秀才(이수재) : '李'는 성. '秀才'는 원래 秀才科(수재과)에 걸린 사람을 말했으나, 당초 수재과가 폐지된 이후에는 진사과를 볼 자격이 있는 사람을 말했다.　邊庭四時怨(변정사시원) : 변경 지방에서의 고난과 원망을 사계절에 맞춰 지은 시. 이 시는 그중 가을 것이다.　柳遍黃(유편황) : 버드나무가 모두 누렇게 시듦. '柳變黃' '柳半黃'으로 된 곳도 있다.　蓬根吹斷(봉근취단) : 북방에서 나는 쑥은 가을이 되면 말라서 뿌리채 뽑혀 바람에 날려 다닌다.　隴頭流水(농두유수) : 농산은 섬서성과 감숙성의 경계에 있는 산. '두'는 언저리, 부근의 뜻. 이 농산을 넘으면 변방으로 들어가게 되는데, 농산에 흐르는 물은 그 소리가 매우 슬프다고 하여 <隴頭水>라는 악부 제목도 있다.　關山月(관산월) : '관소가 있는 산을 비추는 달'이란 뜻의 악부 제목. <隴頭水>와 함께 모두 수자리 서러 나간 병사들의 고난과 슬픔을 노래한 것.　龍堆(용퇴) : 지금의 신강성 위구르 자치구에 있는 白龍堆(백룡퇴)를 말함.

【통석】

추위가 빨리 오는 국경 지방에는 팔월인데도 벌써 서리가 내리고,
버드나무는 모두 누렇게 시들었으며,
세찬 바람에 쑥대는 뿌리 채 뽑혀 굴러다니고,
기러기도 따뜻한 곳을 찾아 남쪽으로 날아간다.
이런 때, 멀리 고향을 떠나 국경을 지키는 출정 군인의 마음은
그렇지 않아도 처절한데,
그 위에 슬프기로 유명한 농산 주변을 흐르는 물소리와
뭇 병사들의 가슴을 울리던 관산에 뜬 달을 대하니
그 마음이 어떻겠는가!
이윽고 울며 백룡퇴에 올라가 멀리 고향 있는 쪽을 바라본다.

【감상】

변방의 쓸쓸한 가을 풍경과 수자리 서는 병사들의 비통한 마음을 노래한 전형적인 국경시이다. 특히 3구에서는 <隴頭水>와 <關山月>이라는 두 악부 제목을 빌어 實景(실경)을 묘사했는데, 이것은 동시에 그 제목을 달고 나온 뭇 국경시들의 무게가 보태져 독자에게 감동의 폭을 넓혀주는 효과까지 얻고 있다.

111. 이수재의 시 <변정사시원>에 창화함, 둘째 수

盧弼(노필)

和李秀才邊庭四時怨 其二

朔風吹雪透刀瘢	북풍이 눈을 불어 상처에 스며드는데,
飮馬長城窟更寒	말 물먹이는 장성굴은 더욱 춥다.
夜半火來知有敵	한밤중 봉화 신호에 적의 침입을 알리면,
一時齊保賀蘭山	일시에 모두 출동하여 하란산을 방비한다.

【자구】

朔風(삭풍) : 북풍과 같다. 겨울 바람.　透(투) : 사무치다. 스며든다.　刀瘢(도반) : 칼에 찔린 상처.　飮馬長城窟(음마장성굴) : 만리장성 아래에 있는 바위굴에서 말에게 물을 먹임. 한대 악부에 진시황 때 만리장성 노역에 나온 사람들의 고통을 노래한 <飮馬長城窟行>이 있었는데, 이후에는 국경에서 고생하는 병사들의 심정을 노래하는 것으로 되었다.　夜半(야반) : '半夜'로 된 곳도 있다. 火來(화래) : 적의 침입을 알리는 봉화가 전해져 오는 것.　齊(제) : 일제히.　賀蘭山(하란산) : 지금의 寧夏回族(영하회족) 자치구에 있는 산맥. 서북쪽 최전방 전선의 하나.

【통석】

매서운 겨울 바람이 눈발을 날리며 불어와,
칼에 찔린 상처 자국에 스며들어 심한 통증을 일으키는데,
만리장성의 바위틈에 있는 샘에 말에게 물 먹이러 내려가 보니,
그곳은 응달진 곳이라 추위가 더욱 살을 에는 듯하다.

그러나 이렇게 혹독한 상황 속에서도, 한밤중에 별안간 봉화가 올라
적의 침입을 경고하면,
군대는 순식간에 일사불란하게 움직여,
군대가 주둔하고 있는 하란산을 방비할 준비 태세를 갖춘다.

【감상】
이 시의 작자는 비록 晩唐人(만당인)이지만, 영탄적인 성격이 강한 일반적인
만당 국경시와는 달리, 원정 나간 병사들의 고양된 정신을 느끼게 하는 국경
시의 풍격을 보여주고 있다. 1·2구의 극도로 고생스러운 자연 조건의 묘사는
그 표현에 있어서 아주 신선한 것일 뿐만 아니라, 3·4구의 그 고생스러움을
고생으로 여기지 않는 병사들의 굳센 기상을 더 강조해주는 역할도 하고 있
다. 제목은 '怨'이라고 되어 있으나, 전혀 원망과 탄식의 기미를 느낄 수 없는
작품이다.

112. 소피역에서 자면서
王周(왕주)

宿疎陂驛

秋染棠梨葉半紅	가을은 팥배나무를 물들여 잎이 반쯤 붉은데,
荊州東望草平空	형주에서 동쪽을 바라보니 풀이 하늘과 연이었다.
誰知孤宦天涯意	누가 알까, 외로운 관리 머나먼 곳에 있는 마음.
微雨瀟瀟古驛中	가랑비만 부슬부슬 옛 역에 내린다.

【자구】

疎陂驛(소피역) : 어디인지는 불명. 시의 내용으로 볼 때 형주(지금의 호북성 강릉현) 부근의 역인 듯하다.　棠梨(당리) : 팥배나무.　孤宦(고환) : 孤官(고관). 고향을 떠나 홀로 관리 생활을 하는 사람.　天涯(천애) : 하늘의 끝. 극히 먼 곳. 瀟瀟(소소) : 비가 부슬부슬 오는 모양.

【통석】

소슬한 기운이 감도는 가을날,
팥배나무엔 단풍이 들어 잎이 반쯤 붉게 물들었는데,
형주에서 동쪽, 곧 내가 지나온 길을 뒤돌아보니,
아득한 들판엔 풀들이 길게 자라 하늘과 맞닿은 듯 평평하게 보인다.

누가 알겠는가, 먼 변경 지방으로 발령 받아 길 떠나는
외로운 미천한 관리의 마음을.
내 참담한 가슴을 더욱 울리는 듯,
오래된 역참 소피역에는 가을비가 부슬부슬 내린다.

【감상】

이 시는 작자가 사천성으로 발령을 받아 임지로 가던 도중, 호북성의 한 역에
서 자면서 지은 것이다. 1·2구에서는 역 주변의 가을 풍경을 그렸고, 3구에
서도 '누가 알겠는가'라고 반문했을 뿐 자기의 감정을 토로하지 않았으며, 4구
에 이르러서도 비오는 모습만 말했을 뿐 한마디도 자기의 감정을 더하지 않
았지만, 그 황량하고 처량한 가을 풍경 속에 '天涯孤宦'의 근심을 못 견뎌 하
는 작자의 마음이 절절하게 표현되어 있다.

113. 변새의 노래

釋皎然(석교연)

塞下曲

寒塞無因見落梅	추운 국경에는 지는 매화를 볼 길 없는데,
邊人吹入笛聲來	변방 사람 피리로 <낙매곡>을 불러준다.
勞勞亭上春應度	노로정 부근엔 분명 봄이 지났을 텐데,
夜夜城南戰未廻	밤마다 남쪽에서는 싸우느라
	돌아가지 못한다.

【자구】

塞下曲(새하곡) : 악부 제목. 국경에서의 전쟁과 향수를 노래한 내용. 연작 2수
중 첫째수. 無因(무인) : ~할 방법이 없음. 落梅(낙매) : 피리곡 가운데 <梅花
落(매화락)>이라는 곡이 있다. 邊人(변인) : '胡人'으로 된 곳도 있다. 勞勞亭
(노로정) : 강소성 남경에 있는 정자. 옛부터 송별의 장소로 많이 쓰였으며, 이
백의 시 가운데도 <노로정>이란 제목의 시가 2수 있다. 여기서는 시 속의 작
자가 가족, 친구들과 이별하고 떠나온 곳을 말한다. 南城戰(남성전) : 한대 악
부에 '戰城南'이라는 곡이 있다.

【통석】

혹독하게 추워 풀이 자라지 않는 변새 지방인 이곳에는
매화가 없어 매화 떨어지는 것은 볼 길이 없는데,
변방 사람이 피리로 <梅花落> 곡을 불어
곡 속에서 매화가 떨어지니,

그 피리 소리를 듣는 사람의 마음속에 문득 까맣게 잊어버렸던
고향의 매화가 떠오른다.
내가 떠나올 때 친구들과 작별했던 노로정 근처에는
지금쯤 분명히 봄이 다 지나갔을 텐데,
이곳에선 밤마다 성 남방에서 전쟁이 계속되고 있으니,
언제나 다시 돌아가 고향의 봄을 맞이할 수 있을까?

【감상】

高適(고적)의 <塞上聞吹笛>(248쪽 참조)과 함께 '매화락'이란 소재를 가지고 시상을 전개한 시이다. 짧은 시구 안에 '매화락' '전성남' '노로정' 등의 고유 명사를 연결하여 시상을 전개하면서도, 조금도 자연스러움을 잃지 않고 있는 것에서 작자의 노련함을 볼 수 있다. 특히 노로정과 야야성은 둘 다 고유 명사이면서, 동시에 '앞으로의 노고를 위로해 주는 정자' '밤마다 전쟁이 계속되는'이라는, 문자 그대로의 의미도 함축하고 있어서 시의 정감을 넓혀주고 있다.

114. 절에서

釋靈一(석영일)

僧院

虎溪閑月引相過	한가로운 달빛 아래 호계를 넘어가니,
帶雪松枝掛薜蘿	눈덮인 소나무 가지엔 덩굴들 얽혀 있다.
無限靑山行欲盡	끝없는 푸른 산을 다 다녀 보려 하는데,
白雲深處老僧多	흰 구름 깊은 곳에 늙은 스님이 많다.

【자구】

僧院(승원) : 절. 시 중에 호계가 등장하기 때문에 이곳이 盧山(여산) 東林寺(동림사)라는 설도 있으나, 단순히 비유로 쓴 것일 수도 있으므로 구애될 필요는 없다. 虎溪(호계) : 여산(지금의 강서성 구강시)의 동림사 근처를 흐르는 시내.⇒[고사] 참조. 掛(괘) : 걸리다. 덩굴들이 얽혀 있는 것. 薜蘿(벽라) : 칡이나 담쟁이 등의 덩굴 식물. 欲盡(욕진) : '不盡'으로 된 곳도 있다.

【고사】

진의 고승 慧遠(혜원)은 여산 동림사에 있으면서 찾아온 손님을 전송할 때 호계를 지나는 일이 없었다. 하루는 도연명, 陸靜修(육정수)가 찾아와 이들과 함께 이야기를 나누며 나오다가 자기도 모르게 호계를 넘고 말았다. 이때 세 사람은 서로 바라보며 크게 웃고 헤어졌다(『蓮社高賢傳』 및 『百二十三人傳』).

【통석】
호계(또는 호계인 듯한 시내)의 달빛이 너무나 밝고 고요해
그 달빛에 끌려 나도 모르게 호계를 지나다 보니,
절로 들어가는 길목엔 눈을 인 소나무 가지에
덩굴들이 칭칭 감겨 있어 그윽한 맛을 느끼게 한다.
눈앞에 보이는 첩첩한 푸른 산들을 지나고 또 지나 끝나가는 듯한 곳에,
흰구름이 자욱한 신비로운 경치 속에
동림사(또는 동림사에 비견될 수 있는 절)가 열려 있고,
그 풍경과 어울리게 덕이 높은 늙은 스님들도 많이 계신다.

【감상】
이 시의 해석에 있어 주의해야 할 것은 1구의 혜원의 고사와 이 시의 관계이
다. 즉 혜원은 도연명과 육정수와의 환담에 이끌려 자기도 모르게 동림사에서
호계를 넘어왔지만, 작자는 호계(또는 호계인 듯한 시내)의 한아한 달빛에 이
끌려 호계를 넘어 동림사(또는 동림사인 듯한 절)로 넘어왔다고 보아야 한다.
2·3구는 그 동림사에 이르는 길의 경치 묘사로서, 절의 맑고 그윽함과 속세
와 멀리 떨어져 있음을 표현하고 있고, 4구에서는 그런 경치와 어울리게 노승
들도 많이 있음을 말하고 있다.

五言律詩

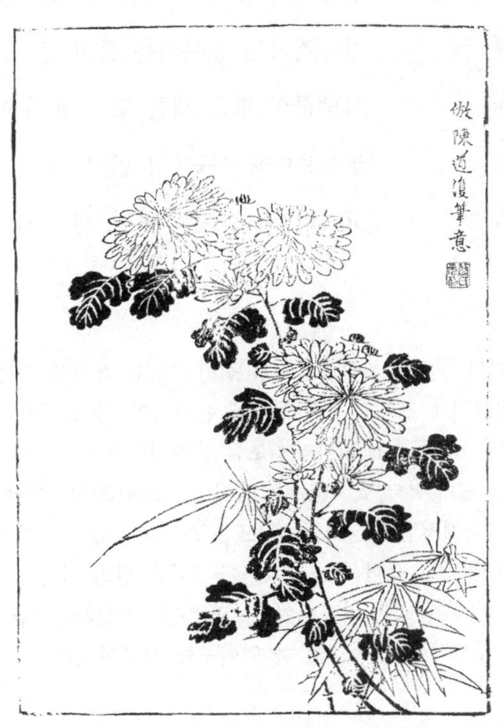

1. 들에서 바라봄

王績(왕적)

野望

東皋薄暮望	동쪽 언덕에서 저녁 어스름에 바라본다.
徙倚欲何依	머뭇거리는 나, 어디에 의지하려는가?
樹樹皆秋色	나무들은 모두 가을빛을 띠고,
山山唯落暉	산들마다 오직 저녁볕 비치는데.
牧人驅犢返	가축지기는 송아지를 몰고 돌아오고,
獵馬帶禽歸	사냥꾼의 말은 새를 달고 돌아온다.
相顧無相識	돌아보아도 아는 이 없어,
長歌懷采薇	고사리 캘 것 생각하며 긴 노래 부른다.

【자구】

野望(야망) : 야외의 풍경을 바라봄. 東皋(동고) : '皋'는 물가에 있는 작은 언덕. 작자는 수당 교체기에 고향의 북산 동고에 은거하며, '東皋子'라 '自號'하였다. 薄暮(박모) : 저녁 어스름. 徙倚(사의) : 조금 움직이다가 곧 멈추는 것. 머뭇거리는 것. 落暉(낙휘) : 저녁 볕. 犢(독) : 송아지. 獵馬(엽마) : 사냥꾼의 말. 采薇(채미) : 백이·숙제처럼 고사리를 캠. 또는 그들이 부른 <채미가>. 한편 주나라의 녹을 먹지 않고 굶어 죽은 백이·숙제와는 달리 작자는 당에서도 벼슬을 했기 때문에(작자 소전 참조), 여기서의 '采薇'는『詩經』「召南」<草蟲>, 「小雅」<采薇>에서처럼 '자기 마음을 알아주는 사람이 없음을 슬퍼하는' 의

미라고 보는 설도 있다.

【통석】
어둠이 밀려오는 때,
동쪽 언덕에 올라가서 넓은 들판을 바라보노라니,
내 마음 정처 없어 어디에 의지해야 할지 모르겠다.
눈앞에 보이는 나무라는 나무는 다 가을 빛에 젖어 있고.
사방을 둘러싼 산이란 산은
모두 바알갛게 저녁 볕에 물든 쓸쓸한 가을 풍경.
이 풍경 속으로 가축지기는 송아지를 몰고 집으로 돌아가고.
사냥꾼은 사냥한 새를 말 등에 달고 돌아온다.
그들은 모두 날이 저물면 돌아갈 곳이 있지만,
나는 오랫동안 떠났던 고향에 돌아온 처지라 아는 사람도 없고,
또 이 어지러운 혼란기에 고향에 은거하려니
여러 생각들이 마음을 괴롭힌다.
이에 옛날 수양산에서 고사리 캐며 청절을 지켰던
백이·숙제의 절조와 그들이 부른 <채미가>를 마음 속에 그리며
그들처럼 살 것을 다짐하는 한 곡조 노래를 길게 읊조린다.

【감상】
이 시는 수당 변혁기라는 혼란스러운 시대를 만난 작자가 고향으로 돌아와
북산의 동고에 은거하고 있을 때 지은 것이다. 승구와 전구는 원경과 근경, 정
태적 장면과 동태적 장면이 잘 배합된 한 폭의 아름다운 목가적 전원 풍경이
다. 그러나 기구와 결구에는 이런 한적한 가을 저녁 풍경과 융합되지 못하고
있는 작자의 배회하는 모습을 배치, 작품에 긴장을 주고 있는데, 그 긴장을 백
이·숙제의 孤節(고절)을 본받겠다는 한 곡조의 노래로 풀고 있다.

2. 촉주로 부임해 가는 두소부를 보내며

王勃(왕발)

送杜少府之任蜀川

城闕輔三秦	삼진이 보좌하는 성궐에서
風煙望五津	바람에 날리는 안개 너머 오진을 바라본다.
與君離別意	그대와 이별하는 마음은
同是宦遊人	함께 지방관으로 나도는 사람의 그것.
海內存知己	천하에 지기 있으면
天涯若比隣	하늘 끝도 바로 곁인 듯하리니,
無爲在岐路	갈림길에서
兒女共沾巾	아녀자처럼 수건을 적시지는 말자!

【자구】

杜少府(두소부) : '杜'는 성. '少府'는 현의 '尉'(縣의 검찰을 담당). 두소부의 생애는 미상.　蜀州(촉주) : 지금의 사천성.　城闕(성궐) : 장안의 성궐. 곧 작자가 두소부를 전송하는 곳.　輔三秦(보삼진) : 삼진은 지금의 섬서성 일대. 진한 교체기에 항우가 진을 깨뜨리고 그 땅을 동·서·북으로 삼분하여 장감 등 세 사람에게 나누어준 것에서 기인한 이름. '輔'는 장안 성궐이 '三秦'의 보좌를 받는다는 피동의 의미로 쓰인 것.　風煙(풍연) : 바람과 안개, 또는 바람에 날리는 안개.　五津(오진) : 사천성 민강에 있는 5개의 나루터(白華津, 萬里津, 江首津, 涉頭津, 江南津). 곧 두소부가 갈 촉주를 말함.　宦遊(환유) : 관리가 지방관으로 나도는 것.　海內(해내) : 천하.　知己(지기) : 친구, 자기를 알아주는 사람.
比隣(비린) : 이웃, 가까운 곳.　在岐路 兒女共沾巾(재기로 아여공첨건) : 이별의
갈림길에서 아녀자들처럼 수건을 적시며 우는 것.⇒[고사]

【고사】
전국 말에 孔穿(공천)이 조 나라에 여행갔을 때, 평원군의 빈객인 鄒文(추문),
季節(계절) 두 사람과 친했다. 그런데 공천이 노 나라로 돌아올 때 두 사람이
사흘 동안 계속 와서 그를 전송하면서 눈물을 흘리자, 공천은 단지 손만 흔들
어 보였다. 공천의 제자들이 그 이유를 물으니, "나는 처음에 이 두 사람이 대
장부라고 생각했는데, 이제 보니 아녀자이다. 아녀자 같은 나약한 사람들이나
눈물로 그 사랑을 표시한다"고 하였다(『孔叢子』).

【통석】
우리가 지금 이별하는 곳은 넓은 삼진 지방의 보좌에 힘입어
성문의 누대도 드높이 솟아 기세가 웅장한 장안이고,
그대가 지금 부임해 가는 곳은 오진으로 유명한 촉주인데,
그쪽을 바라보니 바람에 날리는 안개가 자욱하다.
물론 그대와 이별함에 있어서 내 마음이 슬프지 않은 것은 아니지만,
그러나 지방관이라면 으레 한곳에 오래 머물러 있을 수는 없는 것.
그러니 벗이여! 만약 국내에 자기를 알아주는 친구만 있다면,
비록 각각 하늘 끄트머리에 떨어져 있더라도 바로 옆에 있는 것처럼
마음이 든든한 것,
그렇게 생각하고 서로 이별의 슬픔을 떨쳐버리자.
그래서 이별의 기로에서
아녀자들처럼 눈물을 흘리며 수건을 적시는 그런 나약한 모습은
보이지 말자!

【감상】

남조 시대의 江淹(강엄)이 쓴 <別賦>에 보면 각양각색의 이별이 표현되어 있는데, 모두 우울하고 슬픔에 간장이 녹아내리는 그런 종류들이다. 또 왕발 이후의 이별시를 보더라도 이런 류의 슬픔을 말하지 않는 것이 드물다. 그러나 이 시에 나타난 이별은, 관리로서 으레 있는 이별임을 강조하며 끝까지 슬픔에 매몰되지 않는 강인한 태도를 보여주어 독특한 품격을 갖는다. 조숙한 才子(재자)로 패기만만하게 생활했던 젊은 나이의 작자의 모습을 엿볼 수 있는데, 특히 전구는 명구로 꼽힌다.

3. 봄밤에 친구와 이별함
陳子昂(진자앙)

春夜別友人

銀燭吐靑煙	은촛대는 푸른 연기 토하는데,
金尊對綺筵	금술통으로 비단 연석을 대한다.
離堂思琴瑟	송별당에서 돈독했던 우정 생각하니,
別路繞山川	이별하고 갈 길은 산천을 둘렀구나.
明月隱高樹	밝은 달이 높은 나무에 숨고,
長河沒曉天	은하수는 새벽 하늘에 잠긴다.
悠悠洛陽去	아득히 먼 낙양으로 가니,
此會在何年	우리의 만남은 언제나 또 있을까?

【자구】

銀燭(은촉) : 은으로 만든 촛대. 靑煙(청연) : 촛불이 산화될 때 나는 푸른 연기.
金尊(금준) : '尊'은 '樽'(준)과 통용됨. 은촉과 금준은 모두 미칭이다. 綺筵(기연) : 비단을 깐 연석. 思琴瑟(사금슬) : 금과 슬은 악기 이름. 부부나 친구 사이에 화합이 잘 되는 것을 비유. 이 구는 '연석의 흥을 돋구어주는 음악이 있었으면 한다' '연석에는 이별의 정을 더욱 북돋우는 음악이 연주되고 있다' '금슬 같았던 우리의 우정을 생각한다' 등으로 해석될 수 있는데, 여기서는 마지막 것을 택했다. 繞(요) : 둘러싸다. 長河(장하) : 은하수. 悠悠(유유) : 길이 끝없이 이어진 모양. 去(거) : '道'로 된 곳도 있다.

【통석】
우리의 침묵 속에 연석의 은촛대에 꽂힌 촛불만이 푸른 연기를 내며
타오르는데,
비단으로 수놓은 화려한 연석에서 위로의 말도 격려의 말도 잊은 채,
그저 서로 술동이를 기울이고 있다.
이별하는 마당에서 우리의 돈독했던 우정을 생각해 보노라니,
이별하고 그대가 가야 할 길, 우리 사이에 가로놓일 거리는 더욱 멀어 보인다.
이제 눈을 들어 하늘을 바라보니 밝은 달은 이미 기울어
키 큰 나무가지에 걸렸고,
기다란 은하수도 벌써 새벽 하늘에 잠겨 보이지 않는다.
이제 정말 우리가 헤어져야 할 시간이 온 것이다.
이렇게 그대가 아득히 먼 장안으로 떠나고 나면,
언제나 다시 만날 수 있을까?
애석한 마음 이루 다 말할 수 없구나!

【감상】
이 시는 이별을 앞둔 두 친구의 착잡한 마음을 시간의 추이를 따라 묘사하고
있다. 가라앉은 분위기와 어조가 깊은 맛을 느끼게 하는데, 1·2구의 '吐'와
'對' 두 자는 이런 분위기의 연출에 큰 몫을 하고 있다. 한편 이 시가 떠나는
친구를 보내며 지은 것인가, 작자가 떠나며 남아 있는 친구에게 지어준 것인
가에 대해 상이한 해석이 있는데, 여기서는 전자를 따랐다.

4. 진릉 육승의 시 <조춘유망>에 창화함

杜審言(두심언)

和晉陵陸丞早春游望

獨有宦遊人	홀로 지방관으로 떠도는 신세여서,
偏驚物候新	유독스레 물후의 새로움에 놀란다.
雲霞出海曙	구름과 안개 바다에서 피어오르는 새벽.
梅柳渡江春	매화와 버들이 강을 건너는 봄.
淑氣催黃鳥	맑은 기운은 꾀꼬리를 재촉하고,
晴光轉綠蘋	개인 빛은 푸른 마름풀 위에 번득인다.
忽聞歌古調	문득 고아한 노래소리 들으니,
歸思欲霑巾	돌아가고픈 생각에 수건이 젖는 듯.

【자구】

晉陵陸丞(진릉육승) : 진릉은 현명. 지금의 강소성 무진현. 육은 성. 승은 현령의 보좌역.　遊望(유망) : 놀러 다니면서 풍경을 조망하는 것. 이 시는 『전당시』에 위응물의 작으로 되어 있다.　獨有(독유) : '오직 혼자만이 ~이다'는 뜻으로, '有'에는 별 의미가 없다.　宦遊人(환유인) : 관리가 되어 타향에 있는 사람. 偏(편) : 유독스럽게. 유달리.　物候(물후) : 사물과 기후.　曙(서) : 새벽 동틀 때. 淑氣(숙기) : 봄의 온화한 기운.　晴光(청광) : 봄의 맑고 깨끗한 햇살.　轉綠蘋(전록빈) : 빈은 물에 떠있는 마름풀. '轉'은 굴리다. 뒤집다는 뜻으로, 햇빛의 반사와 물결의 흔들림에 의해 봄빛이 마름풀 위에서 번득이는 것을 말함.　古調

(고조) : 고아한 곡조의 노래. 육승의 시 <早春遊望(조춘유망)>을 말함.

【통석】

고향을 떠나 분주히 이 지방 저 지방으로 떠도는 관리의 몸이기에,
유별나게 타향인 이곳의 사물과 기후가 내 고향과 다른 것에 예민하게
반응하며 놀란다.
장안에서라면 바람은 따뜻해도 아직 물은 차서 안개를 볼 수 없을 때인데도,
이곳 강남에선 물까지 따뜻하게 풀려 새벽엔 바다에서 안개가 피어오르고,
지금쯤이면 장안에선 눈속에 핀 매화와 한기가 가시지 않은 버들을
볼 때인데, 이곳에서는 양자강 가에 핀 매화와 버들에 봄빛이 완연하다.
이러한 온화한 날씨는 꾀꼬리를 재촉하여 빨리 울게 하고,
맑고 깨끗한 봄 햇살은 강물에 비쳐 푸른 마름풀 위에서 번득인다.
아름답긴 하지만 고향과는 전혀 다른 봄 풍경을 대하여 당황하고 있던
내가, 문득 그대가 보낸 한편의 고아한 시를 받고 보니,
고향으로 돌아가고픈 생각에 나도 모르게 눈물이 흘러 수건이
흠뻑 젖는 듯하다.

【감상】

장안과는 전혀 다른 강남의 이른 봄 풍경과, 그 아름다운 풍경을 즐기거나 거
기에 동화되기는커녕 오히려 향수에 잠겨버린 작자의 심정을 대비적으로 그
린 시이다. 강남의 춘색을 표현한 승구는 가히 천재적인 수법이라 하겠는데,
'梅柳渡江春'의 구는 봄이 강을 건너서 매화를 타고 버들을 밟고 오는 듯한 느
낌을 갖게 한다. 기구와 결구에 '獨' '偏' '忽' 등의 어감이 강한 부사를 놓아 작
자의 고독함과 고향 친구들과 멀리 떨어져 있음을 표현하였고, '宦遊人'과 '歸
思'도 수미상관하여 강남의 춘색을 즐기지 못하는 작자의 고뇌를 표현하고 있
다.

5. 장녕공주의 동장에서 천자를 모시고 잔치하며

李嶠(이교)

長寧公主東莊侍宴

別業臨靑甸	별장은 동쪽 교외에 임해 있는데,
鳴鑾降紫霄	난새 방울 소리 궁중으로부터 내려왔다.
長筵鵷鷺集	긴 연석엔 백관들이 모이고
仙管鳳凰調	선계의 피리 소리 봉황조를 연주한다.
樹接南山近	나무 이어진 남산은 가까운데,
煙含北渚遙	연기에 싸인 북저는 멀구나.
承恩咸已醉	은혜 입어 모두 취했건만,
戀賞未還鑣	아껴 감상하며 말 재갈을 돌리지 못한다.

【자구】

長寧公主東莊(장녕공주 동장) : 장녕공주는 당 중종의 딸. 楊愼(양신)이란 사람
에게 시집갔는데, 산을 만들고 못을 파서 화려하게 꾸민 저택이 장안 동쪽 교
외에 있어서, 황제와 황후가 자주 들러 侍臣(시신)들과 잔치를 벌였다. 제목은
<侍宴長寧公主東莊 應制>로 된 곳도 있다.　別業(별업) : 별장.　靑甸(청전) : 청
은 동방의 색. 전은 교외 지역. 즉 장안 동쪽 교외.　鳴鑾(명란) : 란은 천자의
마차에 다는 방울. 명란은 천자의 수레를 말함.　降(강) : 천자가 납시는 것.
紫霄(자소) : 붉은 기운을 띤 안개. '宮中'을 의미함.　鵷鷺(원로) : 원추새와 백
로. 이 두 새는 질서 있게 날므로 백관들이 질서 있게 정렬해 있는 모습을 비

유한다.   仙管(선관) : '管'은 簫(소), 笙(생) 등의 관악기. 선계에서 부는 듯한
아름다운 피리 소리.⇒[고사]   鳳凰調(봉황조) : 음악 소리가 봉과 황이 사이가
좋듯 잘 어울린다는 의미도 되고, 장녕공주 부부의 금슬을 비유한 것이기도
하며, 弄玉(농옥)의 고사와 연관되어 <봉황곡>을 의미하기도 한다.   南山(남
산) : 장안 남쪽에 있는 終南山(종남산).   北渚(북저) : 『초사』에 있는 '帝子(堯
임금의 皇女)가 북저에 납시었다'는 구절을 공주라는 공통점에 착안해 끌어
써서 남산과 대구를 맞춘 것.   戀賞(연상) : 아름다운 풍경을 흡족하게 감상하
고 칭찬함.   鑣(표) : 말 재갈.

【고사】

진목공에게 弄玉(농옥)이라는 딸이 있었는데, 피리를 잘 부는 簫史(소사)에게
시집을 갔다. 소사는 농옥에게 피리를 가르쳤는데, 농옥이 봉황곡을 연주하자
봉황이 날아와 춤을 추었다. 목공은 그것을 기념하여 그곳에 鳳臺(봉대)를 지
어 두 사람을 살게 했다. 둘은 몇 년 동안 일체 외부 출입을 않고 그곳에서만
지내다가 드디어 봉황을 따라 선계로 올라갔다(『列仙傳』).

【통석】

장안 동쪽 교외에 있는 장녕 공주 별장은 시설과 전망이 매우 좋은 곳이라,
난새 방울소리 울리며 어가는 오늘도 궁전을 떠나 이 별장에 납시었다.
군신들에게 연회를 베푸시니,
그 넓은 긴 좌석에는 군신들이 원로처럼 질서있게 벌려 있고,
이윽고 선계에서 들려오는 듯한 피리 소리는 조화로와서,
공주 부부의 금슬을 나타내는 듯하다.
다시 정원으로 눈을 돌려 바라보니, 나무들이 종남산까지 접한 듯
이어져 있어 남산이 더욱 가까와 보이고,
안개에 덮인 북저는 더 먼 듯이 보이는 아름다운 풍경이 펼쳐져 있다.
여러 신하들은 황제의 은혜를 받아 모두 충분히 취하였지만,
이 아름다운 풍경을 완상하며 도취된 나머지,

말재갈을 돌려 집으로 돌아가려는 사람이 없다.

【감상】

이 시는 당 중종이 황후와 함께 장녕공주의 별장에 行幸(행행)하여 군신들에게 연회를 베풀었을 때, 당시 中書令(중서령)으로 있던 작자가 거기에 참석해 지은 것이다. 응제시는 자칫하면 공손이 지나쳐 아첨이나 비굴의 인상을 주기 쉬운데, 이 시에서는 천자의 盛事(성사)와 공주 부부의 和樂(화락)과 군신들의 즐거워하는 모습을 교묘하고 정중한 수식어들로 표현하여 자연스럽게 그런 혐의에서 벗어났다.

6. 유주에서 밤에 술마시며

張說(장열)

幽州夜飮

凉風吹夜雨	서늘한 바람 밤비를 불어
蕭瑟動寒林	우수수 찬 숲을 움직이는데,
正有高堂宴	마침 고당의 잔치가 있어
能忘遲暮心	늘그막의 근심을 잊게 한다.
軍中宜劍舞	군중이라 칼춤이 어울리고,
塞上重笳音	변새이니 호가 소리가 좋다.
不作邊城將	변방 장수 되어 보지 않고서,
誰知恩遇深	누가 황제의 깊으신 은총 알겠는가?

【자구】

幽州(유주) : 지금의 북경. 夜飮(야음) : 밤에 주연을 열고 마심. 凉風(양풍) : 초가을 바람. 蕭瑟(소슬) : 슬픈 바람소리의 의성어. 高堂(고당) : 회합이나 손님 맞이용의 높고 큰방. 遲暮心(지모심) : 노경을 걱정하는 마음. 굴원의 『이소』에 '唯草木之零落兮 恐美人之遲暮'라는 구가 있다. 軍中宜劍舞(군중의검무) : 항우가 유방을 처치하려고 홍문에서 연회를 열었을 때, "군중에는 즐길 만한 것이 없으니 검무를 하는 게 어떻습니까?" 하면서 항장에게 검무를 추게 한 것(『史記』「項羽本紀」)에 근거. 重笳音(중가음) : '笳音'은 호가 소리. 음색이 슬퍼 비가라고도 한다. '重'은 다른 것보다 중히 여겨지는 것. 邊城將(변성장)

: 변방을 지키는 군대의 장수.   **恩遇(은우)** : 황제가 은총으로 대우함.

【통석】
변새인 이곳 북방은 추위가 빨리 닥쳐서,
이제 양풍이 부는 초가을인데도 으스스한 밤비가 오고,
숲에는 나뭇잎이 다 떨어져서 우수수하는 슬픈 바람 소리만이
쓸쓸하게 들린다.
이런 서글픈 변새 풍경 속에 마침 큰 연회장에서 잔치가 열려 늙은
내 마음을 위로해 주니,
나도 잠시 마음이 즐거워져서 노년의 걱정을 모두 잊게 되었다.
무엇보다 여기는 군중이니만큼, 장안에서 보던 우아한 춤과는 판이한
검무같은 용맹스러운 춤이 오히려 어울리고,
또 변새이니만큼 雅正(아정)한 궁중 음악보다 슬픈 호가 소리가
더 환영을 받는다.
만약 내가 장안에서 천리만리 떨어진 이 변방의 장군으로 오지 않았더라면,
이와 같은 검무와 호가 소리가 어울리는 각별한 연회는
볼 수도 없었을 것이니,
비로소 황제께서 내게 특별한 은총으로 대우해 주심을 알겠다.

【감상】
이 시는 표면적으로는 매우 성은에 감격해 하고 고당에서 베푼 연회에 취해
있는 듯이 보이지만, 자세히 음미해보면, 言外(언외)의 뜻이 있음을 알 수 있
다. 곧 작자는 47세에 재상에 오르는 등 일찍부터 천자의 知遇(지우)를 받다
가, 하루 아침에 같이 재상으로 있던 姚崇(요숭)의 미움을 받아 지방관으로
좌천되었는데, 이 시는 바로 이 변새 유주의 도독으로 좌천되어 있을 때 지은
시인 것이다. 늘그막에 뜻을 잃고 지내는 작자의 고민과 장안을 그리워하는
마음이 역설적으로 잘 나타나 있다.

7. 변방의 노래
李白(이백)

塞下曲

塞虜乘秋下	변방 오랑캐들 가을 틈타 내려오니,
天兵出漢家	천자의 군대가 한 왕실에서 나왔다.
將軍分虎竹	장군들은 동호부와 죽사부 나누어 받고,
戰士臥龍沙	전사들은 용사에서 노숙한다.
邊月隨弓影	변새의 달은 활모양을 따르고,
胡霜拂劍花	호 땅의 이슬은 칼날빛을 적시누나.
玉關殊未入	옥문관으론 아직 들어가지도 못했으니,
少婦莫長嗟	어린 부인이여, 길게 탄식하지 말라!

【자구】

塞下曲(새하곡) : 악부 제목(340쪽 참조). 연작 6수 중 다섯째 수.　**塞虜**(새로) : 중국 서·북방 변경 지대의 기마 민족을 멸시하여 부르는 말. 여기서는 흉노족을 가리킴.　**乘秋下**(승추하) : 흉노족은 하늘이 높고 말이 살찌는 가을을 틈타 중국을 침입한다.　**天兵**(천병) : 천자의 군대를 하늘의 군대, 정의의 군대라는 의미까지 넣어 표현한 것.　**漢家**(한가) : 한 왕실. 당의 일을 한의 것으로 표현하는 것은 唐詩(당시)의 관습이다.　**虎竹**(호죽) : 銅虎符(동호부)와 竹使符(죽사부). 전국 시대부터 한대에 이르기까지 쓰인 군대 발동할 때의 符節(부절). 반은 파견군의 대장이 갖고 반은 조정에 두었다가, 사자가 갈 때 그것을 가지고 가서 서로 맞추어보아 진짜 명령인가를 확인한다. 臥龍沙(와룡사) : 용사는 신강성 위구르 자치구와 감숙성의 경계에 있는 지명. 白龍堆(백룡퇴)라고도 한다. '臥'는 사막에 진영을 치고 자는 것. 劍花(검화) : 싸늘하게 빛나는 칼날의 빛. 玉關(옥문) : 옥문관. 옥문관을 들어오는 것은 사막 지역에서의 전쟁이 끝나 중국 본토로 귀환하는 것을 의미한다.

【통석】
천고마비의 계절 가을이 되어 흉노족이 또 만리 장성을 넘어
중국 변방을 침입해 왔다.
이에 천자는 군대를 내어 이들을 정벌하러 나섰다.
장군들이 조정에서 동호부와 죽사부의 兵符(병부)를 나누어 받아
군대를 징발해 나가자,
병사들은 사막 지방인 백룡퇴에 진영을 치고 노숙하며 고된 날들을 보낸다.
침입에 대비해 밤새워 수비 서는 밤.
변새의 달은 병사들 위에 그들이 잡고 있는 활처럼 가늘게 떠 있고,
호 땅의 차가운 이슬은 싸늘하게 빛나는 칼날 위에 흩어져 내린다.
군대는 아직 옥문관에는 들어가지도 못했으니,
고향으로 돌아갈 일은 까마득하다.
그러니 남편이 돌아오기를 초조하게 기다리는 고향에 있는
나이 어린 아내들이여,
벌써부터 긴 한숨을 쉬지는 말라!
아직도 한숨으로 지샐 많은 날들이 남았으니.

【감상】
이 시는 짧은 시구 안에 흉노족의 침입과 군대의 출동, 현지에서 야경하는 병사들의 모습. 원정 간 병사를 기다리는 나이 어린 부인의 탄식 등 많은 상황들을 함축하고 있다. 특히 전구는 살벌한 변새 사막 지방의 풍경과 원정 나간 병사의 고생하는 모습을 한폭의 그림처럼 그려놓았다.

8. 촉으로 가는 친구를 보내며

李白(이백)

送友人入蜀

見說蠶叢路	들으니 잠총으로 가는 길은
崎嶇不易行	험난하여 다니기 쉽지 않다고,
山從人面起	산이 얼굴 바로 앞에서 일어나며,
雲傍馬頭生	구름은 말머리 옆에서 나온다고.
芳樹籠秦棧	아름다운 나무 진으로 가는 잔도를 에워싸고,
春流遶蜀城	봄 강물은 촉성을 둘렀으리.
升沈應已定	승침은 분명 이미 정해져 있는 것,
不必問君平	군평에게 물을 필요는 없으리라.

【자구】

見說(견설) : '聞說', '聞道'와 같다. '얘기하는 것을 들으니'라는 뜻. 蠶叢路(잠총로) : 잠총은 촉의 開祖(개조)라고 전해지는 왕의 이름. 뒤에는 촉국을 의미하게 됨. 잡총로는 장안에서 촉에 이르는 길. 崎嶇(기구) : 산길이 험한 모양. 籠(농) : 에워싸다. 秦棧(진잔) : 진(섬서성 곧 장안)과 촉(사천성)을 연결하는 잔도(산골짜기나 절벽들 사이를 나무로 다리를 놓아 만든 길). 蜀城(촉성) : 사천성 成都(성도)를 말함. 升沈(승침) : '浮沈'과 같다. 인간 운명의 행과 불행.

問君平(문군평) : 군평은 한대의 高士(고토) 嚴遵(엄준)의 字(자). 성도에서 점을 치며 살았는데, 대학자 양웅 등이 그에게서 배웠다. '問'은 '訪'으로 된 곳도 있다.

【통석】
사람들이 하는 얘기를 들으니, 장안에서 촉으로 가는 길은
매우 험난해서 사람이 다니기 힘든다고 한다.
높은 산이 사람의 얼굴 바로 앞에서 우뚝 솟고,
구름이 타고 가는 말의 머리 옆에서 피어오른다고 하니,
얼마나 높고 험한 곳인가!
그러나 한편 그대를 위로할 만한 것이 없는 것도 아니니,
촉으로 가는 길의 산수는 아름다워서 지금쯤
아름다운 수목들이 울창하게 드리워져 잔도를 덮고 있을 것이며,
봄 강물은 잔잔히 촉성 성도를 안고 흘러갈 것이다.
이러한 아름다운 자연의 품 속에서
그대는 여러가지 불평과 고난을 잊고 살기 바란다.
원래 인간의 길흉화복은 이미 정해져 있는 것.
인력으로 어쩔 수 없는 것 아니겠는가!
그러니 혹시 촉 땅에 한대 복술로 유명했던 엄군평 같은 이가
지금도 있을지는 모르겠지만, 구태여 그런 사람에게 물을 것 없이
모든 것을 자연에 맡기고 마음 편하게 지내기 바란다.

【감상】
먼저 기구와 승구에서는 촉도의 험준함을 서술하고, 전구에서는 말머리를 돌려 촉도의 절경을 아름답게 묘사해 내어 촉으로 가는 친구를 위로하며, 결구에서는 인생의 定理(정리)를 말하여 불운에 처한 친구의 마음을 달래고 있다. 완곡한 어조 속에 전구와 결구의 반전과 변화가 돋보이는 작품이다.

9. 친구를 보내며

李白(이백)

送友人

靑山橫北郭	푸른 산은 북쪽 성곽 가로지르고,
白水遶東城	맑은 강은 동쪽 성을 에워쌌네.
此地爲一別	여기에서 한 번 이별하고 나면,
孤蓬萬里征	외로운 쑥대처럼 만리를 가리라.
浮雲遊子意	뜬구름 같은 그대의 마음.
落日故人情	지는 해 같은 옛 친구의 심정.
揮手自茲去	손 흔들고 이제 떠나가니,
蕭蕭班馬鳴	소리 높이 무리 떠나는 말이 운다.

【자구】

北郭(북곽) : 일반적으로 성안 마을을 둘러싼 성벽이 있고, 그 성벽 밖엔 또 마을이 발달해 있어 이 밖의 마을을 둘러싸고 있는 성벽과 그 마을을 '郭'이라고 한다. 그러므로 북곽은 북쪽 성문 밖에 있는 마을과 그 외곽 성벽을 말한다. 白水(백수) : 맑은 강물. 孤蓬(고봉) : 봉은 쑥대. 가을이 되면 뿌리째 뽑혀서 바람에 이리저리 불려다닌다. 정처없는 나그네의 신세를 비유. 浮雲(부운) : 뜬구름. 얽매인 데 없는 나그네의 처지를 비유함. 落日(낙일) : 지는 해. 故人(고인) : 오랜 친구. 곧 작자 자신. 揮手(휘수) : 손을 흔들어 이별하는 것. 蕭蕭(소소) : 소리 높이 우는 말 울음 소리. 班馬(반마) : 무리로부터 떠나는 말.

【통석】

헤어지기 섭섭하여 친구를 전송하러 성밖까지 나와보니,

그대가 떠나갈 푸른 산은 북쪽 성곽을 가로질러 뻗어 있고,

맑은 물은 마을 동쪽 성벽을 에워싸 흐르고 있다.

이곳에서 한 번 헤어지고 나면,

그대는 가을 바람에 이리저리 굴러다니는 외로운 쑥대처럼

정처 없이 만리 먼 길을 떠나리라.

나그네 그대의 마음은 정처없이 바람 따라 떠도는 하늘의 한 조각 구름 같고,

그대와의 이별을 아쉬워하는 나의 심정은,

大地를 차마 떠나기 어려운 듯 서서히 떨어져가는 붉은 지는 해와 같다.

이제 이런저런 것 다 뿌리치고 그대가 손을 흔들고 떠나가려 하니,

제 무리를 떠나는 말조차 이별의 슬픔을 아는지 소리 높이 울며

발걸음을 떼놓지 못한다.

【감상】

이 시의 전구는 만리 먼 길을 정처 없이 떠나는 친구의 마음과, 그 친구를 보내는 작자의 안타까운 심정을 '浮雲'과 '落日'이라는 자연물을 통해 형상화해 놓은 절창으로 손꼽힌다. 전편을 통해 푸른 산, 맑은 물, 붉은 지는 해, 흰 구름 등의 색채어들이 아름답게 배치되어 있으며, 이별을 아쉬워하는 두 친구의 마음을 대신 표출해 주고 있는 결구의 긴 말울음 소리는 많은 여운을 남겨준다.

10. 동정호에서
孟浩然(맹호연)

臨洞庭

八月湖水平	팔월의 호수는 질펀하여
涵虛混太淸	허공을 품고 맑은 하늘과 섞였다.
氣蒸雲夢澤	기운은 운몽택을 쪄내고,
波撼岳陽城	물결은 악양성을 흔든다.
欲濟無舟楫	건너려니 배와 노 없고,
端居恥聖明	일없이 지내자니 성명에 부끄럽다.
坐觀垂釣者	앉아서 낚시 드리운 사람을 보니,
徒有羨魚情	공연히 고기 부러워하는 마음만 든다.

【자구】

臨洞庭(임동정) : <臨洞庭上張丞相>, <望洞庭贈張丞相>으로 된 곳도 있다. 장
승상이 張九齡(장구령)과 張說(장열) 중 누구인가는 의론이 분분하다.　涵虛
(함허) : 수면이 넓어 그 안에 허공을 품은 듯함.　太淸(태청) : 가장 맑은 기운
으로 만들어진 것, 곧 하늘을 말함.　蒸(증) : 쪄내다. 쪄서 익히듯이 동정호의
기운이 광대한 운몽택 주변의 자연을 양육하는 것을 말한다.　雲夢澤(운몽택)
: 선진 시대 이전부터 양자강 북쪽에 형성되어 있었던 호수. 양자강 남쪽에
형성되기 시작한 동정호가 지금의 크기로 발달된 5세기 무렵까지도 의연히
있다가 남북조에서 당에 걸치는 시기에 말랐다. 이렇게 운몽택과 동정호는 양

자강을 사이에 두고 남북으로 각각 다른 시기에 형성된 별개의 것이나, 唐代人(당대인)들은 이미 말라버린 운몽택과 동정호까지 포함하는 넓은 지역을 운몽택이라 생각했던 듯하다.   撼(감) : 흔들다.   岳陽城(악양성) : 악양루를 에워싼 岳州(악주)의 성곽.   舟楫(주즙) : 배와 노. 곧 강을 건너는 수단. 천하를 다스릴 수단이 되는 중요한 관직을 비유.   端居(단거) : '閑居'와 같다. 벼슬하지 않고 하는 일 없이 지내는 것.   聖明(성명) : 천자의 밝은 덕.   坐觀垂釣者(좌관수조자) : '坐觀'은 '徒憐'(부질없이 그리워함)으로 된 곳도 있다.   羨魚情(선어정) : 남이 잡은 고기를 부러워하는 마음.『한서』「동중서전」에 "古人(고인)의 말에 '연못 옆에서 남이 잡은 고기를 탐내는 것은 물러가서 그물을 얽는 것보다 못하다'는 말이 있습니다"라는 구절이 있다.

【통석】
增水期(증수기)인 8월을 맞은 동정호는 물이 가득하고 한없이 넓고 깊어서,
저 높푸른 하늘과 맞닿은 듯, 하늘과 한 빛으로 펼쳐져 있다.
동정호 주변을 포함하는 드넓은 운몽택 지역의 자연은
마치 동정호의 양육을 받은 듯 무성하고,
드넓은 동정호의 일렁이는 물결 앞에 악양성은 왜소해져서
마치 그 물결에 흔들릴 듯하다.
이 천하의 장관을 접한 나는 문득 나 자신을 되돌아보게 된다.
이 망망한 호수를 건너고 싶어도 배와 노가 없는 것처럼,
세상에 나가 뜻을 펴보고 싶어도 지금 내게는 그 뜻을 펼 수 있는
적당한 벼슬이 없는데, 그렇다고 한가롭게 재야에서 지내려니
밝은 덕을 갖춘 군주가 계신 이 시대에 부끄럽다.
이에 가만히 앉아서 낚싯줄 드리우고 있는 사람을 보니,
부질없이 그 고기를 부러워하는 마음만 든다.
왜냐하면 남이 잡은 고기를 부러워하기 보다
나 스스로 그물을 얽어야 될 줄은 알지만,
그 그물을 얽을 도구, 곧 관직이 나에겐 없기 때문이다.

【감상】

전반부는 물이 가득찬 동정호의 가을 풍경을 그린 것으로, 그 기상이 웅장하고 표현이 기발하여 동정호를 노래한 수많은 시 가운데서도 명구로 꼽힌다. 후반부에서는 붓을 돌려 이 웅대한 자연 경관을 대한 작자의 감회를 서술하며 장승상에게 벼슬 한자리를 부탁하고 있는데, 자칫하면 비굴하거나 초라해지기 쉬운 이런 자리에서 물과 관련있는 典故(전고)를 적절하게 끌어와 자연스럽고 곡진하게 처리했다.

11. 향적사에 들러서

王維(왕유)

過香積寺

不知香積寺	향적사를 알지 못하고서,
數里入雲峰	구름 걸린 봉우리 몇 리를 들어가다.
古木無人徑	고목 우거져 다니는 길 없는데,
深山何處鐘	깊은 산 어디선가 종소리 들려온다.
泉聲咽危石	샘물은 가파른 바위에서 목메어 울고,
日色冷靑松	햇살은 푸른 소나무에 싸늘하다.
薄暮空潭曲	어스름 저녁, 사람 없는 연못 구비에서
安禪制毒龍	안선하여 독룡을 제어하리라.

【자구】

過(과) : 방문하다는 뜻.　香積寺(향적사) : 장안 남쪽에 있는 절. 당대 명찰 중의 하나.　雲峰(운봉) : 구름이 걸려 있는 봉우리. 봉우리가 높이 솟아 있는 것을 말함.　咽(열) : 목메어 우는 것. 물이 돌에 부딪쳐 내는 소리를 말함.　危石(위석) : 높이 우뚝 선 바위.　空潭曲(공담곡) : 인적 없는 연못의 한 모퉁이.　安禪(안선) : 마음을 편안하게 하고 좌선삼매에 드는 것.　毒龍(독룡) : 독기를 가진 용. 불교에서는 사람의 욕심을 비유한다.⇒[고사]

【고사】

서방의 不可思議山(불가사의산)에 있는 연못 속에 독룡이 살고 있었는데 어느 날 연못가에서 상인 5백 명이 노숙하는 것에 화를 내어 상인들을 모두 죽

"

여버렸다. 반타왕이 그것을 듣고 왕위를 버리고 바라문에 들어 수업해 도술을 얻어 그 용에게 주문을 썼더니, 용이 사람의 모습으로 나타나 죄를 뉘우쳤다. 이에 왕은 그 용을 용서해 주었다(『法苑珠林』).

【통석】
나는 향적사가 초행이라 어디쯤인지 알지도 못하고 찾아가는데,
몇 리인지도 모르게, 꽤 많이 구름에 싸인 산봉우리를 들어왔다.
길가에는 고목이 우거지고 사람 다닌 자취가 없어,
'길을 잃었나?' 의아해 하던 차에, 문득 어디선가 들려오는 종소리!
근처에 절이 있음을 알겠는데, 사방이 빽빽한 밀림이라 종소리가 어느
방향에서 나는지 종잡을 수 없다. 절에 도착해 절 주위의 경치를 살펴보니,
맑은 샘물은 가파른 바위들에 부딪쳐 목멘 소리를 내고,
한적한 이곳을 비추는 햇살은 푸른 소나무에 비쳐 서늘하게 느껴진다.
어느덧 해 저물녘이 되어 사람 하나 없는 깊은 못가를 지나면서
문득 연상되는 것은 옛날 반타왕이 주술을 배워 독룡을 물리친 고사이다.
나도 여기에서 빨리 좌선 공부를 시작해 마음에 일어나는
온갖 잡념과 욕심을 제어하여 청정한 경지에 머물고 싶다.

【감상】
산사의 깊고 그윽한 분위기를 한껏 그려낸 시인데, 만년에 작자가 심취했던
편안하고 고요한 불심의 경지를 엿볼 수 있다. 기구에서는 초행길이라는 것을
말하면서 '不知'라고 시작하여, 시 전체에 어디에도 집착하지 않는 홀홀함을
부여하고 있다. 승구의 '어디선가 들려오는 종소리'는 절이 울창한 산림 속에
있음을 나타내는 것일 뿐만 아니라, '靜'으로 끌어오던 시상에 돌연하고도 여
운이 긴 '動'을 배치하여 시에 활력을 주고 있는데, 그러면서도 여전히 출처가
분명한 종소리가 아닌 '何處鐘'이어서 전체 분위기와 배치되지 않는다. 결구
는 주체를 공담곡에서 좌선하고 있는 노승이라고 보는 경우도 있는데, 여기서
는 작자의 안선하고자 하는 희망을 표현한 것으로 보았다.

12. 종남산 별장

王維(왕유)

終南別業

中歲頗好道	중년에 상당히 도 닦기를 좋아하였고
晩家南山陲	나이가 많아서 종남산 기슭에
	집을 마련하였다.
興來每獨往	기분이 내키면 언제나 혼자서 가는데
勝事空自知	좋은 이 재미는 자신만이 안다.
行到水窮處	가다가 물이 끝난 곳까지 가서는
坐看雲起時	앉아서 구름이 피어오르는 곳을 바라 본다.
偶然値林叟	우연히 나무하는 노인을 만나서
談笑無還期	웃으며 애기하느라 돌아갈 시간을
	모르고 있다.

【자구】

終南(종남) : 산이름, 섬서성 藍田縣(남전현)에 있다. 작자의 망천 별장이 있는 곳이다.

【감상】

중년은 40대, 늦게(晩)는 50대의 나이를 가리키는 것이다. 도를 닦는다는 말은 불교를 좋아한다는 뜻이다. 작자는 산수와 전원을 묘사한 시가 많다. 이 시는 그가 아무런 구속도 받지 않고 자유자재한 전원 생활을 읊은 것이다. 그의 생활의 즐거움은 자기 혼자만의 세계요 혼자만이 아는 즐거움이다. 기분이 내키면 혼자서 걸어가고 발 닿는 대로 지향없이 물을 따라 가다가 물이 끝나면 그대로 앉아서 다시 피어오르는 구름을 바라본다. 자연의 변화에 따라 작자의 적응이 변한다. 이제는 돌아가려 하는데 우연히 산중에서 나무꾼을 만나서 재미있는 애기꽃을 피우며 갈 길을 잊고 앉아 있다. 세월을 초월한 자연 속의 즐거움이 그대로 그려져 있다.

13. 장소부에게 답함

王維(왕유)

酬張少府

晩年惟好靜	나이가 많으니 다만 고요하게 지내는 것이 좋고
萬事不關心	만사에 관심이 없다.
自顧無長策	스스로 돌아 보아도 좋은 계책이 없고
空知返舊林	부질없이 옛 전원으로 돌아가야 한다는 것을 알 뿐이다.
松風吹解帶	소나무에서 이는 바람은 풀어놓은 옷 띠로 불어오고
山月照彈琴	산위의 달은 튕기는 거문고를 비쳐 준다.
君問窮通理	그대가 잘살고 못사는 이치를 묻는데
漁歌入浦深	어부의 노래가 멀리서 들려올 뿐이다.

【자구】

張少府(장소부) : 소부는 벼슬, 그의 이름은 알 수 없다.

【통석】

나이가 많아지니 다만 조용하게 지내고 싶은 생각뿐이고

세상의 모든 일에 대한 관심이 없어졌다.
이제 다시 세상에 나아가 보았자 내 자신을 돌아볼 때
아무런 계책이 없으니
옛날에 살던 고향으로 돌아오는 것이 가장 좋다고 생각된다.
거리낌없이 옷깃을 풀고 앉았으면
시원한 솔바람이 불어오고
밤이면 산에 솟아오르는 달빛이 내가 타는 거문고를 비쳐 준다.
끝으로 그대는 "세상을 어떻게 사는 것이 잘 사는 것이냐?"고 물었으나,
나는 대답할 말이 없고,
내 귓전에는 세상을 잊고 사는 어부의 노래가 멀리서 들려올 뿐이다.

【감상】
작자가 벼슬길에 나섰다가 뜻대로 되지 않아 전원에 돌아왔을 때인데, 그의
동료인 장소부가 시를 지어 보내고 앞으로의 의사를 타진하므로 이에 대한
자기의 소견을 밝힌 것이다.

14. 좌성의 두습유에게 부침

岑參(잠삼)

寄左省杜拾遺

聯步趨丹陛	걸음 나란히 해 궁중 계단을 종종걸음치면서도,
分曹限紫微	부서 나뉘어 궁궐 안에서도 제한되네.
曉隨天仗入	새벽에는 천자의 의장대 따라 들어가고,
暮惹御香歸	저물녘엔 궁궐의 향 연기 끌고 돌아온다.
白髮悲花落	백발은 지는 꽃을 슬퍼하는데,
青雲羨鳥飛	푸른 하늘의 나는 새 부러워라!
聖朝無闕事	밝은 천자 계신 조정에 빠지는 일 없으니,
自覺諫書稀	간언하는 글 드묾을 스스로 알겠네.

【자구】

左省(좌성) : 문하성의 다른 이름. 간언을 맡은 관청.　杜拾遺(두습유) : 두보를 말함. 습유는 문하성의 관리.　聯步(연보) : 작자와 두보 둘이 같이 조정을 드나드는 것을 말함.　趨(추) : 종종걸음치는 것.　丹陛(단폐) : 붉은 칠을 한 궁중의 계단.　分曹(분조) : 부서가 다름. 곧 당시 두보는 문하성의 좌습유, 작자는 중서성의 右補闕(우보궐)이었다. 이 둘은 모두 諫官(간관)에 속한다.　紫微(자미) : 보통 천자의 궁전을 가리키는데, 개원 원년에서 5년까지 중서성을 紫微省(자미성)이라 불렀던 적이 있어 여기서는 중서성을 가리킨다는 견해도 있다. 天仗(천장) : 천자의 의장대.　惹(야) : 끌다.　御香(어향) : 궁중에서 피우는 향의

연기.   靑雲(청운) : 여기서는 '靑空'과 같다. 푸른 하늘.   聖朝(성조) : 성스럽고
밝은 황제가 계신 조정.   闕事(궐사) : 빠진 일, 잘못된 일.

【통석】
그대와 나는 간관의 직무를 맡아 서로 걸음을 나란히 하여
궁전 계단을 오르내리지만,
부서가 달라 각각 궁궐의 좌(문하성), 우(중서성)로 나뉘어
근무하기 때문에 한 번 만나 얘기 나누기도 어렵다.
우리들은 새벽에 의장대를 따라 '오늘은 무슨 일이 있으려나' 하는
기대에 부풀어 입궐하다가, 어두워지는 저물녘에는 별로 한 일도 없이
궁전 향로에서 피어오르는 향 연기만 몸에 감은 채 돌아온다.
벌써 희게 세어버린 내 머리와 나이를 보니,
땅에 떨어지는 꽃을 대하면 슬퍼지고,
저 푸른 하늘 높이 날아 다니는 새와 같은 높은 관직에 있는
이들이 부러울 뿐이다.
성스럽고 밝은 덕을 갖춘 천자가 계신 때를 만나
정사에 별로 잘못된 일이 없으니,
간관의 직책을 맡은 내가 간언 올릴 일이 드문 것을 또한 깨닫겠다.

【감상】
이 시는 줄곧 변새에 종군했던 작자가, 당시 좌습유로 있던 두보의 추천으로
우보궐이 된 뒤 지은 것이다. 승구와 결구는 표면적으로는 관직 생활의 규칙
성과 시대의 무사태평함을 노래하고 있는 듯하지만, 실은 아직 안사의 난 와
중에 있던 당 조정이 처리해야 할 어려운 문제들이 산적해 있음에도 불구하
고 무사안온하게 넘어가는 것에 대한 작자의 비판이 담겨 있으며, 한편으론
그런 사태를 풀어나갈 실제적인 능력이 없는 미관말직의 자기 신세에 대한
비탄이 서려 있다. 또 '간관'이라는 직책에 한껏 기대를 품었던 작자의 실의에
찬 모습과, 자기와 똑같은 처지일 두보에 대한 우정어린 연민도 볼 수 있다.

15. 연주성루에 올라
杜甫(두보)

登兗州城樓

東郡趨庭日	동군에서 아버님의 가르침 받을 때,
南樓縱目初	처음으로 남루에서 사방을 둘러보다.
浮雲連海岱	뜬구름은 동해와 태산에 이어졌고,
平野入靑徐	너른 들은 청주와 서주로 들어간다.
孤嶂秦碑在	외로운 묏부리엔 진의 비석만 서 있고,
荒城魯殿餘	황량한 성터에는 노전이 남아 있다.
從來多古意	이전부터 회고하는 뜻이 많았기에,
臨眺獨躊躇	높은 데서 바라보며 홀로 머뭇거린다.

【자구】

兗州(연주) : 전국 시대 노 나라 지역. 지금의 산동성 연주현. 東郡(동군) : 연주 일대를 가리키는 진한 시대의 옛 이름. 趨庭(추정) : 추는 종종걸음 치는 것. 『논어』「계씨편」의 공자 아들 鯉(리)가 종종걸음으로 공자 앞을 지나갈 때, 공자가 『시경』과 『예기』를 배웠는가를 물은 것에서 연유하여, 아버지를 가까이 모시면서 가르침 받는 것을 의미한다. 여기서는 두보가 당시 연주도독부 사마로 있던 아버지 杜閑(두한)을 방문한 것을 말한다. 南樓(남루) : 연주를 둘러싼 성곽의 남쪽 문에 있는 누대. 縱目(종목) : 사방을 맘껏 둘러보는 것. 海岱(해대) : '海'는 동해, '岱'는 오악의 하나인 태산. 태산은 연주에서 북동쪽으로 약 80㎞ 떨어져 있다. 靑徐(청서) : 청주와 서주. 청주는 지금의 산동성 익도현, 연주에서 동북쪽으로 200㎞ 정도 떨어져 있고, 서주는 지금의 강소성 서주시로 연주에서 남쪽으로 150㎞ 정도 떨어져 있다. 孤嶂秦碑在(고장진비재) : 진시황제가 기원전 219년 지금의 산동성 추현의 동남쪽에 있는 추역산에 올라, 진의 덕을 칭송하며 세운 돌비석을 말한다.⇒[참고]. 荒城(황성) : 황량한 성터, 곧 전국시대 노의 수도였고 공자의 출생지이기도 한 곡부를 가리킴. 魯殿(노전) : 전한 경제의 아들 유여가 세운 영광전을 말함. 古意(고의) : 회고하는 마음. 臨眺(임조) : 높은 곳에서 멀리 바라보는 것. 躊躇(주저) : 발이 떨어지지 않아 머뭇거리는 것.

【통석】
나는 옛날 동군으로 불렸던 이곳 연주에 와서 사마로 계시는 아버지를 뵙고,
곧 성의 남쪽 누대에 올라 처음으로 이곳의 사방 경치를
맘껏 둘러보게 되었다.
동쪽으로 바라보니,
동북쪽의 태산에서부터 멀리 동해까지 뜬구름이 쭉 이어져 있고,
남북으로 바라보니,
연주 주변의 평야 지대가 북쪽의 청주와 남쪽의 서주에 이르기까지
넓게 뻗어 있다.
연주 주변의 추역산에는 진시황이 세운 비만이 외롭게 서 있고,
노의 수도였고 공자의 출생지인 황량한 곡부에는 한 때 지은
영광전만 쓸쓸하게 남아 있다.
나는 원래 옛일을 돌이켜 생각하기 좋아하는 사람인지라,
지금 이곳에 올라 사방의 유적을 둘러보노라니,
여러 역사적 상념에 사로잡혀
무거워진 발걸음을 떼놓지 못한다.

【감상】

이 시는 齊趙(제조) 지방을 유람하던 젊은 시절의 작자가 연주 사마로 있던 아버지를 방문했을 때 지은 것으로, 전하는 두보 작품 중 가장 초기의 것이다. 기구에서 '縱目'으로 시작하여, 승구에서는 '縱目'한 원경을 묘사하고, 전구에서는 '縱目'한 근경을 서술하면서 '秦碑'와 '魯殿'이라는 유적을 끌어와, 결구의 '古意'와 '躊躇'로 연결, 총괄시켰다. 왕위를 만세토록 전하고자 자기를 시황제라 했으나 결국 2세에 그치고만 진의 유적이 있는 추역산, 그리고 공자의 출생지이며 노의 수도로 번성했던, 그러나 지금은 황량해진 곡부 근처를 바라보는 작자의 착찹한 마음이 웅장한 스케일 속에 나타나 있는 회고시의 명작이다.

【참고】

진시황제는 기원전 219년부터 전국에 진의 덕을 칭송하는 비석을 세웠는데 추역산의 것은 그 최초의 것으로, 승상 李斯(이사)의 글씨로 篆字(전자) 144자가 새겨져 있었다. 이 비는 5세기경 북위의 太武帝(태무제)에 의해 부서지고 殘石(잔석)도 마을 사람들에 의해 불태워졌는데, 원대에 그 模刻(모각)이 만들어져 지금도 추현에 보존되어 있다.

16. 여행하는 밤에 회포를 씀
杜甫(두보)

旅夜書懷

細草微風岸	여린 풀 산들바람에 흔들리는 강가 언덕.
危檣獨夜舟	높은 돛대 아래 홀로 밤을 지키는 배.
星垂平野闊	별 낮게 드리운 평야는 드넓고,
月湧大江流	달 용솟음치는 양자강은 흐른다.
名豈文章著	이름을 어찌 문장으로 드러내랴!
官因老病休	관직은 늙고 병들어서 그만두었다.
飄飄何所似	바람에 날려 다니는 모양, 무엇과 같은가?
天地一沙鷗	하늘과 땅 사이의 한 마리 갈매기.

【자구】

危檣(위장) : 높이 솟은 돛대. 돛은 접고 돛대만 높다랗게 남은 상태를 말함.
獨夜(독야) : 혼자만 깨어 있는 밤.　垂(수) : ‘隨’로 된 곳도 있다.　闊(활) : 탁 트인 모양.　湧(용) : 솟아오르다.　因(인) : ‘應’으로 된 곳도 있다.　老病(노병) : 이 당시 작자의 나이는 54세. 폐병, 당뇨병, 다리 마비 등의 병이 있었다.　飄飄(표표) : 작은 것이 바람에 날리는 모양.　沙鷗(사구) : 강가 모래의 물새.

【통석】

배 안에서 양쪽 언덕을 바라보니, 미풍이 산들산들 불어 여린 풀을 흔드는데,

강 주변에는 아무도 없고, 오직 잠 못 들어 하는 나를 실은
내 외로운 배만이 높다랗게 돛대를 세우고 정박해 있다.
너른 평야 위에는 하늘 가득히 반짝이는 별들이 낮게 드리워져
평야가 더욱 넓어 보이고,
도도히 흐르는 양자강엔 달이 비쳐 물결 따라 크게 일렁이며
강물과 함께 흘러간다.
나는 다시금 이 아름다운 경치 앞에서 내 불우함을 탄식하게 된다.
내가 지금 비록 시문으로 이름을 얻고 있긴 하지만,
내 본 뜻은 국가를 경륜하는 것이었지
이런 문장으로 이름 날리는 것이 아니었다.
또 어렵사리 얻은 工部員外郎(공부원외랑)이란 미관말직,
그것도 사정이 여의치 않아 늙고 병든 것을 이유로 사직하였다.
그런 지금의 내 처지는 무엇과 비길 수 있을까?
이 넓은 천지 사이를 이리저리 날아 다니는
보잘 것 없는 한 마리 조그만 갈매기.
그것과 같다고나 할까!

【감상】

이 시는 작자가 가족들을 데리고 성도를 떠나 배를 타고 동쪽으로 오던 도중,
양자강 가에서 묵으며 지은 것이다. 전반부에서는 '旅夜'의 풍경을 묘사하였
고, 후반부에서는 '書懷'하였다. 승구의 웅장하고 드넓은 풍경 묘사는 역대로
많은 평자들의 찬탄을 받아왔는데, 결구의 '드넓은 천지의 한 마리 외로운 갈
매기'처럼 처량하고 막막한 작자의 심정과 대비되어 깊은 맛을 느끼게 한다.
전구에는 젊었을 때부터 가졌던 경세에의 열망이 실현되지 못하고 늙고 병든
지금 겨우 末事(말사)인 문장으로 이름을 얻었을 뿐인 자신에 대한 체념이 나
타나 있고, 또 사실은 배척을 받아 그만두게 된 공부원외랑 자리를 '老病'의
탓으로 완곡하게 표현하고 있는 것에서 참담했던 작자의 자위를 읽을 수 있
다.

17. 봄날에 이백을 생각함

杜甫(두보)

春日憶李白

白也詩無敵	이백은 시가 상대가 없어서
超然思不群	높다란 생각은 일반을 초월하였다.
淸新庾開府	맑고 새로움은 유개부와 같고,
俊逸鮑參軍	높고 뛰어난 것은 포참군과 같다.
渭北春天樹	위수 북쪽은 봄철에 나무가 우거졌는데
江東日暮雲	양자강 가에 해저문 날에 구름이 피어 오르겠지.
何時一樽酒	언제쯤 술 한 병 따르며
重與細論文	가서 함께 문학을 의논할지?

【자구】

超然(초연) : '飄然'으로 된 곳도 있다.　庾開府(유개부) : 북조 시대의 시인인 庾信(유신). 벼슬이 '開府儀同三司'를 지냈으므로 '庾開府'라 함.　鮑參軍(포참군) : 南朝(남조)　劉宋(유송) 시대의 시인인 鮑照(포조). 벼슬이 '荊州前軍 參軍'이었으므로 '鮑參軍'이라 함.　渭北(위북) : 위수의 북쪽 곧 장안을 가리킴.

【감상】

이백과 두보는 시인으로서 일대를 대표하는 대가로 같은 시대에 나서 작가로서 특별한 우정을 가졌다. 두보가 이백을 생각하는 제목의 시가 여러 편 있는데 이 시는 그중에서도 가장 대표적인 작품이다.

첫구에 천재 시인으로서의 이백을 자연스럽게 제기하였고, 둘째 연에서는 그 시의 가치를 평가하여 청신하고 준일한 점을 지적하여 이러한 점이 아무도 이백을 따를 수 없음을 칭찬하였다. 셋째 연에서 멀리 헤어져 서로 못내 그리워하는 심정을 서술하였다. 두보가 있는 장안은 답답한 나무의 거리요, 이백이 헤매는 강동은 저녁 구름만 피어오른다. 두보는 구름을 보고 이백을 그리워하며, 이백은 나무 숲을 보고 두보를 상상할 것이다. 나무나 구름은 모두가 음울하여 밝은 심정은 전혀 느낄 수 없다. 작자는 두 사람이 헤어져서 서로 그리워하는 심정을 양쪽의 자연을 묘사함으로 평담하면서도 간절하게 표현하였다.

끝 구에서 다시 만나고 싶은 심정을 서술하면서도 술잔을 기울이며 문학에 대한 깊이 있는 토론을 다시 전개하고 싶다는 희망을 강렬하게 표현하여 끝을 맺었다.

18. 봄에 바라 봄

杜甫(두보)

春望

國破山河在	나라가 허물어졌는데도 산과 물은 남아 있고
城春草木深	성에 봄이 찾아오니 풀과 나무가 우거졌다.
感時花濺淚	시국을 생각하니 꽃을 보고도 눈물을 뿌리고
恨別鳥驚心	가족과 헤어져 있으니 새소리에도 마음이 놀란다.
烽火連三月	봉화불이 석달이나 계속되니
家書抵萬金	집안의 편지는 만 냥에 해당하리라
白頭搔更短	흰 머리털 긁을수록 더욱 짧아지니
渾欲不勝簪	이제는 머리에 꽂는 비녀를 버티지 못할 듯하다.

【자구】

春望(춘망) : 작자가 숙종 지덕 원년(757)에 안녹산의 난에 피난 생활을 하면서 장안에서 지은 것. **城春**(성춘) : 여기서 '春'은 동사다. 곧 성에 봄이 왔다는 뜻.

烽火(봉화) : 여기서는 전쟁을 알리는 봉화.   簪(잠) : 비녀. 옛 사람들은 머리털
을 묶어서 상투를 틀고 갓을 쓰는데 갓이 벗겨지지 않도록 기다란 비녀를 상
투에 꿰었다. 여기서는 머리털이 줄어 비녀를 버티기 어렵다는 것.

【통석】

당의 수도였던 화려한 도시 장안이 전쟁으로 인하여
궁궐과 가옥이 파괴되었다.
산천은 그대로 남아 있고 봄이 찾아들었으나
폐허처럼 초목만이 아무도 손대지 못한 채로 무성하게 우거져 있다.
이런 시국이라 꽃을 보아도 눈물이 흐르고
가족들과 헤어져 있는 몸으로
새소리를 들어도 즐겁기보다 마음이 깜짝깜짝 놀란다.
전쟁의 신호인 봉화는 벌써 삼 개월이나 계속되니
집안 소식을 전해주는 편지가 있다면 그 가치는 만냥에 해당할 것이다.
고생과 걱정 속에 센 머리털은 긁을수록 자꾸 빠져서
이제는 비녀도 버티지 못할 지경이다.

【감상】

작자 두보는 오랜 동안을 전쟁 가운데에서 지냈기 때문에 작품 중에는 전쟁
을 배경으로 한 시가 매우 많다. 그 가운데서도 이 시는 특히 많은 사람에게
널리 읽혔다. 나라를 사랑하는 열정, 가족을 그리워하는 애절함을 느낄 수 있
으나 이를 드러나게 표현하지는 않았다. 꽃과 새, 봉화와 집안 소식들을 두루
소재로 다루면서도 극히 자연스럽게 엮어 나갔다. 또 강렬한 감정과 풍부한
내용을 포함하였으나 하나도 천박하거나 얽매임이 없어 웅혼한 맛을 음미할
수 있다.

19. 봄밤에 내리는 기쁜 비

杜甫(두보)

春夜喜雨

好雨知時節	반가운 비가 제철을 알아
當春乃發生	봄이 되어 내린다.
隨風潛入夜	바람을 따라 몰래 밤에 들어와서
潤物細無聲	물건을 축여주면서도 아무런 소리도 없다.
野徑雲俱黑	들판의 오솔길은 구름과 함께 알아볼 수 없는데,
江船火獨明	강 위의 배에는 등불만이 비친다.
曉看紅濕處	새벽이 되어 붉은 빛이 젖은 곳을 보니
花重錦官城	금관성이 꽃으로 겹겹이 덮여 있다.

【자구】

錦官城(금관성) : 사천성의 首府(수부)인 成都城(성도성)의 별칭.

【통석】

봄철에 가물어 비를 기다릴 때
밤에 내린 반가운 비(喜雨)가 바람 부는 밤에
사람처럼 남몰래 살짝 들어와
메마른 모든 초목들을 축여주면서도

보슬비이므로 소리도 내지 않는다.
밤에 오는 비라 들판의 오솔길도 보이지 않고
다만 밤에 떠 있는 배 위의 등불만이 비친다.
새벽에 일어나 보니 밤새도록 내린 비에
붉은 꽃은 촉촉이 젖어 있고 금관성 전체가 꽃으로 덮여 있다.

【감상】

이 시는 제목에서 보이는 "봄, 밤, 반가운, 비" 네 가지 단어를 유감없이 발휘
했다. 비를 의인화하여 반가운 사람이 온다는 소식도 없이 남몰래 밤중에 살
며시 들어와서 메마른 땅에 초목들을 흐뭇하게 축여주면서도 소리도 내지 않
는 은혜로운 천사 같이 표현했다. 새벽에 일어나서 비로소 밤새도록 내린 비
가 온 성중을 붉게 물들인 혜택에 기뻐하는 작자의 심정을 토로한 것이다.

20. 악양루에 올라

杜甫(두보)

登岳陽樓

昔聞洞庭水	옛부터 동정호 소문 들었더니,
今上岳陽樓	이제야 악양루에 오른다.
吳楚東南坼	오와 초는 동과 남으로 터졌고,
乾坤日夜浮	하늘과 땅은 밤낮으로 떠 있구나!
親朋無一字	친척 친구에게선 한 줄 편지도 없는데,
老病有孤舟	늙고 병든 몸엔 외로운 배만 남았다.
戎馬關山北	전쟁 말이 관산 북쪽에 있어,
憑軒涕泗流	난간에 기대니 눈물 금할 수 없어라.

【자구】

岳陽樓(악양루) : 호남성 악양현의 서문에 있는 누대. 여기서 바라보는 동정호 풍경은 절경으로 꼽힌다. 洞庭湖(동정호) : 호남성의 북부. 양자강 남안에 있는 중국에서 세 번째로 큰 호수. 吳楚東南坼(오초동남탁) : 동정호가 있는 지역은 춘추 시대에 초 땅에 속했다. 오는 지금의 강소·안휘·절강성 지역. '坼'은 동정호에 의해 동과 남의 오와 초 유역이 둘로 나뉜 것을 표현. 乾坤日夜浮(건곤일야부) : 건곤은 하늘과 땅. 드넓은 동정호가 스스로 하나의 별세계가 되어 해와 달이 그 가운데서 뜨고 짐. 곧 동정호의 웅대한 기상을 표현한 것. 親朋(친붕) : 친척과 친구. 一字(일자) : 짧은 편지. 老病(노병) : 이 때 작자의

나이는 57세로 죽기 2년 전에 해당, 폐병·당뇨·다리 마비에 귀가 몹시 멀고
오른팔이 마비되는 등의 병에 시달렸다.　戎馬(융마) : 군마. 전쟁이 벌어지는
것을 말함. 이때 안사의 난은 끝났으나, 조정의 권위는 땅에 떨어지고 각지에
서 군벌이 발호하고 토번이 침입하는 등, 당 나라는 어수선한 상태였다.　關山
北(관산북) : 관문이 있는 산의 북쪽. 여기서는 장안에서 낙양에 이르는 수도권
일대.　憑軒(빙헌) : 난간에 기댐.　涕泗(체사) : ‘涕’는 눈물, ‘泗’는 콧물.

【통석】

옛부터 동정호가 장관이란 말은 익히 들었지만 오르지는 못했다가,
늙고 병든 몸으로 이제야 악양루에 올라와 보게 되었다.
과연 듣던 바와 같이 절경이어서, 동쪽으로는 오가,
남쪽으로는 초가 동정호 강물에 의해 갈라져 있는 것이 보이고,
호탕한 호수 위에는 또 하나의 천지가 이루어져 해와 달이
그 가운데서 뜨고 지는 듯하다.
이러한 절경을 보노라니, 나는 문득 내 신세를 돌아보게 된다.
세상이 어지러워 친척과 친구와는 연락이 단절된 지 오래이고,
늙고 병든 나는 일엽편주에 몸을 싣고 정처없이 표박하며 지낼 뿐이다.
한편 세상 돌아가는 것을 보면, 아직도 장안과 낙양 부근에는 난리가
그치지 않고 있으니, 언제나 나라가 평화를 되찾아
나도 고향에 돌아갈 수 있을지.
이런저런 생각에 젖어 악양루 난간에 기대어 있노라니, 나도 모르게
눈물이 쏟아져 나와 콧물을 훌쩍이게 된다.

【감상】

이 시는 두보의 시에서도 특히 걸작으로 손꼽히는 것인데, 그 중에서도 승구
는 그 드넓고 웅장한 스케일 때문에 고금의 절창으로 평가되어 왔다. 전구에
는 배를 집으로 삼아 정처 없이 남북으로 떠돌던 만년의 작자 모습이 표현되
어 있는데, 이 구에 이르면 악양루에 오른 소감이 단지 ‘벅찬 기쁨’만이 아니

라, '이렇게 늙고 실의에 찬 오늘에야 악양루에 오르게 되었다'는 '착잡함'까지
도 포함하고 있는 것임을 알 수 있다. 결구에서는 '우국 시인'이란 칭호답게
외로움과 老病(노병)이란 개인적 문제 위에 혼란한 국가에 대한 고민이 겹쳐
눈물짓는 작자를 만나게 된다.

21. 북고산 아래에 머물며

王灣(왕만)

次北固山下

客路靑山外	나그네 갈 길은 청산 밖에,
行舟綠水前	가는 배는 푸른 물 앞에.
潮平兩岸闊	조수 평평하니 양 언덕이 드넓고,
風正一帆懸	바람 잔잔하니 돛대 하나 매달렸다.
海日生殘夜	바다 해는 밤 다 가기 전에 떠오르고,
江春入舊年	강의 봄은 한해 다 가기 전에 찾아온다.
鄕書何處達	고향으로 보내는 편지, 어디로 부칠까?
歸雁洛陽邊	돌아가는 기러기, 낙양 쪽으로 날아가네.

【자구】

次(차) : 여행 도중 머물러 숙박하는 것. 北固山(북고산) : 강소성 진강시의 동북쪽, 양자강 남쪽 언덕에 있는 산. 風正(풍정) : 바람이 제 방향에서 부는 것. 순풍. 懸(현) : 매달리다. 海日(해일) : 양자강 강가이지만, 강폭도 넓고 바다와도 가까워 '바다'(海)로 인식한 듯하다. 殘夜(잔야) : 아직 밤이 다 가지 않은 것. 날이 채 새기 전. 舊年(구년) : 지난 해. 鄕書(향서) : 고향에서 오는 편지, 또는 고향으로 보내는 편지. 여기서는 후자의 뜻. 達(달) : 이르다. 닿다. 歸雁(귀안) : 기러기는 편지를 전해주는 매개물로 인식되어 왔다.

【통석】

나그네인 내가 가야 할 길은 청산 밖으로 멀리 뻗어 있고,

내가 타고 갈 배는 푸른 물결 앞에 대어 있다.

만조가 된 강기슭은 물이 가득히 실려 드넓어 보이고,

알맞은 바람이 불어 돛은 구김하나 없이 곧바르게 걸려 있다.

바다와 가까운 이곳의 아침 해는 아직 날이 다 새기도 전에 솟아오르고,

강남인 이곳의 강에는 아직 한해가 채 가기도 전에 봄이 찾아와

강물이 풀리고 초목이 눈을 뜬다.

이런 특이한 景物(경물)을 보니 나는 문득 고향이 그리워진다.

그러나 고향으로 편지 부치고 싶어도 전할 방법이 없으니,

누구에게 부탁해 볼까?

마침 북쪽 낙양으로 날아가는 기러기가 있으니,

저 기러기들에게나 부탁해 볼까?

【감상】

왕만의 시는 오직 이 한 수 밖에 전하지 않는데, 이 한 수로도 충분히 훌륭한
시인이라는 평가를 들을 만하다. 특히 바다 가까운 강남 지방의 이른 해돋이
와 일찍 찾아오는 봄을 묘사한 '海日生殘夜 江春入舊年'의 구는 보통 사람으
로서는 표현이 불가능한 명구이다.

22. 파산사 뒤 선원에서
常建(상건)

破山寺後禪院

淸晨入古寺	맑은 새벽 옛절에 찾아드니,
初日照高林	첫 해가 높은 숲에 비친다.
曲徑通幽處	구비진 오솔길 그윽한 곳으로 통했는데,
禪房花木深	선방에는 꽃과 나무 무성하다.
山光悅鳥性	산 빛은 새의 성품 기쁘게 하고,
潭影空人心	못 그림자 사람 마음을 비게 한다.
萬籟此俱寂	온갖 소리 여기선 모두 고요하여,
惟聞鐘磬音	다만 종소리, 경쇠 소리만 들린다.

【자구】

破山寺(파산사) : 지금의 강소성 상숙현 서북쪽의 교외에 있는 절. 제목 위에
'題'자가 더 있는 곳도 있다.　**後禪院**(후선원) : 절 뒷편에 있는 선방.　**曲徑**(곡경)
: 구비진 오솔길. '一徑' 또는 '竹徑'으로 된 곳도 있다.　**通**(통) : '遇'로 된 곳
도 있다.　**幽處**(유처) : 그윽하고 조용한 곳. 곧 파산사 뒷편에 있는 선원을 말
함.　**萬籟**(만뢰) : 만물에서 나오는 세상의 온갖 소리.　**俱**(구) : 모두. '都'로 된
곳도 있다.　**鐘磬**(종경) : 종과 경쇠. 둘 다 절에서 시간을 알리는 데 쓰인다.

【통석】

기운 맑은 상쾌한 새벽에 오래된 절 파산사에 들어가니,

마침 막 떠오른 아침 해가 키 큰 나무 숲 위를 비춘다.

구부러진 오솔길은 뒷편의 깊숙한 곳, 선원으로 통해 있는데,

선방 주변에는 꽃과 나무들이 무성하게 우거져 세상 밖인 듯한 느낌이 든다.

선방을 둘러싼 아침 햇살이 비쳐든 산에는,

새들이 즐거운 듯 지저귀고 있고,

고요히 맑게 고여 있는 연못에 비치는 빛과 그림자는,

먼지에 찌든 사람의 마음을 깨끗하게 씻어 텅 빈 마음을 가지게 한다.

얼마나 한적하고 안온하여 도닦기에 적당한 곳인가!

우주간의 모든 소리가 여기에선 하나도 들리지 않고,

다만 조용한 가운데 절간에서 들려오는 종소리, 경쇠 소리만이

사방의 정적을 깨뜨리며 들려올 뿐이다.

【감상】

선원의 정적을 읊은 시이다. 공기의 맑음(淸), 햇살의 밝음(初日), 선원의 그윽함(幽)과 깊음(深)과 고요함(寂)이 잘 어울어져 한 폭의 그림처럼 나타나 있다. 전구에서는 산속에서 지저귀는 새소리를, 이 파산사의 산색이 유난히 좋아 새의 본성과 맞기 때문에 즐겁게 지저귄다고 표현하였는데, 그 착상이 기발하다 하겠다.

23. 악양의 저녁 풍경
張均(장균)

岳陽晚景

晚景寒鴉集	저녁 빛에 찬 까마귀 모이고,
秋風旅雁歸	가을바람에 떠도는 기러기 돌아온다.
水光浮日出	물빛은 해를 띄우고,
霞彩映江飛	저녁 노을은 강에 비쳐 날으며,
洲白蘆花吐	물가엔 하얗게 갈대꽃 만발했고,
園紅柿葉稀	동산엔 빠알간 감, 잎사귀 드물어라.
長沙卑濕地	낮고 습한 장사 땅에서
九月未成衣	구월인데도 아직 옷을 짓지 못했구나.

【자구】

岳陽(악양) : 지금의 호남성 악양시. 晚景(만경) : '景'은 '影'과 통한다. 저녁 볕.
寒鴉(한아) : 까마귀가 음산하고 차가운 기분을 주기 때문에 접두사로 '寒'을
붙인 듯하다. 秋風旅雁歸(추풍여안귀) : 한무제의 <추풍사>에 '秋風起兮白雲
飛 草木黃落兮雁南歸'의 구가 있다. 水光浮日出(수광부일출) : '出'은 '去'로 된
곳도 있다. 물위에 비치는 저녁 해를 보면, 해가 짐에 따라 점점 물위로 떠올
라 온다. 이것을 거꾸로 물을 행위 주체로 하여 표현한 것이 바로 이 구이다.
霞彩(하채) : 저녁 노을. 柿葉(시엽) : 감잎. 長沙卑濕地(장사비습지) : 악양은 한
대에 長沙國(장사국)에 속했다. '卑濕地'는 지대가 낮고 축축해 습기가 많은

곳. 장사에 귀양왔다 죽은 賈誼(가의)의 고사를 인용하고 있다.⇒[고사] 九月
(구월) : 만추에 해당. 『시경』「빈풍」<칠월> 시에 '九月授衣'라는 구가 있다.

【고사】

어린 나이에 文才(문재)를 보여 태중대부에까지 임명되었던 가의는 모함을
받아 장사왕의 태부로 좌천되었다. 卑濕(비습)한 곳인 이곳 장사에서, 가의는
오래 살지 못하겠다고 생각했는데, 과연 얼마 지나지 않아 죽었다(『史記』「賈
誼列傳」).

【통석】

해질 무렵이 되자 스산하게 느껴지는 까마귀가 깃을 찾아 모여들고,
가을 바람에 기러기도 따뜻한 남쪽을 찾아 북쪽에서 돌아온다.
동정호 물결은 지는 햇살을 받아 빛나는데,
그 물에 비친 저물녘 해는 물결을 따라 일렁이며 점점 위로 떠오르고,
불타는 저녁 노을은 동정호를 아름답게 물들이며 시시각각으로 변하고 있다.
물가는 만발한 갈대꽃으로 뒤덮여 새하얗게 보이고,
동산에 있는 잎이 다 진 감나무에는 빨갛게 감들이 매달려 있어,
완연히 늦가을의 정취를 보여준다.
이곳 장사 지방은 토질이 비습하여 한기가 빨리 느껴지므로 되도록 빨리
겨울옷 준비를 해야 하는데,
나는 아직 남들이 다 동복을 마련하는 9월이 되도록 옷도 짓지 못하고
쓸쓸하게 객지에서 헤매고 있다.

【감상】

악양루에서 지은 시는 이루 셀 수 없이 많지만, 그 중 대표적인 것으로는 두
보의 '吳楚東南坼 乾坤日夜浮'(388쪽 참조)와 맹호연의 '氣蒸雲夢澤 派撼岳陽
城'(366쪽 참조) 두 구를 들 수 있는데, 동정호의 늦가을 풍경을 그린 것으로
는 이 시도 또한 꼽을 만하다. 한편 이 시의 창작 시기에 대해서는, 작자의 아

버지 張說(장열)이 악주에 좌천되었을 때 아들인 작자가 동행하며 지은 것으로 보는 견해도 있고, 안녹산 난이 진정된 후 난중에 작자가 중서령이란 관직을 받았다 해서 광서성 합포로 좌천되어 가던 중 악주를 지나면서 지은 것으로 보는 견해도 있다. 어쨌든 타향에서 늦가을을 만난 작자의 애수가 차분한 풍경 묘사와 돌연한 작자 상황의 서술이라는 구성 속에 잘 드러나 있다.

24. 목릉관 북쪽에서 어양으로 돌아가는 사람을 만나

劉長卿(유장경)

穆陵關北逢人歸漁陽

逢君穆陵路	그대를 목릉관 길에서 만나니,
匹馬向桑乾	한 마리 말로 상간하로 간다고.
楚國蒼山古	초 땅엔 검푸른 산이 예스러운데,
幽州白日寒	유주에는 태양도 차가우리라.
城池百戰後	城(성)과 垓字(해자)가 잦은 전쟁 후이니,
耆舊幾家殘	노인과 옛사람들 몇 집이나 남았을까?
處處蓬蒿遍	가는 곳마다 쑥대밭 되었으리니,
歸人掩淚看	돌아간 사람은 볼 수 없어
	흐르는 눈물 가리리라.

【자구】

穆陵關(목릉관) : 호북성 동부의 마성현에 있는 關所(관소). 하북성과의 경계에 있으며, 중원에서 양자강 유역으로 나오는 요충지. **漁陽**(어양) : 지금의 하북성 천진시 계현. 당대(唐代) 처음에는 유주에, 개원 18년 이후에는 계주에 속했다가, 천보 원년에서 건원 원년까지는 어양군으로 불렸다. 안녹산이 이곳에서 범양절도사로 있으면서 난을 일으켰다. **匹馬**(필마) : 한 마리 말. 혼자 여행하는 것을 말함. **桑乾**(상간) : 桑乾河(상간하). 산서성에서 발원하여 북경 서쪽을 지나고 천진을 지나 발해만으로 흘러 들어가는 강. **楚國**(초국) : 전국 시대

초의 지역, 보통 호북성·호남성 일대를 말한다.   幽州(유주) : 어양 일대를 포함하는 넓은 지역의 명칭.   白日(백일) : 태양.   城池百戰後(성지백전후) : 성지는 마을을 둘러싼 성곽과 해자(성 밖으로 둘러 판 못). 안녹산이 유주에서 난을 일으킨 후, 이곳은 9년 동안 관군과 반란군 사이의 치열한 전장이 되었다.   耆舊(기구) : '耆'는 60세 이상된 노인. '舊'는 옛날 알던 사람.   蓬蒿(봉호) : 쑥대. 잡초의 총칭. 전후의 황폐한 모습을 말함.

【통석】

뜻밖에 그대를 목릉관 길에서 만났는데,
그대는 홀로 한 마리 말에 몸을 싣고 고향인 상간하 쪽으로 간다고 한다.
이곳 초 땅인 목릉관 부근에는 잦은 난리로 사람의 일은 많이 변했지만,
푸른 산만은 예나 다름없이 울창한데,
지금 그대가 가려는 유주는 안녹산이 난을 일으킨 곳인 만큼,
대낮에도 살기가 어려 추운 기운이 감돌 것이다.
그곳 어양의 성곽과 해자는 많은 전쟁을 치른 후라 옛날 모습은
거의 찾아볼 수 없을 것이고,
마을도 황폐해져서 예전에 살던 노인들이나 알던 사람이
몇 남아 있지 않을 것이다.
가는 곳마다 쑥대밭이 되어 잡초만 무성할 것이니,
그대는 그 모습을 차마 볼 수 없어 눈물 흐르는 두 눈을 감싸쥐고 말 것이다.

【감상】

이 시는 안사의 난은 이미 평정되었으나, 조정은 부패해 있고 국력은 쇠약하며 군벌 세력들이 맹위를 떨치고 백성들은 처참한 상황에 빠져 있을 때, 안사의 난으로 가장 많은 피해를 입었던 어양으로 돌아가는 사람을 만나 지은 것이다. 어디를 가나 황폐하고 쓸쓸한 전후의 모습이 잘 나타나 있는데, 특히 '幽州白日寒'의 구는 단지 북방의 날씨가 쌀쌀한 것 뿐만 아니라, 살벌한 도시와 참혹한 백성들의 생활까지도 암시해 주고 있다.

25. 송정역에서
張祜(장호)

題松汀驛

山色遠含空	산빛은 멀리 창공을 머금었고,
蒼茫澤國東	택국 동쪽은 아득하여 어슴프레하다.
海明先見日	바다가 밝아지니 먼저 해를 보고,
江白逈聞風	강이 맑으니 멀리서 바람소리 듣는다.
鳥道高原去	새나 다니는 길 고원으로 나 있고,
人烟小徑通	인가 연기와는 작은 오솔길이 통한다.
那知舊遺逸	어찌 알겠는가, 옛날 유일 같은 이가
不在五湖中	이 오호 중에 있지 않다는 것을.

【자구】

松汀驛(송정역) : 어디인지 알지 못함. 시의 내용으로 보아 작자가 만년에 은거했던 강소성 태호 부근에 있었던 역인 듯하다. 蒼茫(창망) : 멀리까지 뻗어 있어서 어슴프레하여 분명치 않은 모양. 澤國(택국) : 호수가 많은 고장. 鳥道(조도) : 산길이 험해 날아다니는 새나 다닐 수 있는 길. 舊遺逸(구유일) : 유일은 세간의 잡스러움에서 벗어나 산야에 묻혀 있는 현인. 여기서는 춘추 말에 오호에 배를 띄우고 지냈던 범려, 한대에 오호에서 약초를 캐며 지냈던 동방삭 등을 말한다. 五湖(오호) : 강소성 소주에 있는 태호의 별명.

【통석】

이곳 송정역에서 사방을 바라보니,

푸른 산봉우리는 저 멀리까지 이어져 하늘과 접하고 있고,

호수가 많은 지방인 이곳의 동쪽은 대지가 광활하여 아득하게 보인다.

들이 넓고 바다가 가까워,

바다를 물들이며 떠오르는 해를 다른 곳보다 먼저 보게 되고,

강이 맑기 때문에 멀리서도 불어오는 바람 소리가 들린다.

저 멀리 보이는 고원으로는 새나 다닐 만한 험한 길이 나 있고,

인가의 연기가 보이는 곳으로는 조그마한 샛길만이 나 있을 뿐,

이곳은 번잡한 세계와는 현격히 떨어진 곳이다.

이 오호 지방은 옛날부터 은사들이 많이 살았던 곳인데,

지금에 이르러 그런 현인들이 숨어 있지 않다고 누가 말할 수 있겠는가?

아마 꽤 있을 것인데 나도 그 대열에 한 번 끼고 싶다.

【감상】

오호 주변은 예로부터 은자들이 많이 은거한 곳인데, 작자도 만년에 이곳에
은거했다. 이 시는 이 때에 지은 듯한데, 기・승구에서는 오호 주변 풍경의 드
넓음과 아름다움을 묘사했고, 전구에서는 은거하는 곳이 인적과 멀리 떨어진
그윽한 곳임을 표현하였으며, 결구에서는 옛날 현인들을 사모하고 자기도 동
참하고자 하는 뜻을 은근히 나타냈다. 기구의 '蒼茫澤國東'은 '(이곳은) 택국
의 동쪽인데 景色(경색)이 창망하다'와 '택국인 이곳에서 바라본 동쪽은 경색
이 창망하다'의 두 해석이 가능한데, 여기서는 후자를 택했다.

26. 밤에 찾아온 어부의 집

張籍(장적)

夜到漁家

漁家在江口	강어귀에 있는 어부의 집
潮水入柴扉	밀물이 사립문까지 들어온다
行客欲投宿	지나는 나그네 들어가서 자고 갈까 하는데
主人猶未歸	주인은 아직 돌아오지 않았다.
竹深村路遠	대숲이 깊어 마을로 들어오는 길이 멀고
月出釣船稀	달이 떠서 낚싯배도 듬성듬성하다.
遙見尋沙岸	멀리 모래사장 언덕을 바라보니
春風動草衣	봄바람에 버스럭거리는 도롱이의 모양이 보인다.

【감상】

늦은 밤에 어부의 집을 찾아 자려고 했는데 주인은 고기잡이에서 돌아오지 않았다. 조바심을 하며 주인을 기다리는 마음, 대숲 길을 뚫으며 도롱이가 바람에 부스럭거리는 소리를 듣고 반가워하는 심정을 생동감 있게 묘사한 명작이다.

27. <옛 들판의 풀>을 지어서 작별함

白居易(백거이)

賦得古原草送別

離離原上草	무성한 들판의 풀
一歲一枯榮	해마다 한 번은 시들었다가 한 번은 무성하다.
野火燒不盡	들판의 불이 태우는데도 다 없어지지 않고
春風吹又生	봄바람이 불면 다시 돋아난다.
遠芳侵古道	멀리 뻗어있는 풀밭은 옛 길에 닿았고
晴翠接荒城	개인 날 푸른 빛은 허물어진 성터와 연하였다.
又送王孫去	또 귀공자를 작별하여 보내니.
萋萋滿別情	무성한 푸른 풀에 헤어지는 정이 가득 담겨 있다.

【자구】

賦得古原草(부득고원초) : <古原草>는 옛날부터 시를 지을 때 쓰는 제목이다. '賦得'은 그 제목으로 지었다는 뜻이다. 풀은 옛날부터 작별할 때에 섭섭함을 나타내는 상징으로 사용되어 왔다. 『楚辭』에 "귀공자는 집을 나가서 돌아오지 않는데, 봄풀은 돋아서 무성하다(王孫游兮不歸, 春草生兮萋萋)" 라는 시구

에서 출발하여, '이별·봄풀·귀공자'의 단어는 항상 헤어지고 서로 보지 못
하는 그리움의 제목으로 써 왔다. 제목이 <草>로 된 곳도 있다. 離離(이리) :
풀이 무성한 모양. 王孫(왕손) : 한대에 제후왕의 손자라는 뜻으로 일반적으로
귀공자를 의미함.

【통석·감상】
들판의 풀이 가을에는 말라죽고 봄에는 잔디에 불을 놓아 다 없어지는 듯하
다가 봄바람이 불면 다시 돋아난다. 이는 들판 풀의 무궁한 생명력을 말하는
것이며 그 힘이 옛길을 다 덮고 허물어진 성에 뻗어서 왕성한 힘을 보여준다.
이러한 다시 솟아오르는 풀을 보면서 그대를 먼길로 전송하는 작자의 무한한
정회를 읽을 수 있다.

28. 이응의 시골 집에 씀

賈島(가도)

題李凝幽居

閑居少隣幷	조용한 집, 함께 사는 이웃집도 적고
草徑入荒園	풀밭 사이의 오솔길이 가꾸지 않은 정원으로 들어간다.
鳥宿池邊樹	새는 못가에 있는 나무에서 잠이 들었고
僧敲月下門	중은 달빛이 비친 문을 두들긴다.
過橋分野色	다리를 지나가니 들빛이 둘로 나누이는 듯하고
移石動雲根	구름을 헤치고 걸어오니 돌이 따라 움직이는 듯하다.
暫去還來此	나는 잠깐 갔다가 다시 이곳으로 돌아와서
幽期不負言	함께 조용히 지내고자 했던 약속을 저버리지 않을 것이다.

【감상】

李凝(이응)은 작자의 친구로 속세를 떠나 조용한 시골집에서 사는데, 중인 작자가 찾아 갔다가 못 만나서 시를 남기고 온 것이다.

첫 구는 그 집이 있는 주위와 환경을 그린 것이요, 3·4구는 자기(중)가 달 빛에 찾아와서 문을 두들기니 사람은 없고 나무 위에 깃들던 새가 놀라서 날아가는 고요함을 묘사한 것이다. 5·6구는 자기가 다시 돌아가는 정경을 묘사한 것이요, 끝구는 내가 가지만 반드시 다시 돌아와서 함께 지내고자 한 약속을 지킬 것을 다짐한 것이다.

'僧敲月下門(승고월하문)'은 推敲(퇴고), 곧 "시나 문장의 자구를 수정한다"는 말의 어원이 되었다. 옛 시화에 賈島(가도)가 말을 타고 길을 가는 도중에 "鳥宿池邊樹, 僧敲月下門"이라는 시를 지었는데 처음에는 '推(밀치다)'로 썼다가 다시 '敲(두드리다)'를 생각하여, 말 위에서 문을 밀치는 시늉과 문을 두드리는 손짓을 혼자서 반복하며 가고 있었다. 이 때에 京兆尹(경조윤 : 당시 수도 시장) 韓愈(한유)의 의장대가 앞에 오는 것도 모르고 있다가 한유 앞에 잡혀가서 자기의 사정을 말하였다. 한유는 가도를 책망하지 않을 뿐 아니라 오히려 친절히 대하며 '敲'가 더 좋다는 의견을 말하고 두 사람은 친한 친구가 되었다는 고사가 있다. 이 고사가 반드시 확실하다고 할 수는 없으나 시인이 한 자를 쓰는 데에도 이런 고심이 있음을 알 수 있다.

五言排律

1. 영은사

駱賓王(낙빈왕)

靈隱寺

鷲嶺鬱苕嶢	취령은 울창하게 우뚝 솟았는데,
龍宮鎖寂寥	용궁은 잠긴 듯 적막하구나.
樓觀滄海日	누대에선 창해의 뜨는 해 보이고,
門對浙江潮	문은 절강의 조수를 대하였다.
桂子月中落	계수나무 씨, 달에서 떨어졌는데
天香雲外飄	하늘 것인 듯한 향기 구름밖에 날린다.
捫蘿登塔遠	담쟁이 부여잡고 탑에 오르는 길 멀고,
刳木取泉遙	나무 쪼개어 물 끌어오기도 아득하다.
霜薄花更發	서리 엷게 내리니 꽃이 다시 피고,
氷輕葉互凋	얼음 얇게 어니 잎은 번갈아 시든다.
夙齡尙遐異	일찍부터 불교 숭상했더니,
披對滌煩囂	가슴 열고 대하며 속세의 시끄러움 씻는다.
待入天台路	천태산 길에 들어가기 기다려
看我渡石橋	보아 달라, 내가 석교 건너는 것을.

【자구】

靈隱寺(영은사) : 절강성 항주시의 서쪽 교외에 있는 절. 선종 10대 명찰 가운데 하나. 동진 때 인도에서 온 '慧理'라는 중이 창건했다. 鷲嶺(취령) : 석가가 설법했던 바가다국에 있던 산. 여기서는 영은사 앞 산 봉우리를 말한다. 혜리가 처음 이곳에 와서 이 산봉우리를 보고 "이것은 천축에 있는 영취산 봉우리인데 언제 이리로 날아왔는가?"라고 한 것에 연유하여 '靈鷲峯(영취봉)', '飛來峯(비래봉)'이라고도 한다. 鬱(울) : 빽빽한 모양. 岧嶢(초요) : 산이 높이 솟은 모양. 龍宮(용궁) : 절. 鎖(쇄) : 잠기다. 門對浙江潮(문대절강조) : '對'는 '聽'으로 된 곳도 있다. 절강조는 절강성 전당강을 거슬러 들어오는 조수. 이 물결은 강어귀의 성에 부딪쳐 열 번을 구비치는데, 그 맹렬한 기세와 부딪치는 소리가 유명하다. 桂子月中落(계자월중락) : 계자는 계수나무 씨. 달 속에 5백 장 높이의 계수나무가 있다는 전설이 있는데, 항주는 계수나무가 잘 자라지 않는 곳이다. 그런데 당 천성 연간에 영은사에 계수나무 씨가 떨어졌으므로, 이것이 달에서 떨어진 것이라는 전설이 내려온다. 天香(천향) : 하늘의 향기. 곧 계수나무의 향기를 말함. 捫蘿(문라) : 담쟁이 덩쿨을 부여잡음. 剜木取泉(고목취천) : 나무의 속을 파내어 대롱처럼 만들어서 땅속이나 시내 등에서 물을 끌어오는 것. 凋(조) : 시들다. 夙齡(숙령) : 젊은 시절. 遐異(하이) : 세상에 있는 것과 매우 다른 것. 곧 불교. 披對(피대) : 마음을 툭 터놓고 대함. 滌(척) : 씻어내림. 煩囂(번효) : 번잡스럽고 시끄러운 속세의 일. 天台~石橋(천태~석교) : 천태산은 절강성 천태현의 북쪽에 있는데 항주와 가깝다. 유명한 석교가 있어, 너비는 1척도 되지 않으면서 길이는 수천보, 밑으로는 만장의 심연이 내려다 보여, 무아의 경지에 이른 사람이 아니면 이 다리를 건너지 못한다고 한다.

【통석】

석가가 설법했던 영취산에 비길 만한 비래봉이 영은사 앞에 울창하게 솟아 있는데, 그 비래봉에 둘러싸인 영은사는 주위와 단절된 채 적막하고 조용하다.

절의 누 위에 올라 보면 멀리 푸른 바다에서 해 뜨는 것이 보이고,
절의 문은 그 유명한 절강의 조수를 마주보고 있으니,
이 절이 자리잡은 곳은 그야말로 절경이다.
절 주위를 둘러보면 뜰 앞에는 옛날 달에서 떨어졌다는 씨에서 자란
계수나무가 우람하게 속세의 티를 벗고 서 있는데,
그 기이한 향기는 구름 위까지 날린다. 탑은 높은 곳에 있어,
그곳에 오르려면 담쟁이 덩쿨을 붙들고 한참을 올라가야 하고,
나무 속을 파 대롱을 만들어, 저 멀리서부터 샘물을 끌어온다.
또 남방인 이곳의 기후는 따뜻해서 서리가 많이 내리지 않아,
꽃들이 일년 내내 번갈아 가며 피고, 추위가 혹독하지 않아 얼음이 얇게 어니,
나뭇잎도 번갈아 시들며 잎 갈이를 한다.
나는 젊은 시절부터 불교를 숭상하고 그윽한 절들을 찾아다니기 좋아했는데,
이제 뜻밖에 찾은 이 경치 빼어난 영은사에서 마음을 풀어헤치고
푸근히 쉬면서, 세상의 모든 귀찮고 시끄러운 것들을 씻어버리려 한다.
그래서 지금부터 나도 수양을 쌓아 언젠가 천태산 선경에 들어갈 것이니,
저 지나가기 어렵다는 천태산의 석교를 내가 자신 있게 건너 가는 것을
한 번 기다려 보아 달라.

【감상】

이 시에 대해서는 孟棨(맹계)의 『本事詩』 등에 다음과 같은 일화가 전해 온
다. 송지문이 영은사에 놀러와서, 달 밝은 밤 절 앞을 서성거리며 읊조리다가
起句(기구)를 얻었다. 그리고는 시상이 막혀 고민하며 끙끙 매고 있는데, 한
노승이 나타나 무슨 일로 그렇게 잠도 못자고 고민하느냐고 물었다. 사정을
애기하자 노승은 承句(승구)를 읊으며 이렇게 하면 어떻겠느냐고 詩想(시상)
을 열어주었고, 마침내 송지문은 계속 이어 시를 완성할 수 있었다. 다음 날
노승을 찾으니 노승은 온데간데 없었고, 절 사람들에게 물어보니 그 노승이
낙빈왕이라고 하였다. 한편, 이 일화에 근거해서 이 시의 작자를 송지문이라
고 하는 곳도 있다.

2. 현산에서의 회고
陳子昻(진자앙)

峴山懷古

秣馬臨荒甸	황전에서 말을 먹이고,
登高覽舊都	높은 데 올라 옛 도읍을 바라본다.
猶悲墮淚碣	여전히 타루비에 슬퍼하며,
尙想臥龍圖	오히려 제갈량의 팔진도를 생각한다.
城邑遙分楚	성읍은 멀리서 초를 나누었고,
山川半入吳	산천은 반나마 오에 들어갔다.
丘陵徒自出	구릉은 무심히 스스로 나오는데,
賢聖幾凋枯	현인과 성인, 몇이나 시들고 말았는지?
野樹蒼烟斷	들판 나무는 어스름 연기에 가리고,
津樓晚氣孤	강나루 누각은 저녁 기운 속에 외롭구나,
誰知萬里客	누가 알겠는가, 만리 헤매는 나그네가
懷古正躊躕	옛 일 생각하고 진정 머뭇거리고 있음을!

【자구】

峴山(현산) : 호북성 양양 동남쪽에 있는 산. 진의 형주도독이었던 羊祜(양호)를 기념하여 세운 타루비가 있다.⇒[고사]　秣馬(말마) : 말에게 풀을 먹임.　荒

甸(황전) : 『상서』「우공편」에는, 중국 전체를 수도권에서 가까운 곳으로부터 '甸服' '侯服' '綏服' '要服' '荒服'의 5복으로 나누고 있는데, 황전은 이 황복에 속하는 지역을 말한다. 舊都(구도) : 삼국의 영웅 劉表(유표)가 도읍했던 양양을 가리킴. 墮淚碣(타루갈) : 현산에 세워진 타루비. 臥龍圖(와룡도) : 와룡은 제갈량의 호. 도는 팔진도(돌로 진형을 배치한 일종의 迷宮圖. 적병이 여기에 들어가면 길을 잃어 나오기가 어렵게 되어 있다)를 말함. 城邑遙分楚 山川半入吳(성읍요분초 산천반입오) : 현산이 전국 시대 초 땅의 남쪽, 오와의 접경 지역에 있었음을 표현한 구. 성읍은 양양 성읍을 말함. 丘陵(구릉) : 언덕. 구는 큰 언덕. 능은 작은 언덕. 蒼烟(창연) : 푸른 빛이 감도는 저녁 연기. 津樓(진루) : 나루터에 있는 여관의 누대. 躊躅(주주) : '躊躇'(주저)와 같다. 머뭇거림.

【고사】

진의 양호는 형주도독이 되어 오를 토벌했을 뿐만 아니라, 백성들에게도 훌륭한 정치를 베풀었다. 그는 날씨가 좋을 때면 현산에 올라 술을 마시며 시를 읊곤 했는데, 한 번은 "우주가 생긴 뒤로 이 산은 있어 왔고, 우리처럼 이곳에 올라 먼 곳을 바라본 사람도 수없이 많았지만 모두 사라지고 없다. 백년 후라도 나를 알아주는 사람이 있다면 내 혼이라도 올라와 보겠다"고 하였다. 그가 죽은 후 양양 백성들이 그를 위하여 비를 세웠는데, 이것을 보는 사람은 모두 그를 생각하며 눈물을 흘렸다. 그래서 양호의 후임으로 온 두예가 이 비의 이름을 타루비라 하였다(『晉書』「羊祜傳」).

【통석】

수도에서 멀리 떨어진 벽지인 이곳 현산에서 말에게 풀을 먹이고,
높은 곳에 올라가 옛날 유표가 도읍했던 양양을 내려다 본다.
이 현산 위에는 양호의 타루비가 있어,
이 비를 보면 지금도 여전히 슬픈 생각이 들고,
또 양양 근처의 융중산에서 躬耕(궁경)했던 제갈공명의 팔진도를
상기하게 된다.

양양은 오와의 접경 지역에 있어, 저 멀리 초와 오의 국경선이 보이고,
계속 뻗어나간 초의 산과 강들은 반 남짓 오 땅에 들어가 있다.
이곳은 옛날 허다한 영웅 호걸들이 힘을 떨치기도 하고
몸을 숨기기도 했던 곳인데,
이제는 크고 작은 언덕들만 예나 다름없이 수없이 솟아 있을 뿐,
당시의 영웅들은 다 사라지고 한 사람도 남아 있지 않다.
어느덧 저녁 어스름이 내려, 들에 서 있는 나무는 저녁 연기에 가려
끊어진 듯 흐릿하게 보이고,
강나루 부근 여관의 누대는 저녁 기운 속에 외롭게 서 있다.
멀리 고향을 떠나 객지에 와 있는 나,
아직까지 이 언덕을 떠나지 못하고 옛일 생각하며 머뭇거리는 심정을
그 누가 알아줄까?

【감상】
이 시는 작자가 20대 초반에 고향인 촉을 떠나 상경하던 도중 초 땅을 지나며
지은 것이다. 양양이 삼국 시대 유표가 도읍했던 곳이라는 역사적 사실과 현
산과 관련 있는 양호와 제갈량의 고사를 연결하여, 무한한 자연과 유한한 인
간의 대비라는 회고시의 주제를 초 지역 풍경과의 조화 속에 자연스럽게 표
현하였다.

3. 황제의 시 <장안 고성 미앙궁에 행행하여>에
삼가 창화함. 응제.

宋之問(송지문)

奉和幸長安故城未央宮應制

漢王未息戰	한왕의 싸움 아직 끝나기도 전에,
蕭相乃營宮	소승상은 벌써 궁궐을 영조했더니,
壯麗一朝盡	웅장함과 화려함 하루아침에 다하니,
威靈千載空	위엄과 신령스러움 천년 두고 헛되구나.
皇明悵前跡	황제께서 앞 시대 자취를 슬퍼하시어,
置酒宴群公	술을 두고 여러 신하들에게
	잔치를 베푸시다.
寒輕綵仗外	오색 장식한 의장대 밖엔 추위가 남았지만,
春發幔城中	임시 장막 가운데는 봄이 무르익는다.
樂思回斜日	즐거움에 지는 해 돌릴 것 생각하고,
歌詞繼大風	노래 가사는 <대풍가>를 이었다.
今朝天子貴	지금 조정의 천자는 귀하시니,
不假叔孫通	숙손통의 손은 빌릴 것 없네.

【자구】

長安故城未央宮(장안고성미앙궁) : 한 고조 때 진의 離宮(이궁)이 있던 자리에
장안성을 영조하여 많은 궁궐을 지었는데, 미앙궁은 그중 하나다. 應制(응제)
: 천자의 명령을 받아 짓는 것. 漢王未息戰 蕭相乃營宮(한왕미식전 소상내영궁)
: 한왕은 한고조 유방. 소상은 유방을 도와 재정을 맡아, 천하 통일의 사업을
완성하는데 공이 컸던 蕭何(소하).⇒[고사 1] 威靈(위령) : 한고조의 위엄과 신
령스러움. 千載(천재) : 미앙궁을 창건한 한 고조 8년에서 이 시가 지어진 때
까지의 기간 皇明(황명) : 성스럽고 밝은 황제. 곧 당시의 황제인 중종을 말함.
綵仗(채장) : 오색 비단으로 장식한 의장대. 정장한 황제 근위대. 幔城(만성) :
천막을 펼쳐 임시로 만든 성. 樂思(낙사) : '樂'을 '악'으로 읽어 '끝없이 연주되
는 음악은~'으로 보는 설도 있고, '思'를 어조사로 보아 '즐거움은~'으로 보
는 설도 있다. 여기서는 '樂'은 '낙'으로, '思'는 동사로 보았다. 回斜日(회사일)
: 지는 해를 돌림. 해가 지는 것을 아쉬워한다는 의미. '廻斜日'로 된 곳도 있
다.⇒[고사 2] 大風(대풍) : 한 고조의 <大風歌>. 한 고조가 천하통일을 이룬
후 고향인 패에 들러 父老(부로)와 청년들을 초대해 큰 잔치를 베풀고 스스로
공(악기)을 두드리며 지은 노래. 곧 '大風起兮雲飛揚 威加海內兮歸故鄕 安得
猛士兮守四方'이다. 今朝天子貴 不假叔孫通(금조천자귀 불가숙손통) : 숙손통은
한고조 때의 유학자로 예법을 정비했다.⇒[고사 3]

【고사 1】

한 고조 8년 승상 소하가 미앙궁을 지었는데, 고조가 그 궁궐의 장대함을 보
고는 "천하가 흉흉하여 몇 년 동안 전쟁의 고통 속에 있고 그 성패도 아직 알
수 없는데, 무슨 궁실을 이렇게 지었느냐!"고 화를 내었다. 이때 소하가 "천하
가 아직 평정되지는 않았지만, 그렇기 때문에 궁실을 크게 지을 만합니다. 천
자는 사해를 집으로 하니 장려하지 않으면 위엄을 더할 수 없고, 또 장려해야
후세에 이보다 더 훌륭한 궁실이 나올 수 없을 것입니다"고 말하니, 고조가
그제서야 기뻐 했다(『史記』「高祖本紀」).

【고사 2】
노 양공이 한과 전쟁을 하는데, 싸움이 한창 무르익었을 때 해가 저물려고 했다. 양공이 창을 휘둘러 지는 해를 호령하니, 해가 양공을 위해 3舍(星宿의 3分)를 돌아왔다(『淮南子』「覽冥訓」).

【고사 3】
한 고조가 황제에 즉위한 지 얼마 안되어 군신들과 술을 마실 때면, 신하들이 서로 공을 다투고 고함을 지르며 칼을 뽑아 기둥을 치는 등 무례한 행동을 하기 일쑤였다.
숙손통이 의례를 정해 고조 7년 장락궁의 낙성식에서 처음으로 의례에 따라 朝賀(조하)했는데, 그 의장과 군신들의 질서있고 절도있는 모습이 고조를 감탄시켰다. 그래서 고조는 "오늘에야 황제의 귀함을 알겠다"고 하였다(『史記』「叔孫通傳」).

【통석】
한 고조가 채 천하통일을 이루기도 전에,
승상 소하는 고조의 위엄을 떨치게 하려고 미앙궁을 짓기 시작했다.
그러나 그 장대하고 화려하던 궁전도 불이 나자 하루 아침에 재가
되어버리고,
한 고조의 위엄있고 신령스러운 모습도 궁궐의 壞滅(괴멸)과 함께
역사 속으로 사라져 이 유적에 천년 동안 공허함만 더해주고 있다.
우리 성스럽고 밝으신 황제 중종께서 여기에 행행하셔서 이것을 개탄하시며,
좋은 술로 군신들에게 잔치를 베푸셨다.
아직 늦추위가 남아, 오색 비단으로 장식하고 정렬해 있는 의장대 바깥은
약간 추위가 느껴지지만,
연회가 무르익은 임시로 친 장막 안에는 봄기운이 무르익는다.
즐거움에 겨워서, 옛날 노 양공이 지는 해를 돌려 세웠던 것처럼 시간을
늘일 수 있었으면 하는 아쉬운 생각이 드는데,

중종께서 지으신 웅대한 시편은 옛날 한 고조가 지은 <대풍가>에
비길 만하다.
그러나 고조는 숙손통이 조정의 예법을 정한 뒤에야 비로소 천자의
귀함을 자각하셨지만,
제도를 비롯한 문물이 크게 갖춰진 우리 당의 황제는 숙손통 같은 사람을
기다릴 것도 없이 이미 존귀하시다.

【감상】
이 시는 중종 2년 12월에 중종이 장안 고성에 있는 미앙궁 유적에 행행하여
유람하면서, 군신들에게 연회를 베풀고 지은 시에 창화한 것이다. 한 고조 때
고사들을 원용하면서, 중종의 덕과 시작 솜씨와 당대 문물의 성대함을 대비적
으로 노래했는데, 응제시의 전형적인 모습을 보여준다.

4. 일본으로 돌아가는 비서감 조형을 보내며

王維(왕유)

送秘書晁監還日本

積水不可極	바다는 끝까지 가 볼 수 없는데,
安知滄海東	어찌 창해의 동쪽을 알았겠는가?
九州何處遠	구주 가운데 어디가 가장 먼가?
萬里若乘空	만리 길은 허공을 탄 듯하리라.
向國唯看日	나라로 향해감에 오직 해만 볼 것이고,
歸帆但信風	돌아가는 돛대는 다만 바람에 맡겨야 하리.
鰲身映天黑	큰 바다거북의 자태, 하늘에 비쳐 시커멓고,
魚眼射波紅	고기의 눈알은 물결을 쏘아 붉으리.
鄕樹扶桑外	그대 고향 나무는 부상의 밖이니,
主人孤島中	외로운 섬의 주인 되리라.
別離方異域	이별하면 곧바로 이역이니,
音信若爲通	소식은 또 어떻게 통할 수 있을까?

【자구】

秘書晁監(비서조감) : 비서감은 궁중의 서적을 관리하는 비서성의 장관. '晁'는 '朝'의 고자로, 唐名(당명)을 '朝衡'이라 했던 일본인 '阿倍仲麻呂'를 말함. **積**

水(적수) : 바다. 『순자』 「유효편」에 '積水而爲海'라는 구가 있다. 滄海(창해) :
신선이 사는 섬이 있다는 중국의 동쪽 바다. 九州(구주) : 중국이 한 주로 편
입된 세계 전체. 禹(우)가 9주로 나눈 중국이 세계 전체에서 보면 또한 구주
중의 하나에 불과하다는 추연의 설에 근거한 말. 乘空(승공) : 허공을 밟는 것
처럼 의지할 데 없음을 의미. 信風(신풍) : 바람이 부는대로 맡김. 鰲(오) : 큰
바다거북. 동해에 다섯 개의 '仙山'(岱輿, 員嶠, 方丈, 瀛洲, 蓬萊)이 있었는데,
이 산들이 바다 위에 떠 이리저리 흘러다녀서 천제가 15마리의 거북을 시켜
세 조로 나뉘어 번갈아 6만 歲(세)씩 등에 지고 있도록 했다는 전설이 있다
(『列子』 「湯問」). 魚眼(어안) : 고기 중에서도 고래 같은 큰 고기의 눈을 말함.
扶桑(부상) : 동해의 해가 나오는 곳에 있다는 神木(신목). 主人(주인) : '한 집
안의 가장'이라는 뜻도 있으나, 여기서는 '외로운 섬에 살며 홀로 그 섬을 지
키는 사람'이란 뜻으로 보았다. 異域(이역) : 중국에서 멀리 떨어진 지방. 곧
일본. 若爲(약위) : '如何'와 같다. 어떻게.

【통석】
바다는 한없이 넓어 끝까지 가볼 수가 없는데,
어찌 그 끝없는 바다, 신선이 산다는 동쪽 바다보다 더 동쪽에 일본이라는
나라가 있다는 것을 알았겠는가!
중국이 한 주로 속해 있는 구주 중에 어디가 가장 먼 곳인가?
아마 일본일 것인데,
그 먼 길을 그대는 지금 허공을 타고 가듯, 의지할 것 하나 없이 떠나려 한다.
그대가 본국으로 돌아가며 좌표로 삼을 만한 것은 오직 동쪽에서
떠오르는 해 뿐일 것이고,
태풍이나 광풍에는 속수무책인 채, 오직 순풍만 믿고 그 넓은 바다를
떠내려갈 것이다.
또 바다 중에는, 큰 바다거북이 그 큰 검은 몸집을 수면 위에 드러내어
온 하늘과 바다가 시커멓게 보일 때도 있을 것이고,
큰 고기의 뻘건 눈알이 일렁이는 물결에 비쳐, 물이 뻘겋게 물든 것처럼

보일 때도 있을 것이다.
더구나 이러한 고난을 겪은 후 그대가 저 해가 뜨는 곳 밖에 있는
그대의 고향 나무가 있는 곳에 도착하면,
그대는 영영 고도의 주인이 되어 외롭게 살아갈 것이고,
이렇게 한 번 헤어지고 나면 곧 이역 사람이 될 것이니,
재회는커녕 어떻게 하면 소식이라도 전할 수 있을까!
그대를 보내는 내 마음은 너무나 안타깝다.

【감상】

唐代(당대)의 과학과 기술 수준에서 뱃길로 일본으로 간다는 것은 목숨을 건 엄청난 모험이었다. 이 극도로 어려운 여행길을 앞두고, 가는 사람이나 보내는 사람의 마음은 한결같이 걱정과 두려움에 압도될 것이다. 앞의 4구에서는 일본으로 가는 뱃길. 대해의 광대무변함을 서술하였고, 중간 4구에서는 친구가 바다를 떠가는 동안 부딪치게 될 상황을 상상하고 있는데, 뱃길의 어려운 상황이 눈앞에 펼쳐지듯 표현되어 있으며, 또한 그것을 걱정하는 작자의 안타까운 마음이 여실히 나타나 있다. 마지막 4구에서는 어려움을 극복하고 조국에 도착해 외롭게 지낼 친구의 모습을 상상함과 함께, 서로 편지조차 주고받을 길이 막연함을 아쉬워하고 있다.

5. 다시 소릉을 지나며

杜甫(두보)

重經昭陵

草昧英雄起	어지러운 때에 영웅들 일어났는데,
謳歌歷數歸	백성들 찬양하고 천자될 운세도 돌아왔다.
風塵三尺劍	전쟁 바람 먼지 속에 삼 척의 칼을 집고,
社稷一戎衣	한 번 군복 입어 사직을 안정시켰다.
翼亮貞文德	잘 보좌하여 문덕을 굳게 지키고,
丕承戢武威	크게 뒤를 이어 무력을 거두어들이니,
聖圖天廣大	성스러운 계획은 하늘처럼 광대하고,
宗祀日光輝	조종의 제사에선 태양처럼 빛난다.
陵寢盤空曲	능묘는 빈 산 언덕에 서려 있어,
熊羆守翠微	용감한 병사들이 산중턱을 지킨다.
再窺松栢路	다시 한 번 송백 심어진 길을 엿보니,
還見五雲飛	도리어 상서로운 구름 날으는 것 보이는 듯.

【자구】

重經昭陵(중경소릉) : 소릉은 당 태종의 능. 장안 서북쪽, 지금의 섬서성 예천현
동북쪽에 있다. '중경'은 다시 지나다. 이 시를 짓기 전에 소릉을 지나며 지은

<行次昭陵>이란 시가 있다. 草昧(초매) : 천지가 창조될 때의 어지러운 상태.
여기서는 수 나라 말기의 혼란스럽던 때를 말함. 謳歌(구가) : 백성들이 군왕
의 덕을 기리며 찬양하는 것. 曆數(역수) : 천자가 될 운명. 風塵(풍진) : 전장
에서 바람에 날려 피어오르는 먼지. 三尺劍(삼척검) :『사기』「고조본기」에
"나는 布衣(포의)로서 삼척검을 집고서 천하를 얻었다. 이것이 천명이 아니겠
는가?"라는 한 고조의 말이 있다. 社稷(사직) : '社'는 토지신, '稷'은 곡물신.
이 두 신은 국가의 근본이 되므로 뜻이 바뀌어 국가, 왕조를 가리킨다. 一戎
衣(일융의) : '융의'는 군복.『서경』「주서」<무성>에 '一戎衣而天下平'이란 구
가 있다. 翼亮(익량) : 보좌하는 것. 貞文德(정문덕) : '정'은 고수하여 변하지
않는 것. '문덕'은 예악으로 사람들을 교화해 심복하도록 하는 덕. '문왕의 덕
을 지키다'로 보기도 한다. 丕承(비승) : 크게 계승함. 父君(부군) 고조로부터
제위를 이어받은 것을 말한다. 戢武威(집무위) : 무력 행사를 그만두는 것. '무
왕의 위세를 모으다'로 보는 설도 있다. 聖圖(성도) : 성스러운 의도. 태종의
계획을 말함. 宗祀(종사) : 선조를 받드는 제사. 여기서는 태종이 자손들에게
제사받는 것. 陵寢(능침) : 능묘와 그 위에 지은 廟寢(묘침). 盤(반) : 뱀이 또
아리를 틀 듯 나선 모양으로 솟아 있는 것. 空曲(공곡) : '空山曲阿'. 곧 인적이
없는 산언덕. 熊羆(웅비) : 곰과 말곰처럼 용감한 병사. 능을 호위하는 병사들
을 말한다. 翠微(취미) : 푸른 산 기운이 낀 산 중턱. 窺(규) : 엿보다. 松柏(송
백) : 능 주변에 많이 심는 나무. 五雲(오운) : 오색의 상서로운 구름. 천자의
상징이다.

【통석】
수말 혼란기에 사방에서 영웅들이 일어났는데,
백성들은 당 태종의 성덕을 칭송하고 환영했으며, 천자가 될 운명도
우리 태종에게 돌아왔다.
태종은 전쟁의 먼지 속에서 삼척의 칼을 집고 일어나 사방을 평정하였으며,
한번 군복을 입음으로써 수말의 혼란을 극복하고 당 왕조를 창건하였다.
또 태종은 부황인 고조를 보좌하여 문덕을 굳게 지켰고,

부황의 왕위를 훌륭하게 계승하여, 무력 행사를 거두어 세상에서 전쟁을
종식시켰다.
그래서 태종의 그 성스러운 계획은 지금에 이르러서도 하늘처럼 광대하며,
대대로 종묘에서 제사받는 그 덕은 태양처럼 빛난다.
이렇게 위대한 태종의 능묘가 지금 빈 산의 한 언덕에 또아리 틀 듯
서려 있어,
곰이나 말곰 같은 용감한 병사들이 푸른 나무 우거진 산 중턱을 지키고 있다.
내가 두 번째로 이 능 주변에 심어진 소나무, 잣나무 길을 지나면서
바라보니,
그곳에는 지금도 오히려 천자를 상징하는 오색의 상서(祥瑞)로운
구름이 날고 있는 듯했다.

【감상】

이 시는 <행차소릉>이라는 시와 함께, 당 조정에 대한 작자의 사모와 애착을
엿보게 하는 작품이다. 다만 <행차소릉>에는 비장한 기운이 많이 표현되어
있는 반면, 이 시에는 태평한 시대를 바라는 밝은 어조가 시종일관 견지되어
있다. 표현에 있어서는 『서경』 등의 경서에 나오는 어휘들을 자유자재로 구사
하여 정중함과 위엄을 얻고 있다.

五言古詩

1. 감회를 말함
魏徵(위징)

述懷

中原還逐鹿	중원에서 아직 제위 다투고 있을 때,
投筆事戎軒	붓을 던지고 전차 따라 나섰다.
縱橫計不就	천하통일의 계획 이루어지진 않았지만,
慷慨志猶存	강개한 뜻은 여전히 남아 있다.
杖策謁天子	채찍 잡고 천자를 배알하고,
驅馬出關門	말을 몰아 관문을 나왔다.
請纓繫南粵	갓끈 청하여 남월왕을 잡아매며,
憑軾下東藩	식에 기대어 동번을 항복시키리라.
鬱紆陟高岫	꾸불꾸불한 높은 묏부리를 올라가며,
出沒望平原	보였다 가렸다 하는 너른 들을 바라본다.
古木鳴寒鳥	고목에는 겨울새가 울고,
空山啼夜猿	빈 산에는 밤 원숭이가 운다
旣傷千里目	이미 천리 풍경에 눈이 상했는데,
還驚九折魂	또다시 험한 구절 길에 혼이 놀란다.
豈不憚艱險	어찌 험난함과 어려움 꺼리지 않을까마는,

深懷國士恩	국사로 맞아준 은혜 깊이 품었기 때문,
季布無二諾	계포는 두 번 허락함이 없었고,
侯嬴重一言	후영은 한 마디 말을 중히 여겼다.
人生感意氣	인생은 의기에 감동하는 것이니,
功名誰復論	공명 따위 누가 또 의논하는가!

【자구】

述懷(술회) : '詠懷', '感遇'와 같이 작자의 포부나 감회를 서술하는 것. 제목은 <出關>(함곡관을 나서며)으로 된 곳도 있다.　中原(중원) : 천하의 중심이 되는 평원이란 뜻으로 지금의 하남성 일대를 가리킴.　還(환) : '初'로 된 곳도 있다.　逐鹿(축록) : 군웅들이 일어나 천자의 지위를 다투는 것.　投筆(투필) : 문필에 종사하던 것을 버리고 軍務(군무)를 따르는 것. 반초의 고사를 이용한 것.　戎軒(융헌) : 戰車(전차). 뜻이 바뀌어 전쟁의 의미로도 쓰인다.　縱橫計(종횡계) : 전국 시대 천하 통일을 위해서 소진이 주장했던 합종책과 장의가 주장했던 연횡책. 여기서는 수말의 분열된 상태를 통합하기 위해 작자가 내세웠던 계획을 말함.　慷慨志(강개지) : 천하 국가의 일을 염려하며 의분에 복받쳐 슬퍼하고 한탄하는 뜻.　杖策(장책) : 채찍을 짚음.　謁(알) : 천자를 뵙는 것.　關門(관문) : 함곡관을 말한다.　請纓繫南粵(청영계남월) : 천자의 갓끈을 청해 남월왕을 묶어오고자 했던 '終軍의 故事'. 남월은 지금의 광동 지방에 있던 나라.　憑軾下東藩(빙식하동번) : 酈食其(역이기)의 고사.⇒[고사 1]. '軾'은 마차 앞쪽에 잡고 설 수 있도록 가로질러 있는 나무. '藩'은 울타리. 곧 왕실을 보호하는 제후국을 말함.　鬱紆(울우) : 산길이 구비지고 험한 모양.　陟(척) : 오르다.　高岫(고수) : 높은 산봉우리.　出沒(출몰) : 산길이 높았다 낮았다 하는 데 따라서 멀리 있는 평원이 보였다 가렸다 하는 것.　寒鳥(한조) : '鳥'가 '雁'으로 된 곳도 있다.　傷千里目(상천리목) : 천리 먼데까지 바라보느라 눈과 마음이 상함.　驚九折魂(경구절혼) : 매우 자주 구부러지고 끊기는 산길에 혼이 놀람. '折'이 '逝'로

된 곳도 있다. 憚(탄) : 꺼리다. 國士恩(국사은) : 나라에서 가장 높은 사람으로
대우받는 은혜. 豫讓(예양)의 고사.⇒[고사 2]. 季布無二諾(계포무이락) : 계포
는 처음에 항우를 섬겨 유방과 대치하다, 뒤에 한에 벼슬한 인물. 어릴 때부터
意氣(의기)가 있고 任俠(임협)한 것으로 유명했는데, 한 번 책임지기로 승낙
한 일은 절대로 번복하는 일이 없었다. 侯嬴重一言(후영중일언) : 후영은 위 나
라 사람. 신릉군과의 약속을 지켜 신릉군이 진과의 접전 장소에 이를 때쯤 자
살한 것을 말함. 意氣(의기) : 의리를 중히 여기는 마음.

【고사 1】
역이기는 한 고조의 사자로 제 나라에 갔다. 마차의 軾(식)에 기대선 채 무력
은 전혀 사용하지 않고, 단지 세 치 혀끝으로 왕을 설득하여 제 나라 70여 성
을 東藩(동번)으로 삼았다(『史記』「酈生陵賈列傳」).

【고사 2】
예양은 처음에 范氏(범씨)와 中行氏(중항씨)를 섬겼으나 별로 인정을 받지 못
하다가, 그들을 멸한 智伯(지백)에게 뽑혀서 예우를 받았다. 지백이 趙襄子(조
양자)에게 살해되자, 예양은 자기 얼굴을 문드러지게 하고 벙어리가 되면서까
지 조양자에게 복수하고자 하였다. 조양자가 범씨와 중항씨를 죽인 지백은 예
양이 섬겼으면서, 지백을 죽인 자기에게는 굳이 복수하려는 이유를 물으니,
예양은 "옛날 범씨와 중항씨는 나를 보통 사람으로 대우하였고, 그래서 나도
그들에게 보통 사람으로서 은혜를 갚았다. 그러나 지백은 나를 국사로 대우해
주었으니, 나도 국사로서 그 은혜를 갚으려는 것이다"고 말하였다(『史記』「刺
客列傳」).

【통석】
수 나라 말기 각지에서 반란이 일어나고 군웅들이 할거하여
제위를 다투던 혼란 속에서, 나도 옛날 반초처럼 붓을 집어 던지고
군진에 몸을 던져 큰 공을 세우고자 했다.

비록 내가 李建成(이건성)에게 건의한 소진과 장의의 합종 연횡책 같은
계획은 받아들여지지 않았지만,
지금까지도 나라를 위한 의분에 찬 마음은 그대로 남아 있다.
이제 하북에 남아 있는 이건성의 잔존 세력을 평정하기 위해,
말채찍을 잡고 천자인 태종을 배알하고서,
힘차게 말을 몰아 함곡관 문을 나섰다.
지금 출정하는 나의 포부는 終軍(종군)이 천자의 갓끈을 청해
남월왕을 잡아오고자 한 것처럼,
역이기가 식에 기대선 채 제나라 70여 성을 복종시킨 것처럼,
하북 지방을 평정하는 것이다.
그러나 막상 꾸불꾸불 이어져 있는 산길을 따라 높은 봉우리에 기어오르고,
산길의 오르내림에 따라 보였다 가렸다하는 드넓은 평원을 바라보며,
바싹 마른 고목에서 겨울새 우는 소리를 듣고,
텅 빈 산에서 밤에 원숭이가 우는 서글픈 소리를 듣노라니,
이미 아득하게 펼쳐진 천리 먼길을 바라보느라 눈과 마음이 상했는데,
수없이 구부러지고 끊어지는 험한 산길에 혼마저 놀란다.
난들 어찌 이런 어려움을 꺼리지 않겠는가 마는,
이 출정에 이렇게 흔연히 나선 것은 나를 최고의 대우로 맞아준
당 태종의 그 은혜에 마음 깊이 감동하였기 때문이다.
계포가 한 번 책임진 일은 절대로 번복하는 일이 없었듯이,
후영이 자기가 한 한마디 말을 중히 여겨 신의를 지켰듯이,
나도 이번 일에 내 한 몸을 바칠 것이다.
나의 이 출정은 사나이 대 사나이로서의 의기에 마음이 움직인 것이지,
전혀 그 결과로 나오는 공명 같은 것을 바라고 하는 것은 아니다.
공명 따위는 말하지도 말라!

【감상】

이 시는 굳세고 강한 필력과 남성적인 감정 표현들이 初唐(초당)의 기상과 어울리는 것으로 평가되어 왔다. 작자는 수말 혼란기를 맞아 처음에는 최대 농민 반란군 통솔자였던 李密(이밀)을 따르다가, 이밀이 죽자 다시 농민 봉기군인 竇建德(두건덕) 밑에 있었으며, 두건덕이 죽은 후 당의 태자인 이건성에게 중용되었다. 이때 그는 태자의 아우인 李世民(이세민)의 세력이 커지는 것을 경계하여 조속히 제거할 것을 청했는데, 이세민이 먼저 소위 '玄武門의 變'을 일으켜 태자를 죽이고 황제의 지위에 올랐다. 권력을 잡은 이세민은 비록 그를 죽일 것을 건의했던 위징이었지만, 그의 비범·강직함을 알아보아 발탁·중용하였고, 뒤에 위징은 태종 이세민을 도와 소위 '貞觀之治'를 이루어 대당 번영의 기초를 공고히 한 최대 공신이 되었다. 이 시는 바로 이 이세민에게 발탁된 후, 하북 지방에 남아 있던 태자 이건성의 잔존 세력을 선무하기 위해 출정하며 지은 것이다.

2. 계구에서 고적을 바라봄
陳子昂(진자앙)

薊丘覽古

南登碣石館	남으로 갈석관에 올라
遙望黃金臺	멀리 황금대를 바라본다.
丘陵盡喬木	언덕엔 온통 키 큰 나무들,
昭王安在哉	소왕은 어디에 있는가?
覇圖悵已矣	천하 제패의 꿈 슬프게도 끝나버리니,
驅馬復歸來	말을 몰아 다시 돌아온다.

【자구】

薊丘覽古(계구람고) : 계구는 전국 시대 연의 수도가 있었던 곳. 지금의 북경시 서남쪽. '覽古'는 고적을 둘러보는 것. 이 시의 원제는 <薊丘覽古 贈盧居士藏用>이며, 연작 7수 중 둘째 수로 <燕昭王>이란 소제가 붙어 있다. 碣石館(갈석관) : 연 소왕이 추연 등의 유명한 학자들을 머물게 하기 위해 지은 건물. 계구의 남쪽에 있다. '館'이 '坂'으로 된 곳도 있다. 黃金臺(황금대) : 소왕이 천금을 대 위에 올려놓고 천하의 현사를 불러들였다는 누대. 계구의 동남쪽에 있다. 喬木(교목) : 키가 큰 나무. 覇圖(패도) : 천하를 제패하려는 큰 이상.

【통석】

전국 시대 연의 수도였던 계구를 지나면서,
소왕이 유명한 학자들을 머물게 하려고 지은

남쪽의 갈석관에 올라,
저 멀리 동남쪽의 소왕이 현사들을 모으기 위해
천금을 두었다는 황금대를 바라본다.
이런 원대한 포부를 갖고 현사들을 불러모았던 계구에는
그러나 지금은 키 큰 나무들만 가득 차 있을 뿐,
그 소왕은 죽어 간 곳이 없다.
소왕이 의도했던 그 웅대한 천하 제패의 꿈도
이제는 다 끝나고 말았으니,
나는 슬픔을 참을 길 없어 그대로 말머리를 돌려
다시 오던 길로 돌아간다.

【감상】

당시 작자는 '淸邊道 行軍大總管'의 참모로서 거란 토벌 전쟁에 나가 있었는데, 상관에게 올린 그의 건의책이 받아들여지지 않아 마음이 불편한 상태였다. 이 시는 연의 고적을 둘러보고 지금은 없는 명군인 소왕을 생각하며 무한한 감개에 잠긴 것인데, 현자를 우대했던 소왕에 대한 경모의 정과 지기가 없는 자신의 처지에 대한 깊은 탄식이 깔려 있다.

3. 자야의 오 노래

李白(이백)

子夜吳歌

長安一片月	장안을 비추는 한 조각 달,
萬戸擣衣聲	만호엔 다듬이 방망이 소리.
秋風吹不盡	가을 바람 그침 없이 부니,
總是玉關情	이 모두는 옥문관으로 내닫는 마음.
何日平胡虜	언제나 오랑캐들을 평정하고
良人罷遠征	우리 임 원정에서 돌아오실까?

【자구】

子夜吳歌(자야오가) : 악부 제목, 4세기 진 나라의 자야라는 여자가 불렀던 남녀간의 사랑 노래. 그 애절함이 사람들에게 감동을 주어 오 일대에 크게 유행하였다. <子夜歌> <子夜四時歌>라고도 불리는데, 이 시는 춘하추동 4수 중 가을 것이다. **萬戸**(만호) : 장안에 있는 가옥의 대략적인 수. 보통 '長安萬戸'라고 한다. **擣衣聲**(도의성) : 옷을 다듬는 다듬이 방망이 소리. 여기선 특히 전쟁에 나간 남편의 겨울옷을 준비하는 것으로 가을의 대표적 풍물의 하나. '擣'는 '搗'로 된 곳도 있다. **總**(총) : 모두. **玉關**(옥관) : 옥문관. 감숙성에 있는 중국에서 서역으로 나가는 요충지.

【통석】

어둠이 깃든 장안 하늘에 높이 걸려 있는 한 조각 외로운 달,

그 아래 장안 여기저기서 울려 퍼지는 원정 나간 남편들의
겨울 옷 장만하는 다듬이 방망이 소리.
거기에다 가을 바람까지 끊임없이 불어와
남편을 원정 보낸 여인의 마음을 뒤흔들어 옥문관으로 내닫게 한다.
아아, 언제나 북쪽 오랑캐들을 평정하고
우리 임은 원정에서 돌아오시려나?

【감상】

이 시는 전래해 오던 <子夜四時歌>의 형식에 의거하면서도 4구가 아닌 6구
를 시도했고, 내용에 있어서도 단순히 여자가 사랑하는 사람을 그리는 것에서
벗어나 원정 나간 남편을 그리는 것으로 확대하였다. 그리운 사람을 생각케
하는 달, 장안 여기저기서 들려오는 다듬이 소리, 쉴새없이 부는 가을 바람이
라는 감정을 고조시키는 景物(경물)들을 점층적으로 묘사한 뒤 '玉關情'으로
묶어, 애타게 남편 기다리는 부인의 마음을 표현한 구성이 단순하면서도 기묘
하다.

4. 하비의 이교를 지나다 장자방을 생각함

李白(이백)

經下邳圯橋懷張子房

子房未虎嘯	자방이 아직 호소하지 못했을 때,
破産不爲家	살림 흩으며 집안을 돌보지 않았다.
滄海得壯士	창해군에게서 장사를 얻어
椎秦博浪沙	박랑사에서 진시황에게 몽둥이를 휘둘렀다.
報韓雖不成	한에 보국하는 것 비록 이루진 못했지만
天地皆振動	천지가 모두 진동하였다.
潛匿游下邳	가만히 숨어서 하비에서 노닌 것,
豈日非智勇	어찌 지용이 아니라 하겠는가?
我來圯橋上	나는 이교 위에 와서
懷古欽英風	옛일 생각하고 영웅의 풍모 흠모한다.
惟見碧流水	오직 흐르는 푸른 물만 보일 뿐,
曾無黃石公	전혀 황석공은 볼 수가 없구나.
歎息此人去	탄식한다, 이 사람 가버린 뒤,
蕭條徐泗空	쓸쓸하게 서주와 사주 텅 비었음을.

【자구】

下邳(하비) : 지금의 강소성 비현이다.　圯橋(이교) : '흙 다리'를 의미하는 강소성의 방언이라고도 하고, 고유 명사라고도 한다.　張子房(장자방) : 유방을 도와 삼국 시대의 막을 내리고 한 나라를 세웠던 張良(장량)의 字(자).⇒[고사] 虎嘯(호소) :『역경』에 '雲從龍 風從虎'(구름은 용을 따르고 바람은 호랑이를 따른다)라는 말이 있다. 호랑이가 울면 바람이 일어나 그것을 타고 호랑이가 내달릴 수 있듯이, 현명한 신하가 성스럽고 지혜로운 임금을 만난 것을 비유한다.　破産(파산) : 진에 원수를 갚기 위해 재산을 다 털었던 것을 말함.　滄海(창해) : '滄海君'.　椎秦(추진) : '椎'는 쇠몽둥이. 철퇴로 진시황을 저격한 것.　博浪沙(박랑사) : 지금의 하남성 원양현.　潛匿(잠닉) : 몸을 숨기는 것.　曾(증) : 부정사 앞에 붙어서 부정을 강조하는 역할을 하는 어조사.　徐泗(서사) : 서주와 사주. 곧 하비 일대를 말한다.

【고사】

韓(한) 재상가의 아들로 태어난 장량은 한이 진에 의해 멸망된 후, 그 원수를 갚기 위해 자기 재산을 바쳐 자객을 구해, 마침내 東夷(동이)의 君長(군장)인 창해군에게서 한 역사를 얻었다. 무게 120근이나 되는 쇠몽둥이를 만들어 마침 박랑사를 지나는 진시황을 저격했으나 실패, 그 뒤 장량은 추격을 피해 이름을 바꾸고 하비에 숨어 지냈다. 하루는 이교 위에서 이상한 노인(곧 黃石公)을 만나 그의 신발을 주워 주고 책을 한 권 얻었는데, 그 책에는 王師(왕사)가 될 수 있는 방법들이 적혀 있다고 하였다. 과연 그 책을 읽은 장량은 병법에 정통하게 되어, 그 뒤 한 고조의 軍師(군사)로서 천하통일의 위업을 보좌하고 留侯(유후)에 봉해졌다(『史記』「留侯世家」).

【통석】

장량이 아직 한 고조와 만나 그의 진가를 발휘하기 전에,
조국 한의 원수를 갚기 위해 가산을 탕진하며 집안 살림 따위는
전혀 돌보지 않았다.

드디어 진에 원수를 갚아줄 역사를 창해군에게서 구하여
박랑사에서 진시황에게 쇠몽둥이를 휘둘렀다.
비록 이 계획이 성공하지는 못했지만
이 일로 천지는 온통 진동할 정도였다.
그 뒤 진시황의 추격을 피해 하비에서 숨어 지냈으니,
지혜와 용기 갖춘 사람이 아니라면 어찌 이럴 수 있었겠는가?
지금 나는 장량이 황석공에게서 병서를 받았던 이교 위에 올라와,
옛날 장량의 일을 생각하고 또 그의 영웅다운 풍모를 흠모해 마지 않는다.
그러나 이제 이교 주변에는 푸른 물만 변함없이 흘러갈 뿐,
전혀 장량에게 병서를 주었던 황석공 같은 사람은 찾아볼 수가 없다.
또 그 장량이 죽은 뒤로
서사 지방에는 인물이 하나도 나오지 않음을 탄식하며,
나는 다리 위를 서성인다.

【감상】

4구까지는 장량이 진시황을 저격하려 했던 용기를, 8구까지는 계획은 실패했
으나 그는 정말 智勇(지용)을 갖춘 호걸이었음을, 마지막 구까지는 작자의 회
고의 정을 말하였다. 회고의 정을 말하는 가운데 은연중 작자의 감개를 덧붙
이고 있으니, 곧 '嘆息此人去'의 '此人'은 장량이면서 또한 장량을 알아보고 왕
사가 되도록 도와준 황석공을 의미하고 있다. 장량에게 비길만한 포부와 능력
을 가진 작자가 때를 만나지 못하고 있는 것에 대한 탄식이 들어 있는 것이
다.

5. 뒤에 지은 출새시

杜甫(두보)

後出塞

朝進東門營	아침에 동문의 군영에 나아가서
暮上河陽橋	저물녘에 하양의 다리에 오른다.
落日照大旗	지는 해 대장기를 비추는데,
馬鳴風蕭蕭	말은 울고 바람은 우수수.
平沙列萬幕	너른 사막에 수많은 막사 벌이고서,
部伍各見招	분대별로 각각 점호를 받았다.
中天懸明月	하늘 한 가운데 밝은 달 걸렸는데,
令嚴夜寂寥	명령은 엄하고 밤은 적막하다.
悲笳數聲動	슬픈 호가 소리 몇 가락 울리니,
壯士慘不驕	굳센 병사들도 서글퍼 위세가 꺽인다.
借問大將誰	물어보자, 대장이 누구인가?
恐是霍嫖姚	아마도 곽표요리라.

【자구】

後出塞(후출새) : <出塞>는 악부 제목으로 싸움을 위해 변새로 나가는 것. 작
자에게는 <前出塞> 9수와 <後出塞> 5수가 있는데, '前' '後'는 그 지은 순서

를 말하는 것이다. 이 시는 <後出塞>의 둘째 수이다. 東門營(동문영) : 낙양의
동문 밖에 있는 군영. 河陽橋(하양교) : 낙양의 동북쪽, 맹진이라는 황하 나루
터에 있었던 다리. 부교로서 낙양에서 하북 지방으로 가는 요로이다. 萬幕(만
막) : 수많은 군대 막사. 部伍(부오) : 부대의 작은 단위. 분대, 소대 등을 말함.
見招(견초) : '見'은 피동사. 명령이나 점호를 받는 것. 悲笳(비가) : '胡笳'. 호가
는 그 음색이 슬퍼 '비가'라고 불린다. 恐(공) : 아마도. 霍嫖姚(곽표요) : 전한
명장 霍去病(곽거병)을 말함. 그는 '嫖姚 校尉'에서 '嫖騎 將軍'이 되었다(174
쪽 참조).

【통석】
싸움터인 변새로 나가기 위해 아침에 낙양 동문 밖에 모여 출발한 우리는
해가 기울기 시작하는 때 이미 하북으로 통하는 요로인 하양교를 지났다.
저녁 햇살이 행군해 가는 우리 부대의 대장기를 비추고,
말은 지친 듯 지는 해를 향해 길게 울음 울고 바람도 우수수 불었지만,
우리는 행군을 계속했다.
어두워지자 너른 벌판 위에 많은 군대 막사를 촘촘히 세우고,
각 분대별로 전달 사항과 점호를 받았다.
달이 하늘 한가운데 떠오른 한밤중이 되자,
삼엄한 명령 속에 소리 하나 없는 적막만이 밤을 흐른다.
이때 문득 적막을 깨뜨리며 들려오는 몇 가닥 슬픈 호가 소리.
그 소리에 씩씩한 병사들마저도 마음이 울적해져 위세가 꺾인다.
낯선 군영 생활과 전쟁에 대한 두려움으로 마음이 불안해 지기는 하지만,
그러나 우리 병사를 잘 이끌어줄 대장이 누구인가?
아마 한대의 유명한 표기장군 곽거병 같은 명장일 것이다.

【감상】
이제 막 군대에 들어간 신병의 입을 통해 변새에 출정하는 과정을 묘사한 시
이다. 아침―저물녘―막 어두워진 때―밤이라는 시간의 추이를 따라 구성되

어 있는데, 해 저물녘의 석양과 깃발, 바람 소리와 말울음 소리가 빚어내는 늠
연하고도 장엄한 '暮野行軍圖', 막 어두워진 때의 질서정연하게 쳐진 야영 막
사와 점호 모습을 표현한 '沙漠野營圖', 그리고 밤이 된 뒤 적막한 분위기와
호가 소리에 울적해진 병사들을 그린 '月野野營圖' 3폭의 그림이 눈앞에 펼쳐
지는 듯하다. 마지막 2구는 울적해 진 마음을 자위하기 위해 자문자답한 것으
로, 한대의 곽거병처럼 용기와 전술이 뛰어난 장군을 기대하는 병사의 바램을
나타낸 것이다.

6. 떠나는 이를 보냄

王維(왕유)

送別

下馬飮君酒	말에서 내려 그대에게 술을 마시게 하고,
問君何所之	그대가 어디로 갈지를 묻는다.
君言不得意	그대는 말한다. "뜻을 얻지 못해
歸臥南山陲	남산 모퉁이에 돌아가 누우려네."
但去莫復問	"그냥 떠나게, 더 이상 묻지 않겠네.
白雲無盡時	그 곳엔 흰구름이 다하는 때 없으리라!"

【자구】

歸臥(귀와) : 은거하는 것.　南山(남산) : 보통은 장안 남쪽에 있는 종남산을 가리키나, 단순히 '남쪽의 산'일 수도 있다.　陲(수) : 모퉁이　白雲(백운) : '白雲'은 '靑雲'이 공명을 의미함에 반해 은거를 상징하고, 세상의 더러움과 번거러움을 떠난 청결함을 의미하며, 부귀 영화의 변화 무상함에 비하여 변함 없는 유상함을 나타낸다.

【통석】

세상을 떠나 산속으로 은거하려는 그대를 잠깐 말에서 내리게 하고 술을 권하며, 그대가 어디로 가려는지를 물었다.

그대는 "세상 일이 뜻대로 잘 되지 않아 이제 모든 것을 다 버리고 저 남산 한 귀퉁이에나 가서 유유자적하며 살려네"라고 말한다.

"아아, 됐네. 잘 가게! 그대의 그 한 마디 말로도 그대의 심정 충분히
알겠으니 더 이상 묻지 않겠네.
자네가 은거할 그곳에는 이 속세와는 달리 맑고 깨끗한 흰 구름이
끊임없이, 언제까지나 흐르고 있을 걸세."

【감상】

이 시는 누구를 송별한 것인지 알려져 있지 않다. 어떤 이는 왕유 자신이 은
거하며 스스로 지은 것이라고도 한다. 질박하고 꾸밈이 없는 앞의 2구에는 작
자의 친구에 대한 간절하고 돈독한 우정이 드러나 있으며, 친구가 은거하는
원인을 말한 다음 2구에는 현실에 대한 친구의 실의와 함께, 작자의 불평도
나타나 있다. 친구를 위로하고 있는 마지막 2구에는 위로뿐만 아니라, 작자의
은거에 대한 흠모와 변화무상한 인간 세계에 대한 부정 등이 담겨 있다. 평담
하고 무미한 듯한 앞 4구가 뒤의 2구에 이르러 풍부한 뜻과 깊은 맛을 가지면
서 여운을 남긴다.

7. 세상을 떠나 삶

韋應物(위응물)

幽居

貴賤雖異等	귀천에는 비록 차이가 있지만,
出門皆有營	문을 나서면 모두들 일에 분주하다.
獨無外物牽	홀로 바깥 사물에 이끌림 없어,
遂此幽居情	이 은거의 멋을 이룬다.
微雨夜來過	보슬비 밤사이 지나갔는데,
不知春草生	모르겠네, 봄풀은 돋았는지 어쨌는지?
靑山忽已曙	푸른산은 순식간에 벌써 밝았고,
鳥雀繞舍鳴	참새들은 집 주위를 삥 둘러 지저귄다.
時與道人偶	때때로 도인과 함께 짝하고,
或隨樵者行	어떤 때는 나무꾼을 따라 다닌다.
自當安蹇劣	용렬한 삶 편안히 여김, 당연할 뿐인데,
誰謂薄世榮	누가 세상 영리를 가벼이 한다 말하는가?

【자구】

幽居(유거) : 세상을 떠나 홀로 생활하는 것. 은거와 같다. 外物(외물) : 자신의 몸밖에 있는 부귀, 공명 등의 물질적인 것. 遂(수) : '成'과 같다. 이루다. 夜來

(야래) : ‘來’는 시간의 경과를 나타내는 어조사. 偶(우) : 둘이 짝하는 것. 樵者
(초자) : 나뭇꾼. 自當(자당) : ‘～하는 것은 그 자체로 너무나 당연하다’는 뜻.
謇劣(건렬) : 세상 살아가는 데 서툴고 어리석음. 世榮(세영) : 세상의 榮利(영
리).

【통석】
세상 사람들은 비록 부귀빈천의 차이는 있지만,
일단 집문을 나서면 누구랄 것 없이 모두 영리를 구하여
분주하게 쫓아다닌다.
그러나 오직 나 혼자만이 이런 나밖에 있는 외물들에 유혹되지 않아,
이 한가롭고 그윽한 혼자 사는 멋을 한껏 즐긴다. 그 멋의 세계는,
이른 새벽에 일어나 앉아 “어젯밤에 보슬비가 내렸는데,
마당의 봄풀들은 싹이 돋았을까, 어쨌을까?” 하는 한가롭기 짝이 없는
생각을 하는 사이,
푸른 산이 순식간에 밝아 맑은 아침을 전해주고,
집을 뺑둘러 여기저기서 참새들이 시끄럽게 지저귀는
그런 아침을 맞는 것이며,
또 때때로 은거해 있는 도인들과 친구가 되어 노닐기도 하고,
나무하는 사람을 따라 소박한 얘기를 나누며
깊은 산속을 누비기도 하는 그런 것이다.
그러나 내가 이런 생활을 하는 것은 내 용렬한 성격에
이런 생활이 잘 맞아서일 뿐,
세상의 영리를 가볍게 여겨서 그런 것은 아니니,
그런 식으로는 말하지 말라!

【감상】
작자의 시 세계는 ‘高雅閑淡’한 것으로 평가받고 있는데, 이 시에도 역시 그러
한 그윽하고 한가롭고 고요한 景物(경물) 묘사와 함께, 편안히 은거하고 있는

작자의 모습이 잘 나타나 있다. 1~4구와 11·12구는 은거하는 것에 대한 작자의 설명이고, 5~8구에서는 은거하는 곳의 아침 풍경을, 9·10구에서는 은거하면서 만나는 사람들을 묘사하는 가운데 은거의 멋을 표현하고 있는데, 5~8구는 맹호연의 시 <春曉>(36쪽 참조)와 그 발상, 소재, 어구 등이 비슷하다.

8. 남쪽 시내에서 지음

柳宗元(유종원)

南磵中題

秋氣集南磵	가을 기운 남쪽 시내에 모였는데,
獨遊亭午時	홀로 노니는 때는 정오.
廻風一蕭瑟	돌개바람 한 번 쓸쓸하게 부니,
林景久參差	숲 그림자 오래도록 술렁인다.
始至若有得	처음 와서는 마음에 얻는 것 있는 듯,
稍深遂忘疲	점점 깊어져 피곤함을 잊었는데,
羈禽響幽谷	짝 잃은 새소리 깊은 골짝에서 울리고,
寒藻舞淪漪	차가운 마름풀 잔물결에 춤춘다.
去國魂已遠	서울을 떠나 혼조차 이미 멀어졌는데,
懷人淚空垂	사람을 그리워하니 눈물만 부질없이 흐른다.
孤生易爲感	외로운 삶은 감동되기 쉬운 법,
失路少所宜	길을 잃으니 마음에 맞는 일 적다.
索莫竟何事	삭막한 이 처지, 또 무엇을 일삼을까?
徘徊祇自知	배회하며 다만 혼자 알 뿐이다.

| 誰爲後來者 | 누구일까, 뒤에 여기 와서 |
| 當與此心期 | 이 마음 함께 할 사람은? |

【자구】

南磵中題(남간중제) : '磵'은 시내. '題'는 원래는 벽이나 그림 등에 시를 써서 붙이는 것이지만, 여기서는 이것을 시재로 삼아 시를 쓴다는 뜻. 亭午(정오) : '正午'와 같다. 한낮. 廻風(회풍) : 선풍, 돌개 바람. 蕭索(소슬) : 쓸쓸한 모양. '蕭索'으로 된 곳도 있다. 林景(임경) : '景'은 '影'과 통용된다. 숲 그림자. 參差(참치) : 들쑥날쑥한 모양. 羈禽(기금) : 짝잃은 새. 寒藻(한조) : '藻'는 마름풀. 가을이 되어 차가운 물 속에 떠있는 마름풀. 淪漪(윤의) : 잔 물결. 孤生(고생) : 친척, 친구와 멀리 떨어져 있는 외로운 몸. 失路(실로) : 길을 잃다. 관직을 잃다. 索莫(삭막) : 적막과 같다. 徘徊(배회) : 어정거리는 것.

【통석】

가을 기운이 온통 여기에만 모여 있는 듯,
유난히 가을색이 짙은 남쪽 시냇가에
해가 중천에 뜬 한낮, 나는 혼자 놀러와 노닐고 있다.
마침 돌개바람이 어디선가 한 번 쓸쓸하게 불어오니,
그 바람에 흔들려 숲 그림자가 오랫동안 술렁인다.
처음 이 시냇가에 도착했을 때는 마치 마음에 위안을 주는 무엇인가
있는 듯 했고,
시간이 지날수록 점점 더 그 위안이 깊어져 피로함을 잊기에 이르렀는데,
이때 문득 들려오는 깊은 골짜기에서 우는 짝잃은 새의 슬픈 울음소리와,
차가운 물 속에서 물결따라 흔들리는 마름풀 때문에
내 마음은 다시 서글픔에 빠진다.
나는 국도 장안에서 멀리 좌천되어 몸은커녕 혼조차도 돌아갈 길이
아득한 신세,

그곳에 있는 친구와 친척들을 그리워하노라면
부질없이 눈물만 흘러내린다.
객지에서 혼자 살아가는 사람은 원래 모든 것에 쉽게 감정이 촉발되니
자연히 느낌이 많게 되는데, 관직에서 뜻을 잃고 멀리 이곳 영주에
좌천되어 있는 몸이라 마음에 맞는 일도 드물다.
이 삭막하기 그지없는 내 처지에서 또 무슨 일을 해볼 수 있을까?
마음이 산란하여 이리저리 방황하며 단지 나 혼자 고민을 삭힐 뿐이다.
후세에 또 누가 지금 내가 고민에 빠져 있는 이곳에 와서,
지금 나의 이 마음을 함께 느끼며 나를 생각해 줄까?

【감상】

이 시는 작자가 덕종의 실정을 바로잡아 보려던 왕숙문 일파에 참여했다가
왕숙문의 실각과 함께 영주(지금의 호남성 零陵) 사마로 좌천되어 있을 때
(작자 소전 참조) 지은 것으로, 작자의 슬픔과 적막함, 고독하게 고뇌하는 모
습이 잘 나타나 있다. 앞 8구는 남쪽 시내의 경치를, 뒤 8구는 그 경치에 촉발
되어 일어난 작자의 감개를 주로 서술하고 있는데, 특히 대낮인데도 이 시냇
가에는 肅殺(숙살)의 가을 기운이 가득 모여 있는 것 같다는 1구의 표현은,
이 시에 계속해서 나오는 꺾임, 떨어짐, 쌀쌀함의 이미지와 연결되어 시 전체
에 강한 인상을 주고 있다.

七言古詩

1. 등왕각에서

王勃(왕발)

滕王閣

滕王高閣臨江渚	등왕의 높은 누대 강가에 서 있는데,
珮玉鳴鸞罷歌舞	패옥소리, 난새방울 소리와 가무는 끊어졌다.
畫棟朝飛南浦雲	단청한 대들보엔 아침에 남포 구름 날고,
朱簾暮捲西山雨	붉은 발에는 저녁에 서산의 비 걷힌다.
閑雲潭影日悠悠	한가로운 구름과 못 그림자 날마다 유유한데,
物換星移幾度秋	만물 변하고 세월 바뀌어 몇 번의 가을을 지냈는지?
閣中帝子今何在	누각 중의 왕자는 지금 어디 있는가?
檻外長江空自流	난간 밖의 강물만 부질없이 저대로 흐른다.

【자구】

滕王閣(등왕각) : 당 고조의 막내 아들 李元嬰(이원영)이 홍주(지금의 강서성 南昌府) 도독으로 있을 때 지은 누각. 이 시는 당시 홍주 도독으로 부임했던 閣伯嶼(염백서)가 황폐해진 이 누각을 수리하고 큰 연회를 베풀었을 때 지은 것이다. ⇒[감상] 참조. 江渚(강저) : 8구의 '長江'과 함께 보통 '江'은 양자강을 말하지만, 여기서는 양자강의 지류로 남창부를 흐르는 漳江(장강)을 말한다.
珮玉(패옥) : 관리들이 허리띠에 매다는 옥으로 된 장신구. 신분의 고하에 따라
종류가 다르며, 걸을 때마다 맑은 소리가 난다.　鳴鸞(명란) : 황제 등 신분이
높은 사람의 수레에 다는 난새 모양의 방울.　南浦(남포), 西山(서산) : 남쪽에
있는 포구와 서쪽에 있는 산. 또는 고유 명사로 보는 견해도 있다.　朱簾(주렴)
: 아름다운 발.　潭影(담영) : '潭'은 '江'자의 중복을 피하기 위해 쓴 것이다.
帝子(제자) : 등왕을 가리킴.　檻(함) : 난간.

【통석】
옛날 등왕이 세운 높은 누각이 지금 장강 물가에 우뚝 솟아 있는데,
그 당시에 등왕을 따랐던 수많은 신하들의 패옥 소리와 귀인들의
난새 방울 소리, 그리고 환락을 돋우던 기녀들의 가무는
이제는 사라지고 없다.
다만 아름답게 단청한 대들보에 아침이 되면 저 멀리 남쪽 포구의
구름이 날고,
문 앞에 쳐진 아름다운 발에 밤이 되면 서쪽 산의 비가 걷히는,
곧 아침 저녁으로 무심한 구름과 비가 오락가락하는
쓸쓸하기 그지없는 곳이 되고 말았다.
그러나 하늘 위에 떠 있는 구름과 장강에 비친 누각 주변의 그림자는
예나 지금이나 변함이 없으니,
이것들은 만물이 변하고 세월이 흐르는 사이 몇 번이나 가을을 지난 것일까?
아아, 이 누대를 짓고 즐기던 그 등왕은 지금 어디에 있는가?
이 경치를 즐기려던 사람은 이미 없어졌는데, 난간 밖의 장강만이 그런
인간의 사정에는 아랑곳없이 저대로 흘러가고 있다.

【감상】
이 시는 당시 홍주 자사로 부임해온 염백서가 이 누각을 수리해 연회를 열고

'序'를 짓게 하여 자기 사위의 글재주를 자랑하려고 했는데, 나이도 적은 작자가 조금도 사양하지 않고 단번에 서를 써내어 염백서의 찬탄을 받았다는 일화로 유명한 <滕王閣序>의 뒤에 붙여진 것이다. 서의 내용을 함축적으로 개괄하고 있는데, 1구에서는 공간적으로, 2구에서는 통시간적으로 먼저 등왕각을 설명하고, 3·4구에서는 대구를 써서 등왕각의 적막함을 아름답게 표현하였다. 나머지 4구에서는 시간적 측면을 한층 강조하여 자연의 유상함과 인간의 무상함을 대비를 통해 나타내었는데, 등왕과 염백서를 향한 浮世(부세)의 영화에 대한 작자의 조소가 은연중에 나타나 있다.

2. 귀공자의 노래

劉希夷(유희이)

公子行

天津橋下陽春水	천진교 아래엔 따뜻한 봄물결,
天津橋上繁華子	천진교 위에는 부호가의 자제들.
馬聲廻合靑雲外	말소리는 푸른 하늘 구름 밖에 울려퍼지고,
人影動搖綠波裏	사람 그림자는 푸른 물결 속에서 흔들린다.
綠波淸迴玉爲砂	푸른 물결 맑고 깊어 모래가 옥 같고,
靑雲離披錦作霞	파란 구름 넓게 퍼져 안개는 비단 같다.
可憐楊柳傷心樹	아름다운 버들은 마음을 아프게 하는 나무,
可憐桃李斷腸花	사랑스러운 복사·오얏은
	애를 끊게 하는 꽃.
此日遨遊邀美女	오늘의 즐거운 놀이에 미녀를 맞이하며,
此時歌舞入娼家	이때의 가무를 위해 창가로 들어간다.
娼家美女鬱金香	창가의 미녀는 울금향 풍기며,
飛來飛去公子傍	공자 곁을 나는 듯이 오간다.
的的朱簾白日映	선명한 붉은 발엔 태양이 비치는데,
娥娥玉顔紅粉妝	어여쁜 얼굴은 고운 분으로 단장했다.

花際裵回雙蛺蝶　　꽃 사이 배회하는 한 쌍의 호랑나비인 듯,
池邊顧步兩鴛鴦　　못가를 돌아보며 걷는 두 마리 원앙인 듯.
傾國傾城漢武帝　　성 기울이고 나라 기울일 미녀를 사랑했던
　　　　　　　　한 무제,
爲雲爲雨楚襄王　　구름 되고 비가 되는 신녀(神女)를
　　　　　　　　사랑했던 초 양왕.
古來容光人所羨　　"옛부터 아름다운 얼굴은 사람들이 바라던
　　　　　　　　바인데,
況復今日遙相見　　하물며 오늘 다시 멀리서 보게 된 것이랴!
願作輕羅著細腰　　가벼운 비단 되어 가느다란 허리에
　　　　　　　　감겼으면,
願爲明鏡分嬌面　　밝은 거울 되어 어여쁜 얼굴 나눴으면."
與君相向轉相親　　"그대와 함께 마주 앉아 점점 더 친해져서,
與君雙棲共一身　　그대와 함께 쌍으로 깃들어 한몸을
　　　　　　　　같이 해요.
願作貞松千歲古　　천년토록 변치 않는 정절 있는 소나무
　　　　　　　　될래요.
誰論芳槿一朝新　　아침마다 피는 무궁화라 누가 말을 하나요.
百年同謝西山日　　백년 뒤 함께 서산의 해를 이별하고,
千秋萬古北邙塵　　천추만고토록 북망산 먼지 되어요."

【자구】

公子行(공자행) : 악부 제목. 작자에 의해 쓰여지기 시작한 당 나라 때의 신악부로, 귀공자의 행악을 노래하는 내용.　天津橋(천진교) : 낙양의 서남쪽, 낙수 위에 걸쳐 있는 다리. 당시 낙양에서 가장 번화한 곳이었다.　繁華子(번화자) : 영화를 누리고 있는 부호가의 귀공자.　青雲(청운) : 맑은 하늘에 떠 있는 구름. 淸逈(청형) : 물밑 깊숙이까지 맑고 투명한 것. '蕩漾'(탕양 : 물이 이리저리 흔들리는 모양)으로 된 곳도 있다.　離披(이피) : 넓게 퍼져 있는 모양.　可憐(가련) : 아름다운, 사랑스러운.　遨遊(오유) : 마음 내키는대로 한껏 노는 것.　鬱金香(울금향) : 서역에서 나는 울금초로 만든 향료.　的的(적적) : 밝게 빛나는 모양. 朱簾(주렴) : '朱'는 '珠'로 된 곳도 있다.　娥娥(아아) : 아름다운 모양.　蛺蝶(협접) : 호랑나비.　顧步(고보) : 서로 뒤돌아보며 걷는 것.　傾國傾城(경국경성) : 이연년이 한 무제에게 자기의 여동생을 소개하며 '一顧傾人城 再顧傾人國'이라고 한 것에서 나온 말. 미인을 말함(134쪽 참조).　爲雲爲雨(위운위우) : 춘추 시대 초 양왕이 무산에 놀러갔다가, 송옥으로부터 그곳에 낀 아침 구름과 저녁의 비가 그의 부왕 회왕이 동침했던 神女(신녀)의 모습이란 말을 듣고 흠모했더니, 그날밤 양왕의 꿈에 신녀가 나타났었다는 고사(132쪽 참조)에서 연유하여, 남녀의 정사를 '巫山雲雨' '爲雲爲雨' '雲雨之情'이라 함.　容光(용광) : 아름다운 용모.　今日遙相見(금일요상견) : 한 무제와 초 양왕이 만난 것과 같은 그런 미인을 시간을 뛰어넘어 오늘 다시 보게 된 것을 말함.　著(착) : 몸에 붙다.　嬌面(교면) : 어여쁜 얼굴.　貞松(정송) : 일 년 내내 색깔이 변치 않는 소나무는 곧은 정조를 상징하며, '千歲之松'으로 장구한 수명을 의미한다.　芳槿(방근) : 어여쁜 무궁화. 무궁화는 아침에 피었다가 저녁에 시드는 꽃으로, 변하기 쉬운 것을 비유함.　百年(백년) : 인간 수명의 한계.　西山日(서산일) : 서산에 지는 태양은 인간의 죽음을 상징한다.　千秋萬古(천추만고) : 사후의 무궁한 세월을 가리킴.　北邙(북망) : 낙양성 북쪽에 있는 무덤이 많은 산. 후한 무렵부터 묘지의 대명사로 쓰였다.

【통석】

천진교 밑으로는 따뜻한 삼월 봄날의 낙수 물이 흘러가고,
천진교 위에는 호사스러움을 자랑하는 귀공자들이 왕래하고 있다.
그들이 탄 말의 울음소리는 맑은 하늘에 떠 있는 구름에
메아리쳐질 정도로 드높고,
그 다리 위를 왕래하는 사람들의 그림자는
낙수 푸른 물결에 비쳐 일렁인다.
푸른 물결은 맑고 투명해, 강 바닥의 모래가 옥처럼 빛나고,
푸른 하늘에 흰구름은 가득 퍼져 있어 가벼운
봄 안개는 비단결처럼 곱다.
여기에 아름답게 물오른 버들은 그러나, 이별할 때 꺾어주는 것이니
상심케 하는 나무이며,
또 이 어여쁜 복사꽃·오얏꽃은 그 아름다움도 잠깐, 우리네 청춘처럼
곧 시들어버리고 말아서 애를 끊게 하는 꽃이 된다.
그러니 이 화창한 봄날을 즐기지 않을 수 있겠는가?
신나게 놀기 위해 미녀를 부르고,
즐겁게 가무를 즐기기 위해 창가로 들어간다.
창가의 미녀들은 서역에서 나는 진귀한 울금초 향내를 풍기며,
귀공자들 옆을 나는 듯이 사뿐사뿐 왕래한다.
밝게 빛나는 아름다운 발 사이로 태양이 비쳐들어,
그렇잖아도 예쁜 얼굴을 곱게 단장한 모습은 더 한층 교태가 흐른다.
공자와 창녀가 어울려 노는 모양은 저 꽃밭을 다정하게 나풀거리는
한 쌍의 호랑나비인 듯,
저 못가에서 걸음 내디딜 때마다 뒤돌아보며 짝을 기다리는 다정한
한 쌍의 원앙인 듯.
이것은 바로 성을 기울이고 나라를 기울일 만한 미인과 그녀를 사랑했던
한 무제의 만남과도 같으며,
구름이 되고 비가 되는 신녀를 그리워했던 초 양왕의

해후와도 같은 것이다.

귀공자는 말한다. "옛부터 아름다운 여성의 모습은 모든 사람이 바라고
원하는 바,
그런데 바로 오늘, 옛날의 이부인(李夫人)·무산신녀(巫山神女)처럼
아름다운 당신을 보게 된 기쁨이여!
가벼운 비단 되어 당신의 그 가느다란 허리에 착 감겼으면,
밝은 거울 되어 당신의 그 어여쁜 얼굴을 나눠 가졌으면!"

창녀는 귀공자의 소망에 이렇게 대답한다. "그대와 마주앉아
점점 더 친해져서,
그대와 한자리에 깃들어 한몸이 되었으면 좋겠네요.
천 년 동안 변치않는 소나무처럼 정절을 지킬 거예요.
창녀의 사랑은 아침마다 새로 피는 무궁화 같은 거라 누가 말을 하나요.
그대와 이 생에서 재미있게 백 년을 살다 같이 죽어,
저 생에서도 그대와 함께 천년만년토록 북망산에 묻힌 한줌 먼지가 될래요."

【감상】
당 나라 때 귀공자들의 豪遊(호유)하는 모습과 낙양 창녀들의 아름다운 자태
가 눈에 보일 듯이 펼쳐져 있다. 5구, 11구, 19구, 23구에서 각각 운을 바꾸어
시상을 전개해 가고 있는데, 4구까지는 발단으로 낭만적인 천진교 풍경, 10구
까지는 봄 풍경에 이끌린 귀공자의 유흥, 18구까지는 창녀의 아름다움과 귀공
자와의 사랑, 22구까지는 귀공자가 창녀에게 하는 말, 마지막 28구까지는 창
녀가 귀공자에게 하는 사랑의 맹세로 구성되어 있다. '天津橋, 可憐, 此日(此
時), 願作(願爲), 與君' 등에서 보이는 바와 같이 연이어 같은 단어를 반복하거
나, '靑雲 綠波—綠波 靑雲, 美女 娼家—娼家 美女'처럼 앞에 나온 단어를 순
서를 바꾸어 사용하고, 또 '飛去飛來, 爲雲爲雨, 的的, 娥娥'처럼 유사 동의어
를 반복 사용하는 수법 등을 동원하여, 시에 리듬감을 주고 있을 뿐만 아니라
이 시의 화사하고 질탕한 풍류와도 어울리게 하였다.

3. 흰머리 슬퍼하는 늙은이를 대신하여

劉希夷(유희이)

代悲白頭翁

洛陽城東桃李花	낙양성 동쪽의 복사꽃 오얏꽃,
飛來飛去落誰家	이리저리 날리어 누구 집에 떨어지나?
洛陽女兒惜顔色	낙양 소녀는 예쁜 얼굴색을 아껴,
行逢落花長歎息	걷다가 지는 꽃 만나 길게 탄식한다.
今年花落顔色改	"올해 꽃 지면 얼굴색도 변하리.
明年花開復誰在	내년 꽃필 때면 누가 또 건재할까?
已見松栢摧爲薪	이미 들었네, 송백이 베어져 땔나무
	된 것을.
更聞桑田變成海	또 들었네, 뽕나무밭 변해 바다 된 것을."
古人無復洛城東	옛 사람은 더 이상 낙양 동쪽에 없는데,
今人還對落花風	지금 사람은 오히려 꽃 지는 바람을 대한다.
年年歲歲花相似	해마다 해마다 피는 꽃은 같은데,
歲歲年年人不同	해마다 해마다 사람은 같지 않구나.
寄言全盛紅顔子	부탁한다, 한창 때의 고운 사람들,
應憐半死白頭翁	부디 반쯤 죽어가는 흰머리 늙은이를

불쌍히 여겨라.

此翁白頭眞可憐　　　"이 늙은이 흰머리는 정말 불쌍하니,
伊昔紅顔美少年　　　그 옛날엔 고운 얼굴 미소년이었네.
公子王孫芳樹下　　　공자, 왕손과 어여쁜 나무 아래 노닐고,
淸歌妙舞落花前　　　즐거운 노래, 근사한 춤을 지는 꽃 앞에서
　　　　　　　　　　즐겼네.
光祿池臺開錦繡　　　광록대부 연못과 누대에 금박 자수 놓은
　　　　　　　　　　장막 펼쳤고,
將軍樓閣畫神仙　　　장군의 누각에는 신선이 그려졌었다.
一朝臥病無相識　　　하루 아침에 병들어 누으니 아는 사람
　　　　　　　　　　없어라.
三春行樂在誰邊　　　삼춘의 즐거움은 누구 곁에 있는가?"
宛轉蛾眉能幾時　　　맵씨 있게 구비진 눈썹 몇 해나 가는가?
須臾鶴髮亂如絲　　　순식간에 흰머리가 실처럼 어지럽다.
但看古來歌舞地　　　다만 옛부터 가무하던 곳을 보니,
唯有黃昏鳥鵲悲　　　오직 황혼에 까치소리만 슬프다.

【자구】

代悲白頭翁(대비백두옹) : 제목이 <代白頭吟>으로 된 곳도 있는데, 이 경우에
는 탁문군이 지었다고 전해지는 고악부 <白頭吟>의 體(체)를 본떠(代) 지은
노래라는 뜻이 된다. 그러나 <悲白頭翁>이란 노래가 있었는지는 알 수 없기

때문에, 여기서는 '代'를 '본뜨다'는 뜻이 아닌 '대신하다'는 뜻으로 풀었다.⇒
[감상] 참조. 惜顔色(석안색) : 흘러가 버리기 쉬운 청춘을 애석해함. '好顔色'
으로 된 곳도 있다. 行逢(행봉) : '坐見'으로 된 곳도 있다. 松柏摧爲薪(송백최
위신) : 송백은 수명이 긴 나무로서 묘지 둘레에 많이 심는다. 고시 19수 중에
'古墓犁爲田 松柏摧爲薪'이라는 구가 있다. 桑田變成海(상전변성해) : 갈홍의
『신선전』에 '나는 동해가 세 번 뽕나무밭이 되는 것을 보았다'는 麻姑(마고)
선녀의 말이 있다. 伊昔(이석) : 그 옛날. 公子王孫(공자왕손) : 귀족의 자제와
제왕의 자손. 光祿池臺(광록지대) : 한대 光祿勳(광록훈)을 받았던 王根(왕근)
이 자기 집에 만들었던 연못과 누대. 호화로운 저택을 말함.⇒[고사 1] 開錦
繡(개금수) : '錦'은 금실 등의 색실로 아름다운 문양을 넣은 비단. '繡'는 수를
놓은 천. '開'는 펼쳐 놓는 것. 將軍樓閣畫神仙(장군루각화신선) : 후한 梁冀(양
기)의 고사.⇒[고사 2] 三春(삼춘) : '孟·仲·季' 3개월간의 봄. 宛轉(완전) :
둥글게 구비진 모양. 蛾眉(아미) : 나비의 촉수. 미인의 눈썹을 비유. 鶴髮(학
발) : 백발. 唯有黃昏鳥鵲悲(유유황혼조작비) : '唯'가 '惟'로, '鵲'이 '雀'으로 된
곳도 있다.

【고사 1】
王根(왕근)은 元帝(원제)의 외척이었는데, 成帝(성제) 원년에 九卿(구경)의 하
나로 궁전의 수비를 책임진 광록훈을 맡았다. 그는 매우 많은 권세를 가지고
있었으며, 사저에 천자가 거처하는 백호전과 비슷한 호화로운 누대를 세우기
까지 했다. 이 사저에 놀러온 성제가 그 정원의 장대함에 놀랐을 정도로 호화
로움을 극한 사치스러운 생활을 했다(『漢書』「元后傳」).

【고사 2】
후한의 장군 양기도 또한 왕실의 외척으로 대장군에 임명되었는데, 권세를 멋
대로 휘두르고 사치한 생활을 하며, 웅장한 사저에는 벽에 구름과 신선 등을
그려 놓았다(『後漢書』「梁冀傳」).

【통석】
낙양성 동쪽 마을에 활짝 핀 저 아름다운 복사꽃 오얏꽃
살랑이는 봄바람에 날려 이집 저집 떨어져,
누구의 마음을 가장 울리는가?
순식간에 흘러가 버리는 짧은 청춘을 애석해 하는 낙양 처녀가
바로 그 사람이니,
길에서 떨어지는 꽃잎을 보고 길게 탄식한다.

"올해 이 꽃 지고 나면 이 고운 얼굴 또한 조금 시들겠지.
그러니 내년 다시 꽃 필 때면, 누가 건재할 수 있을까?
내 얼굴이 변하는 것은 물론 꽃피는 모습을 다시 못 볼 사람도 많겠지.
천년이 가도 색이 변하지 않는다는 저 송백이 부러져
땔감으로 쓰이는 것도 이미 보았고,
뽕나무밭이 변해 바다가 되었다는 말도 이미 들었는데,
하물며 너무도 짧은 우리 인생이랴!"

그렇다. 예전에 이 지는 꽃을 보았던 사람들은 더 이상
낙양성 동쪽에 없는데,
지금 사람들 또한 예전 사람처럼 봄바람에 지는 꽃을 바라보며 서 있다.
해마다 해마다 다시 피는 그 꽃은 같은데,
해마다 해마다 그 꽃을 구경하고 감상에 젖는 사람은 다르다.
그러니 한창 때 젊은이들에게 부탁하노니,
흰머리가 성성한 다 죽어가는 노인네들을 불쌍히 여겨라.

노인들은 말할 것이다.
"이 늙은이가 흰머리 된 것이 얼마나 불쌍한가.
바로 엊그제만 해도 자네들처럼 고운 얼굴의 젊은이로,
귀족이나 제왕의 자제들과 아름다운 나무 밑에서 즐겁게 노닐고,

지는 꽃 앞에서 기녀들의 좋은 노래와 멋들어진 춤을 감상하며,
광록대부 왕근의 연못과 누대에 비길 만한 화려한 곳에서
비단 연석을 벌여놓고,
대장군 양기가 그랬던 것처럼 누각에 신선을 그리고
멋진 세계나 동경하면서 세월을 보냈던 것인데,
하루아침에 늙고 병들어 자리에 눕고 보니,
친구들도 다 멀어지고 아는 사람도 없는 처량한 신세가 되었다.
아, 그 즐겁던 꿈같은 봄날들, 지금 다 어디로 흘러가 버렸나?”

그렇다! 맵시 있게 구비진 아름다운 여성들의 눈썹이
도대체 몇 년이나 갈 것인가?
홍안 미소년의 모습도 순식간에 흰머리가 실타래처럼 날리게 된다.
그때쯤 되어 다시 예전에 가무하며 즐기던 곳을 바라보면,
해 저무는 황혼 녘에 앙상한 나뭇가지에서
서글프게 울어대는 까치 소리만이 들려와 마음 아프게 할 것이다.

【감상】

이 시는 한대 악부인 <白頭吟>을 본따 지은 것이다. 그러나 <백두음>의 내
용이 단순히 여자가 변심한 남자와 의연히 결별한다는 것인데 반해, 이 시에
서는 전반은 낙양 처녀의 한탄, 후반은 쇠락한 백두 노인의 한탄으로 구성하
여 독창성을 얻고 있다. 3구, 5구, 9구, 15구, 23구에서 각각 운이 바뀌어, 발단
—낙양 처녀의 한탄—작자의 논평—백두 노인의 한탄—작자의 논평 순으로
구성되어 있다. 한편 ‘年年歲歲花相似 歲歲年年人不同’의 구는, 작자의 丈人
(장인)인 송지문이 이 구가 너무 마음에 들어 자기에게 줄 것을 요구했다고
한다. 그러나 거절당하자 앙심을 품고 작자를 죽였다는 일화가 전해질 정도
로, 흘러가는 시간 속의 덧없는 인간 운명을 표현한 명구로 평가되어 왔다. 독
창적인 구성과 절절한 서정과 아름다운 표현과 조화로운 운율로 初唐(초당)
古詩(고시) 중에서도 대표로 꼽히는 작품이다.

4. 까마귀 밤에 울다

李白(이백)

烏夜啼

黃雲城邊烏欲棲	황혼 구름 드리운 성 가에 까마귀 깃들려다,
歸飛啞啞枝上啼	날아 돌아와 까악 깍 가지 위에서 운다.
機中織錦秦川女	베틀에서 비단 짜던 진천의 여자,
碧紗如烟隔窓語	안개 같은 푸른 비단 창 너머로 중얼거린다.
停梭悵然憶遠人	북 멈추고 슬프게 멀리 간 이 생각하다,
獨宿空房淚如雨	홀로 빈 방에 누우니 눈물이 비오는 듯.

【자구】

烏夜啼(오야제) : 고악부 제목. 육조 시대 宋(송)의 劉義慶(유의경)이 좌천되었는데, 까마귀가 그의 애첩에게 내일이면 돌아올 것이라고 알려준 일이 있어 그 사정을 노래한 것이 이 곡의 시작이다. 그러나 현전하는 나머지 노래들의 내용은 밤에 여인의 곁을 찾아왔던 남자가 날이 밝기 전에 까마귀 우는 소리를 듣고 떠나는 것을 노래한 것들이다. 黃雲(황운) : 황혼 녘의 구름. 啞啞(아아) : 까마귀 우는 소리. 秦川女(진천녀) : 진천은 지금의 섬서성과 감숙성 동부. 진천녀는 晉(진) 竇滔(두도)의 처 蘇蕙(소혜).⇒[고사] 碧紗(벽사) : 남빛이 나는 엷은 비단. 梭(사) : 베짜는 북. 遠人(원인) : 멀리 간 남편.

【고사】

두도의 처 소혜는 미인으로 글도 무척 잘 지었는데, 남편이 진천의 장관으로

있다가 죄를 지어 유사 지방으로 좌천된 후 오랫동안 소식이 없었다. 소혜가
남편을 생각하며 840자의 回文詩(회문시)를 비단에 짜 남편에게 보내자, 그
애절하고 간절한 소혜의 마음에 감동을 받아 두도는 아내를 자기의 임지로
불러들였다(『晉書』「列女傳」).

【통석】
황혼 녘 구름이 드리운 성 주변, 보금자리에 깃들이느라
까마귀들이 한참 소란스럽다가
제자리를 찾자 까악까악하고 나뭇가지에서 운다.
이 쓸쓸한 정경 속에,
옛날 소혜처럼 남편에게 회문시를 짜서 보내려는지
베틀에 앉아 있던 부인이,
엷은 푸른 비단 드리운 창을 사이에 두고
까마귀에게 뭐라고 중얼거리듯 하더니,
이윽고 북을 멈추고 멀리 가 있는 남편 생각에 슬픔을 참지 못해,
홀로 지새는 텅빈 방에서 비오듯 눈물을 흘린다.

【감상】
이 시의 5·6구는 '停梭問人憶故夫 獨宿空床淚如雨' '停梭向人問故夫 知在流
沙淚如雨' 등으로 판본에 따라 異同(이동)이 많아서, 이 간결하고 기교 없어
보이는 시의 조탁에 작자가 얼마나 힘썼는가를 역설적으로 말해 준다. 1·2구
의 소리와 색깔이 있는 자연 묘사에 이미 근심이 함축되어 있다. 3·4구에서
연기에 가린 장막 사이로 비치는 진천녀의 모습과 중얼거림이라는 간접적 표
현을 함으로써, 독자들에게 그녀의 외모가 아닌 내면을 들여다보게 하고 있
다. 그리고 5·6구에서 비로소 이 진천녀의 슬픔의 원인이 '憶遠人'에 있다는
것을 말함으로써, 맺힌 슬픔과 근심을 풀 길 없어 울어버리고 마는 그녀의 눈
물을 수긍하게 하고 있다. 짧은 시구 속에 멀리 떠난 남편을 그리는 부인의
애틋한 마음을 최대한으로 표현한 시이다.

5. 강 위에서 읊음
李白(이백)

江上吟

木蘭之枻沙棠舟	목란의 노와 사당의 배에,
玉簫金管坐兩頭	아름다운 피리와 젓대 양 뱃머리에 앉았다.
美酒尊中置千斛	좋은 술은 술독에 천곡을 두고서,
載妓隨波任去留	기생 싣고 물결 따라 오감을 내맡긴다.
仙人有待乘黃鶴	선인은 기다려 황학을 탔지만,
海客無心隨白鷗	해객은 사심 없어 백구와 노닌다.
屈平詞賦懸日月	굴평의 사부는 해와 달처럼 걸렸는데,
楚王臺榭空山丘	초왕의 누대와 정자는 산과 언덕에 텅 비었다.
興酣落筆搖五嶽	흥에 겨워 붓을 들면 오악을 뒤흔들고,
詩成笑傲凌滄洲	시 짓고서 맘껏 웃으면 창주를 넘나든다.
功名富貴若長在	부귀와 공명이 가령 오래 있다면,
漢水亦應西北流	한수도 분명히 서북으로 흐르리라.

【자구】

江上吟(강상음) : <江上遊>로 된 곳도 있다.　木蘭之枻(목란지예) : 향기로운 목란으로 만든 좋은 노. 沙棠舟(사당주) : 사당목으로 만든 배. 사당목은 곤륜산에서 나는 진귀한 나무로, 배를 만들면 가라앉지 않고 열매를 먹으면 물에 빠지지 않는다고 한다. 玉簫金管(옥소금관) : 아름답고 훌륭한 악기. 또는 그런 악기를 가진 악사. 尊(준) : 술통. '樽'과 통용됨. 千斛(천곡) : 1곡은 10말. 매우 많은 술을 의미. 海客無心隨白鷗(해객무심수백구) : [고사] 참조. 屈平詞賦(굴평사부) : 전국 말 초 나라에 살았던 굴원은 자기의 충정이 받아들여지지 않자 멱라수에 투신함으로써 우수에 찬 일생을 마쳤는데, 후세에 그의 대표작 <離騷>는 '日月'과 그 빛남을 겨룰 만하다는 평가를 받았다. 楚王臺榭(초왕대사) : 초왕은 굴원이 섬겼던 초양왕. 호화로운 누각과 정자들을 짓고 질탕하게 즐긴 것으로 유명하다. 酣(감) : 주흥이 무르익는 것. 落筆(낙필) : 붓을 들어 글을 쓰는 것. 五嶽(오악) : 중국의 5대 명산. 동의 '泰山', 서의 '華山', 남의 '衡山', 북의 '恒山', 중앙의 '嵩山'. 笑傲(소오) : 큰 소리로 마음껏 웃음. 凌(능) : 다른 영역에 마음대로 넘나듦. 滄洲(창주) : 푸른 바다 가운데 있다는 신선이 사는 곳. 漢水(한수) : 양자강 최대의 지류로 섬서성에서 발원하여 동남쪽으로 흘러 호북성 무한시에서 양자강에 합류한다.

【고사】

옛날 해변에 한 남자가 살고 있었는데, 사심이 없었기 때문에 매일 바닷가에 나오면 갈매기 떼들도 가까이 모여들어 함께 놀았다. 하루는 그의 아버지가 갈매기 한 마리를 잡아 오라 했는데, 바닷가에 이르자 눈치를 챈 갈매기들이 그 날은 한 마리도 그의 곁에 다가오지 않았다(『列子』「黃帝篇」).

【통석】

나는 지금 사당목으로 만든 것 같은 훌륭한 배에
목련으로 만든 것 같은 좋은 노를 갖추고,
악사들을 양 뱃머리에 앉혀 아름다운 음악을 연주하게 하며,
좋은 술을 실컷 마실 수 있을 만큼 술통에 가득 싣고,
그 위에 흥을 돋우어 주는 기생들까지 싣고서

물결 가는 대로 배를 맡겨두고 흥겹게 놀고 있다.
지금 이 기분은, 옛날 그를 태우고 선계로 날아갈 황학이 필요했던
신선과는 달리,
저 옛날 해변에 살았던 한 남자처럼 사심이 없어
갈매기와 물아일체가 된 그런 것이다.
이때 문득 생각나는 것은 굴원과 초왕의 일이다.
굴원은 비록 비참하게 우수에 찬 삶을 마쳤지만,
그가 지은 글들은 해와 달처럼 오래도록 뚜렷이 빛나고 있는 반면,
호화로운 누각과 정자를 지어놓고 한때의 환락을 즐기던 초 양왕의 자취는,
남은 것이라곤 텅빈 산과 언덕 뿐이다.
그러니 문장이란 얼마나 위대한 것이며 부귀란 얼마나 헛된 것인가!
이제 내가 흥에 겨워 붓을 잡고 시를 지으면
그 웅혼한 기세는 오악을 뒤흔들 만하고,
시를 다 짓고서 마음 내키는 대로 호탕하게 웃노라면
신선이 산다는 창주를 마음대로 넘나드는 듯하다.
이런 내게 잠깐 있다가도 금방 사라지고 마는 부귀공명 같은 것은
얼마나 가소로운 것인가!
가령 이 부귀와 공명이 오래 지속될 수 있는 것이라면,
지금 동남쪽으로 흐르는 한수가 서북쪽으로 흐를 것이다.

【감상】

강 위에서 노니는 호탕한 즐거움을 통해서, 부귀공명을 추구하는 현실 생활에
대한 혐오와 자유롭고 아름다운 생활에 대한 추구, 시인으로서의 자부심 등을
표현하고 있는 작품이다. 작자의 호방한 기상과 쇄락한 성격이 눈에 보이는
듯한 걸작인데, 한편으론 현재의 위치에 만족하지 못하고 있는 작자의 울적한
심정이, 뱃놀이—곧 선계로 이어지는 감정의 과장과, 오악을 뒤흔들고 창주를
넘나든다는 자기의 시적 경지에 대한 과장으로 표출되어 있다.

6. 술잔을 들고 달에게 묻는다

李白(이백)

把酒問月

靑天有月來幾時	푸른 하늘에 있는 달은 언제부터 왔는가
我今停杯一問之	나는 지금 술잔을 멈추고 한 번 물어 보노라.
人攀明月不可得	사람은 달을 붙잡고자 하여도 되지 않는데
月行却與人相隨	도리어 달이 사람과 같이 따라 다닌다.
皎如飛鏡臨丹闕	환하게 밝은 거울이 단청한 대궐을 비친 듯하여,
綠烟滅盡淸輝發	연기가 사라져 없어지면 밝은 빛이 더욱 발휘된다.
但見宵從海上來	밤에 바다에서 올라오는 것은 보았지만
寧知曉向雲間沒	새벽에 구름 사이로 꺼질 줄이야 어찌 알았으랴.
白兔擣藥秋復春	흰 토끼가 약을 빻으면서 봄 가고 또 가을이 오는데
嫦娥孤棲與誰隣	외롭게 사는 선녀는 누구와 함께 지내는가.

今人不見古時月	지금 사람은 옛날 달을 보지 못했지만
今月曾經照古人	지금 저 달은 옛날 사람에게도 비쳤을 것이다.
古人今人若流水	옛 사람이나 지금 사람이 흐르는 물처럼 지나가는데
共看明月皆如此	모두 밝은 달을 이렇게 보아 왔으리라.
唯願當歌對酒時	다만 바라기는 노래를 부르고 술을 마시는 자리에
月光長照金樽裏	달빛이 영원히 술잔에 비쳐 주기를……

【자구】

白冤(백토) : 흰 토끼, 달 가운데에 흰 토끼가 약을 빻고 있다는 전설이 있음.
嫦娥(항아) : 月宮(월궁)에 사는 선녀.

【감상】

달과 술을 바꾸어 가며 공간적인 감상에서 시간적인 감상으로 옮겨가면서 전설과 영상을 자유스럽게 묘사한 고금에 없는 절조다.

7. 권주가

李白(이백)

將進酒

君不見	그대는 보지 못하는가,
黃河之水天上來	황하의 물이 하늘에서 내려와서
奔流到海不復回	흘러서 바다로 가서는 다시 돌아오지 못하는 것을.
君不見	그대는 보지 못하는가,
高堂明鏡悲白髮	높다란 마루에서 거울을 보고 백발을 슬퍼하는 것을.
朝如靑絲暮成雪	아침에 푸른 실같던 머리가 저녁에 눈처럼 된 것을
人生得意須盡歡	인생이 기분이 좋을 때에는 기쁨을 만족하게 누리고
莫使金樽空對月	빈 술잔에 부질없이 달빛만 비치게 하지 마라
天生我材必有用	하늘이 나같은 재질을 냈다면 반드시 쓸 곳이 있으리라

千金散盡還復來　　천냥 돈은 다 써버려도 다시 생기는 것을

烹羊宰牛且爲樂　　양을 삶고 소를 잡아서 우선 즐기자

會須一飮三百盃　　한꺼번에 삼백 잔은 마셔야 된다.

岑夫子, 丹丘生　　잠선생과 단구군이여

將進酒, 杯莫停　　술을 권하노니 술잔을 멈추지 말라

與君歌一曲　　그대에게 노래 한 곡조를 불러줄 터이니

請君爲我傾耳聽　　그대는 나를 위하여 귀를 기울여 달라

鍾鼓饌玉不足貴　　음악을 연주하며 좋은 음식을 먹는 것도
　　　　대단한 것이 없고

但願長醉不願醒　　영원히 취하고 다시 깨지 말기를 바랄
　　　　뿐이다.

古來聖賢皆寂寞　　옛날부터 성현들도 모두 쓸쓸했지만

惟有飮者留其名　　술 마시는 사람만이 그 이름을 남겼다.

陳王昔時宴平樂　　옛날 진왕이 평락궁에서 연회를 벌였을 때

斗酒十千恣歡謔　　많은 술을 마시며 마음껏 즐거워하였다.

主人何爲言少錢　　주인은 어찌하여 돈이 없는 것을 탓하는가

徑須沽取對君酌　　우선 술을 사다가 그대와 함께 따르리라.

五花馬, 千金裘　　좋은 말과 천 냥짜리 외투를 가지고

呼兒將出換美酒　　아이를 불러 나가서 좋은 술로 바꿔오게
　　　　하여라.

與爾同銷萬古愁　　그대와 함께 만고의 시름을 없애고자
하노라.

【자구】

將進酒(장진주) : 옛날부터 술 마실 때 술 권하는 노래로 전해 오는 제목이다.
이 시는 이백이 그의 친구인 岑勛(잠훈), 元丹丘(원단구)와 함께 모여서 술을
마시며 지은 시다. 岑夫子(잠부자)는 '잠훈'이고, '丹丘生(단구생)'은 '원단구'이
다.　傾(경) : '側'으로 된 곳도 있다. 陳王(진왕) : '진왕'은 삼국 시대 조조의
아들인 曹植(조식).　平樂(평락) : 궁 이름.　五花馬(오화마) : 털이 오색 꽃빛처
럼 아름다운 좋은 말.

【감상】

물은 한 번 흘러가면 다시 되돌아 올 수 없다. 인생은 한 번 늙으면 다시 젊어
질 수 없다. 이러한 통속적인 말에서 시작하여, 재주가 있는 사람은 반드시 쓸
곳이 있게 마련이니 지금 불우한 것을 한탄할 필요가 없다는 뜻으로 반복해
간다. 그러니 술 마시는 중에 모든 시름을 다 잊고 즐겁게 노는 게 어떠냐는
뜻을 일기가성으로 읊은 것이다.

8. 가난한 때의 사귐 노래
杜甫(두보)

貧交行

翻手作雲覆手雨	손바닥을 위로 하면 구름 되고 엎으면 비가 되니,
紛紛輕薄何須數	하고 많은 경박한 사람 어찌 다 세겠는가!
君不見管鮑貧時交	그대는 보지 못했는가, 관중과 포숙아의 가난할 때 사귐을?
此道今人棄如土	이 도리를 지금 사람은 흙덩이처럼 버린다.

【자구】

翻手(번수), 覆手(복수) : 번수는 손바닥을 위로 재끼는 것. 복수는 손바닥을 엎는 것. 모두 손바닥을 뒤집듯이 쉽게 변하는 인정을 비유함. 雲(운), 雨(우) : 구름이 비가 되고 비가 다시 증발되어 구름이 되듯이, 사람의 태도가 극단적으로 대조적인 것을 비유. 紛紛(분분) : 많은 모양. 管鮑(관포) : 관중과 포숙아.⇒[고사]. 此道(차도) : 가난할 때의 사귐의 도리. 관중과 포숙아의 ‘友道’.

【고사】

관중과 포숙아는 어려서부터 친구였다. 뒤에 관중은 공자규를 섬기고 포숙아는 제 환공을 섬기게 되었다. 제 환공과 공자규와의 싸움에서 공자규는 죽고 관중은 옥에 갇혔는데, 포숙아가 환공에게 관중을 추천하여 대신으로 삼게 하였다. 이때 관중은 옛날을 회상하며 이렇게 말했다. "내가 가난했을 때 포숙아와 같이 장사를 하면서 나는 늘 더 이익을 취했지만, 포숙아는 내가 가난한 것을 이해하여 탐욕스럽다 하지 않았고, 내가 어떤 일에 실패했을 때도 시기에 이로움과 불리함이 있음을 이해해서 나를 어리석다 하지 않았으며, 세 번 임금을 섬겼다가 세 번 그만두었으나 사람에게는 '遇'(때를 만남)와 '不遇'(때를 만나지 못함)가 있음을 알아서 나를 못났다고 하지 않았고, 세 번 전쟁에 나갔다가 세 번 도망쳤으나 내게 노모가 계심을 이해하여 비겁하다고 하지 않았으며, 공자규가 패하자 소홀은 죽었는데 나는 살아 옥에 갇힌 일에 대해서도 내가 小節(소절)을 부끄럽게 여기지 않고 공명을 천하에 나타내지 못함을 부끄러워한다는 것을 알아서 나를 염치없는 사람이라 하지 않았다. 나를 낳아준 이는 부모지만 나를 알아준 사람은 포숙아이다"(『史記』「管晏列傳」).

【통석】
지금 세상 사람들의 경박한 인정이란 이루 다 셀 수도 없을 지경이니,
손을 재치면 구름이 되었다가 엎으면 비가 되어 버리는 것처럼
그렇게 반복무상하다.
그대들은 빈천할 때의 사귐을 부귀하게 된 뒤에도 변함없이 지킨
관중과 포숙아의 사귐에 대해 듣지 못했는가?
이 돈독한 사귐의 도리를 지금 사람은
길가의 흙덩이처럼 버리고 사는구나.

【감상】
이 시는 작자가 장안에서 벼슬을 구하며 빈핍한 생활을 하던 때에 지은 것이다. 옛부터 내려오는 악부체를 본따 반복무상한 인정의 경박함과 훌륭한 우도가 빛을 잃어가고 있는 현실을 개탄하고 있는데, 금인과 고인의 정반대적인 태도의 대비와 과장적 표현과 영탄의 반복을 통해 작자의 강개한 마음을 토로하고 있다.

9. 취하여 지은 노래

杜甫(두보)

醉時歌

諸公袞袞登臺省	여러분은 서슬이 시퍼렇게 높은 벼슬에 올랐는데
廣文先生官獨冷	광문선생은 벼슬이 홀로 한미하였다.
甲第紛紛厭粱肉	훌륭한 저택에는 요란하게 좋은 음식을 못다 먹는데
廣文先生飯不足	광문 선생은 먹을 것이 부족하다.
先生有道出羲皇	선생의 도덕은 옛 성인에 견줄 것이요
先生有才過屈宋	선생의 재주는 굴원과 송옥을 능가한다.
德尊一代常坎坷	한 시대에 덕이 높지만 언제나 불우해 있으니
名垂萬古知何用	이름이 먼 역사에 드리운들 무슨 소용이 있으랴
杜陵野客人更嗤	두릉의 야인인 나는 사람이 더욱 못나서
被褐短窄鬢如絲	짤막한 노동복 차림인데도 머리칼은 희끗희끗하다.

日糴太倉五升米　　　날마다 국고에서 쌀 닷되씩을 받아먹고
　　　　　　　　　　　살면서
時赴鄭老同襟期　　　때로 정선생을 찾아가면 뜻이 서로 맞는다.
得錢卽相覓　　　　　돈이 생기면 서로 찾아다니며
沽酒不復疑　　　　　술을 사는 데에 아무런 문제가 없다.
忘形到爾汝　　　　　형식을 무시하며 당신과 내가 함께 친숙하다.
痛飮眞吾師　　　　　통쾌하게 마시는 것이 정말 나의 선생님이다.
淸夜沈沈動春酌　　　맑은 밤이 깊어 가는데 봄철의 술잔을
　　　　　　　　　　　따르며
簷前細雨燈花落　　　처마 앞에 보슬비 내리고 등불의 심지가
　　　　　　　　　　　떨어진다.
但覺高歌有鬼神　　　소리 높여 부르는 노래에는 정신이 살아 있다.
焉知餓死塡溝壑　　　굶어 죽어서 시궁창 신세가 된들
　　　　　　　　　　　누가 알리오?
相如逸才親滌器　　　사마상여 같은 뛰어난 재주로도 술집에서
　　　　　　　　　　　그릇을 씻었고
子雲識字終投閣　　　자운 같은 학자도 마침내는 이층에서
　　　　　　　　　　　떨어져 죽었다.
先生早賦歸去來　　　선생은 일찍이 은퇴하십시오
石田茅屋荒蒼苔　　　자갈밭 초가집은 푸른 이끼에 묻혀 있을

	것이다.
儒術於我何有哉	학술이 나에게 무슨 도움이 되리까?
孔丘盜跖俱塵埃	공자와 도척도 모두 먼지가 되고 말았다.
不須聞此意慘愴	이런 말을 듣고 마음으로 슬퍼하지 마시고
生前相遇且銜盃	살아 있는 동안 만날 적마다 우선 술잔을 기울이자.

【자구】

廣文先生(광문선생) : 당대의 시인 鄭虔(정건)이 '廣文館博士'로 있었기 때문에 '광문선생'이라 불렀다. 그는 유명한 학자였으나 불우하게 지냈다. 두보보다는 나이가 많았는데도 무관한 친구가 되어 술을 함께 마셨다.　**羲皇**(희황) : 고대의 성왕.　**坎坷**(감가) : 매우 불우한 것. '轗軻'로 된 곳도 있다.　**屈宋**(굴송) : 전국 시대의 시인, '屈原'과 '宋玉'.　**燈花**(등화) : 촛불이 다 타고 심지가 불똥이 되어 떨어지는 것.　**相如**(상여) : 한대의 문장인 '司馬相如'.　**子雲**(자운) : 한대의 학자인 楊雄(양웅)의 字(자), 천록각에서 책을 교정하고 있었는데 나라에서 자기를 잡으러 왔다는 말을 듣고 이층에서 뛰어내리다 죽었다.　**孔丘盜跖**(공구도척) : 공구는 공자, 도척은 춘추 시대의 큰 도적.

【감상】

세상에는 반드시 학문이나 재주가 뛰어난 사람이 출세하고 잘사는 것이 아니라는 것을 불평하며 비분강개한 회포를 술을 마시며 토로하는 형식을 빌어서 표현한 것이다.

10. 한단 소년의 노래
高適(고적)

邯鄲少年行

邯鄲城南遊俠子	한단성 남쪽의 협기 있는 젊은이들,
自矜生長邯鄲裏	스스로 한단에서 생장한 것 자랑한다.
千場縱博家仍富	온 도박장에서 맘껏 도박해도 집은 여전히 부유하고,
幾處報讐身不死	몇 군데나 원수 갚았어도 몸은 죽지 않았다.
宅中歌笑日紛紛	집안엔 노래와 웃음소리 날마다 시끌벅적,
門外車馬如雲屯	문밖엔 마차가 구름처럼 모여든다.
未知肝膽向誰是	누구에게 간담 털어놓음이 옳을지 알지 못하니,
令人却憶平原君	사람에게 문득 평원군을 생각케 한다.
君不見今人交態薄	그대는 보지 못했는가, 지금 사람의 경박한 사귐 태도를.
黃金用盡還疎索	돈이 떨어지면 곧 멀어진다.
以茲感嘆辭舊遊	이에 느껴 탄식하며 옛사귐을 그만두고,
更於時事無所求	더 이상 현실에서 바라는 바도 없다.

且與少年飮美酒　　　다만 소년들과 좋은 술이나 마시며,

往來射獵西山頭　　　서산 주변을 오가며 사냥이나 한다.

【자구】

邯鄲少年行(한단소년행) : 악부 제목. <少年行> <遊俠行> 등의 젊은 유협을
주제로 하는 노래에 지명을 더한 것. 한단은 전국 시대 조 나라의 수도가 있
었던 곳으로, 당시 황하 이북의 최대 상업 도시였다.　遊俠子(유협자) : 협기 있
는 행동을 하는 젊은이. 협기 있는 행동이란, 자기 몸을 돌보지 않고 곤궁에
빠진 나라나 사람을 도와주는 大我(대아)적인 것일 수도 있고, 도박 등의 유
흥을 일삼으며 건달 생활을 하는 小我(소아)적인 것일 수도 있다.　千場(천장)
: 여러 도박장.　縱博(종박) : 마음껏 도박을 즐김.　幾處(기처) : ‘幾度’로 된 곳
도 있다.　屯(둔) : 모여들다.　肝膽(간담) : 꾸밈없는 본마음.　人(인) : 작자를 포
함한 제삼자들을 말함.　平原君(평원군) : 전국 시대 4공자의 한 사람인 조 나
라의 趙勝(조승). 자기 밑에 수천 명을 모아들여 크게 활약했다.　疎索(소삭) :
사이가 벌어져 소원하게 되는 것.　舊遊(구유) : 옛부터 교제하던 친구.

【통석】

한단성 남쪽에서 협기를 부리며 놀고 있는 젊은이들은,
자기들이 옛부터 유협 많기로 유명한 이곳 한단에서 나고 자란 것을
큰 자랑으로 여긴다.
이들은 아무 직업도 없이 온 노름판을 찾아다니며 마음껏 노름을 즐기지만,
노름에서 패하는 일은 거의 없어 집안은 여전히 부유하고,
여러 군데서 다른 사람의 원한을 대신 갚아주느라 많은 사람을 해쳤지만,
아직까지 자기는 죽지 않고 건재하다.
그의 집에는 언제나 잔치가 열려 가무와 웃음소리가 시끄럽게 끊이지 않고,
문 밖에는 방문객들의 마차가 시장을 방불할 정도로 모여 있다.
그러나, 겉으로는 호탕해 보이는 그들의 생활이지만

그들은 누구에게 자기의 본마음을 털어놓을지 알지 못한다.
그래서 사람들에게 지금 이 시대에 이런 유협들을 규합해
대의를 위해 싸우게 할 만한 평원군 같은 사람이 있었으면 하는
생각을 하게 한다.
한편 지금 세상 사람들이 서로 사귀는 태도를 보면 경박하기 짝이 없어서,
돈이 있을 때는 구름처럼 모여 들었다가도 돈이 떨어지고 나면
언제 그랬냐는 듯 소원하게 되고 만다.
그래서 나는 이런 경박한 세태에 대해 감개와 탄식을 보내며
옛날의 교제를 다 끊고,
더 이상 이 세상에 대한 희망과 관심까지 다 버리고서,
다만 저 유협 소년들과 함께 좋은 술이나 마시며,
서산 주변을 왔다갔다 하면서 사냥질이나 하는 것으로 세월을 보낼까 한다.

【감상】

한단은 전국 시대 조 나라의 수도로서 번화한 문화의 중심지였는데, 당 나라
때까지도 그런 상태는 지속되었다. 또 이곳은 옛부터 '趙女(조녀)'라고 불릴
정도로 미녀가 많기로 유명했고 따라서 가무가 성했으며, 한편 '燕趙悲歌之士'
라는 표현에서 볼 수 있듯이 비분강개한 마음을 품은 유협들이 많아서, 평원
군 같은 공자가 나와 이들을 모아들이기도 했었다. 그래서 이곳의 풍속은 남
자다움을 숭상하고 과장하는 경향이 강했다. 이 시는 이런 곳에서 나고 자란
유협 소년들의 호탕한 생활을 그리고 있는데, 그 생활 묘사에만 그치지 않고,
유협들에게조차도 흉금을 털어놓을 만한 사람이 없음과, 세태의 경박함에 대
한 작자의 개탄까지 서술하여 당시 세태에 경종을 울리고 있다.

11. 맹문의 노래

崔顥(최호)

孟門行

黃雀銜黃花	노란 참새 국화 입에 물고,
翩翩傍詹隙	펄펄 처마 사이를 날았네.
本擬報君恩	애당초 그대 은혜에 보답코자 한 것인데,
如何反彈射	어찌하여 도리어 탄환으로 쏘는지?
金罍美酒滿座春	금술동이엔 좋은 술이, 온 좌석엔 봄기운이
平原愛才多衆賓	평원군은 재사를 사랑해 빈객도 많았네.
滿堂盡是忠義士	집에 가득한 사람들 모두 충의로왔는데,
何意得有讒諛人	어찌 생각이나 했을까, 참소하는 사람 있을 줄을.
諛言反復那可道	참언의 반복무상함 어찌 다 말할 수 있을까?
能令君心不自保	당신 마음 스스로 보존치 못하게 할 만했네.
北園新栽桃李枝	북원에 막 복숭아 오얏을 심고서,
根株未固何轉移	뿌리 아직 튼튼치 못한데 어찌 옮기려 하는지?
成陰結實君自取	그늘 이루고 열매 맺으면 당신 스스로 취하리니,

若問傍人那得知　　옆사람에게 물은들 어찌 알 수 있겠는지!

【자구】

孟門行(맹문행) : 악부 제목. 인생의 고난을 험한 맹문산길에 비유한 노래. 맹문산은 산서성 길현의 서쪽에 있는데 길이 험하기로 유명하다.　黃雀(황작) : 참새의 일종. 후한 양보의 고사.⇒[고사] 참조.　銜(함) : 머금다. 입에 물다.　翩翩(편편) : 날개를 펴고 나는 모양.　詹隙(첨극) : 처마 밑.　擬(의) : ~하려고 하다. '欲'으로 된 곳도 있다.　彈射(탄석) : 탄환으로 맞추다.　金罍(금뢰) : 번개 문양이 그려진 금으로 만든 큰 술잔.　平原(평원) : 전국 4공자 중의 한 사람인 조나라 조승.　讒諛(참유) : '讒'은 중상 비방하는 것, '諛'는 윗사람에게 아첨하는 것.　成陰結實(성음결실) :『한씨외전』에 있는 '봄에 桃李(도리)를 심으면, 여름에 그 아래서 그늘을 얻고 가을에 그 열매를 먹을 수 있다'는 말을 인용한 것.

【고사】

楊寶(양보)가 아홉 살 때 화음산 북쪽에서 둥지에서 떨어져 있는 황작을 보고, 집에 데려와 상자에 넣어두고 백일 동안 노란 꽃을 따 먹이며 보살펴 주었다. 이윽고 새가 날 수 있게 되자 놓아주었는데, 그날 밤 꿈에 노란 옷을 입은 동자가 나타나 양보에게 백옥을 주면서, 자기는 서왕모의 사자인데 그동안 자기를 살펴준 은혜에 대한 보답으로 양보의 자손이 백옥처럼 결백해서 삼공의 자리에까지 이르도록 해주겠다고 말하였다. 과연 뒤에 양보의 자손들은 대대로 공경에 올라 위세를 떨쳤다(『續齊諧記』).

【통석】

저 양보의 고사에 있는 것처럼, 황작이 노란 꽃을 입에 물고
당신의 집 처마 밑에서 펄펄 날았던 것은,
원래 당신이 베풀어준 은혜에 보답하고자 한 것인데,
당신은 어찌하여 도리어 탄환으로 나를 쏘아 맞추려고 하는지?
당신은 조의 평원군처럼 재주 있는 사람을 좋아하여

많은 빈객들이 모여들었고,
또 그들에게 아름다운 큰 술잔에다 좋은 술을 가득 부어 대접하여,
만좌엔 항상 화기애애한 분위기가 감돌곤 했었다.
그 자리를 메운 모든 빈객들은 전부 충의로운 사람들이라 여겼을 뿐,
어찌 남을 중상비방하고 아첨하는 사람이 있을 줄을 생각이나 했겠는가?
한편 헐뜯고 아첨하는 말이 반복무상해서 사람을 혼란스럽게
하는 것은 말할 것도 없으니,
당신이 스스로 의사를 결정하지 못하고 나를 의심하게 된 것도 이해가 간다.
그러나, 그늘과 열매 얻을 것을 바라며 정원에 막 도리를 심고서,
뿌리와 줄기가 아직 튼튼해 지기도 전에 옮겨버린다면,
그 나무에서 무엇을 바랄 수 있겠는가?
때가 되기까지 믿고 기다리면 그늘과 열매를 바로 당신이
직접 거둘 수 있을 것이다.
그러나 가령 자기가 심은 나무에 대해 남에게 묻는다면,
남이 그것을 어떻게 알겠는가?
남의 말에 흔들리지 말고 믿음을 갖고 기다려주기 바란다.

【감상】

험한 맹문산길에 빗대어, 참소 때문에 평원군 같은 이에게서 의심받고 배척된
자기의 억울함과 재신임을 호소하고 있는 악부체의 노래이다. 4구까지는 '은
혜를 갚으려던 참새가 오히려 활에 맞는다'는 모티브를 통해 자신의 억울함을
비유하여 시상을 열었고, 8구까지는 뜻밖에 중상을 입은 것을, 9·10구는 중
상에 넘어간 상대방에 대한 이해를, 마지막 구까지는 참언에 유혹되지 말고
끝까지 자기를 믿어 줄 것을 호소하고 있다. 자신의 결백함과 재신임에의 호
소를 앞과 뒤에 각각 비유를 들어 표현해, 작자의 감정의 절제와 함께 상대방
에 대한 공손한 부탁이라는 효과도 거두고 있다.

12. 봄강에 꽃 피고 달뜬 밤

張若虛(장약허)

春江花月夜

春江潮水連海平	봄강 조수는 바다와 이어져 질펀한데,
海上明月共潮生	강 위의 밝은 달 조수와 함께 떠오른다.
灩灩隨波千萬里	일렁이며 물결 따라 천만 리를 비치니,
何處春江無月明	어느 곳 봄강엔들 이 밝은 달빛 없을까?
江流宛轉遶芳甸	강흐름 굽이쳐 아름다운 들판을 둘렀는데,
月照花林皆似霰	달 비친 꽃 숲은 온통 싸락눈 내린 듯.
空裏流霜不覺飛	하늘에 흐르는 서리도 날리는 줄 모르겠고,
汀上白沙看不見	물가의 흰 모래는 보아도 보이지 않는다.
江天一色無纖塵	강과 하늘 한 빛이 되어 티끌 하나 없는데,
皎皎空中孤月輪	밝디 밝게 하늘 한가운데엔 외로운 달이.
江畔何人初見月	강가에서 그 누가 처음으로 달을 보았으며,
江月何年初照人	강의 달은 그 언제 처음으로 사람을 비췄던가?
人生代代無窮已	인생은 대대로 이어져 다함과 그침 없는데,
江月年年望相似	강의 달은 해마다 바라보매 비슷하다.

不知江月照何人　　강의 달이 뉘를 비쳤는지 알지 못하겠는데,

但見長江送流水　　다만 긴 강이 물 흘러 보내는 것만 보인다.

白雲一片去悠悠　　흰구름 한 조각 끝없이 떠가니,

靑楓浦上不勝愁　　푸른 단풍 든 포구에서 시름에 겨워한다.

誰家今夜扁舟子　　뉘집에서 오늘밤 일엽편주의 나그네 되며,

何處相思明月樓　　어느 곳에서 님 그리며 달밝은 누대에

올랐는가?

河憐樓上月徘徊　　어여쁜 모습으로 달은 누 위에서 배회하며,

應照離人粧鏡臺　　분명 홀로 있는 여인의 화장대를 비추리.

玉戶簾中卷不去　　아름다운 방의 발에 비쳐 걷어도 걷히지 않고,

擣衣砧上拂還來　　옷 매만지는 다듬이 위로 떨쳐도 다시 오리라.

比時相望不相聞　　이때에 서로 바라보기만 할 뿐 소식 전하지

못하니,

願逐月華流照君　　달빛 따라 님의 곁에 흘러 비추기를 원한다.

鴻雁長飛光不度　　기러기 멀리 날지만 달빛을 넘지 못하고,

魚龍潛躍水成文　　물고기 잠겼다 솟았다 하지만 물에 파문만

일으킬 뿐.

昨夜閑潭夢落花　　어젯밤 쓸쓸한 강가에서 꽃지는 꿈 꾸었는데,

可憐春半不還家　　불쌍하게도 봄이 다 가도록 집에 돌아가지

못하네.

江水流春去欲盡　　강물 위의 흐르는 봄 다 가려 하고,

江潭落月復西斜　　강물 속의 지는 달은 서쪽으로 이울려 한다.

斜月沈沈藏海霧　　기우는 달 점점 깊이 바다 안개에 잠기는데,

碣石瀟湘無限路　　갈석산에서 소상강까지의 끝없는 나그네 길.

不知乘月幾人歸　　달빛 타고 몇 명이나 돌아갔는지 모르겠는데,

落月搖情滿江樹　　지는 달 마음을 흔들어 강가 나무에 가득하다.

【자구】

春江花月夜(춘강화월야) : 악부 제목. '陳後主'에 의해 최초로 지어졌으며, 역시 진후주가 지은<玉樹後庭花>와 함께 매우 艶麗(염려)한 성격의 노래이다. 灩灩(염염) : 일렁이는 물결에 달이 비치는 모양. 千萬里(천만리): '里'가 '頃'으로 된 곳도 있다. 宛轉(완전) : 꾸불꾸불하게 구비진 모양. '婉轉'으로 된 곳도 있다. 芳甸(방전) : 어여쁜 꽃(여기서는 桃花)이 피어 있는 전원 지대. 霰(산) : 싸락눈. 流霜(유상) : 공중에 차 있는 서리 기운. 纖塵(섬진) : 아주 작은 티끌. 皎皎(교교) : 달이 밝게 빛나는 모양. 望(망) : '祇'(다만)로 된 곳도 있다. 照(조) : '待'로 된 곳도 있다. 長江(장강) : 보통은 양자강을 말하나 여기서는 단지 '긴 강'이란 뜻. 靑楓浦(청풍포) : 강 언덕에 푸른 단풍이 무성한 포구. 단풍은 양자강 연안의 독특한 풍물 중의 하나이다. 고유 명사로 보는 설도 있다. 扁舟子(편주자) : 조그만 배에 탄 외로운 나그네. 可憐(가련) : 여기서는 사랑스럽다는 뜻. 離人(이인) : 남편과 멀리 떨어져 사는 부인. 粧鏡臺(장경대) : 화장대. 玉戶(옥호) : '玉'이 '遮'로 된 곳도 있다. 擣衣砧(도의침) : 옷 다듬는 다듬이. 月華(월화) : 달빛. 鴻雁(홍안), 魚龍(어룡) : 모두 편지를 전해주는 매개물의 상징. 潛躍(잠약) : 물 속에 숨었다 물 위로 튀어 올랐다 하는 것. 沈沈(침침) : '深'과 같다. 깊이. 碣石(갈석) : 하북성 창려현 북쪽에 있는 산. 여기서는 중국 북쪽 끝을 대표하는 것으로 쓰였다. 瀟湘(소상) : '瀟江'과 '湘江'의 합칭, 상강

은 호남성 남쪽에서 북으로 흐르다 지류 소강과 합류해 동정호로 흘러들어간
다. 갈석과 마찬가지로 중국 남쪽 끝의 대표로 쓰임.

【통석】
물불어난 봄강에 밀물이 드니 강물이 가득하여 바다와 이어질 듯한데,
이 드넓은 바다 같은 강위로 밀물과 함께 달이 떠오른다.
달은 일렁이는 강물 속에 비쳐 물결 따라 천만리 먼곳까지 비추리니,
어느 곳의 봄강에서나 이 밝은 달빛이 어울린 멋진 풍경은 펼쳐질 것이다.
눈을 돌려 보니 강물은 복숭아꽃 만발한 아름다운 들판을
구비구비 감싸 흐르고 있는데,
그 복숭아 숲 위로 밝디 밝은 달빛이 비쳐 마치 싸락눈이 내린 듯하다.
하늘과 땅은 온통 휘황한 달빛에 싸인 은세계로 변해,
공중에 가득 차 있는 서리도 느낄 수가 없고,
물가의 흰 모래도 달의 은빛에 섞여 보이지 않는다.

이렇게 강과 하늘이 한 빛으로 되어 조그마한 티끌 하나 없는 가운데,
하늘에는 밝게 빛나는 외로운 조각달이 걸려 있다.
이때 문득 눈앞을 스치는 자연과 인생에 대한 상념.
대체 이 언덕에서 저 달을 처음으로 본 사람은 누구이며,
또 저 달은 언제부터 사람을 비추기 시작한 것일까?
저 달을 쳐다보는 우리의 인생은, 짧은 삶을 살다 한 사람이 죽으면
또 다른 한 사람이 태어나 그 뒤를 잇고 또 잇고 해서
끝없이 이어지는 데 반해,
그 짧은 삶을 살다간 한 사람 한 사람이 보았던 저 달은
해마다 똑같은 모습이었다.
이제 와서 예전에 이 달이 누구누구를 비쳤는지는 알 길이 없는데,
오직 끝없이 밀려 흘러가는 강 물결만 보인다.

이때 하늘 위를 정처 없는 나그네처럼 끝없이 흘러가는 한 조각 구름을 보고,
나그네인 나는 문득 푸른 단풍 우거진 포구에서 시름을 견디지 못한다.
오늘밤에도 어느 집에선가 나그네가 일엽편주에 몸을 실을 것이며,
또 어디선가 집 떠난 남편을 그리는 부인이 달밝은 누대에 올라
옷깃에 눈물을 적시리라.
어여쁜 달은 외로운 부인의 벗이 되려고 누대 위를 배회하지만,
부인의 마음은 더욱 외로워지고,
남편을 멀리 떠나보낸 부인의 화장대를 비춰 더욱 슬픔을 북돋워주리라.
달은 홀로 자는 부인의 아름다운 방문에 드리운 발 사이로 들이비쳐
잠 못 이루게 하며, 발을 걷어도 없어지지 않고,
남편 옷을 마련하는 다듬이 위를 비쳐 수심을 자아내며,
쫓아도 다시 오리라.
이 때의 이 달을 함께 바라보면서도 서로 소식은 전하지 못하니,
부인은 이 달빛을 따라가서 남편 곁을 흘러 비추기라도 했으면 하고 바란다.
왜냐하면 편지를 전한다고 하는 기러기가 멀리 날기는 하나,
이 달빛을 건너 소식을 전하지 못하고,
물고기도 물에 잠겼다 솟았다 하면서 파문만 일으킬 뿐,
부인의 편지를 전하지 못하기 때문이다.

어젯밤 나는 이 강가에서 여러 생각에 사로잡혀 있다 어느덧 잠이 들었는지,
꿈속에서 꽃이 지는 꿈을 꾸었다.
그리고 곰곰이 생각해보니, 가엾게도 봄이 거의 다 가는 지금까지
집에도 돌아가지 못하고 있다
강 위에 흐르는 봄기운도 이제 다 사라지려 하고,
강 위를 비추던 달도 이제 서쪽으로 이울려 한다.
지는 달은 점점 더 깊이 기울어 바다 안개 속에 묻히는데,
나그네 앞엔 북쪽 끝 갈석산에서 남쪽 끝 소상강에 이르는
끝없는 길이 펼쳐져 있다.

어젯밤 그 밝은 달빛을 보고 향수에 젖어,
마음이 고향으로 내달은 사람은 몇 명이나 될까?
아마 꽤 많을 것이다.
그리고 달이 지려고 하는 이 시간에 이르러서는,
나처럼 강가 나무들을 바라보며 주체할 수 없는 감정들로
괴로워할 것이다.

【감상】

이 시는 앞에 나온 <公子行> <代悲白頭翁> 등과 함께, 초당 칠언고시의 대표적인 작품으로 평가되며 많은 사람들의 감탄을 받아왔다. 8구까지는 '春, 江, 花, 月, 夜'가 어우러진 강가의 저녁 풍경을 읊고 있는데, 먼 풍경에서 가까운 풍경으로 점점 붓을 이동시켜 오다 '달'에 시상을 응축시키고 있고, 다음 8구는 달을 보고 일어난 유한한 인생과 무한한 우주에 대한 작자의 상념을 서술하고 있다. 다음 4구에서는 '流水'를 '白雲'으로 이어 '나그네'라는 작자 자신의 문제로 옮겨가고 있으며, 다음 8구에서는 집 떠난 자신을 그리는 부인의 마음을 달의 의인화를 통해 표현하였고, 마지막 8구에서는 '落花, 流水, 落月'을 통해 자신의 여수를 그려내고 있다. 이전의 단순하게 산수의 아름다움만을 그려내던 산수시나, 인생의 유한함을 탄식한 철학시, 여성의 이별의 한을 그린 애정시, 나그네의 슬픔을 노래한 여수시(旅愁詩)와는 달리, 이러한 여러 전통적인 소재들을 융화시켜 한편에 담으면서도 그 연결에 있어 전혀 부자연스러움을 느끼지 않게 하는 것이 바로 이 시가 많은 감탄을 받아온 원인일 것이다.

作者小傳

賈島(가도, 779-843, 中唐) : 하북성 범양(지금의 북경시 근처) 출신. 字는 '浪仙'. 가난과 거듭된 과거 낙방 끝에 출가, '無本'이라 호했다가 뒤에 한유의 영향을 받고 환속. 사천성 長江의 主簿가 되었다가 사천성 普州 司倉參軍으로 전임되었으나 부임치 못하고 죽음. 당시 유행하던 元稹·白居易의 平俗한 시풍에 대하여 苦吟에 의한 시구의 단련을 주장, 孟郊·張籍 등과 시를 唱和하며 시명을 날림. 송의 소동파는 이들의 시풍을 '郊寒島瘦'라고 평함.『賈浪仙長江集』10권, 400여 수의 시가 전함.

賈至(가지, 718-772, 盛唐) : 하남성 낙양인. 字는 幼幾(또는 幼隣). 개원 23년 李頎·李華·蕭穎士 등과 함께 진사에 급제, 산동성 單父尉가 된 후 여러 관직을 역임. 안녹산의 난 때 현종을 따라 촉에 들어가 起居舍人·知制誥로 발탁됨. 난 평정 후 숙종이 還京할 때 장안에 돌아와 王維와 함께 中書舍人이 되었으며, 右拾遺 杜甫·左拾遺 岑參과 詩友가 됨. 그 뒤 죄를 입어 호남성 岳陽에 좌천되었다가 大曆 初 禮部侍郎·京兆尹 등을 지내고 右散騎常侍에 이르러 죽음. 시집 10권이 있었다 하나 지금은 1권만이 남아 있으며 46수의 시가 전함.

耿湋(경위, 734-?, 中唐) : 산서성 河東人. 진사 급제후 左拾遺, 大理司直 등의 관직을 역임. 좌습유로 있을 때 括圖書使가 되어 강남으로 가 劉長卿 등과 시를 주고받음. 大曆十才子의 한 사람으로 당시 사회 상황을 리얼하게 묘사한 작품들이 있다. 현재『耿拾遺集』1권만이 전하며 시는 170여 수가 남아 있다.

高適(고적, 702?-765, 盛唐) : 산동성 滄洲人. 字는 達夫(또는 仲武). 성격이 호방, 강직하여 젊은 시절 생업에 힘쓰지 않고 유랑. 50세 무렵 처음으로 詩作을 시작, 수년만에 문단에 이름을 떨침. 有道科에 급제 하남성 封丘尉로 발령받았으나 벼슬살이를 싫어하여 이리저리 떠돌아다니다 河西節度使 哥舒翰에게 인정받아 그의 막료가 됨. 안녹산의 난 때 가서한을 도와 潼關을 지키며 敗報를 전한 공으로 侍御史가 되고 이윽고 諫議大夫에 승진했으나, 직언으로 權臣

李輔國에게 미움받아 彭州·蜀州 등의 刺史를 지냄. 이때 두보와 교류. 그후 西川節度使, 左散騎常侍 등을 역임. 銀靑光祿大夫, 渤海侯에 봉해짐. 당 시인 중 보기 드물게 고관을 지냈음. 『高常侍集』이 있으며 240여 수의 시가 전함.

歐陽詹(구양섬, ?, 中唐) : 복건성 晉江縣人. 字는 行周. 貞元 8년 韓愈·李降·李觀 등과 함께 진사에 급제, 이들이 모두 당시 정계와 문단의 중요 인물들이어서 '龍虎榜'이라 불렸다. 먼저 國子監의 四門助教가 된 그는 조정에 학생들을 동원해 韓愈를 추천, 四門博士가 되게 하기도 했다. 효성과 신의가 돈독했으며 정확하고 통찰력 있는 문장으로 이름이 높았다. 『歐陽行周文集』 10권과 80여 수의 시가 전한다.

丘爲(구위, 694?-789?, 盛唐) : 절강성 嘉興縣人. 상세한 생애는 미상. 몇 번이나 과거에 응했으나 합격치 못하다가 天寶 13년에 합격, 太子右庶子에 올랐다. 효행이 지극하여 집 아래에 靈芝가 났다고 하며 80여 세에 退官할 때까지 노모가 건재했다는 에피소드가 전한다. 王維·劉長卿 등과 친했으며 전원의 풍물을 읊은 오언시에 능했다. 13수의 시가 남아 있다.

駱賓王(낙빈왕, 640?-684?. 初唐) : 절강성 義烏人. 7세 때 賦를 지은 천재로 王勃·楊炯·盧照隣과 함께 初唐四傑로 불린다. 섬서성 武功縣 主簿, 長安 主簿 등을 지내다 측천무후 때 자주 상소를 올려 절강성 臨海縣으로 좌천, 이에 불만을 품고 관직을 버림. 徐敬業이 반란을 일으키자 그의 막료가 되어 武后를 討罪하는 격문을 썼으며, 반란이 실패하자 종적을 감추었다. 한편 그 격문을 본 무후는 재상에게 왜 이런 사람을 임용치 않았는가 힐책하며 그의 시문을 모아 편찬해 주었다고 한다. 『駱丞集』 10권이 전한다.

盧僎(노선, ?, 初唐) : 하북성 臨漳縣人. 중종 때 산서성 聞喜縣의 尉에서 集賢院 學士가 되었다가 吏部員外郎에 이른 인물. 시인으로서는 그다지 유명하지 않음. 14수의 시가 전함.

盧綸(노륜, 748-800?, 中唐) : 산서성 河東人. 字는 允言. 大曆初 여러 번 과거에 응했으나 실패, 재상 元載에게 인정받아 監察御史에 이름. 병으로 귀향, 그 동안 王維의 아우 王縉과 친했다가 왕진이 실각하자 黨人으로 지목, 잠시 벼슬에서 물러났다가 檢校 戶部郎中 등을 지냄. 大曆十才子의 한 사람으로『盧戶部詩集』10권이 현존.

盧弼(노필, ?, 晚唐) : 성품이 謹厚하고 곧아 인망이 높았으며 <邊庭四時怨> 등의 시가 널리 사랑을 받았다는 것 외에는 알려진 바가 없다.

杜甫(두보, 712-770, 盛唐) : 詩仙 李白과 더불어 詩聖으로 병칭되는 중국 최대의 시인. 字는 子美. 본적은 호북성 襄陽. 낙양에 가까운 鞏縣에서 태어남. 20대 초반에는 吳越 지방을 遊歷, 26세에 처음으로 진사 시험에 응시했으나 불합격, 이후 몇 년간 齊趙 지방에서 노닐며 李白과 교유. 30세에 다시 장안으로 상경, 수년 동안 벼슬을 구하며 장안 부근 少陵에서 궁핍한 생활을 함. 40세에 바친 <三大禮賦>가 玄宗의 눈에 띄어 集賢殿待制로 대기하였으나 결국 채용되지 못했고, 처음으로 河西縣尉 벼슬을 받았으나 두보측에서 사양, 右衛率府의 兵曹參軍이라는 微官을 받았다. 이해에 안녹산의 난이 일어나 가족을 鄜州에 옮겨놓고 숙종에게 달려가던 중 적군에게 잡혀 장안으로 연행, 거기서 탈출하여 숙종을 배알한 공으로 左拾遺가 되었으나 宰相 房琯을 변호하다 華州司功參軍으로 좌천되었다. 그후 關中을 덮친 기근 때문에 가족을 데리고 秦州로 향한 때가 48세. 成都 浣花溪에서 草堂을 짓고 처음이자 마지막으로 얼마 동안 평화로운 생활을 함. 段子璋과 徐知道의 반란, 토번의 침입 등으로 촉지방이 시끄러워지자 劍南東川節度使 嚴武의 節度參謀, 檢校工部員外郎을 지냄. 54세에 안사의 난이 수습되자 서울로 돌아가기 위해 長江을 따라 내려갔으나 장안 일대에 토번이 침입, 각지의 반란까지 겹쳐 장안으로 돌아가지 못하고 죽을 때까지 장강 연안을 배로 떠돎.『杜工部集』『草堂詩箋』등의 시집이 있으며, 3천 수에 가까운 시작 중 1,400여 수가 現傳함.

杜審言(두심언, 645?-708, 初唐) : 호북성 襄陽人. 字는 必簡. 두보의 조부. 李嶠
·崔融·蘇味道와 함께 '文章四友'로 불렸다. 측천무후 때 權臣 張易之의 보
호 아래 著作佐郎, 膳部員外郎을 역임, 중종 때 무후 정권이 무너지자 峯州(지
금의 베트남 하노이)로 귀양. 그후 사면되어 國子監主簿를 지내고 修文館直學
士가 되었으나 곧 죽음.『두심언집』10권이 있었다 하나 없어지고 지금은 40
여 수의 시만 전함.

孟郊(맹교, 751-814, 中唐) : 절강성 武康人(일설에는 낙양인). 字는 東野. 덕종
때 진사에 급제, 강소성 溧陽의 尉가 되었으나 직무는 돌보지 않고 매일 교외
에 나가 술과 시로 날을 보냄. 이것이 상사에 신고되어 봉급이 반으로 깍이자
벼슬을 그만두고 집에만 있다가, 東都留守 鄭余慶에게 발탁되어 水陸轉運判
官으로 있다가 정여경이 興元節度使가 되자 그의 참모로 지명되어 부임하던
도중 죽음. 깐깐한 성미로 대인 관계가 좋지 않았으나, 韓愈와는 20세에 가까
운 연령차에도 불구, 친하여 평생 그를 사사했다.『孟東野集』10권이 남아 있
다.

孟浩然(맹호연, 689-740, 盛唐) : 호북성 襄陽人. 本名은 浩, 字가 浩然. 젊은 시
절 몇 번이나 과거에 응시, 낙제. 여러 곳을 방랑하다 襄陽 교외 鹿門山에 은
거. 40세 즈음 장안 명사들 집을 드나들다 張九齡·王維 등의 시회에 참가, 문
재를 인정받음. 왕유의 주선으로 현종을 알현하였으나 시구 중에 천자의 기분
을 상하게 하는 것이 있어 기회를 놓쳤다는 에피소드가 전함. 그후 향리에 머
물다 장구령이 荊州刺史로 좌천되자 그의 從事가 되었다가 사임하고 여러 곳
을 방랑, 다시 향리에 은거했다가 등에 난 종기가 악화되어 죽음.『孟浩然集』
4권과 260여 수의 시가 남아 있음.

裵迪(배적, 716-?, 盛唐) : 關中 곧 섬서성 출신. 字와 상세한 생애는 미상. 王維
와 절친했던 사람으로서, 종남산 부근에 있었던 왕유의 망천 별장 근처에 산

장을 짓고 서로 왕래하며 시와 술을 나누었다. 안녹산의 난 후에 蜀州刺史가
되어 杜甫, 李頎 등과 친하게 지내기도 했다. 29수의 시가 남아 있다.

司空曙(사공서, 740?-790, 中唐) : 하북성 廣平人. 字는 文明, 또는 文初. 상세한
생애는 알려져 있지 않으며, 벼슬은 水部郎中을 거쳐 虞部郎中에 이르렀다.
大曆十才子의 한 사람으로 서경시와 旅愁詩가 특색.『司空文明詩集』3권이
전한다.

常建(상건, 708?-765?, 盛唐) : 長安人. 字는 미상. 王昌齡 등과 같은 때에 진사
에 합격했으나 벼슬살이가 여의치 않아 琴과 詩로 세월하며 각지의 명산을
찾아다님. 그후 안휘성 盱眙縣의 尉가 되었으나 승진이 늦은 것에 불만, 사직
하고 만년에는 호북성 武昌 서쪽에 있는 鄂渚에 은거하여 왕창령 등을 초청
하며 자유로운 생활을 함. 王維·孟浩然처럼 山水自然의 아름다움을 즐겨 노
래. 58수의 시가 現傳함.

釋靈一(석영일, 727-762, 中唐) : 강소성 廣陵人. 俗性은 吳. 9세에 출가, 절강성
若耶溪의 雲門寺 주지로 있으면서 엄격한 계율로 많은 제자를 가르침. 시문을
잘하여 劉長卿·皇甫冉·郎士元·朱放을 비롯해 張南史·張繼 등의 시인과
교제.『靈一詩集』1권, 40여 수의 시가 남아 있음.

釋皎然(석교연, ?, 中唐) : 절강성 湖州人. 俗性은 謝, 字는 淸晝. 출가 후 湖州
杼山에서 수행, 妙喜寺에서 오랫동안 생활함. 大曆初 湖州刺史로 부임한 顔眞
卿이『韻海鏡源』이란 책을 편찬할 때 참여, 陸羽 등과 시를 酬唱. 그후 廬山
西林寺에 머물며 詩論書『詩式』을 지음.『杼山集』10권, 480여 수의 시가 전
함.

蘇頲(소정, 670-727, 初唐) : 섬서성 武功縣人. 字는 廷碩, 諡號는 文憲. 아버지
의 작위를 이어 許國公에 봉해짐. 당시 조정의 문장이 대부분 그의 손에서 나

와 燕國公 張說과 더불어 '燕許大手筆'로 불림. 약관의 나이에 진사 급제한 후, 절강성 烏程縣의 尉를 시작으로 많은 관직을 역임, 현종 초에는 재상의 지위에 오름. 중종의 궁정 시단에서 李嶠·杜審言·沈佺期·宋之問 등의 문신과 함께 활약. 100여 수의 시가 현전.

宋之問(송지문, ?-721, 初唐) : 하남성 弘農縣, 또는 산서성 汾州人. 字는 延淸. 일찍부터 문재를 보여 약관 20세에 이미 이름을 날림. 측천무후 때 習藝館의 學生이 된 것을 시작으로 尙方監丞 등을 역임. 무후의 총애를 받던 張易之 형제에게 아첨하다 그들이 실각하자 광동성 瀧州의 參軍事로 좌천, 거기서 도망해 낙양의 張仲之 집에 숨어 있다가 張仲之가 무후의 조카를 살해하려는 계획을 자신의 사면을 교환 조건으로 밀고, 鴻臚寺의 主簿가 되었다. 그후 또 太平公主에게 잘 보여 임용되었다가 安樂公主의 위세가 더 좋은 것을 보고 안락공주에게 붙어, 이 일이 폭로돼 절강성 越州로 유배, 그 뒤 다시 광서성 欽州, 桂州로 유배되었다가 자살을 명령받고 죽음. 沈佺期와 더불어 '沈宋'으로 병칭되며 律詩의 詩型 확립에 큰 공을 세웠다.

沈佺期(심전기, ?-714, 初唐) : 하남성 內黃縣人. 字는 雲卿. 宋之問과 함께 律詩 성립에 큰 역할을 함. 劉庭芝·宋之問 등과 같이 진사 급제, 協律郞에서 시작 給事中에 올랐다가 수뢰 혐의로 탄핵, 심의가 완료되기 전 작자가 아부했던 張易之가 실각하여 베트남 북방으로 유배됨. 다음해에 사면되어 장안으로 돌아와 起居郞 겸 修文館直學士를 지냈는데, 이때 중종을 모시며 지은 시가 중종의 마음에 들어 中書舍人에서 太子少詹事가 됨.『沈佺期集』10권이 있었고 150여 수의 시가 전함.

嚴武(엄무, 726-765, 盛唐) : 섬서성 華陰縣人. 字는 季鷹. 어려서부터 호협한 성격으로 太原府 參軍에서 시작, 諫議大夫, 京兆少尹, 成都尹 등을 지냈으며 두 번 蜀의 절도사가 되어 토번을 무찌른 軍功으로 鄭國公에 봉해짐. 한편 촉에 있을 동안 그곳을 표박하던 杜甫를 막료로 불러 厚對하며 詩酒宴을 열기도 함. 6수의 시가 전함.

呂溫(여온, 772-811, 中唐) : 산서성 河中人. 字는 和叔, 또는 化光. 진사급제후 王叔文·韋執誼 등과 친해 左拾遺가 되었다가, 侍御史로 토번에 가 억류되어 있을 동안 왕숙문 일파가 권세를 잡아 작자는 자기의 비운을 한탄했다. 그러나 작자가 귀환했을 때는 왕숙문 일파가 실각하여 그와 친했던 사람들은 좌천되고 작자만이 戶部員外郎이 되었다. 그후 또 羊士諤·竇群 등과 친하다 재상 李吉甫의 미움을 받아 竇群의 죄에 연좌되어 호북성 均州刺史로 좌천되었다가 호남성 道州, 衡州 등지로 옮겨다던 중 죽음.『呂和叔文集』10권, 100여 수의 시가 전함.

吳象之(오상지, ?, 盛唐) : 생애 미상. 시 2수만이 전함.

王建(왕건, ?-830?, 中唐) : 하남성 穎川人. 張籍과 같은 해에 진사 급제, 섬서성 渭南縣의 尉에서 秘書丞, 侍御史 등을 역임. 樂府體의 시를 잘 지어 장적과 함께 '張王樂府'로 병칭되었으며 <宮詞> 100수는 일세를 풍미했다.『王建詩集』 9권, 520여 수의 시가 전함.
王灣(왕만, ?, 盛唐) : 낙양인. 현종 초에 진사 급제하여 滎陽縣의 主簿가 되었으나 다른 사람의 上書로 귀향가 있다가, 昭文館(궁중 도서를 수장했던 곳)과 麗正院(天子가 공부하는 곳)의 書籍校訂에 참여함. 그후 洛陽縣尉를 지낸 외에는 官歷이 未詳. 10수의 시가 남아 있음.

王勃(왕발, 650-676, 初唐) : 산서성 絳州人, 일설에는 산서성 太原人. 字는 子安. 28세에 요절한 시인으로 楊炯·盧照隣·駱賓王과 함께 初唐四傑로 불림. 어려서부터 천재성을 발휘, 17세에 幽素擧에 급제하여 朝散郎이 됨. 文名을 들은 沛王에게 불려 그의 부에 있다가 당시 성행하던 鬪鷄를 보고 장난으로 英王의 닭을 토격하는 글을 썼다가 諸王의 싸움을 조장한다 하여 패왕부에서 쫓겨났고 몇 년후 하남성 虢州의 參軍이 됨. 이때 또 죄를 범한 관노를 숨겨

줬다가 발각되어 죽을 고비를 넘겼는데, 이 때문에 그의 아버지가 연좌되어 交趾(지금의 베트남 하노이 부근)의 현령이 되었다. 그 交趾에 있는 아버지에게 문안하러 가던 중 강서성 洪州를 지나며 지은 것이 유명한 滕王閣 序와 詩이다. 작자는 이 여행에서 바다를 건너다 물에 빠져 죽었다.『王子安集』30권이 있었다 하며 90여수의 시가 전한다.

王維(왕유, 699-761, 盛唐) : 산서성 太原府 祁縣人. 字는 摩詰. 9세때 시를 지었을 뿐만 아니라 음악, 회화에도 조예가 깊고 박학해 일찍부터 귀족 사회에 그 명성이 알려져, 玄宗의 동생 岐王의 사랑을 받았다. 진사 급제 후 太樂丞이 되었으나 岐王의 죄에 연좌되어 산동성 濟州의 司倉參軍으로 좌천, 그후 右拾遺・監察御史 등을 거쳐 給事中에 이르름. 안녹산 난 중 반군에게 잡혀 강요에 의해 벼슬을 받아 난이 평정된 후 문제가 되었으나, 안녹산 조정에서 지은 唐室의 붕괴를 탄식하는 詩와 동생 縉의 열렬한 구명 운동으로 太子中允으로 강직. 이후 다시 승진을 거듭하여 尙書右丞에 이르렀다. 사생활에 있어서는 독실한 불교 신자인 어머니의 감화를 받아 불교에 귀의했으며, 중년에 장안 남쪽 藍田縣에 있는 輞川 별장을 입수, 자연 속에 노닐며 유명한 자연시들을 지었다.『王右丞集』10권, 380여 수의 시가 전한다.

王績(왕적, 585-644, 初唐) : 산서성 絳州 龍門縣人. 字는 無功, 號는 東皋子. 隋末에서 唐에 걸쳐 산 인물로 隋의 대학자 王通의 동생. 어릴 때 수도로 나와 잠시 隋의 관리가 되었으나 혼란스러운 상황을 보고 고향에 은거, 唐朝에 들어 부름을 받고 門下省의 待詔가 되었다. 이때 매일 지급되던 3升의 술이 적다고 탄식, 특별히 1斗씩 술을 지급받아 '斗酒學士'로 불렸으며, 병으로 관직을 그만뒀다가 太樂署 署史인 焦革의 집에 좋은 술이 있다는 말을 듣고 그의 丞(副長官) 자리를 구했다는 에피소드가 전할 정도로 술을 좋아했다. 초혁이 죽은 뒤에 다시 향리에 은거, 東皋子로 號하며 다시 세상에 나오지 않았다. 『東皋子集』(또는『王無功集』)과 56수의 시가 전한다.

王周(왕주, ?, 晩唐) : 唐末 인물이라는 것 외에는 알려진 바가 없다. 60수의 시가 전한다.

王之渙(왕지환, 688-742, 盛唐) : 산서성 幷州人. 字는 季陵. 젊을 때는 술과 검술을 좋아해 협객들과 어울렸으나 중년 이후 그 생활을 청산하고 문학에 매진, 날이 갈수록 명성이 높아졌다. 그러나 과거에는 계속 낙방, 在野 시인으로 일생을 마쳤다. 王昌齡·崔國輔·高適 등과 친했으며, 詩情이 우아하고 律調가 유창해 시를 지으면 악공들이 가락 부쳐 연주하길 즐겼다 한다.

王昌齡(왕창령, 698-757?, 盛唐) : 長安人. 字는 少伯. 진사 급제 후 하남성 汜水縣의 尉가 되었다가 博學宏詞科에 합격, 秘書省 校書郎이 되었다. 만년에는 素行을 근신치 않아 호남성 龍標縣의 尉로 좌천되었고, 안녹산 난이 일어나자 향리로 돌아갔다가 刺史 閭丘曉에게 미움받아 살해되었다. 邊塞詩 및 閨怨詩를 得意로 했으며,『詩格』『詩中密旨』『古樂府解題』등의 저서가 있다. 180여 수의 시가 전한다.

王翰(왕한, 687?-726?, 初唐) : 산서성 幷州人. 字는 子羽. 진사 급제 후 直言極諫科, 超拔群類科에 급제하여 하남성 昌樂縣의 尉가 되었다. 그후 張說에게 인정받아 장열이 재상에 오르자 秘書正字, 駕部員外郎에 발탁되었으나, 호방한 성격으로 재주를 믿고 술을 즐기며 집에 名馬와 妓女, 樂工들을 모아 방탕한 생활을 해 왕후들의 미움을 받다가, 장열이 실각하자 하남성 汝州刺史, 仙州別駕로 좌천되었다. 좌천 후에도 계속 사냥과 술에 탐닉, 호남성 道州司馬로 좌천되어 죽었다. 嶺南(광동 - 광서성)에 유배되어 가던 도중 죽었다는 설도 있다.

于武陵(우무릉, 810-?, 晚唐) : 섬서성 杜曲(장안 남쪽 교외) 출생. 이름은 鄴, 字가 武陵. 진사에 급제했으나 벼슬 생활이 성격에 맞지 않아 책과 琴을 갖고 섬서·사천성 등지를 방랑함. 옛날 굴원이 살았던 동정호 부근의 풍물을 좋아해 정주하기를 바랐으나 이루지 못하고, 만년에는 嵩山 남쪽에 별장을 지어 은거했다.『우무릉집』1권, 50수의 시가 전한다.

元稹(원진, 779-831, 中唐) : 하남성 洛陽人. 字는 微之. 15세에 明經科, 25세에 書判拔萃科에 합격하여 校書郞, 28세에 才識兼茂明於體用科에 급제하여 左拾遺가 되었다가 천자에게 자주 상서 올린 것으로 재상에게 미움받아 河南尉로 좌천됨. 그후 監察御史가 되었다가 다른 사람의 불법을 탄핵, 거꾸로 벌을 받고, 또 소환되는 도중 길에서 宦官과 충돌하여 호북성 江陵의 司曹參軍으로 좌천, 사천성 通州司馬 등으로 전임되었다. 44세에 同中書門下平章事(재상)가 되었으나 4개월만에 실각, 섬서성 同州刺史로 나간 후 여러 관직을 전전, 武昌軍節度使가 되었다가 병으로 죽음. 백거이와 특히 친해 같이 '新樂府運動'을 전개했으며, 평이한 표현을 특징으로 하는 新詩를 開唱해 '元白'으로 병칭되었다.『元氏長慶集』6권과 820여 수의 시가 남아 있다.

韋應物(위응물, 736-?, 中唐) : 長安人. 字는 미상. 명문 출신으로 20세 무렵 玄宗의 近衛隊에 참가했다가 안사의 난 후 실직, 독서에 전념했다. 30세에 낙양丞이 된 후 승진을 거듭, 櫟陽令이 되었으나 병으로 사직. 46세에 다시 比部員外郞이 되었다가 滁州·江州·蘇州刺史를 역임했는데 시정이 적실해 인망을 얻었다. 그후에도 진퇴를 거듭하며 90세 넘게 살았다 하나 자세한 사정은 알려져 있지 않다. 盛唐의 王維·孟浩然의 시풍을 이은 田園山林派 시인으로『韋蘇州集』10권, 560여 수의 시가 전한다.

魏徵(위징, 580-643, 初唐) : 하북성 曲周縣人. 字는 玄成. 어릴 때 고아가 되었으나 큰 뜻을 품고 출가, 도사가 되어 널리 공부하며 때가 오기를 기다림. 隋末 혼란기에 반란군 李密에게 종사했다가 이밀과 함께 당 태조에게 항복했다. 그후 반란군인 竇建德에게 사로잡혀 그를 쫓다가 두건덕이 패하자 唐 太子李建成에게 등용되었다. 李世民이 형 이건성을 살해하고 정권을 탈취한 뒤 그의 곧은 성품이 존중, 영입되어 貞觀之治를 이루는 데 최대 공신의 역할을 했다. 관직은 尙書左丞, 秘書監 등을 거쳐 재상에 이르렀으며 鄭國公에 봉해졌

다. 『群書治要』 50권의 저서가 있으며 『魏鄭公文集』 3권, 시집 1권, 35수의 시
가 남아 있다.

劉禹錫(유우석, 772-842, 中唐) : 元籍은 하북성 中山이나, 실제 태어나고 자란
곳은 강소성 蘇州. 字는 夢得. 21세에 進士와 博學宏詞科에 급제, 淮南節度使
杜佑의 막료가 되었다가, 중앙에 들어와 監察御使로 있을 때 王叔文과 알게되
어 그의 추천으로 屯田員外郎이 되었다. 왕숙문이 실각하자 일파로 지목되어
광동성 連州刺史, 호남성 朗州司馬로 좌천되었는데, 이때 지방 민요의 향상을
위해 지은 <竹枝詞> 등은 당시 사람들에게 널리 애창되었다. 10년 뒤 중앙으
로 소환되었으나 다시 권력자의 미움을 받아 連州刺史로 나갔다가 夔州・和
州자사를 역임. 13년 뒤 중앙으로 돌아와 잠시 主客郎中・禮部郎中 등을 맡았
다가 또다시 蘇州, 汝州, 同州 등의 刺史로 떠돌다 8년 뒤 소환되어 太子賓客
이 되었다. 그후 만년에는 檢校禮部尙書 등을 지내며 평온한 생활을 하는 한
편 시문에 전념하여 白居易와 친하게 지내며 많은 시를 창화했다. 사후에 兵
部尙書가 추증되었으며 『劉夢得文集』 40권, 800여 수의 시가 전한다.

劉長卿(유장경, 709?-785?, 中唐) : 하북성 河間 또는 안휘성 宣城縣人. 字는 文
房. 진사에 급제한 뒤, 監察御使・檢校祠部員外郎・轉運使判官 등을 역임, 淮
西岳鄂轉運留後가 되었으나 관찰사 吳仲儒의 무고로 광동성 潘州 南巴縣의
尉로 좌천되었다. 뒤에 어떤 사람의 변호로 절강성 睦州司馬가 되었다가 호북
성 隨州刺史로 죽었다. 특히 五言律詩에 능해, 자타 '五言의 長城'으로 불렀으
며, 『劉隨州詩集』과 540여 수의 시가 전한다.

劉庭琦(廷琦)(유정기, ?; 初唐) : 開元 연간에 산 인물로, 京兆府 萬年縣尉가 되
어 張諤 등과 함께 岐王 範의 저택에 출입하다가, 사천성 雅州司戶로 좌천되
었다는 것 외에는 알려져 있지 않다.

劉庭芝(廷之)(유정지, 651?-680?, 初唐) : 하남성 汝州人. 一名 希夷. 미남으로 술

을 좋아하고 비파도 잘 탔다. 宋之問·沈佺期와 함께 진사 급제 했으나, 평생 쓰이지 못하고 在野 시인으로 지내다 惡人(송지문이라는 설도 있다)에게 살해 당했다. 從軍時와 閨情時를 많이 썼으며, 그중 대부분은 樂府體로 7言歌行에 많은 우수한 작품을 남기고 있다. 詩文集 10권이 있었다 하나 없어지고, 지금 은 시 35수만이 전한다.

柳宗元(유종원, 773-819, 中唐) : 산서성 河東人, 字는 子厚. 21세에 進士試, 26세에 博學宏詞科에 급제, 集賢殿正字가 되었다. 섬서성 藍田縣尉를 거쳐 監察御使가 되었다가 王叔文이 정권을 잡고, 賦稅輕減·惡吏追放 등의 개혁을 단행하자 참여했다가 개혁이 좌절되어 호남성 永州司馬로 좌천되었다. 이후 십 년간 남방 벽지에서 지내다 잠깐 소환되었으나 다시 광서성 柳州刺史로 나갔 다. 그때 播州刺史로 임명된 劉禹錫에게 노모가 있음을 안타깝게 여겨 자기와 바꿔주길 청한 유명한 일화에서 그의 돈독한 유정을 엿볼 수 있다. 그후 중 앙으로의 소환 논의가 일어났으나 애석하게도 柳州에서 죽었다. 韓愈와 함께 古文復興運動에 앞장서 문장가로 이름이 높으며, 시에 있어서는 한유·백거이 계열에 속하지 않고 오히려 왕유·맹호연 등의 자연파 계열에 가깝다. 『柳河東集』45권과 160여 수의 시가 전한다.

李嶠(이교, 644-713, 初唐) : 하북성 趙州人. 字는 巨山. 20세에 진사 급제 후 감숙성 定安縣尉를 시작으로 監察御使·給事中·鳳閣舍人 등으로 승진, 그사 이 辯舌과 時才로 두각을 나타내 宮庭時壇의 중요한 인물이 되었다. 측천무후 때는 대문화 사업이었던 『三敎珠英』 1,300권 편찬의 총재를 맡고 재상의 지위 에 오르는 등 출세 가도를 달렸으나, 睿宗이 즉위한 후 하남성 懷州刺史로 좌 천되었다. 玄宗이 즉위하자 숙청을 겨우 면하고 虔州刺史인 아들에게 몸을 의 탁한 채 만년을 보냈다. 『李巨山集』 60권이 있었다 하나 지금은 2권만이 전하 며, 200여 수의 시가 남아 있다.

李頎(이기, 690?-751?, 盛唐) : 본적은 하북성 趙州. 진사 급제하여 잠시 하남성 新鄕縣尉를 지냈으나 사직하고, 하남성 穎陽縣 東川에 별장을 짓고 은거 생활을 하였다. 신선 세계를 동경하여 丹藥을 복용하며 塵外의 사귐을 즐겨 당시 名士들에게 중히 여겨졌다 한다. 왕유·고적·왕창령 등과 친했으며 邊塞詩와 音樂詩에 능했다. 120여수의 시가 전한다.

李白(이백, 701-762, 盛唐) : 蜀 綿州 彰明縣 靑蓮鄕에서 태어남. 25~6세에 처음으로 촉을 떠나, 양자강 따라 약 10년 동안 호북·호남·강소성 등지를 편력하며 맹호연 등 많은 시인과 교유. 36세 무렵에는 산동성 任城縣에서 몇 년간 살았는데, 그중에 孔巢父 등 5人의 은사와 徂徠山에 은거, '竹溪六逸'로 불렸다. 과거 시험이 아닌 拔群의 문재로 국정에 기여하리라 자부했던 작자는 그 자신과 기대의 좌절을 맛보며 나이만 먹다가, 42세때 道士 吳筠과 賀知章의 추천으로 玄宗을 뵙고 翰林供奉에 임명되었다. 그러나 분방한 기질과 방약무인한 행동으로 참언과 비방을 받아 3년을 채우지 못하고 수도를 떠나, 다시 10년간을 산동·산서·하북·강소 각지를 방랑. 이때 두보·고적 등의 시인과 알게 되었다. 방랑이 끝날 즈음 안녹산의 난이 일어나 그것을 토벌하러 나선 氷王 군대의 참모가 되었다가, 氷王이 형 肅宗과 항쟁해 조정의 토벌을 받게 되자 작자도 잡혀 사형될 뻔했으나 감면되어 귀주성 夜郞으로 유배가게 되었고, 유배지로 향하던 중 사면되었다. 이후에는 주로 강남 지방을 전전했으며 62세에 안휘성 當塗縣에서 병사했다. 『李太白集』과 1,000여 수의 시가 남아 있다.

李商隱(이상은, 812-858, 晩唐) : 하남성 懷州人. 字는 義山. 어릴 때 아버지를 여의고, 18세 무렵 牛僧孺派에 속하는 令狐楚에게 문재를 인정받아 그의 막하에 들어가 비호를 받았다. 그러나 진사에 급제하자 곧 영호초가 죽어 관로가 막힌 작자는 李德裕派에 속하는 王茂元의 딸과 결혼, 그의 비호를 받아, 이후 작자는 이 두 파벌 사이를 비호를 구하며 왕래했다. 관직은 校書郞에서 秘書正字·京兆尹留後參軍 등을 역임한 후 영호초의 아들 令狐綯에게 부탁, 太學博士가 되었으나 다시 東川節度使의 書記가 되는 등, 당쟁의 와중에서 복잡하고 불우한 삶을 살았다. 그의 시에는 이런 삶을 반영한 거취에 대한 번민, 쓰디쁜 우수 등이 나타나 있기도 하지만, 작자의 최대 특징은 수사를 최대로 동원한 화려하고 艶麗한 연애시의 전형을 창조한 것으로 西崑體로 불리며, 晚唐에서 宋初에 걸쳐 많은 모방자를 낳았다. 『李義山詩集』 3권이 남아 있으며 600여 수의 시가 전한다.

李益(이익, 748-827?, 中唐) : 감숙성 隴西 姑藏人. 字는 君虞. 진사 급제 후 섬서성 鄭縣의 尉, 그리고 主簿로 임명되었으나, 승진이 느린 데 불만, 사임하고 하북 지방을 遊歷하며 朔方·幽州·邠寧節度使의 막료 생활을 했다. 그 후 소환되어 都官郎中·中書舍人을 역임, 秘書少監·集賢殿學士가 되었으나 오만한 태도가 반발을 불러 잠시 降職, 다시 복직되었다. 이후 太子賓客·右散騎常侍를 거쳐 禮部尙書로 致仕한 후 죽었다. 中唐의 鬼才로 불리는 李賀와 한 집안으로 함께 시명을 날렸으며, 大曆十才子의 하나로 꼽는 사람도 있다. 『李君虞詩集』 2권이 현존하며 160여 수의 시가 남아 있다.

李適之(이적지, ?-747, 盛唐) : 一名 昌. 唐太宗 長子인 常山王 李承乾의 손자로 황족의 자손. 中宗 神龍 연간에 관계에 들어온 뒤 사천성 通州刺史, 감숙성 秦州都督, 河南尹 등을 역임, 刑部尙書를 거쳐 재상이 되었으나, 李林甫의 奸計에 빠져 玄宗의 신임을 잃자, 위험을 감지하고 사직, 결국 정쟁에 말려 강서성 宜春太守로 좌천되어 자살하였다. 오직 2수의 시만이 전한다.

李華(이화, 715?-766, 盛唐) : 하북성 趙州人. 字는 遐叔. 진사 급제 후 감찰어사가 되었으나, 강직한 성격으로 權臣 楊國忠을 거스르다 右補闕로 좌천되었다. 안녹산 난 때 난군 점령지에 계신 노모를 구하려다 붙잡혀 鳳凰舍人이란 僞職을 받아 난 평정 후에 杭州司戶參軍으로 좌천되었는데, 節義를 지키지 못한 것을 부끄럽게 여겨 사직하고 江南에 은퇴했다. 그후에도 左補闕·司封員外郞으로 불렸으나 병으로 사퇴, 晚年에는 강소성 山陽에서 자제들과 함께 농경에 종사했다고 한다. 시보다는 尙古載道派에 속하는 文章의 명수로 「弔古戰場文」은 유명하다. 『李遐叔文集』 30권이 있었다 하며 지금은 29수의 시가 전한다.

岑參(잠삼, 715-770, 盛唐) : 본적은 하남성 南陽君. 태어난 곳은 하남성 仙州.
邊塞詩의 第一人者. 曾祖와 伯祖, 伯父가 차례로 宰相을 지낸 명성있는 집안
출신. 소년 시절에는 하남 嵩山에 가까운 登封縣 등지에서 지내다 20세 무렵
상경, 30세에 진사 급제해 右內率府의 兵曹參軍이 되었으나 평범한 관료로서
의 생활에 불만, 전공을 세워 입신출세하려는 의욕을 불태우던 중, 35세에 安
西四鎭節度使 高仙芝의 추천으로 그의 掌書記가 되어 安西都護府로 부임했
다. 2년 후 胡와의 전쟁에서 대패, 귀경했다가 3년 뒤 節度使 封常淸의 추천으
로 그의 判官이 되어 다시 北庭都護府로 나갔다. 다음 해 안녹산 난이 일어나
봉상청은 소환되고 작자는 伊西北庭支度副使가 되었고, 난이 평정되자 右補
闕에 임명되어 王維·杜甫·賈至 등과 깊이 교유했다. 그후 起居舍人, 考功員
外郞 등을 역임, 51세 때 사천성 嘉州刺史로 임명되고 그 임기가 만료되어 수
도로 돌아오던 중 반란군에게 가로막혀 成都에 체류하다 객사에서 죽었다.
『岑嘉州集』7권과 400여 수의 시가 전한다.

張繼(장계, ?. 中唐) : 호북성 襄陽人. 字는 懿孫. 유명한 <諷橋夜泊> 시에 비해
전기는 상세하지 않다. 관직은 진사 급제 후 감숙성에 있는 鎭戎軍의 막료, 鹽
鐵判官 등을 지내다 중앙에 소환되어 檢校祠部郞中에 이르렀다. 『張祠部詩
集』1권과 40여 수의 시가 전한다.

張九齡(장구령, 678-740, 初唐) : 광동성 韶州 曲江縣人. 字는 子壽. 진사 급제
후 校書郞·左拾遺·中書舍人 등을 역임. 宰相 張說의 심복으로 활약, 장열
사후에는 재상이 되어 玄宗을 보좌, 開元 最後의 賢相으로 칭송되었으나, 그
지위를 엿보던 李林甫의 참언으로 현종의 신임을 잃고 호북성 江陵에 荊州長
史로 좌천, 그곳에서 병사했다. 陳子昻의 뒤를 이어 시의 복고 운동에 진력했
으며, 오언 고시에 특히 능했다. 『曲江張先生集』20권, 210여 수의 시가 전한
다.

張均(장균, 691-760?, 盛唐) : 하남성 낙양인. 張說의 長子. 진사 급제 후 中書舍
人・兵部侍郎 등을 역임하며 아버지 뒤를 이어 재상이 될 것을 바라보았으나,
李林甫・楊國忠 등 권신들의 방해를 받아 불평에 싸여 있었다. 안녹산의 난이
일어나자 그 僞政府의 中書令(곧 수상)을 지내, 난 평정 후에 사형될 뻔 했으
나 아버지의 공으로 모면하고 광동성 合浦에 오랫동안 유배되었다. 詩文集 20
권이 있었다 하나 지금은 시 7수만이 전한다.

張若虛(장약허, ?, 初唐) : 강소성 揚州人. 측천무후 말년에 수도에서 賀知章 등
과 교유, 賀知章・張旭・包融과 함께 '吳中四士'로 불렸다. 관직은 산동성 兗
州의 兵曹라는 지방 하급관리를 지냈을 뿐으로 상세한 전기는 알려지지 않으
며, 단 2수만의 시가 전한다.

張說(장열, 667-730. 初唐) : 하남성 낙양인. 字는 道濟, 또는 說之. 初唐에서 盛
唐에 걸쳐 재상으로 활약. 미천한 집안 출신으로 23세에 賢良方正科에 합격,
太子校書郎, 鳳閣舍人이 되었으나 權臣 張易之 형제에게 거역, 광동성 欽州로
유배되었다. 장역지가 실각한 뒤 소환되어 兵部員外郎・兵部侍郎을 거쳐 首
相이 되고 燕國公에 봉해졌다. 그러나 그해에 재상 姚崇과 대립, 파면되어 하
북성 相州刺史, 호남성 岳州刺史로 좌천되었다가 재상 蘇頲의 주선으로 호북
성 荊州刺史, 하북성 幽州都督을 지냈다. 그후 요숭의 죽음으로 소환되어 몇
관직을 거친 후 다시 재상이 되었으나, 이번에는 李林甫의 참언을 받아 파면,
다시 소환되었다가 開府儀同三司라는 최고위 관직을 받고 죽었다. 문재가 뛰
어나 소정과 함께 '燕許大手筆'로 병칭되었으며, 『張說之文集』 25권과 350여
수의 시가 전한다.

張謂(장위, 711?-?, 盛唐) : 하남성 河內縣人. 字는 正言. 幽州節度使의 막하에
있다가 30세 무렵 진사 급제. 10년 뒤에 伊西節度使 封常淸의 막료가 되어 西
域에 부임. 그후 15년이 지나 중앙의 尙書郎이 되었다가 안휘성 일대에서 安

史亂 토벌군에 참가하고, 호남성 潭州刺史로 나갔다가 소환되어 太子左庶子·禮部侍郎 등을 거쳐 大曆初에 3회의 과거 시험을 주관했다. 40수의 시가 남아 있다.

張籍(장적, 755?-830?, 中唐) : 안휘성 和州人. 字는 文昌. 汴州 觀察推官이었던 韓愈의 후원으로 鄕貢進士, 知貢擧 中書舍人 高郢 후원 아래 진사에 급제. 太常太祝, 秘書郎을 거쳐 한유의 추천으로 國子監博士·水部員外郎·國子司業 등을 지냈다. 樂府體詩에 능해 王建과 함께 '張王樂府'로 병칭되었으며, 『張司業集』 8권, 450여 수의 시가 남아 있다.

張潮(장조, ?, 盛唐) : 강소성 潤州人. 大曆年間에 살았으며, 處士로서 평생 벼슬에 나가지 않은 것외에 자세한 사항은 알 수 없다. 시 5수가 전한다.

張仲素(장중소, 769?-819, 中唐) : 하북성 河間人. 字는 繪之. 李翱, 呂溫 등과 같은 때에 진사가 되었으나 조정에 추천자가 없어 오랫동안 채용되길 기다리다, 博學宏詞科에 합격한 뒤 절강성 武康軍의 從事로 임명되었다. 이후 司勳員外郎, 翰林學士를 거쳐 中書舍人에 이르렀다. 樂府體를 득의로 했는데 그중에서도 閨情의 묘사에 뛰어났다. 39수의 시가 전한다.

張祜(장호, 782?-852?, 中唐) : 하남성 南陽人. 字는 承吉. 30대에 여러 절도사의 막료로 각지를 편력하다 令狐楚의 추천으로 상경했으나, 元稹이 "시짓는 솜씨는 좋지만 風俗敎化를 해칠까 두렵다"고 穆宗의 下問에 대답, 임용 계획이 무산되었다. 몇 년간 더 장안에 체류하다 강소성 淮南에 客遊, 杭州刺史인 백거이의 허락을 받고 鄕試를 치렀으나 수석을 차지하지 못해 이후 과거를 단념. 그후 杜牧, 李紳 등의 지우를 얻고 강소성 丹陽에 은거, 만년을 보냈다. 유명한 시인은 아니지만 많은 작품을 남기고 있는데, 특히 여성을 노래하는 艶麗한 시인 宮體詩를 득의로 했다. 35여 수의 시가 전한다.

儲光義(저광희, 707?-759?, 盛唐) : 산동성 兗州, 또는 강소성 潤州人. 字는 미상. 진사 급제 후 監察御使가 되었으나, 안녹산 난 때 僞政府의 벼슬을 받아 난 평정후 광동지방으로 유배되어 죽었다. 王維·孟浩然·常建과 함께 山水田園派에 속하며 230여 수의 시가 전한다.

錢起(전기, 710?-780?, 中唐) : 절강성 吳興人. 字는 仲文. 진사 급제 후 校書郎, 섬서성 藍田尉를 거쳐 考功郎中·太淸宮使·翰林學士에 이르렀다. 장안 동남쪽 藍田에 초당을 짓고 王維·裵迪 등과 교제, 시를 酬唱했으며, 大曆十才子의 하나. 『錢考功集』 10권과 530여 수의 시가 전한다.

祖詠(조영, 699-746?, 盛唐) : 하남성 낙양인. 진사에 급제했으나 평생 벼슬은 하지 않았다. 王維와 특히 친했으며 王翰 등과도 교유. 가난과 병중에 각지를 유랑하며 불우한 생활을 하다 하남성 汝水부근에 은거, 농경 생활을 했다. 1권의 시집과 36수의 시가 現傳한다.

趙嘏(조하, 815?-?, 晩唐) : 강소성 山陽人. 字는 承祐. 진사 급제 후 섬서성 渭南의 尉가 되었으나 전혀 승진이 안돼 장안으로 올라가 <長安秋望> 시를 지었다. 이 시가 杜牧의 격찬을 받는 등 명성이 높아져, 이를 들은 宣宗이 발탁하려 그의 시집을 읽던 중 마음에 맞지 않는 시구가 있어 무산되고 말았다는 에피소드가 전한다. 260여 수의 시가 남아 있다.

朱放(주방, ?, 中唐) : 호북성 襄陽人. 字는 長通. 고향에 살다가 기근 때문에 절강성 剡溪로 이주, 은둔 생활을 했다. 唐 宗室의 자손인 嗣曹王 李皐가 江西節度使가 되었을 때 잠깐 참모 노릇을 했으나, 벼슬살이가 몸에 맞지 않아 사직. 뒤에 韜晦奇才科에 급제, 左拾遺에 임명되었으나 취임하지 않고 은둔 생활을 계속했다. 25수의 시가 남아 있다.

陳祐(진우, ?, 晩唐) : 생애 미상. 시 1수만이 전한다.

陳子昻(진자앙, 661-702, 初唐) : 사천성 梓州人. 字는 伯玉. 대대로 호족이던 집안에서 출생, 어릴 때는 任俠을 좋아해 협객들과 어울리다 17~8세에 돌연 독서에 전념, 21세에 상경 과거에 응했으나 낙방, 24세에 진사 급제해 측천무후에게 인정받아 麟臺正字, 左拾遺에 임명되었다. 거란 토벌에 나선 武攸宜의 참모가 되어 종군했으나, 그의 계획이 받아들여지지 않고 오히려 강등되자 귀환후 父의 服喪을 이유로 사직하고 귀향. 父의 재산에 눈독 들이던 현령 段簡에게 많은 돈을 빼앗기고 투옥까지 당하자, 쇠약해진 몸에 병이 겹쳐 옥사했다. 당시 優美한 작품이 주를 이루던 궁정 시단에 반대, 씩씩하고 강인한 漢魏古詩의 시풍으로 돌아갈 것을 역설하여 盛唐詩의 선구자로 불린다. 『陳伯玉集』10권, 120여 수의 시가 전한다.

崔魯(최로, ?, 晚唐) : 崔櫓라고도 함. 진사 급제후 棣州(지금의 산동성 惠民縣)의 司馬가 되었다고도 하나 확실치 않다. 『無機集』4권이 있었다 하나 지금은 37수의 시와 약간의 短句가 전한다.

崔敏童(최민동, ?, 盛唐) : 崔惠童의 동생이라는 것 외에 상세한 전기는 알 수 없다. 시 1수만이 전한다.

崔署(최서, ?, 盛唐) : 崔曙라고도 함. 하남성 宋州人. 진사 급제 후 河內尉를 지낸 것 외에는 경력이 미상. 만년에 嵩山에서 살았다. 현재 15수의 시가 남아 있다.

崔惠童(최혜동, ?, 盛唐) : 산동성 博州人. 右驍衛將軍 崔庭玉의 아들, 崔敏童의 형이며, 玄宗의 딸 晉國公主의 남편으로서 駙馬都尉가 됨. 남전에 있는 왕유의 망천 별장 맞은편에 玉山 초당을 짓고 형 효동과 아우 민동과 함께 자주 모여 놀았다. 역시 시 1수만이 전한다.

崔顥(최호, ?-754, 盛唐) : 하남성 汴州人. 진사 급제 후 감찰어사가 되어 河東

節度使의 幕下, 산서성 등지에 부임. 太僕寺의 丞을 거쳐 尙書省 吏部의 司勳員外郞에 이르렀다. 비상한 俊才였으나, 젊을 때는 술과 도박과 여자를 좋아해 사람은 경박, 시는 浮艶하다는 평을 들었다. 만년에는 시풍이 일변해 氣骨 있는 시를 지었다 한다. 시집 1권과 42수의 시가 전한다.

太上隱者(태상은자, ?, 晚唐) : 이름과 생애 미상. 시 1수만이 전한다.

包何(포하, 718-?, 中唐) : 강소성 潤州人. 字는 幼嗣. 賀知章・張旭・張若虛와 더불어 '吳中四士'로 불렸던 包融의 아들. 동생 包佶과 함께 詩名을 날려 '二包'라고 불렸다. 아버지 친구였던 孟浩然에게 사사, 詩法을 배웠으며, 관직은 起居舍人에 이르러 마쳤다. 19수의 시가 現傳한다.

賀知章(하지장, 659-744, 初唐) : 절강성 會稽郡 永興縣人. 字는 季眞. 진사 급제 후 국자감 四門博士를 비롯, 여러 관직을 역임. 禮部侍郞, 秘書監에 이르렀다. 杜甫의 <飲中八仙歌>에서 노래되었듯 무척 술을 좋아했으며, 스스로 四明狂客, 秘書外監 등으로 號했다. 초서・예서에 능해 서예가로도 유명한데, 한 번 술이 들어가면 붓을 휘둘러 삼백언・오백언 종횡무진 써내려갔다 한다. 84세에 玄宗에게 향리 회계로 돌아가 道士가 되기를 청했을 때, 천자 이하 문무백관이 성대한 송별연을 열어주었다고 하는데, 돌아가 얼마 되지 않아 죽었다. 『賀秘書集』1권과 19수의 시가 전한다.

韓翃(한굉, ?, 中唐) : 하남성 南陽人. 字는 君平. 진사 급제 후 淄靑節度使의 부름을 받아 막료가 되었다가 사임, 10년간 유랑 생활하다 다시 宣武節度使의 막하에 들어갔다. 그후 德宗 때 駕部郞中 知制誥로 특채되어 中書舍人에 이르렀다. 大曆十才子의 한 사람이며 『韓君平詩集』1권과 165수의 시가 전한다.

許渾(허혼, 791?-854?, 晚唐) : 강소성 潤州人. 字는 用晦. 진사 급제 후 안휘성 當塗와 太平의 縣令을 거쳐 潤州司馬와 睦州・郢州刺史 등을 지내고 병으로

사직, 고향 潤州 丁卯 시내 부근에 별장을 짓고 자작시를 정리하며 지냈다. 律詩를 매우 잘 지어 杜牧·韋莊에게 존경받았으며, 시에 '水'자를 특히 많이 써서 뒷사람에게 "許渾의 시 1,000수를 읽노라면 물에 젖는 듯하다"는 평을 들었다. 『丁卯集』 2권과 530여 수의 시가 전한다.

荊叔(형숙, ?, 晩唐) : 생애 미상. 시 1수만이 전함.

皇甫冉(황보염, 716?-770?, 中唐) : 강소성 潤州人. 字는 茂政. 10살 때 이미 시를 지어 張九齡에게 인정받았다고 하며, 진사 급제 후 강소성 無錫縣尉와 王縉 막하에서 掌書記, 左拾遺, 右補闕 등을 지냈다. 동생 皇甫曾과 함께 肅宗·代宗 시기에 이름을 날렸으며, 劉長卿·戴叔倫·顔眞卿 등과 교제했다. 『皇甫冉詩集』 7권, 補遺 1권과 230여 수의 시가 전한다

詩題(시제)로 찾기

시인 이름으로 찾기

字句(자구)로 찾기

(나)